“十三五”国家重点出版物出版规划项目

断头台

〔吉尔吉斯斯坦〕艾特玛托夫 著
冯 加 译

华文出版社
SINO-CULTURE PRESS

ПЛАХА

ЧИНГИЗ АЙТМАТОВ

再版说明

日月如梭，三十年过去了。感谢华文出版社以及杨平先生的策划，让 1987 年出版的《断头台》经修订后再次面世。今年恰逢艾特玛托夫诞辰九十周年。人走了，书还在。这种艺术与精神的传承，我想，是对作家最好的缅怀和纪念。

艾特玛托夫活在读者心中。

冯　加

北大畅春园

2018 年 6 月

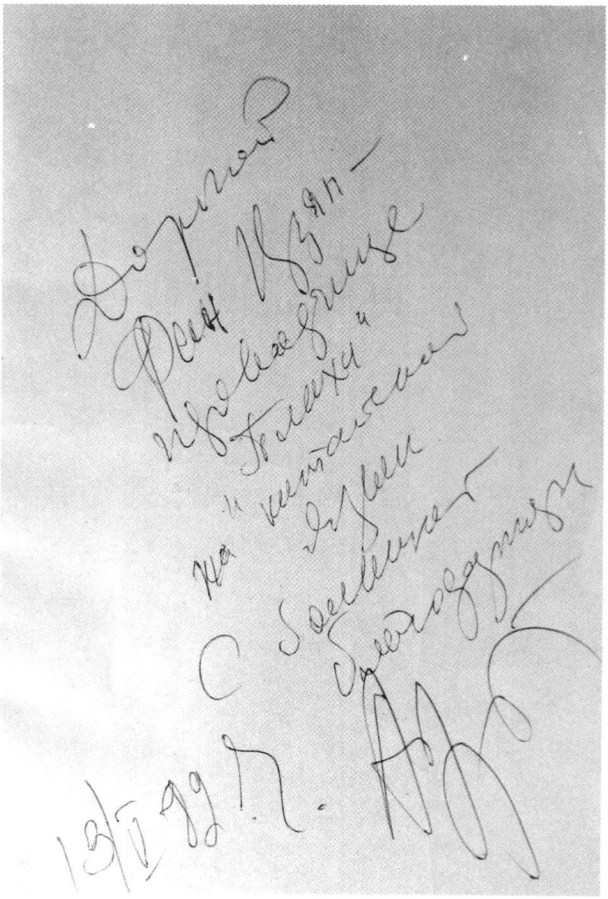

作者题词（译文）：

致《断头台》中译本译者

亲爱的冯加：

深表谢意！

成·艾特玛托夫

1989 年 5 月 19 日

左一为艾特玛托夫，左二为冯加，后为李明滨，正中为拉斯普京，右为李毓榛，后为童道明。（摄于1989年5月19日社科院外文所）

目录

第一部

一

短暂的白昼过去了，那回暖的气流微弱得如同孩童的呼吸。这时向阳一面的大小山坡上，气候很快就不知不觉地起了变化：冰川里起了风，时浓时淡的暮色早早就弥漫开去，悄悄溜进了所有的峡谷，给即将来临的雪夜蒙上了一层寒冷的暗蓝色。

周围到处是雪。伊塞克湖滨一带的山岭几乎全被大雪埋住了。那是两天以前，喜怒无常的老天爷发脾气了，一场暴风雪像突然袭来的大火那样降临这片土地。太可怕了，那时狂风呼啸，大雪飞旋，在一片漆黑中，群山消失了，天隐去了，原先可见的世界顿时化为乌有。后来风停雪止，天气完全放晴。从那时起，随着暴风雪的平息，为无数巨大雪堆所禁锢的群山，伫立在凝滞不动并与世隔绝的冰冷和沉寂中。

在这薄暮时分，只有一架大吨位的直升机发出经久不息的、越来越响的隆隆声。飞机正沿着乌尊－恰特峡谷朝阿拉－蒙丘冰山口飞去，那山口耸立在高空，由于风卷云涌，显得烟雾缭绕。隆隆声越来越响，越来越近，飞机一刻不停地加强自己的威力，终于大获全胜，彻底征服了这片空间：直升机飘浮在唯有声与光才能到达的高山野岭和冰雪之巅的上空，发出压倒一切的单调的轰鸣。这声音在千岩万壑中引起共振，于是增强了无数倍的空谷回音从头顶上空滚滚而来，其势凶猛，锐不可当，使人感到，仿佛再过片刻，就要发生大地震那样的恐怖事件了……

在一个危急时刻果然出了事：在直升机的航道上，从一处陡峭的、被风刮得山石裸露的斜坡上，一层碎石受轰隆声的冲击，便滚动起来，随即又像流动的血液突然中了魔法似的骤然停止。但是这一撞击足以使并不坚实的土壤松动起来，使得几块很重的山石从峭壁上摔落下来。山石径直朝下飞去，一路上翻滚着，旋转着，在后面掀起无数的土块和碎石，一直掉到山脚下，像炮弹开花那样，崩裂成许多碎块。这些碎块又穿过了一些红柳和伏牛花丛，把几堆积雪击得粉碎，一直落到了一个狼窝口。这个狼窝位于一条不大的、一半已结冰的暖流附近，在一块凸出的山岩下一个隐蔽的洞穴里，洞口还有一片杂树丛。

母狼阿克巴拉躲开从山上滚下的石块和落雪，直往洞里的暗处缩。它蜷曲着身子，像一团压缩的弹簧，还竖起后脖子上的毛，一对野性勃发的、在阴暗中发着磷光的眼睛紧张地注视着前方，准备随时投入一场搏斗。不过它的担心是多余的。如果在开阔的草原上发生这样的事，那才可怕哩：那时在直升机的逼迫下，狼会拼命奔跑，简直无处逃窜；那时直升机会追上来，跟着它的踪迹紧追不舍，螺旋桨发出的啸叫声震耳欲聋，自动步枪的射击威胁着生命；那时整个世界上没有一种办法能使它摆脱直升机的追击；那时没有一个洞穴可以隐藏它那天不怕地不怕的头，——要知道，大地不会裂开一道口子，给被追逐的野兽以藏身之处。

在山间，那就是另一回事了——这里到处可以逃窜，随时可以找到藏身之所躲开危险。直升机在这里并不可怕，直升机进了山区，它自己才害怕哩。不过眼前这种恐怖也不是没有道理的，更何况已经有过类似的经历和体验。随着直升机的临近，母狼开始大声哀叫，缩起脖子，把身子蜷成一团。尽管这样，神经还是承受不了，阿克巴拉猛地一蹿，突然狂暴地嗥叫一声。母狼被一种无可奈何的、不知究竟的恐怖所制服，趴在地上哆哆嗦嗦地爬到洞口，凶恶地、绝望地把牙齿磨得咯咯响，准备就地来一场厮杀，仿佛想赶跑在峡谷上空隆隆作响的钢铁巨怪。而随着直升机的出现，山上的石头也纷纷坠落，真像发生了地震一般。

听到阿克巴拉惶恐的嗥叫，它的公狼塔什柴纳尔把头探进洞穴。这只公狼自从母狼怀胎以来，多半露宿在洞外的灌木丛里。“塔什柴纳尔”的意思是碎石机，这是附近的牧民见这狼长着两排无坚不摧的利齿给它取的名字。此刻公狼爬近母狼的卧处，发出咕噜咕噜的声音表示安慰，似乎要用身子给母狼挡住这场灾难。母狼侧身朝公狼挤去，紧紧挨着它，继续呜呜哀叫，可怜巴巴地求告着——是哀求不公道的上苍，哀求某个生灵，还是抱怨自己的厄运，那就不得而知了。阿克巴拉一直浑身打战，很久不能平静下来，甚至当直升机消失在阿拉－蒙丘的巨大冰川后面、飞机的声音完全消融在云层里的时候，也还是这样。

仿佛宇宙间的静穆全都倾泻到这里，山间顿时笼罩着一片沉寂。这时母狼突然清楚地听到，在自己的身体里，或者说得确切些，在自己的肚子里，有什么东西在动弹，这种感觉以前也有过。那时阿克巴拉刚刚开始捕猎生活，有一次它猛一扑，掐死了一只大母兔。当时阿克巴拉在母兔身上，在它的肚子里，也曾感到这种动弹，好像那里面藏着几只看不见的无形的小东西。这种奇怪的情况使年轻而好奇的母狼吃了一惊，甚至引起了它的极大兴趣。它诧异地竖起耳朵，怀疑地紧盯着那只已经丧命的猎物。这太有意思了，太费解了，以致母狼真想跟那些看不见的小东西闹着玩玩，就像猫有时逗弄半死不活的老鼠那样。现在母狼发现自己肚里也有这样沉甸甸的小生命，而且这些小东西还让它知道，如果一切顺利，那么再过十天半月，它们就要出世了。不过目前还不足月的小狼崽同母亲的躯体是不可分的，它们只是母亲生命的一个组成部分，因此在它们那正在产生但如迷雾般朦胧的胎儿的潜意识中，也感受到了类似母狼经受的震动和绝望。这是小生命同外部世界，同正在等待着它们的怀有敌意的现实世界的第一次接触，虽说不是面对面的。正因为这样，它们才在母胎里躁动起来，以此对母亲的痛苦做出反应。小狼崽同样感到可怕，这种恐惧是通过母亲的血液传送给它们的。

阿克巴拉谛听着肚子里重又活跃起来的胎动，它感到无可奈何，变得焦躁不安。母狼的心加速跳动起来，充满一种勇猛精神，一种坚定的信念：一定要保护好自己怀着的小生命，不让它们遭到任何危险。它现在就会毫不犹豫地跟任何来犯者搏斗。在它的内心萌发出一种与生俱来的保护后代的伟大本能。与此同时，阿克巴拉感受到一股勃发的暖流：要是它的小宝宝们就在身旁，它要爱抚它们，给它们温暖，给它们喂奶。这是一种幸福的预感。于是母狼闭上眼睛，温柔得轻轻哼起来，盼望着肚子两侧凸出的大奶子能胀得发红，充满乳汁。它因此体验到一种极大的满足，便尽可能就洞穴的大小，慢慢儿慢慢儿地舒展开身子，随后又朝灰脖子公狼这边靠近，终于安静下来。公狼是强壮的，它的皮毛既暖和，又浓密，还富有弹性，连一向阴沉的塔什柴纳尔也捕捉到了母狼此时的感受，而且凭一种嗅觉，理会到母狼肚里的动静，想必也为此而深受感动。公狼竖起一只耳朵，抬起沉重的、有棱有角的头，一对深深陷进眼窝里的黑眼睛露出阴森森的光，那冷冷的瞳仁里掠过一种神情，一种朦朦胧胧的喜悦的预感。公狼又克制这种感情，发出呼噜呼噜的声音，喷喷鼻子，清清喉咙，以此表达它的心情极好，表示它准备俯首帖耳地听从母狼的吩咐，还要好好保护它。塔什柴纳尔开始用它温暖而湿润的宽舌头殷勤地、轻柔地舔阿克巴拉的头，特别是它的鼻子和那双闪光的蓝眼睛。阿克巴拉早就喜欢上公狼的舌头了——那时候，它跟母狼玩闹交欢，急不可耐地浑身打战，由于热血奔涌，它的舌头像在冒火，变得像蛇那样柔软、灵活、有劲，尽管开头阿克巴拉装出一副对这种事至少是不感兴趣的模样；那时候，它的公狼吃饱了，在安宁和顺遂中，它的舌头是软乎乎、湿漉漉的。

在这对草原猛兽中，阿克巴拉向来是头领，是智囊，它掌握着出猎的主动权；而塔什柴纳尔只是一股忠实可靠的、不知疲倦的力量，它无条件地执行母狼的意志。它们之间的这种关系始终没有遭到破坏。只有一次，发生了一桩意想不到的怪事：它的公狼不见了踪影，直到天亮时才回来，身上还带了一股另一只母狼的异味——不知羞耻的母狼发情时的骚味，能把方圆几十俄里之内的公狼引到一处互相咬架。这股气味引起了阿克巴拉压不住的恼怒和气愤，它当即不理睬公狼，还出其不意地用利齿在公狼肩头咬出一道很深的伤口，而且为了表示惩罚，还迫使公狼一连几天一瘸一拐地跟在自己后头。阿克巴拉把这个傻瓜抛得老远，不管它在后面怎么嗥叫，自己一次也不搭理，也不停下来，仿佛它，塔什柴纳尔，根本就不是自己的公狼，仿佛它根本就不存在。如果公狼胆敢再挨近那只母狼，想征服对方，讨得对方的欢心，那么阿克巴拉就会认真跟公狼较量一番：难怪在这对外来的、毛色灰中透蓝的伙伴中，阿克巴拉是头，塔什柴纳尔是腿呢。

此刻阿克巴拉已经稍稍安下心来，它挨着塔什柴纳尔宽大的腰身感到很温暖，因而对自己的公狼充满了感激之情：感谢它分担了自己的恐惧，感谢它使自己恢复了信心。于是母狼柔顺地接受公狼殷勤的爱抚，为了报答，还舔了两三次对方的嘴唇。与此同时，阿克巴拉克制着那种至今还不时引起它阵阵战栗的惶恐，聚精会神地谛听着肚子里那些还没出世的小东西莫名其妙的动作，最后它完全安于周围的一切了：习惯于它的窝，山间的隆冬和步步紧逼的寒夜。

母狼受到极大震动的那可怕的一天，就这样结束了。出于不可泯灭的母性本能的支配，阿克巴拉与其说是为了自身，不如说是为了它们日夜盼望的、即将在这个洞穴出生的小狼崽担心。正是为了它们，母狼和公狼才找到了这处杂树丛生、枯木和乱石成堆的地方，并在一块凸出的山岩下一个隐蔽的深洞里安顿下来。有了这个狼窝，就有了繁衍后代的地方，在这片土地上也有了栖身之所。

何况阿克巴拉和塔什柴纳尔还是从别处来这一带落户的狼呢。有经验的人一眼就能看出，就连它们的外表也与本地的同族不一样。首先是，外来户带有草原狼的特点：脖子上有一种毛皮翻领般的亮色，这亮色从颈下垂皮一直延伸到后脖子，严密地盖住了双肩，看上去就像一条蓬松的银灰色披巾。另外阿克巴拉的身架——对了，这对亮灰色脖子的狼，比伊塞克湖滨高原地区常见的狼要高大。倘若有人在近处看到阿克巴拉，那他一定会惊异不止：这头母狼有一对蓝得透亮的眼睛。这是极其罕见的，很可能是同类中绝无仅有的现象。本地的牧民也给母狼取了个名字，叫“阿克达雷”，意思是“白脖子”。不过后来这些人叫着叫着就变了样，先叫成“阿克巴雷”，后来又叫成“阿克巴拉”——意思是“伟大母亲”，可是他们谁也不解寓于其中的天意……

一年以前，这一带还根本没有见过这种亮灰色脖子的狼。后来它们出现了，一直过着独来独往的生活。起先它们到处游荡，避开同农户冲突，更多的时候在不属本地狼群势力范围的中间地带活动，尽可能艰难度日。有时为了觅食，甚至跑到有人居住的田园和河流的下游地带。不过它们从不纠缠本地狼群，因为蓝眼睛母狼阿克巴拉生性独立不羁，它不愿归附别的狼群，受它们支配。

一切都要经过时间的检验。随着时间的流逝，这对亮灰色脖子的外来户能够自卫了，在许多次残酷的搏斗中，它们在伊塞克湖滨的高原地区占领了自己的地盘。现在这对外来户已经成了主人，倒是本地的狼群不敢侵入它们的领地了。就这样，这对新来的亮灰色脖子的狼可以说顺利地在伊塞克湖滨安顿了自己的生活。但在此之前还有一段历史，如若兽类也能回忆往事，那么阿克巴拉这头极其懂事、感觉异常灵敏的母狼，就不得不再次体验过去的经历。当它回忆起这段往事时，有时很可能会伤心落泪，发出痛苦的呻吟。

在那个失去的天地里，在那片遥远的莫云库梅荒原上，曾经有过大规模的捕猎生活：在没完没了的奔跑中，在广袤无际的莫云库梅大漠上，狼群经常追逐着无穷无尽的一群群高鼻羚羊。打从远古以来，这些高鼻羚羊就生息在这片只长着一些干枯的盐木丛的荒原上，它们是偶蹄目动物中古老的一支，有着和时间一样久远的历史。这些成群结队的高鼻子动物不知疲倦地奔跑时，它们大张着喇叭似的宽鼻孔，十分有劲地从肺中吐着气，简直像鲸鱼通过触须喷出一股股海水，所以它们生来就有一种不歇气地从日出跑到日落的本领。当这些羚羊在它们形影不离的伙伴——狼群的追逐下开始跑动时；当一群受惊的羚羊引起近旁的另一群羚羊、有时是好几群羚羊的惶恐骚动时；当所有的羚羊在莫云库梅的高原、平地、沙丘上似河水泛滥般狂奔疾驰时——在这种时候，大地便朝后飞跑，脚下的土地如盛夏的冰雹噼啪作响，空气里充斥着运动的旋流，飞扬的尘土，蹄子下迸发出的火星和沙石，汗臭，拼个你死我活的疯狂劲。而狼群在飞奔中层层推进，在羊群的后面或一侧行动，竭力把它们赶进自己的埋伏圈里；在某处的灌木丛里，一些强壮的“切割工”，也就是狼，会冲出藏身的树丛，纵身扑向拼命奔跑的猎物，同羚羊一块儿栽倒在地，咬断它们的喉咙，放出如注的鲜血，然后重又急急跑去追逐。可是不知为什么，羚羊常常能识别出埋伏着狼的地方，因而多半能成功地绕道飞奔而去。于是围猎便在新的地区以更大的狂热、更快的速度展开，这时，它们全体——被追逐的羚羊和追逐的狼，联成一个残酷的生存斗争之环，在奔跑中各自摆开队列，如同临死前的挣扎，耗尽了自己的鲜血，只是为了活命，只是为了生存。也许只有造物主才能制止双方，即被追逐者和追逐者，因为这里牵涉到两种都希望永世长存的动物的生死存亡问题。而那些受不了如此疯狂速度的狼，那些生来就不适应这种生存斗争形式，即不适应在奔跑中竞争的狼，就会失足倒下，在渐渐远去的、急如风暴的追逐掀起的尘土中奄奄待毙。而倘若侥幸活着，它们就会离开这里，跑到别的地方，靠偷袭无害的、无法逃命的家羊为生。然而在那里狼也有危险，而且是一切可能出现的危险中最可怕的危险：在那里的羊群附近有人——他们既是绵羊的保护神，又是绵羊的奴隶。这些人自己活着，却不让别的生灵活下去，特别是不让那些不依赖他们而又生性酷爱自由的生灵活下去……

人们，人们——地上的神灵啊！人们同样捕猎莫云库梅荒原上的羚羊。开头他们骑在马上出现，身披兽皮，用弓箭武装自己；继而他们带着砰砰作响的猎枪，大声呐喊着，忽东忽西地策马奔驰，于是羚羊左冲右突，你就到灌木丛生的地段去寻找这些野物吧。后来出现了这样的时期：神通广大的人，开始动用汽车组织围猎，跟狼一样采用疲劳战术拖垮羚羊，还不停地开枪射击。最后，神通广大的人坐上直升机，先在空中侦察荒原上羚羊的方位，然后前往该地区包围这些动物，与此同时，地面上的射手驱车在平原上疾驰，车速开到一小时一百多千米，就是不让这些羚羊逃脱，而几架直升机一直在空中校正目标，指挥这一行动。汽车，直升机，快速步枪——这一切把莫云库梅荒原上的生活搅得天翻地覆……

当时蓝眼睛母狼阿克巴拉尚未成亲，它未来的配偶塔什柴纳尔比它年长一些，但是它们都到了应该习惯于大围猎的时候。起初它们跟不上追捕，只能撕咬倒地的羚羊，把受伤的弄死。随着时间的推移，它们的力量和耐性都大大超过了许多富有经验的狼，特别是一些体弱的老狼。如果自然而然地发展下去，那么它们很快就会理所当然地成为狼群的首领。不料完全不是这么回事……

每年的情况都不一样。那年春天，羚羊产下的崽畜特别多——许多母羊一胎双生，因为头一年秋天正当交尾期间，一向干旱的荒原一连下了几场好雨，之后天气变得非常暖和，草地居然两次返青。牧草充足，由此带来了羚羊的大量繁殖。还在早春时节，羊群就转移到广阔无雪的沙丘地带，即转移到莫云库梅的腹地，准备产崽了，因为那种地方狼群很难到达，再说在沙丘间追逐羚羊也是徒劳无益的事。在沙漠上，羚羊是无论如何也逮不着的。但是即使在秋天，甚至在冬季，狼群也能弄到绰绰有余的猎物，因为那时动物有一次季节性的迁移，会把繁殖后的无数羚羊抛撒在广阔的半沙漠和草原地区。到了那个时候，狼就交上天赐的好运了。在夏天，特别是逢上酷暑，狼一般都不愿惊动羚羊——因为捕捉别的动物要容易得多，猎物绰绰有余——不计其数的土拨鼠在整个草原上跑来跑去，它们在弥补整个冬眠时期的损失：这些小动物跟别的动物和野兽不同，它们必须在夏天贮存好一年用的食物。于是土拨鼠家族便不顾危险地四处奔波。有什么不可猎取的呢，因为万物都有自己的末日。可是到了冬天，就休想逮着土拨鼠：它们钻进了地里。在夏季，各种小动物和鸟类，特别是沙鸡，成了狼的囊中物。可是狼最主要的猎物，还是秋冬两季捕获的羚羊。还是这个道理：万物都有自己的末日。这也就是荒原上生死轮回的天赋的合理性。只有自然灾害，只有人，才能破坏莫云库梅地区的这一万世不移的事物进程……

二

直到黎明时分，荒原上的空气才稍稍变凉爽些，入夜以来只有这时才有一种轻松感：所有的动物呼吸起来畅快多了，开始了一天中最愉快的时刻。未来的一天仍将是酷热难当。这种酷热日复一日地、毫不吝啬地把这片盐土荒原烤到白热化的程度。一天过去，白昼完成了自己的使命，留下一个闷热异常的夜。这时候，连莫云库梅上空的月亮也是炽热的，酷似一轮黄色的圆球，放射着平稳的微微发蓝的光。这片土地，一眼望不到边。黑黢黢的、依稀可辨的远方，到处都和星空连成一片。寂静中带有生机，因为荒原上的居民，除了蛇以外，都急急忙忙去享受这片刻的凉爽，都抓紧时间忙碌着。在红柳丛里，早起的鸟儿叽叽喳喳地活动开了；刺猬煞有介事地跑来跑去；不停地叫了一夜的蝉，又以新的力量知了知了地聒噪起来；睡醒了的土拨鼠已经从洞穴里探出小脑袋，开始东张西望：它们暂时还没出来搜罗食物——灌木落下的种子。有一窝夜猫子——一只扁脑袋的、淡褐色的大猫头鹰，领着五只也是扁脑袋的小猫头鹰，从这儿飞到那儿。这些小东西还未成年，但羽毛丰满，已经在张开翅膀练习飞行了。它们一边飞，一边不断关心地互相呼唤着，以免飞到视野之外。与它们此起彼伏地应和着的，还有黎明时分荒原上各种各样的小动物和野兽……

夏天到了，那是蓝眼睛的阿克巴拉和塔什柴纳尔共同生活后的第一个夏天。这时它们已经表明自己是不知疲倦的追捕羚羊的能手，而且已经算得上莫云库梅荒原上狼群中的强手了。幸运的是——可以认为，在动物世界同样有幸运儿，也有倒霉鬼——它们，阿克巴拉和塔什柴纳尔，有着一些与生俱来的禀性，这对于生活在半沙漠地带的草原猛兽，具有特别重大、生死攸关的意义，那就是：瞬间的反应，捕猎中的预感，自己一套灵活的“战略”，不消说，还有强壮的体力，即跑得飞快而又有冲击力。这一切表明，这一对狼在未来的捕猎中将大有作为，生活将很富足，每天都有享用不尽的食物，这对野兽来说是莫大的幸福。暂时还没有任何东西妨碍它们成为独霸莫云库梅荒原的兽王，因为人只是偶然才进入这一地区，它们还没有跟人面对面地相遇过一次。那是稍后的事。它们还有一种福分——如果不能说是得天独厚的特权的话，那就是，这些野兽，如同整个动物界一样，可以一天天活着，不必为明天感到恐惧和忧虑。面面俱到的自然界使这些动物摆脱了这一该诅咒的生活重负。虽说正是在这一恩惠中隐藏着那时时窥伺着莫云库梅全体居民的悲剧。不过它们之中谁也不会料到这一点。它们之中谁也想象不到，看来无边无际的莫云库梅荒原，不论它多么辽阔，不论它多么伟大，却只是亚洲次大陆上一个不大的孤洲，这块在地图上用黄褐色标出、只有大拇指指甲盖大小的地方，正从四面八方受到包围：四周不断有人开垦荒地；为了寻找新的牧区，开掘了许多自流井，随后不计其数的家畜在草原上游荡，并逐渐向腹地进逼；在边境地带修了水渠，开了公路；在离荒原很近的地方还敷设了一条极大的煤气管道；最后就是人的侵入。这种侵入越来越顽强、越来越持久，技术装备也越来越先进：他们靠车轮和发动机，靠无线电通信，靠贮存的水，深入任何沙漠和半沙漠地区，其中也包括莫云库梅。不过侵入者并不是那些能使其子孙后代引以为荣的献身科学的学者，而是一些干普通事的普通人，这种事几乎人人都能胜任。这片绝无仅有的莫云库梅荒原上的居民们当然更不会知道，在人类社会的一些极为平淡无奇的事物中，都潜藏着人世间善与恶的本源。在这里，一切取决于人们本身，看他们把这些最平淡无奇的事物导向何方——向善还是向恶，向创造还是向破坏。莫云库梅荒原上的四条腿动物和其他生灵，根本就不懂得折磨着人们的那些难题，虽说人在成为能思想的动物之后，竭力想认清自我，但却始终解不开那道千古之谜：为什么恶几乎总是战胜善……

所有这些人类的事情，根据事物发展的逻辑，同莫云库梅的野兽和动物风马牛不相及，因为这些事存在于它们的本性之外，存在于它们的本能和经验之外。而且一般来说，迄今为止，暂时还没有任何东西当真破坏了这一广漠的亚洲草原业已形成的生活方式。在这一望无际的炎热的半沙漠的平原和丘陵上，长着一些只能在本地才成活的各种耐旱的红柳。这种柳半似草，半似树，坚硬得像石头，枝茎扭结得像海船上的大索，此外还长着固沙的盐木以及各种粗硬的牧草。最多的却是芦苇似的高茎的芨芨草，这种草为半沙漠地区增色不少，因为无论在月色下，还是在阳光下，草丛宛如一片虚幻的金色树林那样闪烁不定。谁要是进入这片浅水似的草甸中，他只要有狗那样的身高，一抬头就能看到周围的一切，自己也会暴露无遗。

就在这样的地区，母狼阿克巴拉和公狼塔什柴纳尔结成了一对，开始了新的生活，而且发生了动物一生中最重大的事件——那时它们已经有了自己的头生崽；阿克巴拉在莫云库梅那个值得纪念的春天，在那个值得纪念的洞穴里，生下了三头小狼崽。它们选定的洞穴在一处洼地里，洞上有一棵被冲刷得露出粗根的老盐木，近旁长着一片半干枯的红柳丛，所以若要把小狼崽带出来训练那是很方便的。小狼崽已经能竖起耳朵，还显露出各自的脾性，虽说它们一起玩闹时，耳朵还像小狗那样东歪西倒，但它们已经感到腿脚相当有劲了。它们经常紧跟着双亲去进行大大小小的偷袭。

有一次，那是不久以前，狼群离开了窝，出去了整整一天一夜。这次出猎险些酿成一场意外的灾难。

那是一个清晨，阿克巴拉领着一窝小崽去莫云库梅的边远地区。在那片广阔的草原上，特别是在一些僻静的小山沟里和狭长谷地里，长着一种高茎的草，这种草能发出一股浓浓的、独特的气味，闻后使人感到晕晕乎乎。如果长时间在这种高草里游荡，吸进它的花粉，起初会感到行动起来特别轻快，就像在地上滑行一般，继而觉得四肢发软，想打瞌睡。阿克巴拉从小就记得这些地方，每逢这种醉心草[1]开花的季节，一年总要来这里一趟。一路上逮些草原上的小动物，它喜欢在这些高草里陶醉一番，在热乎乎的浓烈草香中打打滚，体验一下飘飘然的奔跑，然后睡上一觉。

这一次，阿克巴拉已经不光是同塔什柴纳尔前来了——后面跟着三只小狼崽，三只细长腿的笨拙的小东西。小动物应该尽可能地到处跑跑，熟悉周围的地形，从小就知道狼将来活动的范围。现在母狼领着它们去熟悉的那块香气扑鼻的草地，正位于它们领地的边缘，再过去就是另一个天地，那里可能有人居住。从那边，从一望无际的远方，有时传来火车头如秋风悲鸣似的汽笛声，那是一个与狼敌对的世界。现在阿克巴拉领着全家，正向荒原的尽头奔去。

阿克巴拉打头，塔什柴纳尔用快速的碎步跟在后面，三只小狼崽精力充沛，欢快地奔跑着，老想蹿到前头去，但是狼妈妈不让它们由着性子乱来，严格地监视着，不许它们在小径上超过自己……

开始时它们走在沙地上，穿过盐木和固沙的苦艾丛。太阳升得越来越高，预兆着像往日那样，这是个晴朗的大热天。临近黄昏时，这一

① 即野生大麻。

窝狼才到达目的地。来得正是时候：天还没有断黑。这一年的草长得特别高，几乎没到大狼的脖子。由于在火辣辣的阳光下晒了一整天，那些毛茸茸的草茎上并不好看的小花，散发出一股浓烈的香味，特别是在密集成片的草地上，香气就更浓。在这里，在一片不大的山谷里，这窝狼经过长时间奔跑，终于停下来休息了。不过，不安分的小狼崽却根本没有休息，而是四处乱跑：凡是引起它们好奇的东西，它们都要用鼻子闻了又闻，仔细地看了又看。这窝狼很可能会在这里过夜，因为它们真可说是吃饱了，喝足了——一路上顺利地逮了几只肥大的土拨鼠和野兔子，毁掉了许多各种各样的窝，路经山沟里的一处泉眼时还好好解了渴。不料发生了一桩非常事件，迫使它们赶紧抛下这块地方，急忙朝荒原深处的狼窝赶去。它们跑了一个通宵。

事情是这样的。当时太阳已经落山，阿克巴拉和塔什柴纳尔被醉心草的香味熏得晕晕乎乎，在草丛中舒展开四肢，正要昏昏入睡的时候，突然听到不远处有人声。先看到人的是小狼崽，它们正在山谷里戏耍。小兽并不疑心，再说它们也并不知道，突然在这里出现的这个怪物是人。有那么一个活物，几乎光着身子——他只穿一条短裤衩，光脚穿一双运动鞋，头上戴一顶原先是白色的、现在已相当破旧的巴拿马草帽——他就这么在那片草地上跑着。他跑得很古怪，专挑茂密的草丛，在草茎中间跑前跑后，似乎感到极大的愉快。三只小狼开始时躲在一边，有点儿捉摸不透，还有点儿害怕——它们还从来没见过这种东西呢。那人在草地上一个劲儿地跑来跑去，活像个疯子。小狼壮了壮胆，好奇心占了上风。这个从未见过的、光皮肤两条腿的奇怪动物，像上了发条似的跑来跑去，它们多想跟他闹着玩玩呀。正在这时候，那人也注意到了这几只小狼。最奇怪的是，那人并没有警觉起来，也没考虑一下为什么这地方有狼，就朝小狼那边走去，还亲切地向它们伸出手去：

“嗬，瞧，这是什么？”他喘着粗气惊呼道，还从脸上抹着汗，“好像是小狼？要不然是我转昏了头，看花了眼？哦，可不，有三只，还这么漂亮，都长大啦！哎，我亲爱的小狼崽呀，你们从哪儿来，上哪儿去？你们在这里干什么呢？我嘛，是叫鬼指使来的，你们怎么来的？在这片荒原上，在这些可恶的草丛里，你们干什么？喂，过来，到我这儿来，别怕，哎呀，你们真是些傻乎乎的小动物！”

不懂事的小狼崽果然接受了他的爱抚。它们摇着小尾巴，顽皮地把肚皮贴在地上，朝人那边爬去，想跟他比比谁跑得快哩。但这时阿克巴拉突然从小山沟里跳出来。母狼立刻估计到情况危急。它发出低沉的嗥叫，向那个在草原落日的光照下全身发红的赤条条的人扑去。对母狼来说，用利齿一下咬伤对方的喉咙或肚子是毫不费劲的。那人看到猛扑过来的母狼，完全吓呆了，他只好蹲下，吓得抱住了头。这一来反倒救了他。扑上来的阿克巴拉不知为什么改变了主意。它纵身从那人的头上跳过去，越过了这个赤条条的、无法自卫的、本可以立刻置之于死地的人。阿克巴拉这一跳，把猛冲时的一股热气喷到那人身上，这使它看清了他面部的轮廓和吓直了的眼睛，闻出了他身上的气味。跳过去以后，母狼又转过身来，从另一侧跳过他的头，随即奔到小狼崽身边，驱赶它们，使劲咬它们的尾根，把它们往山沟里轰。在那里，母狼撞上了塔什柴纳尔——那公狼因看见了人，可怕地竖起脖子上的毛。它咬了公狼一口，让公狼也掉转身去，就这样，这一窝狼飞也似的钻进了山沟，转眼就不见了踪影……

到了这时，那个赤条条的怪人才如梦初醒，拔腿就跑……他久久地在草原上奔跑，不敢回头张望，甚至都不敢出气……

这就是阿克巴拉一家同人的第一次意外相遇……不过谁又能知道，这次相遇预示着什么……

白天即将过去，落日长时间地喷吐着余热，晒了一整天的地面不断把热量放回空间。太阳与草原是两个亘古长存的庞然大物：根据太阳，可以测量草原，看太阳照着的面积可以知道草原有多大。而草原之上的天空，可以根据苍鹰飞起的高度来测定。在那天的日落时分，在莫云库梅荒原上空有一大群白尾巴的苍鹰在高空盘旋。在那永远凉爽、轻烟弥漫而又无云的高空，它们忘我地翱翔着，没有目的，它们稳稳地飘浮着，似乎只是为了飞行而飞行。这些苍鹰一只接一只，朝着一个方向兜圈子，仿佛以此象征着：这天，这地，都是永恒的，坚固的。这些苍鹰不发出任何声音，只是默默地观察着此刻在它们的翅膀底下发生的一切。多亏自己异常敏锐的、能洞察一切的视力，正是多亏这种视力（它们的听觉是第二位的），这些贵族气派的猛禽便成了荒原上层空间的居民，它们只在吃食或过夜时才落到这罪孽深重的大地上。

也许就在此时此刻，从那不可估量的高度，这些苍鹰了如指掌似的看到了：在一个小沙丘上，在红柳树丛和金色的芨芨草丛中，有一只公狼、一只母狼和三只小狼。这一窝狼正在小沙丘上歇息，热得吐出了舌头，它们根本不会想到，自己成了高空的苍鹰观察的对象。塔什柴纳尔用它最心爱的姿势半躺着，两只前爪交叉地伸在前面，头稍稍昂起，它那强劲的脖子、高大的骨架和沉重的身躯，使它在这一窝狼中显得尤为突出。年轻的母狼阿克巴拉蹲在一旁，把那根又粗又短的尾巴严严实实地收在身下，看上去真像一尊纹丝不动的石雕。母狼用两条直直的、肌腱发达的前腿牢牢地支撑着身子。它那发白的胸脯、收紧的肚子，以及两侧暂时还鼓出但已不很肿大的奶子，衬托出母狼大腿的结实和有力。而那三只小狼崽正在近旁来回乱转。它们的活泼好动、纠缠不休和顽皮淘气，一点儿也没有惹恼双亲。公狼和母狼显然是纵容地瞧着它们，那神态仿佛说：让它们玩个够……

苍鹰继续在云端盘旋，继续冷漠地观察着下面日落时莫云库梅荒原上发生的一切。在狼群的一侧不算远的地方，有些羚羊正在密集成林的红柳丛中吃草。数量不少。几乎就在近旁，还有相当大的一群羚羊也散在杂树丛中觅食，而在不远处还有更大的一群羚羊。假如这些苍鹰对草原上的羚羊发生兴趣，那么只要察看一下方圆几十千米的大草原，它们就会发现无数羚羊，可以说成千上万，因为这些羚羊自古以来就习惯于这种天赐的半沙漠地区，成了这一地区占压倒优势的动物。由于不堪傍晚的炎热，羚羊通常在夜间跑到荒原深处极为稀少的水源去饮水。有些羚羊此刻已列队朝那个方向迅速跑去。它们必须长途跋涉。

其中有一群羚羊正从狼群所在的小沙丘旁飞奔而过，近得都能看清它们在亮晃晃的芨芨草丛中闪过的腰身、垂下的头和公羊头上不大的角。这些羚羊跑动时从来都耷拉着头，以减少不必要的空气阻力，因为它们随时准备奋力奔跑。这是大自然在演化进程中给它们安排好的生活，也是羚羊的主要优势：通过奔跑来摆脱任何危险。即使不受任何惊扰，通常羚羊也总是从容不迫地、不知疲倦地、一刻不停地奔跑着，它们不给除狼以外的任何动物让路，因为羚羊的数量很大，这就是它们的力量……

此刻羚羊正从隐藏在杂树丛里的狼群近旁飞奔而去，它们成群结队地大步跑着，在身后掀起一股风，风里混杂着羚羊的气味和羊蹄扬起的尘土。沙丘上的小狼崽激动不安，本能地兴奋起来。三只小狼崽全都紧张地嗅着空气，尽管还不明白究竟，却猛地朝送来羚羊气味的方向跑去。它们真想冲进那片高茎的芨芨草丛，因为那里闪过了许多飞跑的动物。可是它们的双亲，不论是阿克巴拉还是塔什柴纳尔，却一动不动，照样是那副姿势，虽说它们只需跳两下就能出现在飞奔的羚羊身旁，然后可以驱赶它们，狂暴地、锐不可当地追得它们筋疲力尽，让它们在共同的奔跑中，在拼死的赛跑中，耗尽最后一点儿精力，只觉得天旋地转；它们还可以灵巧地在某处拐个急转弯，在飞跑中扑倒一两头羚羊。这是完全可能的。但是也可能出现另一种情况：不走运，一无所获。不管怎么样，阿克巴拉和塔什柴纳尔都没有想到要去追逐，虽说猎物可以说是自投罗网的，但它们始终没有离开原处。这自有道理。这一天它们吃得很饱，肚子沉甸甸的，如果在这种不可思议的大热天再来一次疯狂的奔跑，去追逐那些难于捕捉的羚羊，那无异于自己寻死。不过最主要的是，对小狼崽来说，还不到捕猎的时候。小狼崽会伤了筋骨，即使伤一次也会贻害终生。要是由于跑得喘不上气，落在怎么也赶不上的目标后面，那就会从此丧失信心，再也不想去拼搏。待到冬天大围猎的季节，那时小狼崽快满周岁，体力剧增，就可以试试自己的力量，并获得这样的信心：它们已身强力壮，完全可以参加捕猎了，可是目前犯不上自讨没趣。好日子还在后头哩！

阿克巴拉轻轻跳到一旁，离开那些急于出猎而惹得它不耐烦的小狼崽。它换一个地方蹲下，锐利的目光始终注视着朝饮水处飞奔的羚羊。这些羚羊并肩在银色的芨芨草丛里闪过，就像一群产卵的母鱼一齐涌向流水的上游，它们全都冲着一个方向，再也分不清单独的个体。不过在阿克巴拉的目光里，却透露出它自己对事物的理解——让这些羚羊现在跑去吧，那注定的一天总会到来，荒原上的东西是跑不出去的。这时三只小狼崽又去纠缠父亲，它们想催促阴沉的塔什柴纳尔赶快行动起来。

这时阿克巴拉突然想象出初冬季节辽阔的半沙漠的景象：有那么一天，黎明时分落下的头一场新雪把整个荒原变成了白茫茫一片。只要这雪一天或半天不化，那就是狼群出猎的信号。从那天起，追捕羚羊便成了狼生活中的头等大事。这一天总会到来的！你瞧那条暖流下方的薄雾，你瞧那覆盖在凄凉的白色芨芨草和打弯了的红柳丛上的冰霜，你瞧那荒原上空朦胧的太阳，——母狼把那一天想象得如此鲜明，不禁猛地一震，仿佛它冷不防吸进了一口凛冽的寒气，仿佛它那厚实而富有弹性的、团成梅花状的爪子已经踩在雪地上，仿佛还清清楚楚看到了自己又深又大的脚印，看到了那些都已长大、腿脚已经有劲、但脾性各异的小狼的脚印（这脾性从它们的脚印就看得出来）。在这一串串脚印旁边，还有一串最大的脚印，那梅花状的脚印粗重有力，还带着鸟嘴状的爪印，从狼窝里一直延伸出去，那将是塔什柴纳尔的足迹，雪地上的这些脚印比别的脚印更深，显得更有劲，因为它的公狼是强壮的，颈下的垂肉很多，身子很重；它就是力量，是闪电般捅进羚羊咽喉的一把尖刀，任何一头被它追上的羚羊，都会像鸟儿那样，扑扇起鲜红的翅膀，立刻喷出如注的鲜血，染红荒原上的白雪。这一切只是为了让另一种血，另一种隐藏在灰皮囊里的血获得生机，它们的血有赖于另一种动物的血而获得生机——这是一切原则的基础，别的办法是不会有的，而且这里谁也当不了法官，因为这里无所谓谁是谁非，一切只能归咎于制造一种血来滋补另一种血的造物主（只有人是例外，他们通过劳动收获粮食，通过劳动繁殖肉禽——自己成了大自然的创造者）。

而留在莫云库梅初雪上的脚印，那些或大或小的狼的梅花脚印，在暖流下游的迷雾中并排地延伸开去，直至杂树丛中一个背风的洼地——这几只狼要在这里等一等，观察一番，再留下几只狼埋伏起来……

于是那日夜盼望的时刻日益临近——阿克巴拉会悄悄溜过去，身子贴着蒙上冰雪的枯草，大气不出，尽可能轻柔地在雪地上爬行，摸到正在觅食的高鼻羚羊身边，近得都能看见它们暂时还未受惊的眼睛，然后像影子般出其不意地猛扑过去，于是狼就大交红运了！——阿克巴拉把带上小狼崽从事的第一次训练性捕猎想象得如此真切，竟不由自主地尖叫了一声，它好不容易才克制住自己，没有离开原处。

啊，当头一个冬天到来，荒原上将会有怎样的追逐啊！一群群羚羊飞奔过去，像避开野火似的拼命奔跑，于是白茫茫的雪原上划出一道道创伤——那是裸露出的黑色泥土。于是它，阿克巴拉，领着它的一窝狼紧追不舍。在它身后，几乎就在近旁，是它的小狼，三只头胎生的年轻小狼，它的后代，它们来到世上的使命，自古以来就是进行这样的捕猎。在它们后面还有它的塔什柴纳尔：强壮的父亲，不可制服的奔跑能手，它追求的只是一个目的——驱赶羚羊，最后把它们赶进埋伏圈里，就这样给自己的后代上一堂捕猎课。是的，那将是不可遏止的奔跑。此刻阿克巴拉在对未来的冥想中，与其说是想逮着几头羚羊，不如说是盼望着捕猎早一点儿开始，到那时它们将在草原上飞奔追逐，一如长着翅膀的飞禽……这就是狼活着的意义……

这就是母狼的心愿，是它的本性的流露，谁知道呢，也许是天赐的本能。命中注定，日后母狼会一再悲哀地、伤心地回忆起它的这些心愿，会经常地、无望地梦见这番情景……母狼将哀嚎不已，为这些心愿而遭受折磨。要知道一切心愿都是这样的：开始是想象的产物，后来多半化为泡影，只因为这些心愿如无根之木，是无法生长的……要知道一切心愿都是这样——因此不能光有心愿，还必须学会分清善恶……

三

冬天已经降临莫云库梅。有一天，下了一场对半沙漠地带来说是相当大的雪。这场雪不大工夫就把整个荒原变成了白茫茫的世界，早晨一看，宛如一望无际的海洋，只是浪涛在奔腾中凝固了，成了风和风滚草[①]自由驰骋的天地。随后，莫云库梅笼罩着一片沉寂，如同在宇宙中，如同在无限的空间里，因为沙土终于吸足了水分，龟裂而坚硬的土地如今湿润了，变软和了……在此以前，荒原上空总是一片嘎嘎声，那是一群群秋雁正朝喜马拉雅山的方向飞去。它们响亮地鸣叫着，高高地飞越莫云库梅草原，从它们避暑的北方的海洋和河流飞来，向南方古已有之的印度河与布拉马普特拉江[②]水域飞去。如果荒原上的居民长上翅膀，想必都会听从它们的召唤。但是每一种有生之物都注定有自己的天堂……甚至在高空翱翔的草原之鹰也不例外，此刻它们只是稍稍偏离了方向……

入冬以来，阿克巴拉的小崽们不知不觉都长高了，失去了原先那种很难区别的稚气，三只头胎生的小崽都变成了愣头愣脑的小狼，而且已经显露出各自的脾气。当然啦，母狼不可能给它们取名字：天意不可

---

① 一种沙漠植物，成熟时容易折断，种子随风吹至各地。

② 我国境内称雅鲁藏布江。

违啊。不过，根据人类并不具有的一种气味，根据其他一些活生生的特征，母狼却很容易把它的子女区别开来，可以把它们中的任何一个单独叫唤到跟前。比如说吧，长得最大的小狼额头很宽（这一点像塔什柴纳尔），所以在父母眼里就是“大脑袋”。中间的那一只，身架也不小，有四条长长的富有弹性的腿，将来无疑会成为一名追逐能手，所以它被公认为“飞毛腿”。其中最小的一只长着一对跟母狼一模一样的蓝眼睛，腹股沟也跟母狼一样长了一块白斑，这是阿克巴拉最心爱的小淘气，所以在它无言的意识中相当于“小宝贝”的意思。一旦这个“小宝贝”懂得了谈情说爱，它肯定会成为公狼不惜拼个你死我活的争夺对象……

夜间悄悄降落的头一场冬雪，一大早就给这窝狼带来了意外的欢乐。先是小狼觉得洞穴周围变了样，那些从未见过的雪和从未闻过的气味使它们感到有点儿胆怯。后来它们觉得一身清凉，惬意得很，于是开始兜圈子，在附近你追我赶地跑起来，在雪地上打滚，高兴得打着响鼻，嗷嗷欢叫。就这样，三只头生小狼迎来了冬天，而等到冬去春来，它们就该离开爹妈，彼此也互相告别，开始独立的新生活。

傍晚时分，雪还下个不停。到了第二天清晨，尽管太阳还未升起，荒原上已经天色大亮，空气透明得如白昼一般。四周一片沉寂和静谧，使你感到冬季常有的那种难耐的饥饿。狼都竖起耳朵，听着周围的动静——是时候了，该大干一场去猎取食物了。阿克巴拉一直等着联合别的狼群来一次对羚羊的大围猎。暂时还没有任何迹象。全都在倾听和等待着那些信号。瞧，“大脑袋”急不可耐地蹲在那里，它哪里知道捕猎是多么繁重的活儿。“飞毛腿”也准备好了。只有“小宝贝”瞧着母狼的蓝眼睛，目光显得忠诚而勇敢。最后是一家之主的塔什柴纳尔，它正在一旁踱来踱去。全都等着阿克巴拉的命令。但是凌驾于它们之上的，还有最高的王——饥饿之王，满足血肉之躯需要之王。

阿克巴拉从原地站起，小跑着出发了。没有时间再等啦。其余的狼跟在它后面。

正如狼崽还小时母狼所想象的那样，一切大体上就这样开始了。时候已到。眼下正是在草原上捕猎的大好季节。再过一些时日，随着天气转冷，那些单独行动的狼就会集合成群，整个冬天将联合行动。

此刻阿克巴拉和塔什柴纳尔已经领着它们的头生崽去接受考验，对羚羊进行第一次意义重大的出猎。

这窝狼为了适应草原上的各种地形，有时大步快跑，有时缓缓而行，在未经触动的雪地上留下一串串梅花状的脚印——这是力量与团结一致的标记。它们知道，哪些地方要在灌木丛中匍匐前进，哪些地方要像影子似的溜过去。现在一切都取决于它们自己和运气了……

途中阿克巴拉跑上一个小沙丘，想察看一下周围的情况。它一动不动地站着，一对蓝眼睛注视着远方，鼻子嗅着风的气息。广漠的荒原正在苏醒，在目光所及的范围内，透过薄雾，能推断出许多地方都有羚羊——还都是大群的羚羊，其中不少是出生才一年的小羊，因为眼下正是分群的季节。这一年羚羊大量繁殖，因此对狼来说，也是一个好年成。

在那个长着芨芨草的小沙丘上，母狼停留了片刻，想必是需要做出选择——根据风向决定该朝草原的哪个方向奔去，才能准确无误地开始捕猎。

正在这当儿，突然从一侧上方传来奇怪的响声：阵阵轰鸣掠过草原上空，但又完全不像雷声。那声音听来很陌生，却越来越响，塔什柴纳尔忍不住也冲上山丘，跳到母狼身旁。两只狼吓得直往后缩——天上出事了，那里出现了一种从未见过的大鸟，那鸟像巨怪似的发出轰隆轰隆的声音，在荒原上空飞行，身子有点儿倾斜，几乎被鸟嘴遮住了。在它之后稍近的地方，还有一只同样的怪鸟在飞。后来它们远去了，响声也渐渐消失。原来那是直升机。

就这样，两架直升机横越莫云库梅上空，犹如水中的游鱼，没有留下丝毫痕迹。无论在空中还是地上，暂时都没有发生任何变化，然而这并不能排除以下这个事实：这是一次空中侦察，这期间空中传播着无线电波，飞行员对着头盔上的受话器报告他们在什么地方，什么方位，看到了什么，有哪些道路可供越野汽车和带拖斗的卡车进入莫云库梅……

这几只狼尽管慌张了一阵，但很快就把飞机的事忘了——它们又何必去关心这种事呢？于是它们重又在草原上小跑起来，急忙朝羚羊的栖息地赶去，丝毫也没有觉察到（造物主没有赋予它们这种能力），它们和荒原上的全体居民已被发现，并被标明在地图上编号的方格内，命中注定要遭到大规模捕杀；它们不知道，它们的灭亡已被策划好了，布置好了——此刻死神正随同无数的发动机和车轮滚滚而来……

这些草原狼怎能知道，羚羊虽然是它们自古以来的猎物，但现在人们却需要用羚羊来完成他们上缴肉类的计划；它们又怎能知道，时值"决定性的一年"最后一个季度之末，该州的形势非常紧张——"五年计划的执行情况不妙"，于是州管委会有人灵机一动，建议"开发"莫云库梅的肉类资源。这一思想可以归结为：重要的不仅是肉类生产，而且是切实完成肉类上缴计划，这是在人民群众中和严厉的上级机关面前保住州委体面的唯一出路。这些草原狼又怎能知道，州中心不断来电话，总是要求抓紧时机——哪怕挖地三尺，也要完成肉类上缴计划，不能再拖了，现在是五年计划的最后一年，我们对人民怎么交代，计划在哪儿，肉在哪儿，我们承担的任务怎么完成？

"计划一定完成，"州管委会回答，"给十天期限吧。后备资源有的是，我们会给地方上施加点儿压力，提出要求……"

这时草原狼丝毫没起疑心，正迂回地逼近朝夕思念的目的地。依然是母狼阿克巴拉打头，它们悄没声地走在软软的雪地上，来到它们出击前的最后一个阵地——一片高茎的芨芨草地，立即钻了进去，看上去它们就像几个草褐色的土墩。这几只狼从这里望出去，什么都看得一清二楚。一群为数众多的羚羊正在觅食——这些羚羊像经过挑选的一般，长着清一色的白肚子和褐色的背。它们暂时还不知道有危险，分散在宽阔的红柳丛生的山谷里，贪婪地吃着脚下带雪的羽茅草。阿克巴拉还在等待。这是必要的，为的是在冲击前先喘口气休息一下，然后所有的狼就能一下子蹿出隐蔽处，立即投入追捕。到那时捕猎本身就会提示，该如何随机应变。三只小狼崽焦急得连尾巴都打起战来，还竖起了耳朵。就连一向沉得住气的塔什柴纳尔也感到热血沸腾，随时准备把利齿扎进撞上的牺牲品。但是阿克巴拉沉住气，虽然它目光炯炯，但暂时还不发出冲击的信号。它在等待最有利的时机，只有那样才能指望获得成功，因为羚羊善于在一刹那间四散奔跑，其速度之快对于任何动物来说都是不可思议的。要善于捕捉战机。

正在这时，天空中真像打雷一样，又出现了那两架直升机。这一次飞机飞得又快又低，而且俯冲到受惊的羊群头上，发出威胁的隆隆声。羚羊立即疯狂地奔跑起来，想躲开这些巨怪的袭击。这事来得那么突然，又快得惊人，只见几百只羚羊吓昏了头，它们既没有领头羊，又迷失了方向，顿时陷入混乱和恐怖之中，因为这些无辜的动物根本无法抵御自天而降的飞机。而直升机似乎正是要达到这个目的——把奔跑的羊群逼得走投无路，然后越过它们，使它们同附近的另一群羚羊汇集起来，就这样把越来越多的羚羊群逼向莫云库梅的末日。直升机使大群大群仓皇逃命、乱成一团的草原羚羊发了狂，于是这场突然落到荒原上偶蹄目居民头上的空前浩劫就更加令人毛骨悚然了。岂止是偶蹄目动物，就连跟它们形影相随的伙伴和天敌——狼，也陷入了同样可悲的境地。

这一窝狼目睹了直升机的可怕袭击，起初吓得把身子紧贴在芨芨草根部躲藏起来，但后来它们憋不住了，猛地从那片该死的地方跳出来。狼本想悄悄溜掉，躲开危险，跑到安全的地方，然而命中注定不能如愿。它们没跑多远，便听到土地在震动，在轰鸣，真像起了暴风雪一般——不计其数的羚羊在直升机的驱赶下，以可怕的、快得不能再快的速度向它们飞奔而来，这就是飞机要它们奔去的方向。狼既来不及拐弯，也来不及躲藏，刚好落在那股如乌云般汹涌而至、似洪水般势不可当地飞奔的羚羊群的前方。如果这几只狼稍稍停留一下，那么它们无疑会立即被无数羚羊蹄子踩死、压死，因为这群密密麻麻、完全失去控制的野生动物来势异常迅猛，任什么也抵挡不了。正因为这些狼没有减慢速度，反而在恐怖中更加拼命快跑，所以才幸免于难。此刻连它们也成了俘虏，被这股奔驰的洪流所裹挟——如果想一想，就会感到这种奔驰简直不可思议，令人难以置信，因为此刻狼正同自己的猎物，同它们刚才还准备加以撕咬并拖进树丛的羚羊一块儿在逃生；此刻它们同羚羊并肩逃窜，躲避着共同的危险；此刻在命运残酷的转折关头，它们已经完全平等了。狼和羚羊居然在一起逃命，这种场面莫云库梅荒原还从未见过，哪怕是在起了燎原大火的时候。

阿克巴拉有好几次想跳出奔驰的洪流，但这是不可能的，除非它不怕冒一冒被成百只并肩飞奔的羚羊踩死的风险。在这疯狂的、致命的疾驰中，这一窝狼暂时还能聚在一起，阿克巴拉暂时还能用眼梢瞟到它们——哦，这是它们，它头一胎生下的后代，夹在羚羊中间伸开四肢，鼓着吓呆了的眼睛，正在拼命奔跑。哦，这是“大脑袋”；这是“飞毛腿”，它有点儿跟不上了；这是“小宝贝”，看来它越来越没劲了。跟小狼在一起的还有它，莫云库梅的雷电，它的塔什柴纳尔，此刻已化成一道仓皇逃窜的飞影。难道蓝眼睛母狼当初热切盼望的竟是这种结局？——眼下哪有什么轰轰烈烈的捕猎，它们只落得夹在羚羊群中奔跑，想不出任何逃生的办法，它们被羊群裹挟而去，犹如急流中的几块小木片……第一个消失的是“小宝贝”，它摔倒了，落在羊群的蹄子下，只听见一声尖叫，但叫声立即被成千上万只羚羊的奔腾声所吞没……

参加围猎的飞行人员，一边通过无线电进行联络，一边监视着羊群，从两侧推进，以免羊群四散逃跑，否则他们又得在荒原上轰赶羊群了。直升机越来越加快速度，制造着恐怖，逼迫羚羊豁出命来能跑多快就跑多快。飞行员对着头盔上的受话器激动地用嘶哑的嗓子大喊：“二十号，听着，二十号！喂，加油，再加油！”两名直升机驾驶员居高临下，对草原上的一切看得十分清楚：但见白茫茫的新雪上滚动着一股疯狂而恐怖的黑色河流。随即从耳机里传来兴奋的回答：“是，加油，哈哈哈！你快瞧，羊群里有狼在跑。真是妙极啦，这些灰家伙落网了！你们要完蛋啦，亲爱的伙计！对你们来说，这可不是闹着玩的！”

正如事先设想好的那样，他们就这样把被围困的羚羊赶得筋疲力尽，奄奄一息。真是神机妙算！

被驱赶的羊群刚如狂风般倾泻到开阔的平原上，就有人在那里恭候它们——正是为了这些人，直升机才一大早这么卖力地工作。在这里等着它们的是猎人，或者说得确切些，是射手。那些射手坐在几辆乌拉尔汽车制造厂出产的带篷越野汽车里，一边把羚羊群朝远处驱赶，一边用自动步枪扫射——有时朝着羊打，有时根本不瞄准，就像地里割草一般。在越野汽车后面，是几辆带拖斗的载重卡车——战利品接二连三被扔进车内，人们不劳而获，坐享丰收。有几个粗壮的小伙子手脚麻利，很快就掌握了新本领：给没有被打死的羚羊再捅上几刀，追上受伤的羚羊，然后如法炮制，结果了它们的性命。不过他们的主要任务是：拽住血淋淋的死羊的腿，晃几下，猛一挥，把羊扔进车厢里！荒原给天国诸神奉上了血的献祭，因为荒原始终只是荒原——车里冒着热气的死羊堆积如山。

大屠杀在继续。越野汽车横冲直撞，切入已经奄奄一息的羚羊堆里，射手们忽东忽西地撂倒一批批动物，这就使羊群陷入更大的恐慌和绝望，简直如同《启示录》[1]中描写的世界末日那么可怖。被枪声震聋了的母狼阿克巴拉不禁觉得：仿佛整个世界都变聋了，变哑了；到处都是混乱；仿佛头上无声燃烧着的太阳同它们一样，在这场疯狂的大围猎中被驱赶着，也在一起逃生；仿佛直升机也突然变哑了，不再发出轰隆声和啸叫声，只是无声地在正堕入深渊的草原上空打圈子，犹如两只无声的巨大的苍鹰……那些射手们把自动步枪架在膝头上、越野汽车的车帮上，正无声地扫射着；越野汽车正无声地奔驰，似乎飞离了地面；最后是那些被赶得发狂的羚羊在无声地奔跑，中弹后无声地倒下，刹那间浑身鲜血淋淋……在这如同世界末日来临的沉寂中，母狼阿克巴拉看到了一张人脸。那么近，那么可怕，又那么清楚，以致母狼大吃一惊，险些落到车轮底下。越野汽车几乎就在身旁飞驰。那人坐在前座，上半身探出车外。他戴一副防风玻璃眼罩，脸色红里带青，风扑打着他的脸，他拿着一个步话机放在嘴旁。只见他不时跳起来，对着整个草原吼叫，但听不见他吼叫些什么。很可能，他正在指挥这次围猎。如果这时母狼能听到喧闹声，而且能听懂人话，那么它就会听到，这人正通过步话机喊叫：“朝边上打！朝边上打！别往中间打，会给踩扁的，你们这些该死的！”他担心包围圈里的死羊会被从后面涌上来的羊群踩得稀巴烂……

正在这时，拿着步话机的人突然发现，在自己的一侧，几乎就挨着车帮，在一群疲于奔命的羚羊中间，有一只狼在猛跑，后面还跟着另外几只狼。那人猛地一怔，嘶哑地、幸灾乐祸地狂呼起来，他扔下步话机，抓起一支步枪，端起来上足了子弹。当那个戴玻璃眼罩的人朝母狼瞄准时，阿克巴拉不知如何是好了。它不明白这是干什么，即使它明

① 《圣经·新约》最后一篇。

白，反正也无计可施，因为作为大围猎中的俘虏，它既不能乘机逃脱，也不能止步不前。那人老在瞄准，这就救了阿克巴拉。脚下轰地炸开了！母狼栽倒在地，但它立即又跳起来，以免被羊群踩死。紧接着它的“大脑袋”，它的头生崽中最大的小狼，在奔跑中被击中了，高高地飞到空中，又缓缓落下，血淋淋地慢慢倒向一旁，四条腿抽搐几下就挺直了。可能它发出了痛苦的尖叫，可能那是临死前的哀嚎，但母狼却什么也没听见。戴玻璃眼罩的人扬扬得意地把步枪举到头上挥动着。又过了一刹那，阿克巴拉已经跳过断了气的“大脑袋”的躯体。就在这时，现实世界的一切声响重又冲进母狼的意识，那是围猎中嘈杂的人声和喧嚣：一刻不停地射击声，汽车刺耳的喇叭声，人的喊叫声和欢呼声，濒死的羚羊的嘶鸣声，头上直升机的轰隆声……许许多多羚羊纷纷倒下，躺在地上踢蹬着蹄子；由于憋气和心力衰竭而奄奄待毙，再也动不了啦。收拾死羊的人跑上来就地捅它们几刀，挥手在喉头使劲拉几下，拽起蹄子晃几次，把那些浑身抽搐、半死不活的野物扔进卡车。瞧着这些从头到脚沾满鲜血的人真是太可怕了……

倘若此刻天上有只不眠的眼睛注视着世界，那么它想必会看到，大围猎是怎么发生的，又给莫云库梅荒原带来了什么灾难。然而就是它，大概也未必能料到，接下去还会发生什么事，那些人还有什么预谋……

直到傍晚时分，莫云库梅大围猎才告一段落，这时被追逐者和追逐者都已精疲力竭，草原上已暮色四合。可以预料，第二天清早直升机会从加油站返回，于是大围猎将重新开始；可以预料，这种作业还将在这里持续三、四天，因为据直升机空中侦察后的预测，在莫云库梅荒原的西部多沙区，似乎还有许多未被惊动、但已被正式列入州后备资源的羚羊群。既然还有尚未开发的资源，那么就产生了一个迫在眉睫的任务：为了全州利益，应尽快把上述资源列入周转计划。这就是采取“莫云库梅行动”的名正言顺的理由。然而大家知道，在任何名正言顺的主张后面，总有着这样或那样一些决定着历史进程的重要背景，而所谓历史背景，归根到底，无非是一些抱着各种动机和欲望、具有各种缺陷和美德、怀着各种朦胧憧憬和矛盾心理的人们。从这个意义上说，莫云库梅的悲剧也不例外。这天夜里，荒原上的那些人便都是这次暴行自觉或不自觉的执行者。

这时母狼阿克巴拉和公狼塔什柴纳尔，这一窝狼里的幸存者，还在黑暗的荒原上小跑着，想尽快离开这个围猎区。但它们行动起来十分艰难，整个腹部、大腿间直到骶骨部位的毛都沾上了稀泥，全湿透了。伤残的腿痛得像火烧火燎似的，只要一挨着地，就感到难受和疼痛。它们最大的愿望是回到自己熟悉的洞穴，昏昏睡去，忘掉那场突然落到它们那天不怕地不怕的头上的灾难。

然而这时它们也不走运。接近洞穴时，它们意外地撞上一伙人。在那片熟悉的洼地边上，一辆巨怪似的载重卡车停在没有车轮高的红柳丛里。黑暗中可以听见车旁的人声。两只狼站了一会儿，随后默默地掉头向空旷的草原跑去。不知怎么偏偏在这个时刻，车灯射出的强大光柱劈开了黑暗，尽管光柱冲着相反的方向，但这也够狼受得了。它们加快步子，瘸着腿，蹦跳着，四处乱跑。阿克巴拉的前半身特别沉……为了让过度疲乏的腿感到一点儿凉意，它专挑残留着积雪的地方行走……雪地上留下一长串梅花状的脚印，显得那么凄凉和落寞。小狼都死了。身后的窝也归不得了。那边现在有人……

他们总共六人，其中有个名叫克帕的司机。一次偶然的机会使他们聚到一处，来收拾打死的野物。这一天，他们就在荒原里过夜，以便第二天一早就能开始干活儿。这太有利可图了——每只羊按半卢布计酬。尽管已经运走了满满的三车，可是在天黑以前远没有把这次围猎中被打死、压死的羚羊收拾干净。明天一早还得到野地里去寻找留下的死羊，把它们扔进车里，再倒手装进拖车里运走。这种拖车有帆布顶篷，会把猎物从莫云库梅地区运出去。

这天晚上，一轮圆月早早就跃出地平线，在昏暗的，有的地方还有积雪的莫云库梅，到处都可以看到它。月光时而给荒原上的灌木丛、沟谷和高地泻下一片银辉，时而又投下阴影。但是那辆大卡车清晰的黑影依然久久地引起两只狼的恐惧：在这人迹罕至的地方，出现这样的庞然大物，显得多么古怪啊！狼每一回头，总要夹紧尾巴，加快步子。然而它们还是常常停下来，重又紧张地回头张望，仿佛竭力想弄明这一切的底细：那些人在它们的老窝附近干什么，为什么他们待在那里不走，这辆巨怪似的可怕的卡车是不是还要在那边停很长时间。顺便插一句，那是一辆莫斯科汽车制造厂出产的军用越野载重卡车，有帆布顶篷，车轮坚固得就是用上一百年恐怕也不会磨损。在卡车的车身里，在几十只准备明早运出的死羊当中，躺着一个双手被捆住的人：仿佛他是刚被擒获的俘虏。他躺在那里，感到堆在身旁的死羊变得越来越冷、越来越僵硬了。不过死羊的皮毛还是给了他温暖，否则他的情况就不妙了。他从帆布车篷的天窗里看到了月亮，他望着很大的月亮，恍如望着一片空虚，他的脸色苍白，流露出深深的痛苦。

此刻，他的命运就操在与他同来的那帮人手里了。那些人认为，他们应该从莫云库梅的大围猎中捞点儿好处……

很难弄清，人世间的生活究竟是怎么回事。无论如何，形形色色的人事关系，形形色色的人物，可以组合成无穷无尽的集体，这种组合极为复杂，因而任何一种超现代的计算机体系也无法用一条总的曲线来显示人类的最一般的天性。这六个人，说得确切些，是五个人，因为越野汽车司机克帕，作为一名上面配备的驾驶员，似乎是独立存在的，再说在他们中间，他是唯一有家室的人，不过就实质而论，他又与他们意气相投，和别人没有多大区别——总而言之，这六个人可以作为一个例子，说明根本不必动用计算机，也可以形成各种互相对立的结合，说明哪怕在形成一个微不足道的集体这样的问题上，天意也是不可知的。也就是说，这是出于天意：他们这几个人有着惊人的相似之处。至少在来到莫云库梅之初是这样……

首先，他们全是风滚草式的人物，没有家小（当然啦，只有克帕是例外），其中三人的妻子都跑了。他们又全是些不走运的人，只是不走运的程度有所不同，因而对世上的一切都极为不满。唯一的例外是他们当中最年轻的一个，这人从《旧约》里取了一个古怪的名字：阿夫季[①]——《圣经》中《历代志》的第三章里提到过这个名字。他是普斯科夫附近一名助祭的儿子，父亲死后进入神学校，本来指望继承神职人员的职位，但两年后因散布异端邪说被校方开除。现在他被捆着双手躺在莫斯科汽车制造厂出产的越野汽车里听候别人发落，据头头说，罪名是图谋在海船上造反。

除阿夫季以外，他们全是些瘾头十足的酒鬼，或者如他们自夸的那样，是职业品酒家。在这方面，克帕又未必属于他们一伙，因为不管怎么说，他必须保住司机的饭碗，否则老婆会抠出他的眼珠。但在莫云库梅度过的这一夜，他还是喝得酩酊大醉，一点儿也不比别人差，在这方面值得怀疑的又是那个阿夫季－阿夫久哈[②]，因为他，这个流浪汉，又闹起别扭来，拒不喝酒，这一来头头就更加恨他了。

头头要他手下的几个收拾死羊的人简称自己为“头头”，想必他也注意到了，这个字眼能使他显得高人一等。他在被革职之前，当真是一名感化营的上尉军官。他被革职的时候，一些好心人有点儿惋惜，说他工作努力，一度干得很出色。他本人也这么认为，因而对上级的不公

① 《圣经·旧约》中的希伯来先知俄巴底亚，在俄语中音变为阿夫季。
② 阿夫季的蔑称。

深表不满。不过他被逐出部队的真正原因似乎也不必深究了。事情已经过去，又何苦刨根问底呢。实际上头头姓坎达洛夫，最早的时候很可能姓汉达洛夫，不过这一点无关紧要：他是头头，而且是名副其实的“头头”。

他们一致同意给自己这伙人命名为“委员会”，只有一名在州剧院演过哈姆雷特的演员加尔金略有异议：“去他的‘委员会’，别逗人开心了！我可不喜欢这个委员会，伙计们我们不是来打猎的吗？那我们就叫打猎队好啦！”不过谁也不赞同他的建议，很可能是因为含糊不清的“打猎队”远不如响当当的“委员会”来得动听。这样一来，米沙什（完整的读法是米什卡·沙巴什尼克）不知怎么就自然而然成了“委员会”的第二号人物了。应当说，这家伙凶暴如野牛，甚至能把头头本人打发掉。米沙什有个习惯，说话的时候无缘无故就加一声“呸”，对他来说，这如同呼吸一样自然。正是他，后来想出了把阿夫季捆起来扔进车里的主意。于是“委员会”立刻照办不误。

这个“委员会”中，地位最低的要数演员哈姆雷特－加尔金了。他因为酗酒，过早离开了舞台，因此只得干点儿零活儿艰难度日，正好撞上发财的好机会：只消抓住羚羊脚——管它是高鼻羚羊还是普通羚羊，反正都一样——把它扔进车帮，挣得的钱几乎等于一个月的收入，再说还可以从头头那儿分点儿奖品，虽说一箱伏特加供大伙儿喝，酒钱还得从包工费中扣除。最后，他们中间最随和最无害的，是莫云库梅边区的青年乌久克拜，或者简称之为本地人吧。这个本地人乌久克拜最可贵的一个特点，就是没有一丝一毫自尊心，不论你说什么，他全同意，而且为了一瓶伏特加，哪怕去北极他也愿意。本地人乌久克拜简历如下：原先是拖拉机手，后来开始狂饮无度，一天夜里把拖拉机扔在公路上，路过的一辆汽车撞上拖拉机，司机死了，乌久克拜为此蹲了两年牢，这期间他的妻子带着孩子跟他一刀两断了。出狱后，他进城当了临时工，给一些食品店装卸货物，常常醉倒在别人家门洞里。有一次坎达洛夫在那里发现了他，于是他头也不回跟随而去，说真的，他也确实无后顾之忧……头头坎达洛夫是无法拒绝的——此人的社会嗅觉特别灵敏……

就这样，以头头坎达洛夫为首的这一伙人聚到一处了；就这样，他们出现在莫云库梅荒原大围猎的浪尖上……

如果谈起命运和各人的境遇，谈起导致其他种种事件的生活背景，那么上帝看到，头头坎达洛夫根本不把这个不走运的神学校学生阿夫季放在心上，即使后者当初得以顺利结业，并步步高升，获得相应的教职。顺便说说，阿夫季以前的神学校同窗，尽管像所有的中学生那样都是些轻狂儿，但是一旦选定了生活道路，结果反比他这个助祭之子更为坚定，更主要的是，更为明智，因而在完成了神学教育之后，他们在神职的阶梯上步步高升了。假如阿夫季也跟他们一样走运——要知道当初他被认为是最有才华也最受宠爱的青年神学者之一——那么头头坎达洛夫这时就未必会和阿夫季相识，原因很简单，那就是头头坎达洛夫老老实实把神父看作时代的误会，一辈子从未跨进过教堂的门槛，哪怕是出于好奇。

尽管如此，然而谁又能知道，往后会出现什么情况？谁又能未卜先知？……为了组织一次出车，临时招几个人来，去某地挣点儿外快，谁还能要求别人填写履历表？这同集体下乡收土豆没什么两样。只不过这次收的不是土豆，而是围猎中被打死的野物……如果头头坎达洛夫早知道，他在火车站上碰到的那个流浪汉阿夫季原来是个神经有点儿不正常的古怪家伙，那么他就不必在莫云库梅的沙原上伤透脑筋了——拿他怎么办，把他送哪儿去，怎样才能甩掉这个怪人阿夫季而对自己无害，因为后者几乎阻挠了他那么热心安排的一切，而他却指望通过这种热心来恢复过去的好名声。谁又能想到，这一切以多么古怪的、不可思议的、同时还是愚蠢的方式搅成了一团。头头坎达洛夫想起这些就想痛饮一番，或者叫作喝他个天昏地黑。干这种事他可是行家，一口半杯，一口半杯，以至无穷……喝得耳聋眼花，兴奋异常，直至忘乎所以，神志不清……然后揍他们的脑袋……不过他也怕这么干，因为知道后果将不堪设想……

他，这个阿夫季，哪儿来的，怎么落到了他的头上！再说一遍，如果谈起命运和各人的境遇，谈起导致其他种种事件的生活背景，那么这一切早在此事发生之前，远在万里以外，就开始了……

具有革新思想的异端分子阿夫季，被神学校开除后，立即成了共青团州报的编外工作人员。报纸编辑部对他这个不久前的神学校学生很感兴趣，尤其是他能根据读者的口味写一手相当不错的文章。另外，由于他曾被革出教门，所以对反宗教宣传这一明显的目的是有利的。至于这个衣食无着的神学校学生，他感兴趣的是，他有可能根据自己的爱好通过报刊在青年中间发表一些有关品德和道义方面的见解。当时他的某些异乎寻常的思想被允许刊登在报纸上，无疑吸引了不只是青年读者的注意，特别是由于当时那个州的报刊充斥着干巴巴的教条式的口号和社会呼吁。双方的兴趣暂时还能得到尊重，但是很少有人知道，或者不如说，除了一人以外谁也不知道，这个年轻而早熟的革新派教徒心里酝酿着什么样的打算。阿夫季希望，随着时间的推移，随着自己的名声在报纸栏目上日益巩固，他能找到一种可以被接受的形式，就意识形态方面的问题辟一个专栏，到时候他可以就当代上帝与人这一课题发表一系列十分迫切的、极其重要的、按照他的信念还是独树一帜的崭新观念，这种观念将同古老的教义中那些不容置疑的论点针锋相对。令人可笑的是，在他面前存在着两个绝对攻克不下、摧毁不了的堡垒，这二者的力量在于它们各自的牢固性和总体上的相互排斥性：一方面是千百年来一成不变的有关耶稣复活的观念，这种观念竭诚保护教义的纯洁性，使它不能容纳任何一种哪怕是出于善意的新思想；另一方面，是彻底否定这类宗教的科学无神论的强大逻辑。而他这个处在二者之间的可怜的人，却无异被夹在两块磨石当中。然而他的内心却燃烧着火热的激情。“必须随着时间的推移，随着人类历史的进展，来发展神的范畴”，这种思想使他激动无比，异端分子阿夫季希望：迟早有一天命运之神将使他有可能向人们揭示出他的那些思想的实质，因为，正如他认为的那样，这是一种普遍的倾向——人们想亲自了解这一点，想了解在人的力量达到空前高度的后工业化的时代，人同上帝的关系。阿夫季的这些推理暂时还不稳定并有值得争议之处，但是就连这种自由思想也得不到正统教义的宽恕，当他拒绝为这些被视为异端的新思想忏悔时，教区的主教便把他逐出了神学校。

从外表看，阿夫季有一个苍白的高额头，像他的许多同代人那样留着垂肩的长发，蓄着一部浓密的栗色大胡子——这一切即使不能说使他变得十分潇洒，然而却使他的面容显得极其和善。一双稍稍鼓出的灰眼睛不时闪现出激奋的光芒，表明他内心和思想的动荡不安，而这种神态是他先天的气质所固有的。它既给他带来形成许多独立见解的巨大欢乐，也使他善意相待的周围的人给他带来许多令人难堪的痛苦……

阿夫季经常穿一件方格衬衣、一件羊毛衫和一条牛仔裤，天冷时外加一件薄大衣，戴一顶还是父亲留下的老式皮帽。他来到莫云库梅荒原时就是这身打扮……

此刻阿夫季被捆绑着仰卧在汽车里，这种处境使他产生许多痛苦的思绪。不过这一回使他感到最为痛切的是自己的孤独，他想起了一位东方诗人的一行已记不真切的诗：“置身于茫茫人海，你感到孤单；你离群索居，更感到孤单。”于是他越发苦恼地、难受地思念起她来——从某一时刻起，她成了他在世上最亲近的人儿。她经常出现在他的思想里，仿佛同他的生命融为一体了，此刻他甚至不能把她同自己分开，他的感情、思绪不能不转向她。如果说确实存在一种心灵感应，即特别亲近的人们处于特别紧张的状况下，虽不交往却能感知对方心情的话，那么这天夜里她一定也会感到异常苦闷并产生一种不祥的预感……

此刻他终于领悟了那些离奇的话语的真正含义——这话还是那位东方诗人说的，尽管以前一直被他暗自嘲笑，怎么能相信这种话："但愿那真诚地倾心于爱情的人，永远别堕入情网……"什么胡言乱语！此刻他悄悄地哭泣，思念着她，意识到：如果他不知道世上还有她这么一个人，如果他不是这样痴心地、绝望地、像爱着自己垂死的生命那样爱着她，那么他也就不会有这一刻不停地痛苦，这忧思，这按捺不住的、极不明智的、折磨人的心愿：立即挣脱捆绑，穿过漆黑的荒漠，跑到她的身边，跑到那条横贯次大陆的铁路旁的小站扎尔帕克－萨兹，以便像前不久那样出现在她的门旁，哪怕只待上半小时也好——出现在她的住所，坐在茫茫沙漠边上医院附近那幢小房子里……但是他无能为力，他办不到。阿夫季只好诅咒自己的一片痴情，也许是他不需要的痴情，要知道正是为了她，他才回到这儿，第二次来到这片亚洲的土地上，出现在莫云库梅荒原里。可现在他被捆绑着，受尽了侮辱和欺凌。然而他想见到她的愿望越是不能实现，那种孤独感就越使他感到痛苦，他对她的情思也越发强烈。与此同时，这种情思又使他豁然领悟了那种恍若同上帝融为一体的无限欢愉的心境，因为他发现，上帝正是通过爱显示了自己，并且以此赐予人以生存的最高幸福。上帝的恩惠是无穷的，犹如时间的流逝那样永无止境，同时爱的使命在每一种情况下，在每一个人身上都是不可重复的……

"啊，赞美你，至高无上的天主！"他仰望着明月喃喃自语，他又想：但愿她能知道，当上帝让你的心灵充满了爱的时候，神的恩惠是多么伟大啊……

正在这时，汽车附近响起了脚步声，有人钻进车身，气喘吁吁的，还打着响嗝。这是米沙什，继他之后又露出了克帕的脑袋。看来他们早就喝醉了，一股伏特加的浓烈气味扑鼻而来：

“呸，你怎么躺着啦？快，狗神父，你给我起来，头头叫你到地毯上去[①]，他要给你洗洗脑筋。”米沙什一边说，一边像狗熊进洞那样跨过成堆的死羊，钻进车里。

克帕嘿嘿笑着，加了一句：

“地毯可没有，蹲下你的屁股，在莫云库梅野地里歇会儿吧。”

“他也配站地毯！”米沙什不断打嗝，用低沉的声音说，“凭他干的这种勾当，呸，该发配西伯利亚！想捉弄我们，恨不得让我们都去当出家人，呸，你找错了人！”

① 俄语中为双关语，意即听首长训斥。

四

这段时间里，阿夫季给英加·费奥多罗夫娜写过好几封信，寄往扎尔帕克－萨兹小站。对方的回信则寄到镇上的邮局待领，因为当时他已经没有固定的地址。阿夫季从小失去母亲，他的父亲，助祭卡利斯特拉托夫，丧妻后便把他的全部慈爱和不浅的学识（既有神学的，也有世俗的）灌注到儿女身上。阿夫季有个姐姐，比他大三岁，叫瓦尔瓦拉。后来姐姐去列宁格勒求学，本想进师范学校，但因为她是教士之女，没有被录取。她因此有可能受了中学教育。后来，瓦尔瓦拉通过考试进入一所工程技术学校，就这样在列宁格勒定居下来。后来她结婚成家，现在在某设计院当绘图员。阿夫季的道路则通向宗教领域。这是他本人的愿望，也是他父亲的心愿，特别是在女儿瓦尔瓦拉没能进师范学校之后，他尤其希望能这样。当阿夫季去神学校学习时，助祭卡利斯特拉托夫感到既幸福又自豪。他欣喜的是，他的理想实现了，他的操劳和教诲没有白费，而且上帝依允了他的祈求。但不久他去世了，这可能是命运的恩赐，因为他如若活着，肯定承受不了儿子离经叛道的变故：后来阿夫季在永恒如世界的神学领域里醉心于革新思想，而神学这种学说一旦确立，那么神的力量便是天经地义、亘古不变的了。

当阿夫季开始在共青团州报任职时，助祭卡利斯特拉托夫一家住过多年的小小的住宅被要了回去，以供新来的教堂执事使用。有关方面建议过去的神学校学生阿夫季把房子腾出来，因为他同教会已毫无关系。

为此阿夫季叫回了他的姐姐瓦尔瓦拉，让她自行挑选有用的东西运回列宁格勒。父亲的遗物中主要是一些古老的圣像和绘画，只能留作纪念。阿夫季要了父亲的全部书籍。那次小聚是姐弟俩最后一次相会——人各有命。此后两人再也没有见面，他们的关系完全正常，但生活道路却各不相同。从那时起，阿夫季租了私人住房，开始还住得起单间，后来只租一个铺位，因为囊中无钱付不起单间的房租。正因为这样，给他的信只能寄到邮局待领。

正在这一时期，共青团州报编辑部打算让阿夫季去一趟中亚。这事的直接动因是阿夫季想研究并记述一下粉兰烟草（一种生长在中亚的丘亚草原和莫云库梅荒原上的野生植物），是通过哪些途径和方式渗透进国内欧洲地区的青年中间的。粉兰烟草是赫赫有名的印度大麻的亲姐妹，一种特殊品种的野生南方大麻。这种大麻的叶子里，特别是花序和花粉中，含有多种剧烈的麻醉性物质。人一旦吸进了这些东西，会兴奋起来，产生幸福的幻觉；如果吸多了，会感到精神压抑，继而发生危及他人安全的挑衅行动——一种因精神错乱失去自制力的表现。

阿夫季把这趟中亚之行的详细经过写进了他的旅途特写，他记述了有一次在草原上如何意外地撞上一窝狼，抒发了他的全部感受——他的痛苦，他的惶恐，因为作为一名见证人，作为一个公民，他为这种麻醉性毒品的蔓延感到万分忧虑。这组特写，尽管一开始曾受到编辑部的欢呼，但是发表的事却受阻了，后来简直就完全被搁置起来。

阿夫季把他受到的挫折和心情统统写进给英加的信里，——现在他把她看成是命运之神的恩赐；看成自己最亲近的人。说真的，她像一条河流，给他平淡的日常生活增添了生机与活力。不久他明白了，和英加·费奥多罗夫娜的通信成了他生活中的头等大事，也许正是这个使命才无愧于他的存在。

把信寄出以后，他就时时刻刻想着这件事，信里的全部内容重又浮现在他的记忆里，仿佛在诠释自己的思想感情。这是天各一方的奇特的交流方式——他那些痛苦的情愫，源源不断地放射出来，能超越任何时空。

……后来，我一连想了好几天，我信上开头的那句“为了圣父，圣子，圣灵！”是不是冒犯了您？我引用了这句话，因为我受过这种传统的教育，它向来是我进行严肃话题前的音叉，它能协调我祈祷时的心情，而我不想改变这一方式，虽说我已经无须再次让您知道，我出身于神职人员阶层，还进过神学校。我对您的态度不允许我隐瞒有关我的任何情况。

我还想到，信上我用了“您”，可是记得分手时，我们已经用“你”相称了。请原谅，我出了一些事，尽管我远离您的日子并不太长。不过，凡是怪人都会想方设法给自己找到荒唐的借口。但这是顺便说说。请允许我还是用“您”相称。我觉得这样方便得多。如果命中注定我们还能相见——从今以后，这便是我埋在心底的、因而特别珍贵的愿望（对我来说，这些愿望像是孩子，我抚育他们，离不开他们，我想，如果能像爱理想那样爱自己的孩子，那该有多么幸福！）。这些愿望如同心灵向往永远诱人的、永无止境的上帝的至美尽善那样产生出来，就这样，多亏有了这些愿望，我才能对抗虚无的威胁，——这一点我毫不怀疑——也许是因为爱是死的对立物，因此这爱便是继神秘的生之后生命的源泉。我一再重复这一切，就像重复祷词那样，为的是让我们有幸再次相见，我保证见面时不再使您为难——保证用“你”相称……而现在我有多少话要说啊……

英加·费奥多罗夫娜，希望您还记得，我们曾相约，只要我的那些材料一见报（为此我才远行到了您的家乡），我一定立即用航空邮件把报纸寄给您。遗憾的是，对于我的那组涉及青少年贩运大麻以及与这一可悲现象有关的当今现实问题的特写，近期内能否刊出，我毫无把握。我刚才说到“当今”，因为自古以来，这片土地上的大麻长得就像杂草一样。而十五年以前——您自己也知道，用不着我给您这位专家胡诌些什么，不过请原谅，我还是想讲一讲，英加·费奥多罗夫娜，特别是向您，因为现在只有这件事才赋予这次行动某种意义——是的，十五年以前，正如当地居民一再证实的那样，谁也不曾想到要采集这种可恶的东西，或者用大麻贩子的话来说，采集这种“可爱的草”，用来当烟抽，或是做其他用途。这种祸害完全是不久前发生的，其中西方的影响不小。所以现在建议我写份报告，但限于送上级机关参考，——这真是莫名其妙！我明白，这是一个特殊话题，这是一种文过饰非的顾虑，即认为在青年中——为了合乎事实，应当预先声明，仅限于部分缺乏觉悟的青年中——存在吸毒现象这种耸人听闻的材料，似乎有损我们的声誉，只会引起愤怒和嘲笑。这是鸵鸟政策！……如果为了这种声誉要付出如此昂贵的代价，那么这种声誉顶什么用！

我想，英加·费奥多罗夫娜，您读到这几行文字时，会报以宽容的一笑，笑我那份天真的愤怒，但也许相反，您会皱起眉头，——顺便说说，这副表情对您很合适。当您皱起眉头时，您的脸变得纯洁而深沉，就像那些郑重其事地潜心思索宗教本质的年轻修女一样，要知道，那些耶稣基督的贞女的真正魅力在于她们的崇高精神。假定我大声这么说，而且当着众人的面说，这看来近乎谄媚。但我已经说过，在我对您的态度中，绝对没有任何要夸大或缩小的东西。如若您那忧虑的面容，使我想起了文艺复兴时期绘画中的圣母像，那么至少您可以把这归咎于我缺乏艺术修养。无论如何，我希望您能相信我的真诚……要知道一切就是从这儿开始的——您听了我的第一句话就对我表示信任，由此揭开了我生命中新的一页……

今天我又到报纸编辑部打听我的那些材料，还是那么回事：停滞不前，毫无进展，渺无希望。谁也说不清，为什么我那组草原特写开头受到编辑部的欢呼，此刻却引不起任何人的热情，想当初文章涉及的种种问题曾经激起多少人真诚的赞赏啊！报纸主编竭力回避同我见面，给他打电话也不行：女秘书总是推说他很忙，一会儿说有会，一会儿说在讨论工作计划，一会儿又说，上级机关（她把这几个字说得特别重）召见他了。

于是我再次独自漫步在熟悉的街头，像个偶然来到此地的外乡人，仿佛我不是在这里出生、长大，我的心灵多么空虚、孤独。一些熟人不跟我打招呼——在他们看来，我无非是革出教门的人，是被神学校赶出来的离经叛道者等等，不一而足。只有一样东西温暖着我的心，只有一种亲切的惦念永远与我同在——那就是我的信。我边走边想，我将写些什么，在下封信里，我要把她感兴趣的事全告诉她，把那些可以成为我同她交流思想的事统统告诉她。从来也不曾想到，思念心爱的女人，给她写信，竟成了我生活中的大事。我一心向往的是，只要一有可能，就飞到我和她相遇的地方。但愿这时刻快点儿到来！我边走边想着这件事。想必别人也会有这种日子，他们在某个时刻同样会把爱情看成生活的主要内容，为此而感到幸福，但我跟他们不同，我的爱情至死不渝，这将是我存在的唯一目的……

此刻林荫道上的树叶正纷纷飘落。而我写到的那件事发生在夏初。当时编辑部赞同我的主意，催我立即行动。但我没有料到，当问题触及要害时，编辑部却溜之大吉了。我怎么也没有想到，群众性报刊只能刊登对我们有利的东西或者能提高声誉的东西，——这种莫名其妙的原则是多么根深蒂固！

在那些日子里，我一心沉醉于即将来临的长途旅行，因为对我这个土生土长的俄罗斯人来说，南方虽说陌生，却有着巨大的吸引力！我的意图是，不是作为一名旁观者，而是要打进他们的秘密团伙，以一个大麻贩子的身份前往。当然啦，论年龄，我比他们大几岁，但从外表来看也大不了许多，以致这会引起别人的戒备。据编辑部的人估计，如果我穿上那条旧的牛仔裤和破运动鞋，再把胡子刮掉，完全可以看成一个憨厚老实的小青年。我说干就干：立即把胡子刮了。我随身不带任何笔记本，寄希望于我的记忆力。对我来说，重要的是打进他们中间，弄清为什么这些小伙子像着了魔似的涌到中亚，除了财迷心窍、投机倒把之外，还有什么原因推动他们去冒险。我必须从内部来研究这一现象的个人的、社会的、家庭的以及并非排在末位的心理的因素。

对此我做了充分准备。当时是五月，正是大麻开花的季节。在这些日子里，一些人专程赶到莫云库梅和丘亚草原采集大麻花粉。有关这方面的情况，是我的一个熟人告诉我的。他是我们小城的一位中学历史教员，名叫维克托·尼基福罗维奇·戈罗杰茨基。我们两人常常待在一起，天南海北地闲聊，有时他还开玩笑地叫我阿夫季神父。其实他本人相当年轻，是我姐姐瓦尔瓦拉的同班同学。他有个外甥，他亲姐姐的儿子，叫帕沙（维克托·尼基福罗维奇则叫他帕霍姆）。事后了解到，就是这个帕沙加入了大麻团伙。不论他的双亲，还是维克托·尼基福罗维奇，谁都不知道这件事。

有一天，帕沙对父母讲，他要去梁赞看望爷爷，那地方他常去。他离家四五天后，维克托·尼基福罗维奇收到一封电报。电报是从某个遥远的哈萨克斯坦小站打来的，发报人是交通部门检察机关的侦查员贾斯利别科夫。电报通知说，他的外甥帕沙已在押——由于他犯有在铁道上贩运毒品的罪行，他被逮捕了。

维克托·尼基福罗维奇立即明白，为什么侦查员贾斯利别科夫不给帕沙的父母而给他发电报。帕沙怕父亲：他为人刻板、严厉。维克托·尼基福罗维奇毫不迟疑，立即飞往阿拉木图，又从那里坐一昼夜火车到了那个草原小站。他赶到时，帕沙正陷入绝境。他面临可怕的结局：不久将开庭审讯，根据一项特别法令判决他至少三年的强制劳动。制裁是不可避免的，因为罪证俱在。维克托·尼基福罗维奇尽自己所能，竭力开导外甥，说可惜没有别的出路，说犯了罪本应受到制裁。他给外甥出主意：该怎么行事，开庭时该说什么，答应把这事好好对他父母解释，答应以后到教养院来探望他。这一切都是当着贾斯利别科夫的面进行的。这时侦查员突然说：

"维克托·尼基福罗维奇，如果您能担保，您的外甥今后不再重犯这类罪行，由我负责把他放了。不知为什么我觉得，您有能力教这个年轻人走上正道。如果他再一次干起贩运大麻的勾当，那么他将作为惯犯受到法律制裁。好，您自己决定吧。"

噢，那还用说，维克托·尼基福罗维奇高兴得难以言表，当即为帕沙担保，都不知怎么感谢这位侦查员好，这时贾斯利别科夫说：

"您，维克托·尼基福罗维奇，我多么希望您在那里，在您的岗位上，能帮助我们。想办法在报刊上就这个专题发起一次认真的讨论。您是教师。我们在同罪行做斗争时，他们已经犯了罪，或者正在作案过程中。可是您看，是谁，是什么原因，驱使这些可以说是小毛孩子的人跑到遥远、荒凉的地方，混到这伙精神堕落分子和不可救药、屡教不改的惯犯中间，——这些我们却弄不明白。要知道我们惩治这些少年犯，是出于无奈，非惩治不可。太好了，您能立即做出反应，毫不耽搁就来到这里，这就帮了我的大忙。可是许多犯人的亲属——这种人占多数——根本就不来。于是一个十四五岁的人就这么进了强劳营。那地方怎么样，他们会出什么事，他们在那里能学到什么？等他们有朝一日从那里出来的时候，就成了一些毫无用处的、身心残废的人。您知道，监狱可不是好地方。维克托·尼基福罗维奇，瞧着这一切，心疼啊！信不信由您，光是去年这个季度，在我们的路段上就审讯了近一百名少年犯，可是我们漏过去的又有多少，抓不完的：他们从四面八方拥来，有从阿尔汉格尔斯克来的，有从堪察加来的，多得数不清，就像鱼群游来产卵那样。到底有多少呢？总不能把他们统统逮捕法办吧。干这一行的，有个完整的体系。他们中有一批向导——有本地人，也有外地人——这些向导把他们带到大麻产地，这种人我们也治罪。您不知道，他们是怎么混上火车的。他们在草原上拦截货车，旅客列车他们不敢钻，否则一下子就被抓住了。有人给他们提供专用的化合物。有那么一种粉末，如果夜里把它撒在枕木上、铁轨上，经火车的探照灯一照，司机就会产生一种错觉，仿佛铁路上起火了：枕木烧着了，铁轨烧红了。不用说，司机会把车停下，因为草原上什么事都可能发生。他跳下车，跑到铁路上，不过哪儿也没有着火，一切正常。这当儿，那些大麻贩子带着自己的旅行包、手提箱都钻进了车厢。现在的列车是这样的——长达一千米，叫人怎么看得住呀。他们上了车，一直坐到枢纽站。到了那里他们就买票。旅客多得很！你知道谁是什么人呀。说真的，近年来路警专门训练了一种警犬，它们凭嗅觉就能找到大麻。这不是，您的外甥就是让狗找着的……”

维克托·尼基福罗维奇在那里还了解到许多情况，是他把这些事告诉我的。不过在此以前，我对这次谈话也早有思想准备。长期以来，我一直在苦苦思索：如何找到一条无人走过的小径，通往我的同龄人的意识和心灵。我认为，我的使命在于劝人向善。也许我的这种想法过于自信，但无论如何，这是我真诚的愿望，也可能，这多少与我的出身有关。我在一些文章中已经概括地谈到青年酒精中毒的危害性，同样也写到吸毒现象，并且援引了西方的可悲教训。不过就实质而言，这些仅仅是人云亦云，是第二手材料。现在需要提供一份生动而透彻的材料，而且其中应当有我自己对这一问题的思索和感受，因为在青少年中间，特别是在少年中间，吸毒现象尽管人所共知，但许多人把它视同瘟疫，唯恐避之不及，而吸毒的后果是悲惨的，它导致一个人的自我毁灭，直至残忍的凶杀。为了提供这样一份材料，我对这一问题的底蕴和实际情况都还不够了解。这时刚好发生了那件事，维克托·尼基福罗维奇·戈罗杰茨基接触到这一现象后有了切身的体验，决定谈谈他的想法和内心的忧虑。为了让帕沙同他过去的那伙贩运大麻的哥们儿朋友一刀两断，他们全家，父亲、母亲、孩子们，迫不得已把大房换了小房，搬到另一个城市去了。所有这些都是维克托·尼基福罗维奇怀着沉痛的心情告诉我的。

这就迫使我下定决心，着手这件早有考虑的事情。

我来到莫斯科，因为必须在这里的喀山车站出发去大麻草原。问题在于，在这里，在喀山车站，才初步组成“特使”小组——他们自称为“特使”。这些忙忙碌碌的“特使”，正如我后来得到证实的那样，来自北方和波罗的海沿岸的大小城镇，其中最活跃的点便是阿尔汉格尔斯克和克莱伊佩达，可能是因为在这两处地方便于把大麻转卖给即将远航的水手。为了探出这些人的踪迹，我应当在喀山车站找到一名佩戴 87 号胸章、绰号叫“烙铁”[①] 或乌佳的搬运工，向他转达帕沙提到的一位老相识对他的问候。“烙铁”跟各个售票处都有交情——他无疑接受酬金，保证通行，但要打听出是谁这么安排的。我却毫无办法。显然有人牵头，虽说是秘密的。就这样，这个乌佳保证一个个“特使”小组有组织地出发，也就是说，他应当为大家弄到同一趟火车的票，但又必须是不同车厢。跟这些人接近以后，我了解到，大麻贩子的第一条戒律是，万一出了纰漏，无论如何不能供出别人，所以他们当着别人的面彼此总是尽量少接触。

眼前便是有着三个火车站的熟悉的广场。这地方我来过多次，每回到莫斯科，离开莫斯科，都得经过这里。拥挤不堪，特别是地铁站和火车站上。人多得摩肩接踵，既穿不过去，也挤不出来。谁也挡不住这三个车站上汇集的人流，谁都像块小木片，被这不知从哪儿来的湍急的旋涡裹挟而去。尽管这样，我还是喜欢来莫斯科。等到挤出人群，置身于快近市中心的较为宽敞的地方，我喜欢逛逛大街，浏览一下旧书店，在形形色色的戏报和招贴画下驻足片刻，如果有可能，再去参观一下特列嘉柯夫美术馆和普希金博物馆。

这一次，我乘电气列车到了雅罗斯拉夫车站之后，便随着人流往喀山车站。一路上我发现，这一阵子我生活得很好，心情十分舒畅，因为我能自行安排自己的时间，实现自己小小的愿望，没有任何累赘和牵挂，特别是可以自由自在地漫步在莫斯科街头。眼下，我必须尽快地在这偌大的、人山人海的喀山车站找到那个佩戴 87 号胸章、绰号叫“烙铁”的搬运工兼联络员。天哪，在喀山车站上这些搬运工，或者确切地说，这些推着手推车的人有多少啊！既然已经排到第 87 号，可见不会少于一百。可不是，在这嘈杂不堪的地方要找到他真不那么简单。我至少花了半个钟头，走遍了所有可能停放手推车的场所，最后终于在月

① 原文音译为乌久克，意为熨斗，烙铁。乌佳是小称。

台上一辆开往塔什干的列车旁找到了他。“烙铁”正在卸行李，忙着把车上的几只箱子和盒子送进车厢，边走边同列车员利嘴快舌地开玩笑，还不断重复那句老掉牙的车站上的逗趣话：“腰包里有钱，坐火车去喀山逛逛；腰包里没钱，去切什马也得靠脚板。”我在一旁等着，直到他忙完了，直到旅客进了车厢，送行的人纷纷在列车旁散开，站到车厢包房的窗下。这时他气喘吁吁地从客车的连廊里走出来，把小费塞进衣兜。这么一个又高又壮的小伙子，一头红发，两只眼睛贼溜溜的，真像只狡猾的猫……我险些犯了个错误：差点儿以“您”相称，说对不起，打搅了。

“好哇，‘烙铁’，情况怎么样？”我尽可能地说得随便些。

“情况嘛，像在波兰一样。谁有车，谁就是老爷，”他麻利地说，就像我同他已是百年的老相识了。

“这么说，你就是老爷喽。”我指着他的手推车说道。

“亏你想得出！伙计，咱可知道，什么人钱多得撑破了衣兜。你有什么事，大马哈鱼？是不是要运点儿货？请！”

“运东西我自己行，”我开玩笑说，“我有件事。”

“说吧，什么事。”

“这里不行，咱们找个地方。”

“好哩，大马哈鱼，咱们找个地方。”

我们两人沿着长长的月台朝车站大楼走去。去塔什干的列车开动了，一连串的车窗以及玻璃后的人头在眼前一晃而过。在邻近的线路上开来一列不知哪儿来的火车。好几列火车并排停在站上，旅客急匆匆地跑来跑去。高音喇叭不时宣布进站和出站的列车车次。

我们走到车站大楼前，“烙铁”把手推车拐到一处人少的地方。我跟到那里，四面张望了一下，向他转达帕沙的朋友伊戈尔的问候，不过在“特使”们中间这人的诨名叫“海象”。为什么叫海象，谁知道呢。

“海象本人在哪儿呢？”“烙铁”打听道。

“在路上呢，”我回答，“胃溃疡犯了。”

“果然不出所料，”“烙铁”遗憾地、但颇为得意地拍拍自己的脑门，“我跟他说过，大马哈鱼，还是上一次就对他说：小海象，别犯傻，别自讨苦吃。他可是把‘爱克司特拉’用过了头。这下好，得了胃溃疡！”

我装出一副同情的样子，老实说，尽管听不明白，这“爱克司特拉”是什么玩意儿——是伏特加还是别的什么东西。但是感谢上帝，我猜出这无须加以说明。稍后才弄清，这“爱克司特拉”指的是从“蜡泥”——即大麻花粉糊（它像儿童玩的橡皮泥）里提取的最昂贵的原料。关于“蜡泥”，顺便说说，我听维克托·尼基福罗维奇说起过，所以知道。这种类似鸦片的特殊的麻醉剂成品就叫“爱克司特拉”，即特级品。在化学实验室里，这种“爱克司特拉”可以加工成海洛因那样的粉末，稀释后可供人体注射用。不过像“海象”这样一些大麻贩子是享用不起这种东西的。但他们实在熬不住了，也可以用点儿“爱克司特拉”——先把它含在舌头底下，再嚼几下，喝一口伏特加，就着面包一起吞下去。服用“爱克司特拉”，他们叫作“扎脑壳”。不过最简单易行的还是抽大麻，而且各有各的抽法；有的光抽大麻，有的还掺进点儿烟叶。这么抽肯定不比“扎脑壳”差，尽管跟别的办法相比，烟的效力更加短暂。

这一切以及大麻贩子生活中的许多别的情况，我是在去“哈勒欣河”的旅途中逐渐了解到的。“哈勒欣河”又是一句暗语，指大麻生长地。这个“哈勒欣河”差点儿又让我露了马脚。

“喂，大马哈鱼，你也去哈勒欣河？”“烙铁”像是顺便地问。

我开头语塞了，不知道“哈勒欣河”指的是什么，后来不知怎么竟恍然大悟：

“可不是。总而言之，是这么回事，否则我干吗……”

“那就好说。至于车票，大马哈鱼，你甭发愁。没问题。余下的事——等你带回了草再说，‘大猛犬’本人会安排的。这就不是我的事了。”

这“大猛犬”是谁？他为什么供我们车票？之后他又会怎么安排？——这些我又弄不明白了，而且直到最后也没能搞清。但是从那次同“烙铁”的谈话中我了解到，去“哈勒欣河”至少要到明天才能成行。首先是因为人没到齐。两名摩尔曼斯克人乘的火车今天夜里才到。另一名不知哪儿来的“特使”清晨才到。这事我一点儿也不着急，在莫斯科多待一天是很有意思的。

“烙铁”同我告别，要我明天在约定的时间到喀山车站。其实我用不着去那里，因为不管怎么样，我恐怕只能在车站过夜。“烙铁”关心的是，我带了装“草”的工具，也就是装大麻的背囊和塑料口袋没有。这两样东西放在我的手提箱里。于是他又建议我去商店找一种带密封盖的玻璃盒或塑料盒用来装大麻花粉糊，即所谓的“蜡泥”。

“你只要搞到一点儿蜡泥，那就不是笨蛋了。尽管这件事很不简单。”他解释说，“我本人从来没去过那地方，不过听说的多了。这不，有那么个廖哈，才跑了两趟，就捞了一辆‘日古里’。现在开着小车成天在莫斯科兜风，神气活现的……要说花的工夫，顶多那么十来天……”

说完，我们就分手了。我把手提箱撂在小件行李寄存处，就去逛莫斯科。

正值五月末。看来，莫斯科没有比这初夏的日子更好的时光。虽说秋天的气候，特别是早秋的气候，同样也美妙无比：那时空气明净而清澈，树叶的金黄色甚至都映进了行人的眼里。可我还是更喜欢莫斯科的初夏：白天，大街上的一切都令人愉快；到了夜晚，那白夜变幻不定的光，笼罩着整个城市和城市之上的星空，直到黎明时才渐渐消融。

我加快步子，想挤出火车站去透透新鲜空气。当我想起去市中心最好的办法是坐地铁时，便重又挤进潮水般的人流。由于还不到傍晚时的交通高峰时间，我坐上地铁穿过明暗交替、隆隆作响的地道，轻轻松松来到了市中心。在斯维特洛夫广场，我顺便去看看心爱的街心公园。园子里绿茵如毯，各色花卉五彩缤纷，公园像一座美丽的圆形小岛，它的周围是川流不息的运动和拔地而起的高楼。我不知不觉汇入了人流，开始想去玛涅日，原以为那里会有什么展出，但展览馆已经关门。于是我沿着莫斯科大学的旧址、帕什科夫故居，溜达到沃尔洪卡街，又从那里到了普希金博物馆。不知为什么我感到那么安详和喜悦——也许这心情来自交通高峰到来前莫斯科市中心街头的宁静，也许它来自主宰着城市这一地区如山峰般坚实的克里姆林宫墙。“这些城墙见过什么？今后还会见到什么？”我不禁想道。在街头，我思绪起伏，浮想联翩，忘了不久前刮了胡子，仍不时去摸摸光光的下巴。暂时也忘了，我一头扎进这个盘踞在喀山东站的罪恶渊薮，究竟想探明什么。

不，反正有命运之神的存在，是它主宰着凶吉祸福。也真巧，我碰上了少有的好运气，——这一点在我去普希金博物馆的路上甚至都没有想到。我之所以前来，无非是希望在最好的情况下能在博物馆里发现几件新的展品——虽说这也不是当务之急，我想随便走走，浏览一下各个展厅，重温往日的印象。没想到在庭院入口处，一对青年男女迎上前来，叫住了我：

“听着，小伙子，你要不要票？”有个系着翠绿领带、穿一双显然夹脚的栗色新皮鞋的人问我。看脸色，他和他的女伴都很不耐烦。

“怎么，没票了吗？”我感到好奇，因为不见有人排队。

“不是的，这是音乐会的票。不过你得要两张。”

“什么音乐会？”我问。

“谁知道，说是什么教堂赞美诗。”

“在博物馆？”我感到诧异。

“要还是不要？两张票，三卢布，接着。”

我抓过两张票，快步进入博物馆。我没听说过，普希金博物馆还举办音乐会。后来我从管理人员那里了解到，从某个时候起，博物馆确实开辟了一间古典音乐演奏厅，主要是挑选一些室内音乐，由著名的乐师演奏。而这一次——啊，真是天赐良机！——在名为意大利宫的大厅里，正演出一场古代保加利亚的教堂音乐会。这可是我做梦也没想到的！这么说，难道会演出斯拉夫民族弥撒之父约翰·库库泽尔的作品吗？遗憾的是，详细情况连管理人员也说不清。她只是告诉我，说正在等贵宾，好像保加利亚大使也将出席。虽说这与我无关，但我心花怒放，激动万分，因为我从父亲那里早就听说过保加利亚的赞美诗。现在好啦！在我即将出发去冒险的前夕，给送了这么一份礼物！离开场还有半个钟头，我不再在展厅内漫步。我走到户外，呼吸着新鲜空气，让心情平静下来。

啊，莫斯科，莫斯科，你矗立在七脉之一的高地，依傍着莫斯科河，在这五月末的日子里，你是多么美丽！市内的一切都令人欢欣，富有意义，因为心灵上没有一丝阴影，有的只是生活的和谐——虽说这和谐不是久长的。我的呼吸变得舒畅而深沉，天空泛着亮色，大地上暖意融融。我沿着博物馆前庭院的栅栏来回踱步。

我开始感到几分惆怅：没有可等的人——也许是因为手里有两张票的缘故。这可以理解，也很自然，如果这一刻有个她正匆匆赶来，那我隔着街也会看到她，看她正准备横过马路，一脸唯恐迟到的神色，而我，会为她，为这个美丽的、粗心大意的傻姑娘着急，会拼命给她打手势，让她千万别跑过来——瞧，周围有多少飞驰的汽车，有多少人！在这来来往往的无数行人中，只有她向我放出幸福的异彩，只有她对着我微笑——可不是，她能根据我的表情猜出我的心思。于是我抢在她前头，跑到马路对面去迎她，我不用为自己担心：我很灵活。跑过了马路，我会看着她的眼睛，抓起她的手……莫名其妙地想象出这样一幅场景后，我突然感到一阵爱情的烦恼，而且又一次想到，我至今还没有遇到一位姑娘，命中注定她将成为我的心上人。不过这位有缘分的她，是否真的存在，或者她仅仅是我想象的产物，是我把简单的事情搞复杂化了？这一点我反反复复想过多次，每一次都回到一个可悲的结论：看来，这一切全是我的过错——也许是我的期待太高，也许我是个姑娘们不感兴趣的人。无论如何，我的同龄人在这方面要幸运得多，老练得多。我能辩解的唯一理由是，神学校妨碍我沉醉于年轻人的生活。但离开神学校后，我在这方面依然毫无进展。那又是为什么？不过，如果她，我准备倾心相爱的她，当真在这时候出现了，那么我首先会对她说：走吧，让我们去听听教堂赞美诗，让我们从中找到自己。但随后我又怀疑起来：如果她觉得这很无聊，很单调，很难理解，那该如何是好？主要是，在神殿里唱赞美诗是一回事，在世俗的大厅里，在形形色色的听众前演唱，是另一回事。设想一下：如果巴赫的合唱赞歌在体育场上，或者在习惯于听雄壮的进行曲的空降兵军营里演唱，其效果会怎么样？

一辆辆擦得锃亮的小汽车相继开到普希金博物馆门口，其中甚至有一辆国际旅行社的轿车。看来时候到了。在意大利宫入口处已经挤满了人。这些妇女，男人，不知为什么，似乎所有的人都十分相像——当人们共同期待某个行动、某个事件时，通常都是这样。有人想买多余的票。我把另一张票给了一个大学生，看上去他是个近视眼，也可能戴的眼镜不合适。我不很高兴。他开始在人群里数零钱，还把钱掉在地上，我请他不必付钱，说票是别人送我的，现在我把其中一张送给他。但大学生无论如何不同意，我已经进入大厅，他还是把零钱塞进我的上衣口袋里。当然啦，钱我是需要的，我现在的日子，如通常所说，过得自由自在，但却紧紧巴巴，不过……还有一点使我不安，那就是首都的观众衣着得体，而我，一条旧牛仔裤，一双大头皮鞋，一件夹克衫又短又小，只好敞着，还刮了胡子——后者我很难习惯，总觉得缺了点儿什么。我这是要出远门，跟着一伙鬼知道什么样的大麻贩子，前往神秘莫测的大麻草原。不过，所有这些小节，不足挂齿……

意大利宫是一座高大的二层楼房，里面的全部展品，照我看来，似乎都在老地方，只是大厅中央密密摆了几排椅子。我们入座了。没有舞台，没有扩音器，没有幕布——什么都没有。在应当是主席团入座的地方，靠边摆了一张不大的讲台。两三分钟后，已经座无虚席，连入口处都挤满了人。看来，听众中有许多老相识，他们三三两两谈得很热闹。只有我一人默默坐着，显得形单影只。

还好，这时不知从哪处的边门里走出两个女人。其中一人是普希金博物馆的工作人员，她把另一个保加利亚女人介绍给大家，称她是亚历山大·涅夫斯基大教堂附设的索菲亚博物馆的同行。嘈杂的大厅立即安静下来，这位保加利亚女人表情严肃，年纪很轻，头发梳得又平又光，鞋子精巧，大腿很美——不知为什么这特别惹人注目。她透过宽大的茶色镜严厉地看了观众一眼，向我们问好，用蛮不错的俄语做了一个不长的报告。她介绍说，在他们的博物馆里，除了陈列珍贵的教堂建筑图片、古老的手迹、各种各样的圣像和各种版本的《圣经》外，他们在地下圣堂，即教堂的半地下厅里，还以晚间音乐会的形式（说到这里，她莞尔一笑，）陈列“活的展品”，即演唱中世纪教堂赞美诗。据她说，正是为了这个目的，他们接受了普希金博物馆的邀请，带来了“地下圣堂”合唱团。

“请！”她在一片掌声中说。

歌手们走出来——其实他们本来就在这里，在门背后，也就是在我们刚才穿过的门厅里。一共十人。都很年轻，可以说，是我的同龄人。清一色的黑色晚礼服、黑皮鞋、洁白的胸衣上系着挺括的蝴蝶结。没有乐器，没有音响设备，没有演唱用的麦克风，甚至没有演出的台座，什么也没有，更不用说舞台照明了，大厅里的灯只是稍稍变暗了一点。

虽说我确信，来这儿的人知道什么叫教堂唱诗班，但不知为什么我还是为这些歌手们担忧。听众很多，再说我们的年轻人听惯了雷鸣般的电子音响，可他们，倒像战场上的几名赤手空拳的士兵。

歌手们并肩站在一起，形成一个紧密的、不大的半圆。他们泰然自若，全神贯注，似乎根本不为自己担心。我还发现一个奇怪的现象：不知为什么，他们彼此十分相像。这可能是因为，此刻主宰他们的是共同的关注，共同的决心，共同的激情。在这样的瞬间，想必在他们的意识里已经彻底排除了日常生活中的一切琐事，以及在另一种场合下可能是至关重要的大事，——这情景犹如激战前的片刻，人人只想着如何夺取胜利。

这时，那位女领队依旧那么严肃地透过茶色镜瞧着观众，在演出前简单地介绍了保加利亚教会的历史和特点，说他们的教会源出于拜占庭教会，但有着自己的特点，自己的祭祀仪式。她甚至涉及了有关保加利亚声学的民族传统的几个细节问题。随后她宣布演出开始。

歌手们做好了准备。他们又沉默片刻，在运气，把肩膀靠得更紧。这时全场鸦雀无声，仿佛大厅里已空无一人：大家都很感兴趣，想知道这十名歌手的才能，他们的勇气，他们的功底。只见右边第三人点了点头——显然他是这班人的领队，于是他们唱了起来，歌声飞扬……

在这寂静中，仿佛有一辆轻巧绝妙的马车，忽闪着轮圈和辐条，在慢慢启动。它沿着肉眼看不见的气浪，穿越过大厅滚滚而去，在身后留下一片经久不息的、由于来自不竭的灵感而始终昂扬的、庄严而欢快的音响。

一曲伊始，就已清楚，这个合唱队达到了娴熟的演唱水平，声音多变而协调。因此，如果换了另外十个人，不论他们具有多高的音乐天赋和技巧，要他们获得同样的成功，实际上是不可思议的。再说，如果这种赞美诗配以任何乐器、特别是现代乐器的伴奏，那么，这幢建立在十根支柱上的、独一无二的音乐大厦无疑会即刻崩塌。只有罕见的机缘才能造成这样的奇迹——他们，上面提到的这十个保加利亚人，要大体在同一时期出生、长大，要彼此发现对方，要对祖先怀着儿子般的义务感，而我们的祖先历经磨难才找到那个臆想出来的、完美无比的、同精神不可分离的耶稣——要知道，只有这样才能产生出这种无法形容的虔诚的歌唱。这就是他们的艺术力量，由兴奋、陶醉、以心底迸发出的丰富感情和雄浑声音组成的力量。在这里，那些熟记的绝妙歌词，只是一种形式，一种对上帝的呼唤；在这里，第一位的是人的精神，一种渴求达到自我完善的精神。

听众被征服了。他们如痴如醉，思绪起伏。每个人都有机会独自去领悟赞美诗的内容，而这些赞美诗是千百年来永远在外界寻求自我的、具有理智的人，经历了种种可悲的迷惑和感悟后编出来的。与此同时，每个人又和大家一起，共同领受了由于无数颗心灵的参与而增强了十倍的赞美诗的感召。这一刻，想象把每个人带进了那个朦胧的、但却时时刻刻在苦苦追寻的世界，由各自的回忆、梦幻、苦闷、良心的谴责所编织成的世界，由人在他的生命历程中经受的种种失意和欢乐所编织成的世界。

我不明白，或者老实说，我不想弄明白，这一刻我心中发生了什么，是什么牵动了我的思想与感情，是什么以那样一种无法抵抗的力量使我倾倒在这十位歌手面前。从外表看，他们是跟我一样的人，但他们咏唱的赞美诗，仿佛出于我的意愿，发自我的肺腑，融合着我日积月累、至今在我心中找不到出路的痛苦、忧虑和欢欣，而我在从中解脱的同时，又以新的光明和领悟充实了自己。多亏这些歌手的艺术，我领悟了教堂赞美诗最原始的本质——这是生命的呼唤，人的呼唤：人高高举起双手，诉说着永恒的渴求，渴求肯定自己，渴求改善自己的命运，渴求在这茫茫太空中找到自己的立足点；与此同时，人又殷切地期望，除了上帝之外，还应当存在着另一些能在这方面帮助人的天神。哦，多大的迷误！哦，人想让上天听到他的声音的愿望是多么强烈！人把多少精力、多少思想贯注于劝喻与忏悔，贯注于颂扬与赞美，为此强使自己违反叛逆者的血气，违反永远渴求反抗、革新、否定的天性，而去宽容，去顺从，去忍让！哦，人要学会这些是多么困难，多么痛苦！《黎俱吠陀》[①]，赞美诗，颂歌，咒语，萨满教[②]！千百年来，人们喃喃自语，做过多少次祈祷和求告，假设它们是可以触摸的物质，那么这些祈祷和求告会把整个大地淹没，一如苦咸的大洋溢出它的海岸。哦，要唤起人心中的人性是多么不易！……

他们唱着，这十名因上帝而结合在一起的人唱着，为的是让我们陷入沉思，陷入潜意识的湍急的旋涡，在心中重现往事，重现先辈们的精神和忧伤，为的是让我们能扶摇直上，超脱自我，在世界上空翱翔，并发现自己使命的美好和意义——既然获得了一次生命，就要热爱它那美妙的安排。这十人唱得如此忘情，如此虔诚——也许他们本人并未觉察——这一切在每个听众的心灵中唤起了崇高的激情，而在平凡的日常生活中，在令人厌倦的操劳和奔忙中，这种激情是很少出现的。正因为这样，全体在场的人不由自主地洋溢着一种仁爱之心，他们的面容兴奋，一些人的眼眶里闪着泪花。

我多么高兴，多么感谢这次机会，使我能来到这里，接受了这份欢乐的赠礼。这一刻，我的存在仿佛超越了时空的局限，在这里，我的一

① 古印度第一部著名文献，为宗教内容的颂歌集。
② 为宗教的早期形式。其基本观念是相信巫师（萨满）在行巫术时，能与鬼神交往。

切认识和感受奇妙地浑然成为一体——有对往事的追忆，有对现实的意识，有对未来的憧憬。在这些沉思中我不由得想到，我还没有爱过人，于是，潜伏在我的血液中等待时机的对爱情的渴望便袭上心头，使我感到阵阵隐痛。她是谁？她在哪儿？什么时候我们才能见面，又将怎样相识？有好几次，我情不自禁回头朝门口张望——可能她已经来了，可能她正站在那里听着赞美诗，等着我去发现她。多么遗憾，此时此刻大厅里没有她，多么遗憾，此时此刻我不能向她倾诉，是什么缘由使我心情激动、浮想联翩。我还想到，但愿命运之神不会因此让我有什么可笑的、日后都羞于回忆的举动……

不知怎么，我想起了我童年时的母亲……记得一个晴朗的冬天的早晨，小花园里铺了一层罕见的薄雪，母亲用那双含笑的眼睛看着我的脸，一边喃喃说着什么，一边给我敞着的短外套钉扣子。可我从她身边跑开了，于是她乐呵呵地追我。这时市郊教堂的钟声在城市上空回荡，——这时我的父亲，一个外省小城的助祭正在那里操劳呢。我父亲是个虔诚的教徒，同时，据我现在推测，他深谙人以上帝的名义并为上帝而创立的全部教规和礼仪……而我，尽管对他深表同情，但后来却违背他的意愿，走了一条完全不同的道路。我总是怀着沉重的心情意识到：我的父亲如愿以偿地进了天国，我却惶惑不安，否定了过去；虽说与此同时，我也为这一思想往昔的荣光而感到欢欣。曾几何时，这一万能的教义是那样伟大、生动、有势力，它千百年来流传不衰，竭力要征服所有大陆和岛屿上不可征服的灵魂，为的是能在这人世间，在世世代代的人们中间，在他们的意识里万世长存，因为它容不得任何怀疑，犹如避雷针把雷电引向地下，它要把永远不安的人产生的一切怀疑和挑战引向绝对的顺从。感谢它们——信仰和怀疑，这是两种同时推动生活前进的力量。

我出生的时候，正值怀疑的势力占了上风、同时其本身又不断引起新的怀疑的时代。我就是这一过程的产物：一方面我被宣告革出教门，另一方面由于我的全部复杂性又不为社会所接纳。有什么办法，历史就是以捉弄像我这样的人来排遣情绪……听着保加利亚古老的赞美诗，我就是这么想的……

赞美诗一首接一首唱着，大厅里荡漾着往昔年代的回声。在《晚祭》《屠杀童子》和《向天使呼救》中，《圣经》的激情不见了，代之以另一些殉道者那严肃而激昂的吟唱。虽说其中的许多内容我是了解的，但演出本身还是十分强烈地令人陶醉——是的，这十名歌手像施展了魔术，把大家熟悉的东西变成了伟大的艺术，而这一艺术的力量取决于人民精神的历史容量——谁受的苦难多，他的领悟也就多……

这些索菲亚歌手唱得如此动情，似乎他们自己也被歌声陶醉了，感动了。听着他们绝妙的歌唱，看着他们兴奋的面容，我突然发现其中一人，即右边第二名歌手，在这一伙肤色浅褐、头发乌黑的保加利亚人中唯一长着淡黄头发的那个人，长得非常像我。看到一个同你相像的人，你会感到大吃一惊。灰眼睛，窄肩膀（想必小时候人家也叫他“小瘦子”），淡黄的长头发，一双青筋凸起的手也那么干瘦，很可能，他在歌唱时也得克制自己的腼腆，正如我同人们谈起心爱的神学问题时，也得克制自己的拘谨一样。可以想象到，当我被介绍给女性、谈起一些严肃的话题时，我那副模样会有多傻。连他的面孔长得也和我的一样——两腮瘦削，鼻子有点儿钩起，眉宇间刻着两道纵向的皱纹，最妙的是，他的胡子也跟我刮去前的一模一样。当我无意中去摸下巴时，这才重又记起，明天我该同大麻贩子一道远行了。去哪儿？干什么？想到这些，我感到十分奇怪。无与伦比的教堂赞美诗，同车站附近“烙铁”一伙的愚昧和对毒品的贪欲，形成了多么鲜明的对比！然而在任何时代，在圣堂四壁之外进行着的真正的尘世生活，向来是有善也有恶的。我们的时代也不例外……

就在那次音乐会上，我发现人的长相有时竟会如此相像。此后，我的眼睛已经离不开第二个“我”了：我注视着他怎么唱，怎么拉长了脸，当唱到高音时，怎么张大了嘴。我似乎与他息息相通，设想自己正处在他的位置上，仿佛他成了我的替身。就这样，我似乎也参加了演唱。我的整个身心都在歌唱，我同合唱队融为一体，领受到一种异乎寻常的、使人感动得热泪盈眶的庄严而和谐的兄弟情谊，仿佛久别之后我们又重逢在一起——我们那雄浑的、高昂的、激动的歌声飞向九天，而我们脚下的土地是坚实的、牢固的。就这样，我们将一直唱下去，永无休止地唱下去……

就这样我和他们同声歌唱。这种忘情的绝妙心绪我时有所感，特别是听到格鲁吉亚的古老民歌时。我很难解释这是为什么，但只要有三个哪怕最普通的格鲁吉亚人唱起来，就会流露出激情，洋溢着艺术，一种朴素的、但在心灵的沟通和相互感染上又是罕见的艺术。也许他们有独特的天赋，独特的文化气质，也许这一切不过是上帝的恩赐。我听不明白他们唱什么，但重要的是，我能跟他们一道歌唱。

我一边这么想着，一边听着歌唱，突然我心中一亮，领悟到我读过的那篇格鲁吉亚小说《六人与第七人》的主要精神。小说篇幅不长，这类作品在期刊上比比皆是，所以不能说写得特别出众。这是一篇情节小说，心理描写不多，有一种浪漫情调，但故事的结局却让人久久不能忘怀，不知怎么它像刺一样扎在我的心上。

《六人与第七人》这篇小说，或者不如说这篇传奇故事的内容同样毫不新奇。作者并不知名，姓很长，我记不得了。革命的烈火在熊熊燃烧，流血的国内战争正在进行，经过同敌人的殊死决战，革命确立了自己的地位。格鲁吉亚因此出现了一条典型的历史出路——苏维埃政权取得了胜利，甚至在最僻远的山村也在不断肃清武装的反革命残余。在这种形势下，起作用的是这一法则：如果敌人不投降，就消灭它。但是残酷的镇压引起残酷的报复，这也是一条古老的法则。有支人马反抗得尤为疯狂，为首的是勇敢的古拉姆·焦哈泽，他熟悉周围的群山，以前是擅长骑术的牧羊人，现在由于在阶级斗争中迷失了方向，成了无法无天、捉拿不住的绿林强人。但他的日子已屈指可数。最近他接二连三地吃败仗。有一名肃反工作人员打进了古拉姆的队伍，他冒着被揭露的危险，不顾由此而引起的一切后果，取得了古拉姆·焦哈泽的信任，成了他的一名战友。肃反工作人员做下安排：让古拉姆在一次大规模战斗后，带着损失惨重的残部撤退过河时遭到伏击。当他们狂奔疾驰逃到河岸纷纷下水时，肃反工作人员在一片苇丛里翻身落马，好像是他的马肚带断了。在一片浅水处，焦哈泽的一大群骑手正跨着烈马渡过一条很宽的山涧，当他们来到一无遮挡的河中央时，两架事先布置好并伪装起来的重机枪，同时从两岸向他们扫射，把他们赶进狙击兵交叉的火力网里。打得人仰马翻，乱成一团，人们在死去，在河里奄奄待毙。但古拉姆·焦哈泽——主保佑他！——得以冲出火网，调转马头，靠了那匹强壮的马顺着岸边的树丛逃走了。还有几名幸免于难的忠实骑手，也策马随他而去。其中就有那名肃反工作人员——等他明白过来，这次战斗未获全胜，头领未受惩处已经逃跑，他便毫不迟疑地又加入他们的行列。

河上的这次机枪扫射，意味着焦哈泽的队伍已被彻底粉碎：实际上它已不复存在。

古拉姆·焦哈泽终于摆脱了追兵，勒住累得筋疲力尽的马，查明他的队伍，连他本人在内，只剩下七个人了。这第七人便是那个肃反工作人员——他叫桑德罗。显然，小说的名称便由此而来：《六人与第七人》。

桑德罗领了任务，无论如何要消灭匪帮头子古拉姆·焦哈泽。政府高价悬赏缉拿他。但问题甚至不在于钱，而在于如何执行这项命令。

现在已经很清楚，焦哈泽今后不会再作战了，因而无法在战斗中暗算他，再说眼下他实际上成了光杆司令，像一头被赶进陷阱的困兽，今后他只能指靠自己的力量和机灵，行动起来会极其谨慎。同样很清楚，焦哈泽会顽抗到底，直到还剩最后一口气……

下面就是这篇故事的结局——它使我激动不已……

在河上遭到那场残酷的、毁灭性的袭击之后，古拉姆·焦哈泽由于熟悉山间峡谷的所有通道，那天傍晚躲进一处人迹罕至的地方——靠近土耳其边境的山林里。他们全体，即六人和第七人，刚卸下马鞍，就累得倒在地上了。五人立即沉沉睡去，剩下两人却难以入眠。肃反工作人员桑德罗睡不着，他心事重重，在苦苦思索，现在他怎么办，怎样才能更好地达到自己的目的，惩罚匪首。勇敢的古拉姆·焦哈泽经过这种毁灭性的惨败也睡不着——他为队伍的覆灭难过，更为明天而担忧。只有主知道，此刻这两个被革命分开的不共戴天的仇人还想了些什么。

一轮满月高悬在空中，从右侧照着他们，夜间的树林瑟瑟作响，显得沉闷而荒凉。山下有股涧水冲击着山石，在不停息地哗哗流淌，周围的重山叠嶂死一般沉寂。突然，古拉姆·焦哈泽一跃而起，像有什么事惊扰了他。

“你没睡着，桑德罗？”他吃惊地问第七人。

“没有，你干吗跳起来？”轮到桑德罗问他。

“没什么。梦不来，不知为什么在这地方睡不着，也许是月色太亮。我到那边的山洞里睡去。”说着焦哈泽拿起自己的毡斗篷、枪和当枕头的马鞍。走时又说了一句：“其他的事，明天再说。往后咱们没多少时间好交谈了。”

说完他就走了，在山洞口安顿下来——以前放羊时，他常常来这里避风雨。这一回，谁知道他是想躲到一边去独自承受那无穷的悲哀呢，还是他预感到了，他必须找到这样一个地方，别人无论从哪个方向都无法接近他，而他，正相反，能看到任何靠近山洞的人。桑德罗不安起来：怎么理解头领的这个看来是正常的举动呢？如果已经有所觉察，那该怎么办？

这一夜他们就这样过去了。第二天一早，古拉姆·焦哈泽吩咐备马。谁也不知道他心里想什么，要采取什么行动。当马全备上鞍，大家抓住衔铁旁的缰绳，默默地站在他面前时，他叹了一口气说：

“不，就这样离开亲爱的家乡不合适。让咱们今天同生养我们的土地告别，然后各奔前程。只要咱们在这里，咱们就得把它当成自己的家。”

他打发两名骑手去附近的村落要酒和吃食——那边有他可靠的人，让桑德罗和一个小伙子留下收集烧火用的枯树枝，并看守马匹。他本人同另外两人去打猎——要是运气好，打死什么野物或狍子，告别晚餐时就有美味了。

肃反工作人员别无选择，只好服从命令，等待他能执行命令的适当时机。但目前这种有利时机并没有出现。

傍晚，这六人与第七人重又集合在一起：在林边靠近山洞的地方拢起了火，在一块粗麻布上摆好从村里弄来的面包、酒、盐和其他食品，——这些东西全是古拉姆·焦哈泽的可靠朋友临别时送给他们的。火堆烧得很旺。七人靠近火边。

“是不是所有的马都备好了，是不是所有的人准备踏上马镫？”古拉姆·焦哈泽问。

大家默默点头算是回答。

“听着，桑德罗，”古拉姆·焦哈泽说，“你弄来的柴火很好，烧得很旺，不过你为什么把柴火放得离火堆那么远？”

“不用担心，古拉姆，这事由我张罗，我保证火烧得旺旺的。你说你的吧。”

“我的朋友们，我们的事情失败了。两军交战时，总有一方胜利，另一方失败。尽管这样，双方还是要交战。我们叫别人流血，别人也叫我们流血。双方的许多好男儿都光荣牺牲了。既然如此，就由它去吧。我要向阵亡的朋友和阵亡的敌人请求宽恕。当敌人在战斗中死去时，他就不再是敌人了。尽管我还在马上，但我还是要求得死者的宽恕。但是命运抛弃了我们，因此大部分群众也会抛弃我们。甚至连土地，连这块养育我们的土地也不愿收留我们。在这块土地上已经没有我们立足之地。也不会饶恕我们。假如我是胜利者，我肯定也不会轻饶自己的敌人，——这话我能当着主的面说。现在我们只有一条出路——把自己的头带到遥远的异国他乡。你们瞧，过了那座大山就是土耳其，已经很近了；靠旁边一点儿，翻过月亮底下的那座山脊，就是伊朗。你们选择吧，谁去哪儿。我本人去土耳其，去伊斯坦布尔，我到那边的轮船上卖苦力。我们每一个人都要当机立断：他准备在什么地方低头做人。我们只剩七个人了。再过一时半刻，我们就要各走各的道，踏上异国的土地。我们会流落四方，各自去喝他那份苦酒，受他那份磨难。我们再也不会相见。这是最后一天，我们七个活在人间的人还能聚在一起，彼此看到对方的面孔，听到对方的声音。现在让我们互相告别吧，同我们的土地告别，同格鲁吉亚的面包和盐告别，同我们的酒告别吧。这样的酒，今后哪儿也尝不着了。等告别完了，我们就各走各的道。我们不要带走任何东西，哪怕一颗格鲁吉亚的沙子也别带。祖国是不可能带走的，能带走的只是对它的思念。如果可以把祖国像麻袋一样随身带走，那它就分文不值了。让我们喝干最后一杯酒，最后一次唱唱我们家乡的歌……”

农家的酒盛在皮囊里，它由地上的谷物、天上的雨露酿制而成。酒引起快活的醉意，引起想倾吐忧伤的愿望，于是心中欢乐和悲哀再一次冲突起来。歌声自然而然地迸发出来，犹如山坡上乱石中突然喷出的泉水，而在它流过的地方凡是接触到水的东西，就会开花、繁衍。他们轻轻唱起祖先的歌，歌声渐渐增强，喉头发出悠扬的低音，好似山坡上流下的泉水，——这七人全是出色的歌手，因为没有一个格鲁吉亚人不会唱歌，他们唱得非常协调，尽管各人唱各人的，声音也有高有低。歌声越来越激昂，就像他们围着的篝火，越烧越旺。

就这样，告别晚会开始了。这七人，或者说确切些，这六人和第七人唱起来，因为第七人虽说唱着，但一刻也没忘掉自己的使命。不能让他们中的任何人，首先是古拉姆·焦哈泽，不受惩罚地逃窜到国外去。他作为一名肃反工作人员，不能这么干——这就是他接受的命令。他应当执行这个命令。

歌一支接一支唱下去。同时又喝酒。酒喝得越多，就越想唱歌，心里就越来越热，于是又渴望着接连不断地喝酒，接连不断地唱歌。

他们站成一圈，有时把手搭在别人肩上，有时垂下藤条似的胳膊。当他们想让天神，让这神秘莫测、不可违逆，但又无所不见、无所不知的天神听到他们的声音时，他们便朝天高高举起双手。怎么会这样呢？既然主无所不见，无所不知，那么他要把他们从自己的土地上赶到什么地方呢？为什么尘世的生活这样安排？为什么人们互相厮杀、争斗不息？为什么人们流血，流泪？为什么人人都认为自己是正确的，别人是错误的？哪儿有真理？谁有权说出真理？那位能公正地审判他们的先知又在何方？……这一支支保留在人民记忆里的古老民歌所唱的不就是这些吗？从这些曲调里流露出来的，不就是我们的祖先早就经受过的那些苦难吗？他们认为那些苦难是亘古长存的善与恶的经验，在民歌的魅力与永恒中他们感受到了那些苦难，正因为这样，从七人的嘴里唱出一支又一支的民歌，他们一直站成圆圈，只有第七人，即桑德罗，时不时跑去取树枝添火。看来他不是平白无故地把柴火堆在树林中的（可不是，世上的事都不是无缘无故的），为此现在该由他来管火。他也跟大家一样尽情地唱着歌——本来嘛，歌是一视同仁地属于大家的。不存在只有帝王才能唱、其他人不能唱的歌，同样的道理，不存在只有平民百姓才配唱的歌。唱吧，高兴吧，伤心吧，哭吧，跳吧，当你还活着的时候……

你的心上人是谁？你激动不安地盼着和谁相会？谁让你失恋了，为什么你这样痛苦？你，不为对方所理解，又多么希望死去，好让她能听到你临死前的歌声！小时候母亲是怎么爱抚你的？什么地方埋着你父亲的头颅？朋友们怎样在流血的斗争中厮杀？当你那纯洁、无私的激情迸发时，你又向哪些天神敞开自己的心扉？你想过吗，什么是人的诞生？你想过吗，只要一息尚存，死神永远与你同在，而死后就不再有死？但生命高于死亡——世上没有比生命更高的尺度，正因为这样，你要避开杀戮！但倘若敌人践踏你的国土，你要保卫自己的家园！你要爱护心爱的人的荣誉，一如爱护祖国的土地！你尝到过别离的滋味吗？而别离是沉重的，沉重得像你身上压着一座山！你体验过吗，没有心爱的人儿，就没有一丝欢乐：没有花，没有光，没有明天，——啊，这一支支民歌里唱的还少吗？所有这一切，说也说不全……

那天夜里，没有比这七个格鲁吉亚人，七个在离别时刻忧伤地、兴奋地唱着歌的人更亲密无间的了。歌中那强烈的情感把他们连得更紧了。我们的祖先多么善于体验各种心绪，为了流传给后代，还想出了如此感人的歌词和如此和谐的旋律。像根据飞行可以识别鸟儿一样，根据格鲁吉亚人的歌声可以识别出十里内的歌者，说出他是谁，他从哪儿来，他出了什么事，他心里想什么——是刚参加完快乐的婚礼呢，还是痛苦正折磨着他的心？……

月亮早已高高升到群山之上，那柔和的月光洒遍了整个大地。微风吹来，那黑乎乎的一片树梢便悄悄地摆动起来。河水发出沉闷的哗哗声，在流经大圆石时便激起了银白色的水花。夜间的鸟儿，像黑影般不出声地从篝火旁唱歌人的头上飞来飞去。那些耐心等着主人的备好的马，竖起并动弹着灵敏的耳朵，而在马的眼睛里跳动着篝火的反光……这一些马已经准备好踏上去异国的行程，这一刻临近了……

然而，那些民歌似乎是唱不完的。这可能是古拉姆·焦哈泽的主意，要把所有的歌唱完："唱吧，朋友们，喝酒吧，从今往后我们再也不会站成一圈，再也听不到这些动人的格鲁吉亚曲子了。"他们有时独唱，有时齐声合唱；有时一边唱一边有模有样地跳着舞，有时又狂呼乱跳，仿佛死到临头。过后，这七人，或者说确切些，这六人和第七人，又站成一个圆圈。只有桑德罗不时离开圈子去取枯枝添火，于是篝火烧得越来越旺了。

临别时决定唱上最后一支歌，可后来又接二连三唱下去，大家不肯停歇，重又围成圆圈，垂下头，——歌声恍若从地下迸发而出，变得那样深沉有力。桑德罗又一次跑去取枯枝，虽说火势很旺。那是周密的考虑：他从一旁能看清站成一圈的六人的脸，而那六个站在刺眼的篝火旁一起唱歌的人却看不清他……沉重的驳壳枪已准备好——枪机已扳上。不可避免的惩罚的时刻、复仇的时刻到来了。他用一手举起装满子弹、能连发的驳壳枪，另一只手托住枪把。第一声枪响，如惊雷劈开黑暗，就把头领古拉姆·焦哈泽撂倒了；几乎就在同时，余下五人接连倒下，从他们口中飞出的歌声似乎还没有中断。他们甚至来不及弄明白这是怎么回事。于是在这杀戮的恶性循环中，为了过去流过的血而再次流血。

是的，人际关系的规律是无法靠数字来运算的，从这个意义上讲，地球像一匹制造流血惨案的旋转木马在不断地运转……这么说来，只要地球继续绕着太阳运转，难道这匹木马就注定一直要转到世界末日？

射击很准。只有一人突然用手撑地抽搐着欠起身来，但桑德罗跳到他身旁，对准后脑勺又给了一枪……所有的马惊得窜到一边，但因为已被拴住，只好又站定了……

篝火还在燃烧，河水哗哗作响，树林和群山都在老地方，月亮依旧挂在不动声色的高空，只有那天晚上久久回荡着的歌声戛然而止……

夜色中，桑德罗的脸白得像张纸，他喘不上气来，抓起还有剩酒的皮囊一边倒，一边大口大口喝起来，似乎要浇灭心中的火……后来他缓过来了，镇静地绕着横七竖八躺在火边的尸体走了一圈。随后卸下死者的枪，挂到他们马上的鞍鞒旁，又从马头上卸下带嚼环或不带嚼环的笼头，把马放了。把七匹马都放了，包括自己的那匹枣红马……他注视着，那些马感到获得了自由，便一匹跟着一匹朝河的下游，朝山前地带的村落奔去……要知道，马从来都朝有人住的地方奔去……不久，嘚嘚的马蹄声听不见了，在下方鱼贯而行的影影绰绰的马群，也消融在朦胧的月色中……

要做的事都做完了。桑德罗再一次绕着一下子被打死的六人默默走了一圈。他朝一边迈出几步，把枪口对准自己的太阳穴。山间再次响起一声短促的枪声。此刻他成了唱完自己的歌的第七人……

那篇格鲁吉亚传奇故事就是这样结束的。

当我坐在博物馆里听着保加利亚歌手演唱古老的教堂赞美诗时，我突然想起了这则故事。这些赞美诗是人们在黑暗岁月中怀着崇高的、甚至是疯狂的激情，向着至高无上的上帝苦苦求告时产生的，而这个上帝是人的创造物，尽管纯属虚幻，却被人们变成一种客观存在的精神信仰，因为他们确信，人在尘世间极其孤单，只有在赞美诗和祈祷中才能找到上帝。

我想起了这则故事，一时间感受到了它的全部分量。与思维的速度相比，光速微不足道。一种思想，尽管已成为历史的陈迹，也能在时空中逆向运动，其速度比什么都快……

现在我相信，在那些年代，情况也只能如此。作者在《六人和第七人》这篇故事的结尾中提到，桑德罗，即第七人，死后曾被授予一枚勋章。

然而假如国内战争的悲剧不演变成民族的悲剧，假如在推动历史发展的斗争中，一些人对新潮流的抵抗和另一些人的不可容忍无法使生活彻底改观，那么在革命的耕地上哪儿来的这些可怕的犁沟？难道这篇格鲁吉亚的传奇故事会有这样的结局？……价值是通过付出的代价来表明的。可不是，那个第七人，本来可以庆赞一番，活下来，但他没有这样做——其原因很难解释。每个人都可以做不同的理解。此时此刻，当我乘上这艘保加利亚赞美诗的航船，扬起崇高精神的白帆在一望无际的生活海洋上悠悠漂荡，划出一道道波浪的犁沟的时候（这种航行总会在远方开阔的生活海洋上留下波纹），我不由得想到，这个格鲁吉亚故事之所以这样结束，是因为那些民歌包含着七人一致的信念……

当你有所发现的时候，你会感到一切是那么和谐，心里豁然敞亮起来。我注视着，这些索菲亚歌手一个个眼睛发亮，那么虔敬地、热忱地、兴奋地唱着这些代代相传的赞美诗。他们全神贯注，脸上都沁出了汗珠。我开始羡慕他们，对于自己不是他们中的一员，不是那个和我面貌相同的人，我感到惋惜。

在这豁然开朗的心绪中，我突然想道：人的这一切——音乐、歌曲、祈祷是从哪儿来的？它们过去有什么必要，现在又有什么必要？可能是由于下意识地感觉到自己处于这万物来去匆匆、周而复始的生命循环中是多么可悲，人希望用这种方式表现自己，突出自己，使自己永垂不朽。要知道，在一切终了的时候，在几十亿年之后世界末日到来，我们的星球也将死亡，变得暗淡无光的时候，来自银河系的宇宙意识一定能在这无边无际的死寂和空虚中听到我们的音乐和歌声。这就是创世以来注入我们心中而且无法排除的意识——死后永生！人多么需要认清，多么需要相信：人的这种自我延续从原则上来说是可能的。大概人们想在身后留下某种永世长存的自动装置，留下某种能永远保存声乐经典的机器——这将是人类在各个时代创造的文化精华的荟萃。当我欣赏这些歌手的歌唱时，我还相信，那些日后听到这些歌词和音乐的人一定能理解并感受到，这地球上唯一具有理性的人们是多么矛盾的生物，是些什么样的天才和蒙难者。

生命，死亡，爱情，怜悯和灵感——这一切音乐里都有，因为在音乐里，我们能够获得最大的自由，而这种自由是人从他刚开始显露出朦胧的意识那一刻起，在整个历史进程中斗争不息、奋力争取的东西，但我们只有在音乐中才能获得它。只有音乐克服各个时代的教条，永远向往着未来……因而只有音乐才能说出我们不敢说出的话……

我不时看一下表，怀着不无惊恐的心情等待着，这场在我心爱的普希金博物馆演出的音乐会一结束，我就该去喀山车站了——那里完全是另一个世界，我将置身于另一种完全不同的生活中，那是一种永远在尘世的浮华、不息的变动的旋涡中碌碌奔忙的生活，在那里没有赞美神灵的歌声，在那里赞美诗一文不值……但正因为这样，我才应当去那里……

五

过了中午，火车已经行驶在伏尔加河沿岸一带了。在单间车厢里，大家已经安顿下来，尽可能安排好为期数日的旅途生活。而在阿夫季所乘的普通车厢里，可以说过的是集体生活。旅客来自四面八方，各有各的外出原因。这很正常——人有需要，人就出门。其中也有阿夫季的旅伴：大麻贩子。据他猜测，这趟列车里不下十名“特使”，但他目前只认识其中的两人——在火车站，那个麻利的搬运工“烙铁”指定他们结成一个小组。这是两个摩尔曼斯克小喽啰——大一点儿的叫彼得鲁哈，二十岁上下，另一个完全是孩子，十五六岁，叫廖尼亚[①]。不过别小看他，这个廖尼亚干这种勾当已经是第二趟了。因此他自以为是此中老手，甚至还吹起牛来。开头，这两个摩尔曼斯克人举止很谨慎，尽管他们知道阿夫季（他们按北方口音叫他阿夫佳）是自己人，他是经过可靠的人介绍才加入“特使”行列的。如果想悄悄地谈点儿事情，那多半只得以抽烟作幌子到连接两节车厢的过道里去谈。现在的旅客已经不能容忍有人在车厢里抽烟——可不是，那么多人即使不抽烟，空气也够憋闷的了。于是他们走到车厢外的过道里聊聊天、抽支烟。彼得鲁哈立刻注意到，阿夫季抽起烟来完全没有他们这伙哥们儿的气派：

① 廖尼亚为阿列克谢的小名，下文中出现的列昂卡是爱称。

“哎，阿夫佳，你生来从没抽过烟吧？像个小娘们，怎么怕把烟吸进去？”

阿夫季不得不撒个谎：“以前抽过，后来戒了……”

“看得出来。我可是从小就抽惯了。咱们的列昂卡，是个地道的烟鬼，像老爷子那么上劲，要是有机会喝酒，他也从不放过。说实在的，现在咱们可不行，往后再过过瘾吧。”

“可他还小呢！”

“谁小，列昂卡？人小，可是胆子不小。瞧你像是头一回出门干大事，这对你当然不是什么小外快。可他已经是熟门熟路了，在行得很呢！”

“他也用那草吗？还只是当一名‘特使’？”阿夫季感兴趣地问。

“列昂卡吗？那草，他也一样抽。现在大家都抽。不过抽起来得有个底数，”彼得鲁哈议论开了，“有些人吞得太多，连脑袋都迷糊了，那种人办事可不行。那是些臭鸡蛋。把好事全搅了。那玩意妙极了，让人痛快，抽起来舒心透啦！”

“怎么会痛快？”

“那是因为，比方说吧，有条小溪在流，你一步就能跨过去，啐一口都比它远，而你会觉得，这小溪是大河，是海洋，是主的恩赐。你就感到痛快！痛快嘛，就是那么回事。不过打哪儿来的痛快？噢，比方说吧，你买面包，买衣服，买鞋子，喝点儿酒，都得花钞票。可那玩意儿，尽管能卖不少钱，那份痛快劲是不同寻常的：你像在梦里，周围的一切简直像过电影。也有差别，电影是成百上千的人在看，而你这儿是独个儿享受，不干谁的事，谁要多管闲事，可以揍他的嘴巴子，告诉他：与你无关，我想怎么着就怎么着，你别硬闯进别人家的菜园子。你瞧瞧，这变化有多大！”他停了一会儿，眯起精明的眼睛，流里流气地暗示说：“怎么样，阿夫佳，你不妨试试那玩意儿，尝尝那份痛快劲，我可以先分你一丁点儿……”

“我以后尝自己的，”阿夫季拒绝了，“什么时候我弄到自己的一份，那就是另一回事了。”

“也对，”彼得鲁哈同意说，“还是自家的好，”他停了一会儿，决定进一步说下去，“干我们这一行，阿夫佳，关键是要小心谨慎，因为周围的人全是我们的敌人：每个老太婆，每个带着臭奖章的老兵，每个领退休金的人全都是，至于别的人，就甭提了。大家都想严惩我们，想把我们打发得远远地去服苦役，叫我们统统滚蛋。所以我们有条规矩：你最好装孙子，不招人注意，一问三不知，直到你捞了一大把。往后瞧咱们的！等腰包里有了钱，让那些人见他妈的鬼去……不过，阿夫佳，要是你遭了殃，没命了，千万别供出自己人。这是规矩。你要是顶不住，如此这般都招了——那么，哪怕你是王爷，日后也会把你像条狗似的打死。哪怕藏起来，反正也能把你揪出来。这你可不能闹着玩……”

后来才慢慢弄清，彼得鲁哈在各个建筑工地上干活儿，只要夏天一到，他就跑莫云库梅，他熟悉盛产大麻的地方。据他说，草丛到处都是，特别在山沟沟里更是多极啦，够全世界用的。他家里只有一个爱喝酒的老母亲，几个兄弟各奔前程，去了北极，铺煤气管道。据他形容，那些苦力，挣钱不易，有时冻得要死，有时吸血的蚊蚋铺天盖地。他呢，只消去亚洲逛上一趟，这一年里你可以闲待着，只要口水足，尽可以躺在床上吐天花板。他的搭档列昂卡家庭情况更糟，不知道母亲是谁，从小就进了孤儿院。他三岁那年，有个常跑古巴的远航轮船长摩尔曼斯克人带着老婆到了孤儿院，办好各种手续，把他收为养子。他们自己没有孩子。可是过了五年，一切化为乌有。船长老婆，跟她的相好私奔，跑到列宁格勒。船长开始酗酒，后来转到码头工作。列昂卡好歹上了小学，有时住在船长的姑妈家，有时住在船长的兄弟、一个会计师家，可他那位老婆是个凶神恶煞。就这样倒霉的事接二连三，小家伙不再听话，变凶狠了。他跟船长一刀两断。后来在一个残废军人家里安身，这位过去的海军潜水员孤身一人，心地善良，但他管不住列昂卡。小伙子生活得很自由。想上哪儿就上哪儿，想回来就回来。可不是，这一回列昂卡已经是第二趟去弄大麻了，而且他本人好像对这种毒品上了瘾。但他才十六岁，往后的日子还长着呢……

阿夫季尽量克制自己，对这些令人痛心的实情不做出反应，因为他给自己定下的任务是：查明这些把越来越多的年轻人引入罪恶深渊这一现象的本质。他越是深入了解这些可悲的经历，他便越发相信，这一切就像人生海洋中的一股潜流，尽管海面风平浪静，但其实是虚假的。他还相信，其所以产生这种罪恶倾向，除了局部的、个人的原因之外，还存在着促使产生这类病态青年的社会原因。乍一看，这些原因很难捉摸——它们类似互相连通的血管，会把病菌带到整个机体。凭个人的力量，不论你怎么热衷于探讨这些原因，都成效不大，如果不能说一无所获的话。这里至少需要写出一系列完整的社会学专题论文，最好还能在报刊上或电视台组织一次公开讨论。噢，这就是他这个不识时务的人，一心想望的……而他正是这种人，如果考虑到他所受的神学教育的局限性以及对实际生活一无所知的话。后来他确信：谁也没有兴趣去公开谈论这类事情，其原因通常是出于维护我们社会声誉的考虑，虽说就实质而言，这里首先指的是人们不想再一次用自己的地位去冒风险，因为这种地位往往取决于另一些人的意见和情绪。看来，为了引起舆论对社会某一局部的不良现象的警觉，除了这一切以外，还应当不怕采取危及个人利害的行动。阿夫季完全没有这种惴惴不安的心理负担，这是他的幸运，也是他的不幸。不过，所有这些人生的感悟只是后话。目前他不过是刚刚踏上这条道路，刚刚接触到现实生活的一个方面，对此他出于对误入歧途者的怜悯，渴望通过亲身经历去认识这一现实，为的是哪怕能对其中的一些人有所帮助。他不想用说教的方式，不想用指责和审判的方式，而是想通过个人的参与、亲身的经历向他们证明，摆脱这种危险处境的唯一出路，只能是通过本人的觉醒。因此从这个意义上讲，他们中的每一个人都面临一场革命，哪怕是在自己心灵的范围内。但他同样没有料到，为了这些美好的思想他将付出昂贵的代价。

他还年轻。也许仅仅是年轻……想当初他在神学校是怎样研究耶稣基督的生平事迹啊——他对圣子的苦难感同身受：当他读到犹大在客西马尼的园林里出卖了耶稣时，他放声大哭；当他读到在那个大热天，在那座秃山[①]上，耶稣被钉上十字架时，他感到整个世界都毁灭了。但是这个不谙世事的年轻人当时没有想到：如果人世间存在着一种规律，根据这一规律，世界首先要惩罚自己那些有着最纯洁的思想和心灵的觉醒的儿子，那会怎么样？也许值得考虑一下。如果这就是这些思想的存在形式和胜利的方式，那会怎么样？如果这是事实，那会怎么样？如果这正是取得胜利必须付出的代价，那又会怎么样？

早先阿夫季就同维克托·戈罗杰茨基谈起过这些问题。这位维克托·戈罗杰茨基年龄跟他相近，但阿夫季还是用父名尼基福罗维奇称呼他。这次谈话正是在阿夫季已经下决心同神学校决裂的前夕进行的。

“我该怎么说呢？你注意到没有，小神父，你可别生气，阿夫季，我有时用小神父称呼你，但这种叫法最好不过了，”戈罗杰茨基沉思片刻后说，他们正在他家里喝茶，“一旦你离开了神学校，或者不如说，一旦你被革出教门，我相信，你的那些导师是不会宽容你背离他们，向他们提出挑战的……此外，你离开神学校的原因，可以说是罕见的，令教会很不愉快——不是因为你感到某种不公正，不是因为你受到委屈或排挤，也不是你因为同教会某个头面人物发生了争吵，都不是，小神父，

① 秃山，指各各他，古犹太耶路撒冷的一个刑场，据称耶稣在该地被钉于十字架而死。

教会对你毫无过错……你的脱离教会，可以说，纯属思想上的考虑。”

“是的，维克托·尼基福罗维奇，是这样的。没有直接原因，如果说受了委屈，那就太简单了。问题完全不在我这方面，而在于传统的宗教流传到今天已经陈旧过时，没有前途，至于那种反映正在觉醒的下层人民的传统意识的宗教，那更是无从谈起了。您明白，如果历史能够在世界范围的信仰中推出一个新的中心人物，一个具有新的神学思想的当代上帝的形象，而且这种神学思想要适应当今世界的需要，那么还可以指望神学将会有某种价值。这就是我离校的原因。”

“明白，明白！”戈罗杰茨基宽厚地微微一笑，喝几口茶，接着说，“这听起来似乎令人震惊。但在涉及你的理论以前，我应当告诉你，此刻我坐在这里喝茶，而且感到由衷的高兴，因为我们不是生活在中世纪。是的，在天主教统治的欧洲，比如说在西班牙，或者在意大利，仅仅是因为你胆敢发表这种闻所未闻的异端邪说，而我无意中听了你的说教，我和你，我的小神父，开头会被分尸，或者受火刑，最后会把你的遗骸磨成齑粉，——真是焚尸扬灰！噢，宗教裁判所会多么残酷地惩治我们，他们会多么兴高采烈！如果仅仅因为有人告密，说某某人在听到童贞女受孕[①]时，竟敢莫名其妙地笑了笑，而神圣的宗教裁判所就可以据此烧死那个不幸的人，那么应当认为……”

“维克托·尼基福罗维奇，请原谅，但我不得不打断你的话，”阿夫季淡淡一笑，神经质地把神学校学生穿的黑长袍的扣子扣上，“我明白，我有点儿逗你开心，但我不开玩笑，如果在我们的时代也有宗教裁判所，如果因为我的离经叛道，明天就要被烧死，那我也绝不会背弃我的任何一句话。”

“我信，”戈罗杰茨基点头表示同意。

“我不是偶然形成这一思想的。我研究了基督教的历史，同时观察

① 据《圣经》记载，童贞女马利亚因圣灵受孕而生耶稣。

了现实生活，才形成这一思想。我将要寻找一个新的、具有现代形式的上帝，哪怕我永远也不能找到它……”

“这很好，你刚才提到了历史，”戈罗杰茨基打断他的话说，“现在请听我的。你关于新的上帝的思想，是一种抽象的理论，尽管在某些方面，用我们知识分子的话来说，这也是个极其迫切的现实问题。它是你的设想，诚如前面讲到的，是凭脑子思考的结果。你设计出一个上帝，但上帝不是靠思辨虚构出来的，不论这一点看来多么诱人，多么可信。你要明白，如果耶稣没有被钉上十字架，那他就不成其为天主了。这是一个绝无仅有的人物，一心想着在全世界建立正义的王国，开头遭到人们的虐杀，可后来升天了，受到赞美、哀悼，最后历尽了磨难。这里是崇拜与自责，忏悔与希望，惩罚与宽容的结合——这也是仁爱。至于后来这一切受到了歪曲，被利用来为某些社会势力的某种利益效劳，那就是另一回事了。这也是世界上一切思想的命运。所以你要想一想，哪个更强大，更有影响，更吸引人，更亲切，——是那个为了教义走上断头台、承受钉上十字架的痛苦的蒙难者耶稣呢，还是那个具有现代思想、至美尽善的最高神灵这一抽象的典范呢？”

“我想过这一点，维克托·尼基福罗维奇，您是对的。但我不能放弃我的理想，我以为现在已经到了重新考察历史的时候了，不论它是多么稳固，不可动摇，已经到了重新考虑上帝的观念的时候了，因为它早就不能适应对世界的新的认识。这是显而易见的。我们别争论了。很可能，我是从抽象出发，寻找着不值得寻找的东西。那有什么呢？就算我的思想同正宗的神学不一致吧。我拿自己没有办法。假如有人能说服我，我会感到幸福的。”

戈罗杰茨基领会地摊了摊双手，说：

“我理解你，阿夫季神父。尽管这样，我还得事先警告你——寻神说，这在教徒们的概念里，无疑是反对教会的弥天大罪，这就等于说，你想把整个世界闹得天翻地覆。”

“这我知道。”阿夫季平静地说。

“但世俗的人更不喜欢寻神说。这一点你想过吗？”

“这难以置信。”阿夫季吃惊地说。

“等着瞧吧……”

“不过，怎么会这样呢？在这里他们的立场一致了吗？”

“倒不是一致，而是这东西谁也不需要……”

“那就怪了！最需要的东西结果谁也不需要……”

“我以为，今后你会很艰难，阿夫季神父。我不羡慕你，但也不阻挡你。”戈罗杰茨基最后说。

他说得对。全都对。要过一段时间阿夫季才可能对此深信不疑。

下面这段不长的往事，是在阿夫季被逐出神学校之前发生的。就在这一天，神学校办事人员特地来到小城车站恭恭敬敬地迎来一位要人——大牧首管辖的教区内协调神学校事宜的季米德里神父。在神学校系统大家叫他协调主教。这是一位仪表堂堂、深明事理的中年人，可以说是个堪称典范的人物。主教这次前来与一桩非常事件有关：这事的罪魁祸首是神学校最出色的学生之一阿夫季，他走上了异端邪说的道路——公开修正《圣经》教义，提出了创立当代上帝的混乱思想。不用说，主教是以导师和调解人的身份出现的，目的是凭借自己的威信使这个迷途青年回到教会的怀抱，以免这场争执扩散到校园之外。从这个意义上讲，教会同那些把校服的荣誉看得高于一切的世俗院校很少有什么差别。如果在阿夫季的位置上换了另一个更富有生活经验的人，那么他想必能领会主教慈父般的苦心，但阿夫季却十分真诚地表示了不理解这位显要的神职人员，这么一来，主教大失所望，情况就变得极为复杂了。

中午时分，阿夫季被传唤去同主教谈话，在他那里至少待了三个钟头。一开始主教建议一道去学校礼拜堂的祭台前做祈祷，而礼拜堂设在主楼的一个大厅里。

“我的孩子，你无疑猜到了，我要跟你做一次严肃的谈话，然而我们不必着急，请领我去圣堂，”他对阿夫季说，那双鼓出的微红眼睛一直瞧着他，“我想，我们首先应当一道祈祷一下。”

“上帝保佑您，大主教，”阿夫季说，“我准备好了，对我个人来说，祈祷是我经常思索至高无上的天主的对位旋律。我觉得，有关当代上帝的思想始终没有离开过我。”

“不必那么着急，我的孩子，”主教克制地说，一边从圈椅里站起身来。什么当代上帝，什么对位旋律，他把这些狂言乱语只当耳旁风。经验丰富的教士不想一开头就把谈话弄僵，“让我们祈祷一下。我应当告诉你，”他继续说，“我在这尘世生活得越久，我越是坚信上帝的恩惠，坚信主对我们无限的仁慈。我感到幸福，在忘我的祈祷中，主给予我这种感觉。上帝的宽恕是无边的，至高无上的主对我们的爱确实是无穷的。也许我们的祈祷在主听来仅仅是些冒失的儿语，但只有在祈祷中我们才能和上帝合成一体。”

“您是对的，大主教。”阿夫季站在门旁说。

随后，由于年轻幼稚，由于急不可耐，受不了谈话中出于礼貌需要的间歇，阿夫季立即亮出了自己的底牌：

“不过我要冒昧陈述，我们观念中的上帝是亘古长存的，但因为人间的思想在不断发展，认识在不断加深，由此得出一个结论：上帝也应当具有发展的性质。那么您是怎么想的，大主教？”

这时主教就无法避而不答了。

“不过，你可真急躁，我的孩子，”他说，一边轻轻咳嗽几声，理了理身上厚实的法衣，“不应当这样来议论上帝，哪怕是出于年轻。我们是无法认识亘古长存的创世主的。他存在于我们之外。”

"请原谅，大主教，但是最好让我们直言不讳。在我们意识之外并没有上帝。"

"你确信这一点吗？"

"是的，所以我才这样说。"

"那有什么，最好不要一开头就把话说死。可以设想，我们要进行一次小小的学术讨论。不过等祈祷完了我们再回到这个话题上来。现在嘛，劳驾请领我去圣堂。"

主教赏脸让阿夫季同他一道在学校礼拜堂里祈祷，光凭这一事实，按事物的逻辑，应当理解成善意的表示，因而面临被开除的危险的阿夫季似乎应当利用这一有利时机。

他们在过道里走着——主教在前，阿夫季落后半步，在一侧跟着。看着大主教那端庄魁梧的身材、坚定的步伐、宽绰的拖地黑长袍（这使他的仪表显得特别威严），阿夫季从中感到千百年来形成的一种势力，这股势力在处理每一桩人事时，总是恪守宗教教规，首先维护自身的利益。现在，在寻求生活真理的道路上，阿夫季将要同这股自古以来就存在的势力发生冲突。不过目前，他们两人还是朝上帝走去，——这个上帝是他们共同信仰的，虽说各自的理解不同，而且他们都要以上帝的名义向别人晓喻能被普遍接受的有关尘世与世人的观念。两人同样寄希望于上帝，因为上帝是无所不能、无比仁慈的。就这样，他们走着……

此刻，神学校的礼拜堂里空无一人，因此大厅并不显得很小。在其余方面，这里完全像个教堂，只是在幽暗的祭台深处，披着浓密黑发，露出专注、探寻目光的基督的面容在脚灯的暗淡光照下，显得过于苍白。两名跪着的人——牧师和神学校青年学生（后者暂时没有被剥夺独立思考的自由），都把视线和思想转向上帝。他们中的每个人来到这里都希望单独同上帝交谈，因为主耶稣在一昼夜的任何时刻，能同无数向他求告的人，实际上是同整个地球上的整个人类进行同步对话。这就是上帝的无所不在。

这一次的情况也一样：在祈祷时，每个人都喃喃诉说着自己的忧虑和悲伤，表白自己的行为都出自对上帝的信仰，因而都是无罪的，每个人都想确定自己同想象中的宇宙之间的相互关系，而在宇宙中，他们所占的位置、所经历的时间其实是微不足道的；每个人都在身上画十字，感谢创世主让他诞生到人间；最后每个人都祈求在大限到来的时候，请恩准他呼喊着上帝进入天国……

后来他们又回到办公室谈起正事，在这里进行了面对面的、不加掩饰的交谈。

“是这样，我的孩子，我不想来教训你，”主教这样开场，他在阿夫季对面的皮圈椅里尽量坐得舒服些，阿夫季则坐在一张椅子上，恭顺地把双手放在明显地从灰校服里凸出来的细瘦的膝盖上。

阿夫季已经准备好做一次激烈的谈话。但有一点使他吃惊——他从大主教的眼睛里既看不到愤慨，也看不到恶意，相反，主教的表情十分平静。

“我听着，大主教。”神学校学生温和地说。

“是这样，重复一遍，我不想责备你，教训你。这类简单办法对你不起作用。然而你刚才信口说出的那番话，依我看，不是出于轻率，而是出于过激，这不能不令人遗憾。但与此同时，想必你也觉察到了，我是平等待你，才与你交谈的。此外，你相当聪明……说句心里话，为了教会的利益，希望你的聪明才智不要与它的教义相对抗，而是要完全地、无条件地为上帝的约言效劳。这一点我不想隐瞒。虽说我本可以像父亲那样揪你的耳朵，因为我熟悉你故去的老爹，同他的关系不坏。他完全是个笃信基督的善人，此外还很有教养。可是你呢，阿夫季，你作为已故的助祭英诺肯季的儿子，或者用教会的话说，你作为终生为教堂服役的神职人员的儿子，你的命运却是这样的。这是怎么搞的？不必隐瞒，起先我听了许多有关你的好话，但是促使我这次前来的，你自己也明白，是令人不安的情况。结果是，你走上了离经叛道的邪路，而且，如若拿你的地位来说，无非是个学生。从你那些偶然吐露的言谈中，我开始确信，你的迷误也许超出了年龄的特征。我宁愿这么想。问题是，由于种种原因，年轻人总是过于自信，而这种自信在不同的人身上，由于气质与教养的不同，往往表现为不同的形式。你以前是否听说过，上了年纪的人，历尽了人生磨难，到了垂暮之年反而笃信起上帝来，或者开始按照自己的方式来解释神的观念？不，这种情况如若发生，那无疑是极为罕见的。正是随着年龄的增长，人才越来越深刻地理解了神学的本质。要知道，欧洲所有的哲学家，包括所谓的法国百科全书派，在革命前的动乱年代对宗教进行了无神论的冲击，这种冲击已经延续了不下三百年，这些人，顺便说说，不都是年轻人吗？”

“是的，大主教，他们都很年轻。”阿夫季承认。

“是啊，你也看到了。难道这不足以说明：年轻人之所以有那么个特点——用当今时髦的话来说就是过激情绪，首先是由于年龄的关系吗？”

“是的，不过这些年轻人，也就是您大主教认为的过激分子，如果说句公道话，他们同时还有着相当合理的信念。”阿夫季插进去说。

“毫无问题，毫无问题，”主教急忙同意，“但这是个特殊问题。无论如何，他们不是神职人员，他们对宗教的态度是他们自己的事，对他们是另一种要求。可你，我的孩子，是未来的牧师。”

“正因为如此，”阿夫季打断他的话，“人们在观念上就更应当完全相信我和我的认识。”

“别急嘛，”主教皱起眉头，“如若你不想弄清我出于对你的善意说的这番话，我们不妨换个话题。听着，首先，在宗教信仰的认识道路上，你不是第一个，也不是最后一个陷入思想矛盾的人。像你这种怀疑分子，在宗教史上为数不少，那又怎么样呢？从事任何伟大的事业都要付出代价。这样一些短暂的时刻和偶然事件，过去有，将来还会有。重要的是，他们不可避免地面临着抉择：或者在主观上坚决摒弃怀疑论，彻底与之决裂，以更大的虔诚与热心无条件地承认真正的信仰，这样做有可能取得上级主教的宽恕；或者固执己见，死抱住邪说不放，那他这个异端分子就会被逐出教会，革出教门。你可知道第三条道路是不存在的，没有的？你的所谓革新思想不可能被接受。你明白吗？”

“是的，大主教，但我认为，这第三条道路是必须有的，对我是这样，对教会本身更是这样。”

“嘿嘿，”主教嘲讽地摇摇头，“真是一派胡言！”他扬声叫道，接着又刻薄地、幸灾乐祸地继续道，“那么劳驾请说说，你为神圣的教会准备的第三条道路是怎么回事？不会是什么革命吧？这可是旷古未有……”

“克服千百年来的停滞状态，摆脱宗教信条的桎梏，允许人的精神在认识上帝这一自身存在的最高本质方面享有充分的自由……”

“住嘴，住嘴！”主教开始抗议，“这种自说自话的创造性很可笑，亲爱的！”

“哦，如果您把这种独立思考也排除在外，那么，很遗憾，大主教，我们继续谈下去就没有意义了！……”

“正是这样：没有意义！”主教十分激动，霍地站起来。接着，他大声地说：“醒醒吧，年轻人，丢掉你的傲慢！你走上了毁灭的道路！可怜的人，你以为上帝只是你想象的产物，因此人几乎成了凌驾于上帝之上的上帝，然而意识本身是神的力量创造的。如若放任新思想泛滥，你就会把千百年来的约言和戒律统统化为乌有，可是这些约言和戒律是人们历尽苦难、苦苦探寻才得来的，而为了让这些美好的准则世世代代传下去，人们付出了昂贵的代价。你想要干什么，鼓吹什么摆脱宗教信条的桎梏？这些教规是上帝的恩赐。没有新思想，教会可以一如既往地存在；可是没有教规，那就不可能有教义了。既然你谈到了这个问题，那么你记住，宗教信条——这是一切立论和一切政权最主要的基础。这一点请记住。你认为，似乎新思想能使上帝更趋完善，而实际上你是故意抹杀上帝。你这是准备取上帝而代之！但是——上帝与我们同在——幸好这一切不取决于你和像你这一类人：你的渎神行为只会毁了你自己。而上帝是永生永世万古长存的！阿门。”

阿夫季站在主教面前，双唇发白，后者的暴怒使他感到痛苦。但他还是不知退让：

“请原谅，大主教。我以为，不必将起因于我们自己的事归之于神的力量。为什么上帝把我们造得那么不完美？既然他能够避免让我们——他的创造物内心同时兼备两种对立的力量——善与恶的话，为什么还要让我们沾染上那么多怀疑、犯罪、狡诈等等恶习，甚至对上帝也不例外？您宣扬教义的绝对权威，宣扬对世界、对我们精神本质的一成不变的终极认识，但这是不合逻辑的：难道说，在基督教义存在的两千年中，我们不能加进任何一点儿东西，补充一句几乎在《圣经》产生以前早已说过的话吗？你维护对真理的垄断，但这至少是一种自我欺骗，因为不可能存在一种学说，即便是上帝创立的教义，它能一劳永逸地、彻底地认识真理。如果是这样，那么可以说，这是一种僵死的学说。”

他不作声了，在随之而来的寂静中，可以听到窗外响起了教堂的钟声。很近，很熟悉，这钟声象征着人同上帝之间的联系。阿夫季真想如同这钟声一样飘忽而去，飞向远方，消失在无边无际的天宇……

“你走得太远了，年轻人，”主教用冷漠、疏远的语气低声说，“真不该来跟你进行这种理论性争论，因为你的认识极不成熟，甚至可以说模棱两可，你是否受了人类的敌人——魔鬼的挑唆才这么说的？不过我要送你一句临别赠言：你的这些思想会让你吃大亏的，因为人世间容不得那种连对基本教义都持怀疑态度的人。须知，任何一种思想体系都自认为拥有终极真理，今后你一定会同它发生冲突。而尘世间的生活比可能呈现出来的表象要残酷得多，你将因为自己的轻率而付出代价，也会记起我们的这次谈话。不过说够了，你准备离开神学校吧，你将被开除教籍，逐出上帝的殿堂！”

“我的殿堂永远与我同在，”阿夫季不甘示弱，“我的殿堂就是我自己，我不承认任何别的神殿，更不承认当今这样一些品性的神职人员。”

“也罢，孩子，上帝保佑你，让这一切结束吧，但你可以相信：尘世会教会你顺从的，因为那里存在着一种切身需要——为自己挣得一块面包。而这种需要至今左右着千百万像你这样的人……”

这些警告日后真的一再被记起，但每一回阿夫季都觉得，他的根本使命，某种最高的人生意义，恰如时时可以望见的地平线，还在遥远的前方，而在他前进道路上的一切挫折和苦难只是暂时的，总有一天许多人会追随他的榜样，——这难道不是他存在的目的吗？

在他同大麻贩子一道奔赴中亚草原的那些日子里，阿夫季从早到晚看着车窗外荒凉的土地，常常对自己说：这下好啦，现在你独立自主了，除了编辑部的任务，你毫无牵挂。其余的事你可以随心所欲，自行处理。那又怎么样，在这苦难的历程中你发现了什么？瞧，这就是实实在在的生活，现在你同它面对面了。正如一百年前一样，人们搭上火车来去匆匆。你是一名乘客，大麻贩子也是乘客，但骨子里这是些不顾死活的人——因为他们干着最可怕的一种罪恶勾当，过着寄生生活。那苦辣的烟，似乎微不足道，无非是一种甜蜜的麻醉，但它能毁灭人心中一切美好的东西。既然他们甘愿受害，你又能怎样保护他们呢？你是否知道，这一切是怎么发生的？原因何在？你沉默——不知道从何下手，怎么解释，有什么办法？难道不是你，以不可阻挡的力量冲出神学校围墙，投身于生活的激流，渴望改变生活，要使它哪怕在某些方面变得更为美好？神学校的同窗给你取了个外号：理想主义者。这大概不是没有缘由的。现在你已经考虑到了，这些大麻贩子是否需要你，他们是否允许你去干涉他们的事情和行动。再说，你又能为他们做些什么？苦口婆心地劝说，迫使他们去过另一种生活？此刻，正当你苦恼不堪、考虑怎么办的时候，他们却怀着既定目标，奔向中亚，盼望着马到成功，而且认为这才是自己的幸福。然而怎样才能说服他们，怎样才能使他们回心转意、面对真理呢？可是如果不干预，不帮助，那么他们迟早将受到法律制裁，被扔进劳改营里，到头来他们也不觉得是犯罪，只认为是倒霉。另一条出路是——改恶从善，悔过自新，强迫自己不再干这种犯罪勾当，在别的天地里找到真正的幸福。这该多么好啊！不过，他们的幸福应当是什么呢？是我们大做广告的贵重物品吗？但这些东西毫无意义，而且庸俗得很。是上帝吗？可是他们从小就把上帝当成取笑爷爷奶奶的话柄，一则神话，如此而已。而且归根到底，在不费吹灰之力就能捞到大钱的情况下，语言能起什么作用呢？现在人人嘴上挂着一句时髦话——谢谢不管用，有钱就好说！不过大麻贩子弄来的钱，大概不光是自己的，甚至很可能也是别人的。瞧，有多少“特使”来自港口城市——有摩尔曼斯克的，敖德萨的，波罗的海沿岸的，据说还有远东的。这些大麻、“蜡泥”和“爱克司特拉”都流到哪儿去了？不过问题难道在这里——哪儿去了？这是怎么产生的？为什么在我国，在我们的社会中，竟能产生这种现象，虽说我们已经向全世界宣告，我们的社会制度同一切罪恶是格格不入的。啊，但愿能成功，但愿能写成这样一篇报道，它能引起广泛的反响，使得许许多多的人像家里失火一样，像自己的孩子闯祸一样，把它当成与自己密切相关的大事。只有到了那个时候，无数不无偏见的人们的舆论，才能强似金钱，战胜罪恶啊！上帝保佑，但愿这能成为事实，但愿这不是徒劳无益的，既然“太初有道”，那就让这“道”永远保存其固有的力量吧……但愿能这样生活，但愿能这样思考。

但是，主啊，我再一次向你呼唤：在响当当的金钱面前，舆论起多大作用？在隐秘的罪恶面前，传道能起多大作用？舆论怎样才能战胜实实在在的邪恶？主啊，请赐予我力量，这一路上不要抛弃我，我孤独，暂时孑然一身，而他们，这些财迷心窍的人，却多得数不清……

过了萨拉托夫州，莫斯科至阿拉木图的火车在哈萨克境内已开始了第二个昼夜的行程。由于首次来到大陆的图兰低地，阿夫季在旅途中时时对祖国疆域的宏伟感慨不已，为往昔的俄国竟获得如此辽阔的版图而惊叹不止。放眼望去，真正是无边无际的土地：如果算上西伯利亚，他暗自思量，面积几乎占了全国陆地的一半……而且这里人烟稀少……铁路沿线散落着星星点点的城镇、乡村、山寨、火车站、会让站以及偶尔出现的牧民的牲口圈和住家，这情景恰如一幅虽然着了底色、但却蒙着一片灰色的大草原的油画上，落下几笔鲜亮的彩色……这一带，到处伸展着开阔的草原，而且此刻正是开花季节，大大小小的草长势旺盛，才几天工夫，就把大地装扮一新。之后，在无情的太阳的烤晒下，这些草将枯萎，之后将整年等待着春天……

从半开着的车窗外，送来一阵阵盛开的草花香味，当火车因故停留在某个四下里一览无遗的无名小站时，香味就特别浓烈。这时候真想从憋闷的车厢里跳下去，在旷野的草地上跑一跑。这些草，很不起眼，但散发着艾蒿般的清香，还带点儿干燥的沃土气息。奇怪，阿夫季想，难道那该死的野生大麻也像这些草一样长得遍地皆是，而且也有那么一股诱人的香味？想必大麻的气味，根据大麻贩子直言不讳时所讲，会更浓更香。主要的是，他们还说，大麻多茎、秆长，草丛几乎齐腰高。尽管是野生，但不是遍地都长，它有自己的产地。感谢主，不是到处都长，所以人们得长途跋涉、多方寻找，才能到手。可以设想，如果大麻俯拾皆是，那么后果将不堪设想……所以这些“特使”才从遥远的港口城市赶来，从国土的这一端跑到那一端，一个个像着了魔似的去寻找这种能令人迷醉的大麻……路还远着呢，他们还得走啊走啊——真不知道，事态将怎样发展，此行会有什么结果……

常常是，阿夫季暂时忘记了这次秘密的中亚之行的目的，想象着在什么时期，这片土地上居住过什么人，回忆起与此有关的读过的书和学生时代看过的电影，他感到高兴的是，这里还留有已往生活的特征和痕迹：褐色的驼群，散落在草原上的被遗弃的古城，伊斯兰教圣徒的陵墓，由几辆篷车组成的中亚村落。有时眼前掠过一顶帐篷——视野内唯一的帐篷，瞧着这人世间孤零零的破旧住房，阿夫季不由得为它的主人担忧。有时眼前飞过骑士的身影，或单骑匹马，或三五成群，有些人像往年那样，戴着尖顶帽，坐骑披挂着古老的马具……他不禁想：当初这里的人是怎么生活的？在这茫茫的漠地，人怎么没有因孤寂、缺水而死去？到了夜晚，他们怎么办？面对浩瀚的夜空，人会有什么样的感受，想必他会怀着恐惧而沉重的心情意识到自己在这无限空间里的彻底孤独，因此，路过这里的火车也许会给他们带来欢欣，而不会像现在的大城市那样刺激居民的神经。也许正相反，草原之夜的肃穆、雄伟，会在心灵中孕育出伟大的诗篇，要知道诗不是别的，正是人的精神在宇宙空间的自我肯定……

但阿夫季并没有长久地陷入沉思。他重又想起，他这是同大麻贩子一道去中亚，而从法律角度来看，他是同一伙犯罪分子打交道。因此在写出他那篇有关社会道德问题的报道之前，他就得安于这种生活，容忍大麻贩子身上的种种恶习。想到这里，他不由得感到心头一阵惊悸，胃里不舒服起来，那样惶恐不安，甚至浑身打起了冷战，仿佛他就是一名大麻贩子，卷进了这种罪恶勾当。这时候，他才体验到那些心怀鬼胎的人的心理状态，明白了不管土地多么辽阔，不管新的观感多么令人高兴，但这一切不值一提，不会给理智或心灵带来任何东西，如果意识中有一个哪怕很小的痛点，——正是这个痛点决定着人的自我感觉，决定着他同周围的人们的关系。阿夫季留心观察跟他一道去中亚草原的大麻贩子的神色，竭力想在交谈中劝阻他们，促使他们坦诚相见。与此同时，他揣摩着，别看他们表面上镇定自若，很可能每个人都提心吊胆，时时刻刻害怕事情败露，会受到不可避免的惩处。于是阿夫季又觉得他们很可怜。他们的硬充好汉，挑衅性的暗语，打牌，喝酒，他们的蛮勇，——这一切只有一种解释：要么成功，要么完蛋，因为他们看不到自己生活中还有别的出路。从罪恶的深渊中拯救这些人的灵魂，使他们在精神上得到解放，擦亮他们的眼睛，让他们正确认识自己，使他们摆脱像毒气一样时刻折磨着他们的恐惧——这就是阿夫季的强烈愿望。于是他运用自己的全部知识以及虽说不甚丰富、但也不少的生活经验，企图找到实现这一崇高愿望的途径。现在他明白了，尽管他离开了神学校，舍弃了官方的教会，但在心灵上他始终是个布道者，给人们传播他所理解的那种真理和善的福音——这是他在自己的生活道路上能够完成的最伟大的事业。为了这个，不一定非得成为一名举行过按手仪式获得教职的人；为了这个，只要忠于自己的信仰就行。但与此同时，他暂时还没有充分想到，怀着美好的愿望，听从理智与心灵的召唤，他能采取哪些勇敢的行动。可不是，美好的愿望，幻想从罪恶中拯救人，这是一回事；在现实的人们中间行善则是另一回事，更何况这些人根本不希望某个阿夫季来逼他们走上正道，他是什么人，不也是大麻贩子吗？不也是跟他们一样一路奔波去牟取暴利吗？他们管得着吗？虽说这个阿夫季怀着崇高的心愿，通过教义的力量，要让他们走向光明，因为他毫不动摇地相信，上帝生活在教义中，而为了让教义产生出神奇的作用，它就应当来自真正的、无可指责的真理。他相信这一点，犹如相信世界的规律。但有一点他暂时还不了解：恶会对抗善，甚至当善良的人想帮助走上邪路的人的时候……这一点他在后来才认识到……

六

第四天拂晓，出现了隆起的雪山支脉，宣告火车已经接近他们的目的地——丘亚草原和莫云库梅荒原的边区了。这一带，雪山只是总的方位标，它们向辽阔草原的深处绵延而去，逐渐消失在视线之外。但这时大地的尽头出现了太阳，转眼之间，万物沐浴在和煦的晨曦中。满载着形形色色旅客的火车没有开到山前，那一长串车厢在草原上闪着光，拐向雾霭弥漫的平原——那边已经看不到山脉……

那些去搞大麻的人得在扎尔帕克－萨兹下车，然后各奔东西，独自去担惊受怕冒风险了——每人独立行动，但根据统一的计划，接受统一的指挥。这正是阿夫季最感兴趣的：老板，也就是指挥这次行动的头头，他那不眠的眼睛时刻监视着每个人，别人在言谈之间也经常悄悄提到他——这是个什么样的人呢？

到扎尔帕克－萨兹站还有三小时左右的行程。这些人开始忙活起来，准备下车。彼得鲁哈从清早起就引起了旅客们的不满：他夜里喝完酒后在盥洗室冲洗了半天，准备去找老板领取最后的指示。昨天晚上，他同几个哥们儿从香槟酒喝起——对他们来说，这如同儿戏，他们像喝柠檬汽水那样大杯大杯喝，后来换上了伏特加，这玩意儿才带劲哩。小小年纪的列昂卡喝得迷迷糊糊，东歪西倒。阿夫季好不容易才把他弄醒，告诉他扎尔帕克－萨兹快到了，列昂卡这才强打起精神，坐在卧铺席上，把那颗头发乱蓬蓬的脑袋耷拉在软绵绵的、又细又脏的脖子上。谁又能想到，这个半大的孩子为了捞大钱走上了犯罪的道路，他的一生已经毁了呢。

火车平稳而轻快地行驶在开阔的草原上。老板不知在哪节车厢里，昏昏沉沉的彼得鲁哈急着去找他，弄翻了一杯黑得像煤焦油似的浓茶——那是用来醒酒的。看来，老板并不太赏识这些酒鬼。就这样，阿夫季一路上都没能见到老板，哪怕在远处瞧一眼呢，——尽管大家乘的是同一趟车。他是谁？相貌怎么样？真想在成千上万的旅客中认出他来。但不论他是谁，这人一定十分谨慎，就像躲在密林里的山狸子，一路上居然没露出半点儿破绽。彼得鲁哈很快就从老板那里回来了，像条挨打的狗，灰溜溜的，恶狠狠的，但变得一本正经了。不用说，老板把他臭骂了一顿，斥责他不该在到达目的地的前夜喝得酩酊大醉。他这样做是可以理解的，因为只要火车一到扎尔帕克－萨兹，采集大麻的关键时刻就到了。可是看彼得鲁哈的那副傻样，恐怕他的脑袋痛上一个星期也好不了。彼得鲁哈不满地瞪了阿夫季一眼，仿佛对方在他面前有什么过错似的，还嘟哝了一句：

“走，有话要说。”

他们来到车厢门外的过道里，在那里抽起烟来。车轮撞击着，发出隆隆声。

“是这么回事，阿夫佳，你记住，”彼得鲁哈开始说。

“我听着呢。”阿夫季皱起眉头。

“你别横鼻子竖眼的，”彼得鲁哈发火了，“你是什么人？”

“你怎么啦，彼得[1]，”阿夫季竭力使他平静下来，“干吗无缘无故生气？我又没喝酒，是你喝多了。既然这样，凭什么骂人？你最好说说：

① 彼得是彼得鲁哈的大名。

下一步该怎么办？”

“下一步照老板说的办。”

“是呀，我也这么想。老板他说什么啦？”

“关你屁事！”彼得鲁哈粗暴地打断他的话，“你新来乍到的，所以才跟着我和列昂卡。一句话，咱们三人一组。至于别的哥们儿，有的一人走，有的找个搭档。”

“明白了。不过上哪儿呢？”

“这你就甭操心啦，跟着我就是了。先到扎尔帕克－萨兹。以后的路就得自己想办法。可以搭顺路车到莫云库梅国营畜牧场。再往前走就没有人烟了——到了那里，咱们就成了小卒子了。”

“怎么回事？”

“那么你以为，会有‘日古利’把你送去？不，老兄！那种地方，只要发现有人，就把你抓起来。要是有人坐着汽车或摩托车赶来，那就彻底完蛋了！”

“哎呀，是这样！那老板呢？老板上哪儿？他跟谁一道走？”

“关你什么事？”彼得鲁哈气大声粗，“你怎么老问他？上哪儿，不上哪儿！说不定他根本就不走呢！他怎么啦，是不是该向你汇报汇报？要不，这该怎么解释呢?!”

“不，不，不。既然他是我们的头头，一旦有事，该知道他在哪儿。”

“不对，刚好这一点你不该知道！”彼得鲁哈神气活现地宣告，“这不是你我的事，管不着他在哪儿，怎么样。只要他需要，哪怕从地里也能把你挖出来。”彼得鲁哈意味深长地沉默片刻，仿佛要估摸一下产生的效果，然后用那双浑浊的醉眼盯着对方补充说：“老板要我转告你：要是正经干，就算你入了我们这一伙；要是有朝一日发现你是个暗娼，那你最好现在就滚蛋！这不，我们快要下车了，你趁早悄悄地溜，东南西北由你走，我们不碰你。要不，等你插进一杠子，得，那就没退路了。

你想当暗娼，这世上就没你的葬身之地！懂吗？”

“懂，当然啦，有什么不好懂的。又不是小孩子。”阿夫季回答。

“好吧，你记住：我转告了，你听见了。往后可别来这一套：哟，不知道啊，没听明白，请原谅，请饶命吧。”

“行了，彼得，”阿夫季打断他说，“别废话了。我自己也长着脑袋，知道干什么去，知道该怎么着。现在你最好听听我的劝告。从今天起，你管住自己，也别把列昂卡灌醉了。他是个小傻瓜。再说你又何必呢？瞧，咱们去的那种地方，时时刻刻准备挨揍，天又那么热——咱们能捞个什么呀？”

“同意，”彼得鲁哈斩钉截铁地回答。他吁了口气，微微一笑，撇了撇湿漉漉的嘴唇说：“对就是对。你相信吧，阿夫佳，我保证往后滴酒不沾，也不让列昂卡喝。得，一言为定！”

两人沉默片刻。令人满意的是，谈话的结果对双方都有利。火车晃动着朝枢纽站扎尔帕克－萨兹急速驶去，到了那里要换火车头和司机。许多要下车的旅客忙着收拾东西。列昂卡也不安地朝车门外的过道张望。

“你们在那里干吗？”他头疼得皱着眉头，好奇地问，“该准备下车啦，再有一个钟头就到站了。”

“别急，”彼得鲁哈回答，“我们有什么好准备的？反正不是小娘们。背包往肩上一甩——开路！”

“廖尼亚，”阿夫季把他叫到身边，“上我这儿。头还疼吗？”列昂卡知错地摇摇头，“这回我和彼得定下规矩：从今天起，一滴酒也不喝，同意吗？”列昂卡默默地点着头，“好，去吧，我们这就来。来得及，放心好啦。”

“时间有的是，”彼得鲁哈看看表，“还有一个多钟头呢，”等列昂卡走了，他说：“关于列昂卡，还是你说得对。这个小兔崽子，自己抢着喝！可是喝完了，腿都站不稳。不过现在——就这么定了！事情归事情。我们这是在路上消遣消遣。往后嘛，绝不干了。我喝酒从来不揩列昂卡的油，倒是他……我喝酒向来自己掏钱。”

“唉，问题难道在这里，”阿夫季愤然回答，“就是可怜这孩子。”

“你是对的，”彼得鲁哈理解地叹了口气说。这种开诚布公的谈话，可能触动了一个早就使他不安的念头。“听着，阿夫佳，在这以前，也就是找我们以前，你干什么营生，或者说在哪儿工作？你是不是从外国人手里搞点儿投机买卖？你别装聋作哑，从今往后，咱们要么坐一张餐桌共同作乐，要么一块儿给牢房抬尿桶。要么这样，要么那样，跑不了！”

阿夫季不想隐瞒：

“我算什么投机商。我也没必要装聋作哑。在这以前我在神学校学习。”

这种转折彼得鲁哈可怎么也没料到。

“等一等，等一等，你说神学校——那就是说，你学完了要当神父？”

“嗯，是这样。”

“噢嗬！”彼得鲁哈双目圆睁，嘴巴一噘，流里流气地吹了一声口哨，“那你干吗离开那里？还是叫人抓住什么给撵出来啦？”

“这样那样都有点儿。总而言之，我离开了。”

“怎么会这样？上帝分不匀了，是吗？”彼得鲁哈嬉皮笑脸地继续说，“这才可笑呢！”

“好像是，分不匀了。”

“既然你什么都知道，你倒说说……有没有上帝？”

“这个很难回答，彼得。对一些人来说，有上帝；对另一些人来说，没有上帝。全取决于人自己。世界上有多少人活着，就有多少人在思索：有没有上帝？”

“那么上帝在什么地方，阿夫佳，假如说他有的话？”

“他在我们的思想里，在我们的言谈中……”

彼得鲁哈不作声了，琢磨着阿夫季的话。隆隆的车轮声显得更响更清晰了——总有旅客穿越车厢，忘了关过道门，隆隆声便灌进车厢里。彼得鲁哈关上门，听了一阵减弱的车轮声，终于说：

“这么看来，我就没有上帝了。那你呢，阿夫佳，你有上帝没有？”

“不知道，彼得。真想有，真有上帝存在……”

“这么说，你需要这个？”

“是的，对我来说，这必不可少……”

“这下我可把你看透了，”彼得鲁哈粗暴地回答，看来，有什么东西刺痛了他，“既然要上帝，你他妈的干吗跟我们来啦？”

阿夫季考虑：要进一步深谈，现在既不是时候，也不是地方。

“可是钱也需要呀！”他和解地说。

“哼，瞧你唱得真好听！要么上帝，要么横财。可你还是冲着钱来了！”

“是啊，暂时是这样。”阿夫季被迫承认。

这次谈话促使阿夫季想了许多。首先，他清楚地意识到，这一路上老板始终在暗中监视这伙大麻贩子的活动，这人极其多疑、精明，也许还很残忍，一旦他怀疑起他所领导的行动中某个环节出了问题，为了报复，或者为了保证自己和同伙的安全，他是绝不会善罢甘休的。这一点本该料到——否则还叫什么贩毒团伙。其次，他从彼得鲁哈和其他人的交谈中体会到，用语言去感化这些人还是有意义的。他认识到布道者的责任是，进行令人信服的谈话，无所畏惧地谆谆劝诫人们——想当初，那些具有舍身精神的传教士把基督的福音带给野蛮的非洲部落时，就是冒着生命危险的，因为舍身拯救人们的灵魂才是他传教士一生的最终归宿、命运和意义——那样他将拯救灵魂。

他们到达扎尔帕克－萨兹站时，已近中午十一点。这是一个枢纽站，中转站，有两条铁路支线从这里伸向远方隐约可见的雪山，所以途经这里南来北往的过客很多。这给大麻贩子提供了莫大的方便：他们可以隐没在车站上川流不息的人群中。情况再好不过了。阿夫季吃惊地注意到，到了吃午饭时间，这些人那么随随便便地、熟门熟道地钻进了车站食堂。同阿夫季一道的大约有十二三人（他这么觉得），这就是那些即将出发去草原采集大麻的人。他们分开坐在小桌旁，或独坐，或两人一起，但还是互相关照的——尽管彼此之间不公开交往。在旅客中他们的外表也不显眼：像列昂卡这样的大孩子，像彼得鲁哈这样的小伙子，食堂里挤得满满的。在这盛夏季节，人来人往，熙熙攘攘，这是一个非常典型的亚洲人和欧洲人杂处之地……虽说不时有警厅工作人员前来维持秩序，虽说在这个车站上每走一步就会遇到一名警察，但这些并不使他们担心。他们匆匆吃罢午饭，把位子让给那些排着队等候吃现成饭菜的旅客。在这之后，根据一个难以觉察的暗号，这些人悄悄分散了——每人带着自己的行李：一个旅行包，一个公文包，里面装着面包、罐头和其他必需用品。于是这些人就各奔东西，消失在莫云库梅四周无边无际的辽阔草原中。

彼得鲁哈、阿夫季和列昂卡三人一道出发——这是老板的考虑和安排。这位老板，尽管阿夫季始终没有见到，但他在暗中领导这次行动，这是毫无疑问的。彼得鲁哈一行三人要去最远的一个点，那地方几乎就挨着莫云库梅。他们搭上一辆去乌奇库杜克国营畜牧场的顺路卡车，彼得鲁哈付的二十五戈比小费也是从老板给的钱里出的。为应付万一，他们胡编一通，说是来干私活儿的。阿夫季当木匠——这可是本地最需要的人。顺便说说，这也符合实际：阿夫季当真是个不赖的木匠。小时候他父亲教过他。他的旅行包里也真有像样的工具——刨子、斧子、凿子。这些东西是有先见之明的彼得鲁哈从家里带来以掩人耳目的。彼得鲁哈和列昂卡则权且充当泥水匠和油漆工——他们自称是职业技术学校的学生，趁假期外出干点私活，所以来到这老远的乌奇库杜克，来到这莫云库梅边区，帮草原居民盖房好挣点外快。这番解释完全合乎情理。

这一天天气十分炎热，但在不带篷的卡车里还算凉快。草原上清风阵阵，车里晒得不那么厉害。老实说，这条路像所有的乡间土道一样，是很糟糕的：路面全轧坏了。

每当卡车遇到坑洼刹车减速时，车轮下便扬起团团尘土，呛得他们只好连连挥手，咳嗽几声清清嗓子。唯一使人能忍受这艰苦旅途的，是周围广阔无垠的空间。它使人不由得生出一种遐想：真想长上翅膀，飞到这片土地上空……“现在我仿佛因亲眼看到而确信：我们的地球是个星球，”阿夫季站在司机室旁想道，“可人在星球上感到多么拥挤，他多么担心，恐怕他和他的同类容纳不下，难以维持生活，不能和睦相处。问题是否在这里：偏见、恐惧和仇恨使得星球变得十分狭窄，小得犹如一个运动场，在这里，所有的观众都成了人质，因为两支球队为了赢球都随身带来了核弹，而啦啦队对此熟视无睹，只知道吼叫：射门！射门！射门！这就是我们的星球。但我们每一个人都有着义不容辞的任务——成为人，今天、明天、永远成为人。由此形成了历史。此刻我们奔向何方？出于什么样的迫切需要，人们寻找害人害己的毒品？是什么驱使他们这样做？在这可怕的、否定了自我的圈子里，他们又找到了什么？”

在乌奇库杜克，在这个孤零零的、真正是被上帝遗忘了的哈萨克斯坦居民点上，他们一下车就找到了工作：给一户牧民家没有完工的房子干两天抹墙和细木工活儿。主人全家赶着畜群外出放牧去了，房子空着，拜托住在附近的亲戚照看，只盼能像去年那样突然来个干私活儿的人。他们真的来了，好像早就料到似的——这就是彼得鲁哈、阿夫季和列昂卡这三个能干的“特使”。

他们就在这所房子里住下，好在有屋顶，天气又很热。在院里搭了个土灶，甚至还能煮点儿东西吃。应当说，他们干得像牲口一样卖劲。彼得鲁哈天不亮就起来，立即叫醒包工组的成员，也就是阿夫季和列昂卡。三人说干就干，一直干到天黑。晚饭只能就着灶火吃了，这时候彼得鲁哈才让自己歇口气，考虑考虑问题。

“阿夫佳，我看你还挺满意这活儿的。当然啦，咱们理应从主人那里领一份工钱。不过这么几个小子儿，你知道，对我们来说顶屁用！还不够塞牙缝！我们这么干，为的是掩人耳目。等咱们动身了，找到好地方，只消用两只手揪那小花儿，那就是另一码事了——在草原上晃悠一天，之后整年过得像部长一样！列昂卡，你是知道的，是这样吧？”

“知道一点儿。”大部分时间默不作声的列昂卡回答。

“只是要当心，伙计们，”彼得鲁哈严厉警告，“要保密，无论是邻居，还是其他本地人，对谁也别说。他们人挺好，不过嘛，宁可死，对谁也别说。如果来了人，盘问起什么，那就更不能说。阿夫佳，你就说：什么也不知道，什么也不晓得。你就说：噢，我们有组长——也就是我——你可以找他说去。你就说：你是伙计，什么也不知道。清楚了吗？”

这时你能回答什么呢，无非是：噢，知道了，清楚了……但阿夫季担心的不是这个，而是他被迫少说话，他就无法去影响这两个走上危险道路、不惜任何代价去捞取不义之财的同伴了——这种干预是他一心想望的。但他不允许自己这样做。即使阿夫季靠思想和语言的影响使他们发生动摇，迫使他们考虑自己的堕落；即使他能做到，这两人听从了理智的感召，下决心同这种生活决裂，那他们也不敢这样做，不可能这样做。原因很简单：他们已被牢牢地、死死地同另一些人捆在一起，形成了一种残酷的连环保，一旦这两人洗手不干，其余的人就有权惩处他们——尽管这种权利未经明文规定。但是怎样才能打破这个犯罪团伙呢？阿夫季聊以自慰的是，他能献身于崇高的事业，在亲身了解到贩毒分子如何行动之后，可以在报纸上披露大量材料，阐明自己的观点，擦亮人们的眼睛。正如他希望的那样，这将是一场拯救部分失足青年灵魂的道德斗争的前奏。只有这一点使阿夫季容忍了目前的处境：他迫不得已卷进他们的勾当，成了彼得鲁哈的同伙。

他们来到乌奇库杜克的第三天，发生了一件小事。阿夫季不认为这有什么了不起，彼得鲁哈知道了以后却非常着急。当时彼得鲁哈同那位邻居老汉，一名残废军人，坐上他家的大车到国营畜牧场场部采购罐头、香烟和糖去了，因为第二天一早他们准备深入草原——装成去别处帮工的样子。

当时列昂卡正在室内抹墙。阿夫季找了一处阴凉的地方，给小柴棚做门。突然从街上传来摩托车的声音。阿夫季回过头来，手搭凉棚一看，一辆老大的摩托车轰响着停在房子前面，骑车人轻快地跳下车座。阿夫季吃了一惊，摩托车手竟是个年轻妇女。可她怎么能驾驶这么笨重的机器，而且还是这么糟的路?！那女人从头上脱下带皮带的圆形头盔，摘下防风眼镜，晃晃脑袋，一头浅黄的秀发披到肩上。

“累坏了！”她微微一笑，露出一排雪白的牙齿，“浑身上下都是土，我的天哪！”她愉快地大声说，一边拍打着身上的灰尘。“您好！”

“您好，”阿夫季尴尬地回答。彼得鲁哈那番混账的教训对他起作用了。“她是谁？上这儿来干什么？”阿夫季不禁想道。

“主人在吗？”摩托车手问，脸上始终漾着亲切的笑容。

“哪个主人？”阿夫季不解地问，“房子的主人，是吗？”

“那当然啦。”

“好像他现在不在这儿：外出放牧去了。”

“那您没见过他？”

“不，没见过。不，见过，——只不过匆匆见一面。前几天他回来了一趟，但我没跟他说过话。”

“这就怪了，您怎么没跟他说过话，您，好像在这里干活儿，帮他家盖房子吧？”

“对不起，我真的没来得及跟他说话。那时候他好像急着要走。我们的组长同他谈了话。他叫彼得。他现在不在。他很快就会回来的。”

“对我来说这无所谓，请原谅，既然是这样的话。我只是想见见奥尔曼。他是牧民，了解我感兴趣的情况。所以我顺路下车来，心想会碰到他。就这样吧，请原谅，我好像打搅您了。”

“啊，没有，哪儿的话。”

摩托车手重又戴上带皮带的头盔，发动机器，离去时透过风镜罩瞧了阿夫季一眼，还匆匆点了一下头。作为回答，阿夫季不由自主朝她挥起手来。这之后，他的整个思绪便沉浸在这桩似乎是微不足道、纯属偶然的事件中。完全不是因为他心里起了疑窦：在他们出发采集大麻的前夕，她的突然来访是否别有用心？她会不会嗅到了点儿什么？——不，他想的完全是另一回事。从她驾车离去在身后扬起团团尘土之后，她就生活在他的想象中，那么清晰，那么具体，仿佛他打定了主意，要一辈子记住她。现在他惊喜地发现，她很苗条，个子不高，也就是中等偏高吧，但是她身上的一切那么协调，富有女性的妩媚，——这正是他倾慕的。“不，不开玩笑，”他这么说，仿佛在跟人争论，“女人就应当这样！这样的才是女人！”阿夫季记住了她那张秀气的、透出崇高精神的面庞，那双褐得发黑的明亮眼睛，另外她那随随便便披在肩上的头发完全是浅黄色的。乌黑的眼睛，浅黄的头发，两相衬托，赋予她一种特殊的魅力。她的一切都让他喜欢：右边腮帮上那一道几乎看不出来的伤痕（也许是小时候摔的?），还有她那一身打扮——牛仔裤，夹克衫，靴帮外翻的旧靴子——还有，她开摩托车时那股信心十足的帅劲，要知道，阿夫季可只会骑自行车……还有，当她问到主人时，他是多么狼狈，瞧他说的：见过，不，没见过，不，见过……简直像个小孩子，真是的，他干吗这么慌里慌张的？

阿夫季一想到她就觉得很有意思，非常有意思，虽说似乎也没什么可回忆的——她来了，突然又走了，如此而已。不过她究竟是谁呢？打哪儿来？从各方面判断，她是从什么地方赶来的。不过有什么事？而且在这么荒凉的地方，像她这样的女人又能干些什么呢。

彼得鲁哈了解到有个奇怪的女人骑着摩托车来找过他们时，吓得非同小可。他不厌其烦地盘问了好久：她说了些什么，对什么感兴趣，阿夫季是怎么回答她的。不得不把他俩的对话一字不漏地重复了好几遍。

“情况不妙，情况不妙，”彼得鲁哈满腹狐疑地摇着头，“可惜我没在，换了我，一下就能品透她是什么玩意儿。你瞧，阿夫佳，别看你人很聪明，有文化，但碰到这种事，我可比你强，我能对付她，问她个水落石出。我会弄清楚，她是什么人，来干什么，可你，伙计，慌了神了，看得出来，慌了神了，尽管我事先警告过你，遇到这种情况该怎么办。”

“你感觉到什么啦？”阿夫季想借机开导开导他，“出了什么事，让你这么害怕？”

“那可不，可能有密探来跟踪。要是派她来侦察一下，摸摸情况，那可怎么办？”

“得了吧，你别胡扯了！”

“哼，我倒要看看，有朝一日你进了牢房，或者老板找你去问罪，你会怎么说？老板比密探厉害得多：他会剥你的皮，要不‘咔嚓’一下。你想知道‘咔嚓’一下是怎么回事吗？”

“你放心，彼得，生死在天，在劫难逃啊。这种事早该考虑好了。

你瞧列昂卡，还是个孩子，是谁把他拖来干这种事的？要不，就说你吧，你多大啦？有二十没有？可你像个木头人，一步也不敢迈，一句多余的话也不敢说，就怕惹恼了老板。你最好考虑考虑，这事往后会怎么样，这才值得动动脑子呢。”

然而阿夫季的尝试不见成效——彼得鲁哈一下子发火了。

“阿夫佳，你别来这一套，列昂卡也不用你管。你不是学什么当神父吗，忘了这个。忘了吧。你的那些动听的话一文不值！靠他，也就是靠老板，我们大把大把捞钱，明白吗？列昂卡是孤儿——谁要他呀？有了钱，他就不比别人差。我想喝就喝，想吃就吃。你的那些寓言可填不饱肚子！至于同哥们儿痛痛快快乐一乐，好酒好菜只管上，叫舞厅里的姐儿们也给唱一唱，灌得五脏六腑都顺了气——这些个，你就别做梦啦。你听着，我也有好些哥们儿朋友的，都是勤快人，劳碌命，你瞧瞧这一个卢布他们是怎么挣的！干得直不起腰来！可我，随便拿张卢布擦屁股！只有傻瓜不爱钱，对吧，列昂卡？”

“没错！”对方傻笑着直点头，表示毫不怀疑，完全同意。

但这仅仅是个开头，如果有机会，以后再做严肃的谈话。阿夫季明白，不应操之过急，否则谁会相信他这个大麻贩子一心只想捞钱呢。

次日一清早他们就起身了。天边刚露出朝霞，散落在稍远处的住户都还睡着，连狗都不叫一声，这时三人悄悄地穿过菜园子朝开阔的草原奔去。据彼得鲁哈说，路不算远。他知道该怎么走，答应一见到大麻，立即指给阿夫季看。

没多久就有了这种机会。出现了一片相当密集的多茎而挺拔的植物，每根茎上长着密密的、毛茸茸的小花——原来这就是他们从欧洲赶到亚洲要找的大麻。“我的上帝，”阿夫季看着大麻心想，“看上去太不起眼了，几乎跟野蒿一样，可这里面又有多少令人陶醉的甘美，以致有人宁愿为这种烟草搭上性命！在这里，这东西竟踩在脚下！”没错，这就是大麻。这时太阳已经升起，开始放出灼热的光。他们站在这片荒无人烟、连棵小树也不长的开阔草原上，用手指搓揉着花瓣，吸进野生大麻那种酸涩而又呛人的气味。要知道，许多世纪以来，正是这种大麻激起了多少吸食者美妙离奇的梦幻啊！阿夫季努力想象出昔日在印度、阿富汗或土耳其的东方市场（他在书里读到过这类描写），在伊斯坦布尔，或者在斋浦尔[①]的古城堡围墙旁，在闻名一时的宫殿大门口，当时公开出售大麻，人们买来后立即抽起来。在那里，每个人都依据自己的想象力，沉湎于各种各样的幻觉——有的在冥冥中享尽了床笫之欢；有的仿佛坐上了披金挂银的皇室大象，头上垂着富丽堂皇的华盖，在雷鸣般的鼓乐声中，在闹市上五光十色的人流中出游；有的堕入麻木不仁的深渊，感到彻底的孤独，漆黑一团的愁绪使人发狂，产生一种想毁灭整个世界、把它碾成齑粉的愿望：快，立即行动，独自面对整个世界！……难道这就是导致繁荣一时的东方覆灭的一大祸根？难道那种弄得人神魂颠倒的甘美，就隐藏在这片干燥草原上到处丛生、普普通通的野生大麻里？……

“瞧，这就是大麻——我的小宝贝！”彼得鲁哈高兴得欢呼起来，一边用手对着广阔的草原画了一大圈。“瞧，那边还有，还有！这些全是大麻！不过咱们别在这儿采——这算什么！平平常常的！我领你们去另一处地方，那里简直叫人晕头转向……”

于是他们继续前行，一小时后碰上了好大一片茂密的大麻。光是那气味就叫人痛快，像有了三分醉意。这里的大麻要多少有多少。他们开始采集大麻的叶子和花，把它们铺开晒干。彼得鲁哈一再强调，只能晾晒两个来钟头，不能再多了。干得十分顺手……事情进行得再好不过了。但突然间不知从哪儿传来了飞机的嗡嗡声。一架直升机低低地在草原上空飞行，似乎冲着他们这边飞来了。

---

① 印度城市。

“直升机，直升机！”列昂卡像孩子般大声欢呼，一边还手舞足蹈地蹦跳起来。

但彼得鲁哈没有惊慌失措。

“躺下，傻瓜！”他叫道，还粗野地骂起娘来。

于是他们全趴到地上，藏进草丛里——直升机从旁掠过，因此飞机上的人未必能发现他们。但过后彼得鲁哈还是心神不定，老是斥责列昂卡。照他看来，直升机是特地飞来搜查搞大麻的人的。

“知道吗？”他议论开了，“在飞机上什么都看得见，连只小老鼠也躲不过。至于我们这些傻瓜蛋，一百俄里外就能发现。他看到什么，就通过无线电台把情况通知什么地方。如果突然来了警车，这地方可没处藏身——只好举起手来，完蛋！”

不过彼得鲁哈很快就把这事忘了：要干活儿啊。就在这一天，出了一桩完全不可思议的事——阿夫季遇到了一窝狼。事情是这样的：

他们歇了一会儿，抽支烟，吃点儿东西，这时彼得鲁哈说：

“听我说，阿夫佳，看来你跟我们混熟了，算得上自己人了。既然这样，我来告诉你点儿什么。就是说，我们这儿对像你这样的新手有条规矩。如果是头一回开张，那么他就得给老板纳点儿贡，或者送点儿礼。这，你也该知道知道。”

“还送什么礼？”阿夫季双手一摊，对这种说法表示惊讶。

“你等等，干吗大惊小怪的？你以为要你跑一趟商店去买份礼物？这种地方，想跑也跑不到的。我想说的是，你该弄那么一点儿蜡泥，喏，哪怕火柴盒那么大小。你在草丛里跑一跑，我来告诉你，这玩意儿怎么个弄法。这么说吧，见面时，你可以把那东西送给他，表示友谊。你是聪明人，什么都明白：老板是头头，你是他手下人，这么一来，你会得到他的信任……”

阿夫季考虑起来。可不是，对他来说，这确实有道理：送点儿蜡泥，也就是最值钱的大麻花粉，可以打开接近老板的通道。这就有可能见着老板本人。事关紧要！想不到突然他有机会能同老板，同这个支配着全体大麻贩子命运的人谈一谈了。“权力，权力，哪怕只有两个人的地方，那儿就有支配人的权力！”阿夫季不由得苦笑了。

“好吧，”他回答，“这么说来我要收点儿花粉送老板。那什么时候交给他，在车站上吗？”

“说不准，”彼得鲁哈承认，“也许明天就能给。”

“怎么，明天就行？”

“是这样。该回家啦。够了。明天是二十一号。明天四点以前，咱们得准时到达那个地方。该开路啦。”

“到什么地方？”

“什么地方嘛，”彼得鲁哈因为自己熟悉内情而得意起来，“到了那里，你就知道了。在三百三十千米处。”

阿夫季不再问什么。照他的理解，三百三十千米处，该是丘亚支线上某个铁路段。重要的是另一件事：多半在明天就能在那里见着老板了。这么说来，为了不失时机，是不是最好收集点儿大麻花粉呢？

事情其实并不复杂，只不过累得人筋疲力尽，而且方式有点儿粗野。要脱光衣服，在草丛里跑来跑去，让大麻花粉粘到身上。他就这么干了。这一天，阿夫季不得不跑呀跑呀——他这一辈子也没跑过那么长的时间！大麻花粉小得用显微镜才能看清，几乎没有颜色，尽管有黏性，但要从身上刮下这层几乎看不见的东西，却很不简单：费足了劲，弄到的花粉也少得可怜。但当他一想到，快要见到那位被称为老板的头头，有可能收集到材料，揭露贩毒分子行动的隐秘动机，并且能通过舆论，通过报刊向全国人民发出痛切的呼吁——只有这一点才迫使阿夫季在火辣辣的阳光下来来回回不断奔跑。

阿夫季在草原上寻找最茂密的大麻丛，跑着跑着就离伙伴们相当远了。这时候，出现了一种令人惊讶的轻快感，一种似梦非梦的飘飘然的感觉。阿夫季都没觉察到，这是怎么发生的。天上阳光灿烂，空气暖融融的。不知名的鸟儿飞来飞去，婉转啼鸣，百灵子的歌喉尤其清脆。蝴蝶忽闪而过，远处的昆虫发出各种各样的叫声。一句话，这里是人间的天堂——只能这么形容。在这天堂里，阿夫季赤身露体，全身只留一顶巴拿马草帽，一副眼镜，一条短裤衩和一双运动鞋。阿夫季，这个白皮肤、细高个儿的北方人，因为吸足了大麻花粉变得如醉如痴，像上了发条似的在草原上来回跑着，专挑最高最密的草丛往里钻。在他周围，正在开花结籽的大麻扬起团团令人担忧的粉尘。由于长时间地吸进那股挥发性的醉人的芳香，在阿夫季的想象中，自然而然产生了各种幻觉。其中最令人愉悦的是：他坐在摩托车上飞驰，坐在昨天那个摩托车手的后面。而且他一点儿也不觉得难为情：他没有像真正的男子汉那样，坐在应当坐的铁马般的摩托车的车把后面，而是当了一名乘客，坐在后面，占了一个通常是女人坐的位置。不过那有什么办法，既然他不会开摩托车，而且一般说来，他对机器一窍不通。他感到心满意足的是：他和她同坐在一辆摩托车上。她的头发从头盔里掉出来，在风中飘拂，像风的手，抚摩着他的脸，贴到嘴唇上、眼睛上，弄得脖子痒痒的。这才妙不可言哩。有时候，她回过头来，调皮地对他笑一笑，眼里放出光来——他多么希望，就这样一直继续下去，永远永远，不要有终了的时候……

直到阿夫季看到身边的三只狼崽，他才清醒过来。真没料到！它们打哪儿来的？他都不敢相信自己的眼睛。三只狼崽摇着小尾巴，想靠近他，同他玩一玩——有点儿胆怯，但又不跑开，像所有的小动物那样，细长腿，耳朵没长结实，半竖半耷拉着，尖尖的嘴脸上长着机灵的小眼睛，那信赖的目光，简直逗人发笑。不知为什么，这使阿夫季大为感动。于是他忘了一切，开始亲切地唤小狼过来，逗它们玩，招引它们。而他自己，出于人的善良天性，乐得容光焕发。就在这一刹那，他看到白光一闪，一头母狼龇着牙朝他扑来……这事来得那么突然，那么急速，但又显得那么缓慢，那么可怕，使他不知所措，情不自禁地屈膝蹲了下来，双手抱住了头——他不知道，这一来反而救了他的命。这时母狼已经奔到三步开外的地方，它猛一跳，突然从他头上飞过，带来一股野兽的气味。就在这一瞬间，人和狼的目光相遇了，阿夫季先看到两道炯炯的青光，继而看到母狼那双蓝得出奇、又凶残无比的眼睛。他浑身起了鸡皮疙瘩。这当儿，母狼像阵风，又从他头上一跃而过，径直奔到狼崽身边，又是轰，又是咬，把它们赶开，同时急剧地挡住从山沟里跳出来的公狼，让这头硕大无比、凶得竖起颈毛的狼掉转身去。一刹那间，所有的狼没了踪影，仿佛给一阵大风卷了去……

阿夫季脱险后拔腿就跑。他在草原上跑了好久好久，吓得不住地喊叫。他跑着，感到头发晕，身子发沉，两条腿绊来绊去，脚下的地在晃动——他真想一头倒下，躺在地上，沉沉睡去。随即他呕吐起来。他感到自己的末日到了。不过他还是有足够的毅力每回都从恶心的呕吐物旁跑开，继续奔跑着，直到再一次呕吐起来，身子缩成一团，肚子里阵阵绞痛。阿夫季喷吐着有毒的花粉，不断痛苦地抽搐着，一边呻吟，一边喃喃自语：“上帝啊，停下吧，够了！往后我永远永远再也不弄大麻了！我受够了。我不想再看到这花，再闻到这气味，上帝啊，可怜可怜我吧……”

最后呕吐总算止住了。阿夫季准备去找自己的衣服。这时彼得鲁哈和列昂卡朝他跑来。讲起遇见狼的事，把他们吓着了。特别是列昂卡害怕极了。

“你别怕！干吗这么发抖？”彼得鲁哈冲他责怪起来，“从前人们去淘金，什么情况都有，也没什么，照样朝前走……瞧你，狼就把你吓成这副脓包样！再说狼不是没影儿了吗……”

“那是去淘金。”列昂卡沉默一会儿说。

“这有什么区别？”彼得鲁哈反驳道。

阿夫季抓住时机。“有区别，彼得，”他说，“而且有很大区别。黄金也会引出许多罪恶，但它是公开采来的，而大麻——这东西对谁都有害。我也尝到了滋味，差点儿送了命：整个草原都让我吐遍了……”

“算了吧，开头不习惯，中了点儿毒，这怪谁呀？”彼得鲁哈不满地一挥手，“怎么啦，你是叫人拖来的吗？你三句话不离上帝，什么好什么坏，唠叨个没完，你干吗败我们的兴？干吗把水搅浑？哪儿有钱，哪儿就有你，是你自己滚来的，还差点儿落进狼的嘴巴！”

“我不想把水搅浑，而是想把水弄干净。”阿夫季决定超出原先的考虑，做更多的揭露，“就说你吧，彼得，人好像还聪明，但你不可能不知道：你这是朝犯罪的路上走……”

“我走！那你是干什么来的？”

“我来是想拯救你们！”

“拯救！”彼得鲁哈恶狠狠地大声训斥，“你倒是怎么个拯救我们？哼，你说！”

“第一步，向上帝、向人们忏悔……”

阿夫季感到吃惊的是，他们并没有哈哈大笑。彼得鲁哈只是啐了一口，仿佛嘴里落进了什么脏东西。

“要我们忏悔，你梦想！”他不满地说，“你忏悔去吧，我们可要弄钱。我们要钱用——这既简单，又明白！你忏悔去吧！如果你开玩笑，阿夫佳，我劝你小心为妙！让老板知道了你在这里瞎搅和，你就甭想回你的老家去，记住吧！我把你当成朋友，才对你这么说。你别捣乱。对我们来说，钱最最要紧！列昂卡，你说你要什么——上帝，还是钱？”

“钱！”对方回答。

阿夫季不作声了。决定等一等，以后再谈。

“行了，行了，话说够了，到此为止吧，咱们该准备上路了。”彼得鲁哈和解地吩咐，“阿夫佳，你的蜡泥，这么说来，一点儿也没弄着吧？”

“真遗憾，没弄着。那狼朝我扑来——自己都不知道在哪儿弄丢了。衣服还在那里，我去找找……”

“衣服倒好找，总还在老地方。至于蜡泥，你却凑不成了。今天该动身了。算了吧，我们给说说，是怎么回事，会通融的。万一不通融，下次多弄点儿……”

他们背着塞满大麻的背包，午夜以前一直朝铁路的方向行进。走得倒不费劲，东西不重——草都晒干了，但是大麻那浓烈气味透过塑料袋散发出来，弄得人昏头昏脑，尽打瞌睡。午夜时他们在草原上找了一处地方躺下，以便清晨继续赶路。列昂卡挤在阿夫季和彼得鲁哈中间——自从出了那件事，他就怕狼。这不难理解——到底还是孩子嘛。可是情况刚好相反：走的时候想睡，躺下后阿夫季却怎么也睡不着。列昂卡要躺在中间，这引起了他的怜悯之情，谁会想到这么个小伙子竟怕狼！可是，既然列昂卡几分钟前连眼都不眨就回答说钱比上帝更重要，可见社会的恶习，以及从小就接受的那一套被歪曲的生活观念，对一个人的影响有多深！这里提到的上帝，当然啦，是相对而言的，是一种遵守宗教训诫生活的象征。这就是阿夫季当时想到的……

夏天的草原之夜，自有其独特的美。雄伟的天和地，漾出无边无际的静谧。温暖的空气中弥漫着杂草的清香。最令人心潮起伏的景象是：闪烁的月光，满天的繁星，放眼望去，整个天宇那么明净，真可谓一尘不染。一时间摆脱了尘世羁绊的人来到这里，他的思绪首先会沉湎于这个谜一般的世界。只可惜时间太短暂了……

阿夫季想到，暂时一切顺利，跟他想望的一样：同大麻贩子一道来到草原，亲眼看见了一切，正如通常说的，体验了生活。目前只剩下最难办的一着儿——搭上火车，离开这儿。对大麻贩子来说，最危险的时刻是运出大麻。主要是亚洲各站的路警时刻在搜捕他们，在俄罗斯地区，这方面情况要好一些。如果能顺利到达莫斯科，甚至到达目的地，那就算凯旋了。人间的邪恶大获全胜，小人物取得了小小的成功……

阿夫季很难容忍这一点，哪怕在思想上。但采取什么措施，能够不光是，比如说吧，制止这种罪行，而且改造他们的思想，说服他们，劝他们回心转意——这一点，他也明白，自己是无能为力的。那个站在他的对立面、此刻也在这片草原上过夜的人，那个无形中掌握着全体贩毒分子命运、也包括监视着他阿夫季的人，那个在这一伙人中叫作老板的人，要比他强大得多。正是老板，才是主人，如果说得不过分的话，那就是组织这次贩运大麻之行的小小独裁者。而他，阿夫季，入了他们这一伙，犹如一名漂泊四方的教士归附一伙强盗，这至少是可笑的……但教士，信奉上帝的理想主义者和狂热的宗教信徒，在任何情况下始终应当是教士……当前他也需要这样做……

阿夫季还想到，过去的一天里他经历的那件事多么奇怪——这几只狼崽，细长腿的傻乎乎的小东西，居然把人当成一样可笑而无害的活物，它们甚至不反对同他闹着玩一玩，但突然出现了那头蓝眼睛的狂怒的母狼。它来势汹汹，后来怎么就没事了？母狼两次从他头上跳过，这意味着什么？既然是这样，那么母狼和公狼刹那间把他撕碎是毫不费力的，因为不算那顶巴拿马草帽和短裤衩，他这个城里人，白痴，真是赤身露体，毫无防卫——这种事只能在千古奇闻集里才能找到。真想不到——真命运以狼的面貌出现对他大发慈悲：这是否意味着生活还需要他？但是那头罕见的蓝眼睛母狼因为担心自己的小崽突然变得那么狂暴，它的行为多么美好，动作多么急速！是的，当然啦，母狼自有它的道理。还要谢谢它，没有碰他，没有加害于他。要知道，他也是毫无过错的。想到这里，阿夫季轻声笑起来，他想象出，如果那位摩托车手当时看到他，她准会取笑的！说不定拿他当成马戏团里的小丑来逗乐。但后来他又恐慌起来：万一摩托车突然熄了火，停在荒无人烟的草原里，她孤零零一人，这时狼群扑了上来，那可怎么办?！于是他开始迷信地祈求起蓝眼睛母狼来："你听我说，漂亮的狼妈妈！你在这里生活，你就自由地生活下去吧，照大自然安排的那样生活下去吧。我只求求你，万一她的摩托车突然熄火了，看在上帝面上，看在狼的保护神面上，看在你的小狼崽面上，千万别碰她！千万别伤了她！如果你只是想欣赏欣赏她，瞧一瞧坐在两轮大摩托车上那么漂亮的她，那你就在一旁跑吧，在路边跑吧，悄悄地跑，最好长上翅膀，在一旁飞。如果你信菩萨，蓝眼睛母狼，你也许会认出，她原来是你的姐妹，只不过有着人的面貌。可能会这样——那有什么，你是狼，而她是人，不过要知道，你和她一样漂亮，各有各的风采！我不想瞒你：我真想用整个心灵去爱她，啊，我真傻，当然啦，我是个傻瓜，否则又能是什么人！只有不可救药的大傻瓜才能这样想入非非。哎呀，如果她不知怎么了解到我此刻的心思，她准会取笑的，准会哈哈大笑的！不过，如果这让她高兴，那就由她笑去吧……"

天还相当黑，草原上空才蒙蒙亮。这时彼得鲁哈开始叫醒阿夫季和列昂卡。该起来了，该动身去三百三十千米处了。越早越好。因为不光是他们三人，还有两三组人带着弄来的晒干的大麻，也应准时在那里集合。这之后应当截住一列路过的货车，悄悄地扒上车，好歹赶到扎尔帕克－萨兹，然后在那里混上别的火车。总而言之，这是大麻贩子最危险的一段路程。整个行动好像应由老板领导，是他来迎他们呢，还是他们到三百三十千米处找他呢，这一点彼得鲁哈没说清楚。也许是不知道，也许是不想说。

于是他们重又背上背包，在彼得鲁哈率领下出发了。阿夫季惊讶地发现，彼得鲁哈熟悉地形，记性很好。他能事先说出，哪儿有峡谷，哪儿有暗泉，哪儿有坑洼或者小沟。阿夫季感到惋惜，彼得鲁哈的这种才能和记性都白白糟蹋掉了！偶尔来几次，可他什么都记得！

“那是因为我，”彼得鲁哈这么说，“是农家出身。”他还讲道，“据说，离这儿再有二百千米就是莫云库梅荒原了。那地方的高鼻羚羊，也就是草原羚羊多得不得了。好像有相当多有身份的人，开着公家的，“‘嘎斯’车前去打猎，有的甚至是从奥伦堡赶来的。是该来呀——活着的下酒菜在跑呢！至于好酒，什么样的都有，随车运来了。是啊，简直是沙皇出猎！不过，好像也有不少危险，常常出问题：汽车抛了锚，猎人们在草原里迷了路，活活渴死。冬天呢，有时突然遇上了草原暴风雪。据说，末了只能找到几根尸骨。有那么一个猎人，甚至脑袋出了毛病，后来只好用直升机去找他。飞机跟着他飞，想救他，可他见了飞机就跑，就躲起来。追了他老半天，等到捉住他时，这人已经不会说话了。他的老婆，听人说，趁机跟着别人跑了！瞧，这下贱胚！女人全是一路货。所以我才不想娶老婆呢。我在城里有个顶呱呱的娘们儿，只消给她扔点儿钱买衣物，她就心满意足，还答应什么娃娃都不要。最主要的是，摩托车已经到手，一辆捷克出的赛车在车棚里摆着。眼下嘛，看来‘日古利’不成问题了。最好在哪儿弄一辆‘伏尔加’，那种新型车，像‘梅赛德斯’[①]似的。是啊，在哪儿能弄那么一辆带暗盒子的车就好了，你只要那么一按，它就给你唱，唱得人五脏六腑都顺了气。搞点儿邪门歪道没什么，到处都要用钱付款。有朝一日我要开着我的‘伏尔加’，到沃尔库塔溜一遭，叫那些哥儿兄弟瞧一瞧。嘿嘿，叫他们的婆娘眼红得要死。后备厢里好酒随便挑，多半是进口货。至于自家的伏特加，没什么说的，顶呱呱的。别人怎么不眼红呢？就像傻子伊万努什卡，一下子交上来好运……所以我就跑起中亚来了，领着你们，亲爱的朋友们，捞点儿便宜。交上红运，乐一乐；交不上，只好咂咂爪子填

① 即“奔驰”，德国造的高级小轿车。

肚皮……”

彼得鲁哈滔滔不绝，说得自己和列昂卡眉飞色舞。阿夫季听着这一席毫无意义、庸俗无聊的闲扯，想着自己的心事。他想道：贪财、权欲和虚荣心，弄得人痛苦不堪，这是大众意识的三根台柱，无论何时何地，它们都支撑着毫不动摇的庸人世界。在这个世界里，藏匿着大大小小的罪恶，充斥着形形色色空虚而贫乏的观点，以致很难在人世间找到一种力量，包括宗教在内，它能战胜庸人世界强大的思想意识。多少次忘我舍身精神的高潮，被这一虽说是无形、但却不可摧毁的堡垒击得粉碎……此刻他前去同别的大麻走私犯秘密接头，这件事同样说明问题：精神是软弱无力的，尽管坚持不懈……看来他的命运也是这样……一路上他考虑着怎样同老板见面——他应当做好战斗的准备……

他们提前两三小时来到三百三十千米处：两点多钟就到达目的地了。快近铁路边的排水沟时，彼得鲁哈事先警告：把背包藏在他指定的地方，人不要探头探脑的，也别在火车通过时出来溜达。要一直等他的指示。

反正累得够呛：可不是，这一天走了多少路！真想在沟底丝绸般的鼠尾草和针茅草上伸开四肢躺一躺，真想听一听火车由远及近、越来越响的声音，听一听长达一千米的超载列车如何飞奔而来，压得铁轨发出嗡嗡声震颤起来，紧接着列车吓人地飞驰而过，车轮轰隆作响，带来一股铁和机油的气味，此后远去的火车声久久都不停息，直到最后完全消融在四周寂静的海洋中……不断有旅客列车通过，有的朝这个方向，有的朝那个方向。阿夫季精神为之一振。要知道他从小就喜欢站在一旁观看载满旅客的列车奔向什么地方，看看一闪而过的窗口里有什么样的身影和面孔。啊，幸福的人们，把我也带上吧！然而这一次，连那种转瞬即逝的欢乐也被剥夺了；他不得不藏在灌木丛里，而且还不能抬头。比这更糟的是，他还得作为一名同伙，或者至少也是一名见证人，在这一地段参加拦截货车的土匪行动。不，谁也不打算抢劫列车，但只有让车停下，走私犯才能跳进车厢。接下去一切就好办了：他们躲进行李车，开始啦……

列车来来往往，运行不息。之后有很长一段间歇时间，四周一片寂静。阿夫季打起盹来。这时响起一声口哨。彼得鲁哈细听了一阵，也吹了一声——回答他的是又一声口哨。

"喂，你们在这里安心等着，"彼得鲁哈说，"我去了：叫我呢。我不在时你们哪儿也别去。听见了吗，阿夫佳？听见了吗，列昂卡？截货车可不简单。干这种事得动脑子。"

说完这些话，彼得鲁哈就溜了。大约过了半小时，他回来了，而且神色有点儿异样。在他身上起了一种难以捉摸的变化：眼睛贼溜溜的，避开别人的目光。阿夫季不喜欢在这种场合瞎猜疑，便赶走了不必要的念头。什么事都可能发生：说不定这人突然肚子痛了呢……所以他平心静气地询问道：

"喂，彼得，情况怎么样？"

"暂时没什么，一切正常。很快就要行动了。"

"截货车，是吗？"

"那当然。干我们这一行最可靠的是扒货车溜走。最好的情况是，眼看天黑的时候货车进站，而且这趟车留下备用。"

"原来是这样。"

两人不作声了。彼得鲁哈抽起烟来。仿佛顺便提及似的，他吸了一大口烟，说：

"这会儿我们有个朋友扭伤了脚。他叫格里申。刚才我去看他了。格里申不走运。一条腿能弄多少！——哪行呢，拄着棍子才能走。当然啦，这人挺窝火。这样吧，要不大伙儿给他凑一点儿，咱们这里的人，老油子啦，有十来个。每人给他抖搂点儿大麻，你瞧，不就救了小伙子了！”

“我同意，”阿夫季立即回答，“列昂卡正睡着，不过我想，他不会舍不得的。”

“得了吧，列昂卡这小子是条泥鳅！你呢，阿夫佳，最好去跟格里申聊聊。说说该怎么办。你这人有文化，去给那拐子打打气！”

“那么老板在什么地方，也在那儿吗？”阿夫季不小心脱口问道。

“哎，你怎么老是老板老板的，”彼得鲁哈生气了，“我怎么知道？我跟你说格里申，你跟我扯老板。有必要，他会找我们。没必要，就是说，我们的事无关紧要。要你那么操心干什么？”

“你得了吧。随便问问罢了。你放心。他在什么地方，这个格里申，在哪一边？”

“这不是，往那边走——他就在那里的阴凉处，在一棵树下坐着。去吧，去吧！”

阿夫季朝那边走去，很快就见到了格里申。那人坐在草丛里的一张小马扎上，手里拿着一根棍子。一顶鸭舌便帽遮住了他的额头。看来，这人很机灵：阿夫季还没走近，他已经回过头来，对着拳头咳了一声。离他不远的地方坐着另外两个人。他们一共三人。阿夫季心里明白，这就是老板……他放慢了脚步，感到浑身一阵冷战，心脏加速地怦怦跳起来……

第二部

一

“向蒙难者致敬！”阿夫季说得尽可能随便些，借此压抑胸中急速的心跳。

格里申坐在一张垂钓者用的那种可以折叠的马扎上，手里玩弄着棍子，眯起一只眼睛。

“致敬就致敬吧，不过以谁的名义？”

阿夫季情不自禁地微微一笑，说：

“以一个首先应当探问你自我感觉的人的名义。”

“噢，原来是这样！非常感激，确实感激，哪怕只是开场白。在这荒凉的草原里，这样的关心就倍加可贵。那还用说?！我们大家都是人嘛，不是吗？”

“这人能说会道，如果再加上见多识广，那就糟了。这可是怎么也没料到的。装腔作势，装得像个唠叨鬼，”阿夫季暗自思量，“什么用意？或者这是老板的花招？”阿夫季还发现，格里申的外貌毫无引人注目的特征。他的一切都是平平常常的：栗色头发，身材中等偏高，瘦精精的，衣着并不花哨，跟他的同龄人穿的没什么两样，——一条牛仔裤，一件旧拉链衫，一顶不起眼的鸭舌便帽，——万一有事，这种帽子都能塞进口袋里。如果不是格里申瘸了腿，因此走路时拄着一根多疖的粗木棍，你就很难识别出他来：他到哪儿都会淹没在人群里。也许只有他的一对眼睛叫人难忘，如果多加观察的话。眼睛是褐色的，很机灵，眼神无时无刻不在变。可能他本人没有觉察到，他常常眯起眼来斜视，淡淡的眉毛跳动着，使人想起一头被赶进死角的困兽，它时刻想反扑过来咬人，但又迟疑不决，为了给自己壮胆，便摆出一副吓人的架势。也许是他说话时露出的一颗磕了半拉的门牙加深了这种印象。“他本可以给自己镶个金牙，但不知为什么没有这样做。”阿夫季心中暗想，“很可能，他不想添一样不必要的标记。”

“腿怎么啦？扭伤了？这么说来，你走路没留神？”阿夫季出于礼貌，关心地问。

格里申毫无表情地摇摇头。

“是啊，可以说，伤了一点儿。没留神，你说得对，阿夫季——你的名字好像是这么叫吧？”

“没错，我叫阿夫季。”

“这名字少见，《圣经》里来的，”格里申故意拖长声音说，像在玩味着每一个字，“阿夫季，这一定是教会势力盛行时取的名字。”他若有所思地推断道，“是啊，从前人们同上帝生活在一起。因此在俄罗斯土地上就有了普列奇斯坚斯基、博戈列波夫、布拉戈韦斯托夫[①]等姓氏。你的姓，阿夫季，可能也属于这一类吧？”

“卡利斯特拉托夫。”

“你看，完全一致……噢，我的名字不讲究，无产阶级的：格里申。不过，这无关紧要。情况就是这样，阿夫季，我没留神扭伤了脚。由此自然而然得出一个有点儿可怕的结论：一个人，只要不是大笨蛋，准会瞧着自己脚下。有则寓言说：脑袋糊涂，脚就不知深浅。——是那么回事。你瞧，都成了废物了。平淡无奇的故事，说实在的。”

① 这些带有“圣洁”“神赐”“天使报喜”的意思，故有宗教色彩。

“这影响了什么吗？”阿夫季问，指的是彼得鲁哈提及的事。

“不明白。”格里申戒备起来。

“我是说，这段平淡无奇的故事影响了你的事情的成功——应当这么理解，对吗？”阿夫季解释说。

“噢，那就是另一个话题了！”格里申立即变了态度，抛开无聊的做作，“如果你想谈谈正事，那么你是对的。但是目前这不是主要的，我不担心这个。我，还有你本人，当然啦，会猜想到这一点，否则我何必现在找你谈话呢，我何必叨叨叨，来这一套无聊的废话呢？……总而言之，在这件事上，由我发号施令，或者打个比方，类似部队里的一军之长。对我来说，目前最主要的任务是：保存实力，突破战线。”

“在这种情况下，我能做点儿什么呢？一般说来，咱们有必要谈一谈，”阿夫季建议说，“对这支实力，我也有话要说呢……”

“哦，既然利益一致，那就不是谈一谈，而是应该讨论一番了，”格里申说得更为明确，“我成天考虑的就是这件事。你瞧，比如，这里产生一个问题，这么说吧，你我只能像小姑娘们那样说些悄悄话。”他颇为诡秘地暗示道。沉默片刻之后，他对坐在一边、并未插语的另两个人说：“你们没事闲坐着干吗？去，准备去吧！”

两人一声没吭，去完成想必早就定妥的事了。吩咐完了，格里申看了一眼表。

“一小时后开始登陆战役。你会看到，这是怎么回事，”他答应阿夫季，“我们这里很严格。铁的纪律，像登陆部队一样。我们当真是一支无限忠于祖国的登陆部队。地地道道的。你也要听命令行动。到时候没什么‘行’‘不行’的。如果大家干得好，傍晚时就可到达那个扎尔帕克－萨兹了。”

格里申意味深长地沉默起来。后来，他幸灾乐祸地瞥了阿夫季一眼，带着嘲讽的口吻，露出那颗缺了半拉的门牙说：

“现在来谈主要的。说说你为什么来找我们。你别急，不忙。事情是这样，在所谓的罪恶世界里，你的出现太令人奇怪了。这点以后再谈。据你自称：你是来搞大麻的；现在同我们捆在一起，而且了解的事很多。你，好像不傻，但要知道，你是自投罗网的。那么现在，劳驾啦，你要付出点儿不大的代价，来报答我大大的信任。”

“你这是指什么？”

“我想，你本人猜得出来……”

“猜是一回事，直言相告是另一回事。”

两人都不作声了，等着隆隆作响的列车通过。各自都在准备着，迎接眼前这场不可避免的决斗。阿夫季这一刻想的是，人们之间的关系是多么奇特！哪怕在这光秃秃的草原上，似乎人人都是平等的：大家有着同样的机会，同样面临着失败和被追究刑事责任的威胁，而一旦得手，等着大家的，是同样的成功。然而人们，就像与生俱来有自己的血液那样，与生俱来形成一种无法更改的法则，根据这种法则，正是他，格里申，拥有某种未经明文规定的发号施令的权利，因为他是这里的主宰。

“这么说，你要我直言相告喽，”格里申打破沉默说，“那好，”他故弄玄虚地拖长声音。但突然间，他像想起了什么，戏谑地插进一句：“听着，是真的吗，说你遇上狼了？”

“没错，有那么回事。”阿夫季证实。

“你是否觉得，阿夫季，命运留你一条命，为的是让你现在回答我的几个问题，”格里申微微一笑，露出了那颗缺了半拉的门牙。

“就算这样吧。”

“那就不必兜圈子了。你必须在这里向我说明，现在就说，不准转弯抹角：为什么你在我的孩子们中间煽风点火？”

“须要修正一下。”阿夫季打断他的话。

“怎么？什么了不起的修正案？”

“我竭力想让他们走上正道，所以，‘煽风点火’在这里用词不当。”

“收起你这一套，卡利斯特拉托夫同志。正道不正道，在这方面，各有各的理解。你别开这种玩笑。这里可不是咬文嚼字的地方。我想知道，你是怎么想的，你要达到什么目的，神父。”

“你是指某种个人利益吗？”

“毫无问题，否则指什么？”格里申双手一摊，露出扬扬得意的嘲弄的冷笑。

“在这方面，没什么，绝对没什么。”阿夫季斩钉截铁地说。

“妙！”格里申几乎欢呼起来，“都想象不出更妙的了！跟我原先想的完全一致。那么你，看来，出身于那种神经病、白痴的名门望族喽，这种人……”

“住嘴！我知道你要说什么。”

“这么说，你是冒充大麻贩子到莫云库梅来的，你钻进我们一伙，装成我们自己的人，这样做，不是因为你财迷心窍，像爱基督那样爱发横财，也不是因为你被赶出神学校后走投无路，是这样吧？如果我处在那些神父的地位，我会踹你两脚把你轰走！——瞧你这号人，连他们都不要。他们可是玩的老把戏，而你却总那么当真，那么严肃……”

“是的，是严肃。希望你对我也同样严肃。”阿夫季声明。

“那还用说！怎么呢，你以为我不了解你？——我可把你看透了，知道你的为人。你，有点儿古怪，你是宗教狂，白痴，所以你来到这里，要不然，什么风把你吹来啦？你来了，这么说，你怀着崇高的目的，肩负这么一种使命，要擦亮我们这些堕落的人、非法贩运毒品的走私犯的眼睛。你来传播万古不变的救世主思想，而这种思想无非是老生常谈，三俄里内都散发着尿臊气。你来制止我们作恶，要我们忏悔，转变思想，要我们接受你信奉的那一套陈腐的思想教条。难怪西方一再证明，说在我们这儿，大家的思想都出自一个模式。”格里申突然以一个伤残人意想不到的灵巧，从亚麻布马扎上跳了起来，朝阿夫季跟前迈了一大步，把那张激奋的脸挨近他的脸，“你呀，好一个上帝的使者！在此以前，你是否考虑过了，你反对的是什么势力？”

“考虑过了，所以我才来到这里。我要警告你：为了你们这些人，我将达到自己的目的，不论我要为此付出多大的代价，对此你别感到吃惊！”

“为了我们这些人！”格里申撇了撇嘴，“不必担心，我不会吃惊的。连那位人类的救世主叫人五花大绑、急得快要发疯时，我也不觉得吃惊哩……双手钉在十字架上，头耷拉下来，歪着那张受难者的痛苦嘴脸，哎呀——你们欣赏去吧，痛哭去吧，永生永世顶礼膜拜去吧！真不赖，你明白吗，居然还有另一些聪明人，想出一种千秋万代的职业——要把我们从自身中拯救出来?！好吧，这世上谁得救了？什么东西得救了？你回答我！在他以前存在的一切，至今照样存在。人还是那个人。人的品性从那以后丝毫没有变化。可我们老在等待，瞧，有人来拯救我们这些罪人了。你，卡利斯特拉托夫，还不配做这件事。可是你突然出现在我们中间。你来了，一尘不染地来了！”格里申做了个滑稽的鬼脸，“欢迎你啊，新的耶稣！”

“你可以随便怎么说我，但基督的名字请别无缘无故乱提！”阿夫季制止他，“你气愤，你吃惊，因为我到这里来了，其实这不足为奇：要知道，你我免不了要碰到一起。你好好想想！难道连这一点都不明白？不是我，那么准会有别的人同你发生冲突。而我算计到了这次会面……”

“你恐怕连我也算计到了吧？”

“连你也算计到了。我们的会面是不可避免的。所以我来了，正如你说的那样，一尘不染地来了。”

“完全合乎逻辑，真见鬼！可不是，咱们谁也离不开谁。在这方面，想必有它的混账规律性。不过别高兴早了，救世主卡利斯特拉托夫，你的理论在实际中不见半点儿成效。算了，别高谈阔论了，虽说你是一个相当有意思的人。够了，你的事全清楚了！我对你的忠告是，既然已经搞成这样，走你自己的路去吧，卡利斯特拉托夫，首先拯救自己的小脑袋：现在谁也不会碰你。至于你在草原里弄来的东西，随你的便，可以送人，可以烧掉，可以扔了，让风吹走——这是你的自由。不过小心点儿，千万别让咱们再碰到一块儿！”格里申含有深意地用棍子敲了一下石头。

“但是我不能接受你的忠告。对我来说，这不可能。”

“听着，你真是个地道的白痴！什么事妨碍你了？”

“在上帝面前，在自己面前，我对你们大家负有责任……你，也许不明白这个……”

“不，不！怎么会呢？”格里申嚷嚷起来，他气得脸色发白，提高了嗓门，“我，顺便说说，生在一个演员家庭，请相信我，你的这番表演我很欣赏，也能理解。但你是不是过分鬼迷心窍了？要知道，在任何一次演出、哪怕是天才的演出之后，总要闭幕的。现在，卡利斯特拉托夫同志，帷幕在唯一的观众面前落下了。放老实点儿！别逼着我再往灵魂上添一桩罪孽。你走吧，现在还不晚。”

“你刚才讲到罪孽。我明白，你指的是什么。但是亲眼看到恶行而又躲过去，对我来说，这无异于犯了大罪。你别劝阻我了。我，比如说吧，对小小年纪的列昂卡，对彼得，对你手下的别的小伙子们未来的命运，绝不会无动于衷的。而且连你也包括在内。”

“令人震惊！”格里申打断他的话，“凭什么你自认为有权干涉我们的生活呢？归根到底，每个人都有权决定自己的命运。说真的，我这一辈子还是头一回见到你这种人。你算老几，要你为我、为别人操心？好像你领了上级的委任，有什么权力似的。免了吧！别玩命了。既然你古怪，那就跟你的上帝去吧。没有你，我们好歹能对付。懂了吗?!”

“但是我不行！你提到权力——这么说吧，谁也没给我委任状。正义感、责任感——这就是我的权力，至于你认可与否，那是你的自由。但我要坚决行使我的权力。你刚才说，人有权决定自己的命运。很动听。但是没有孤立的命运，没有使命运同命运隔绝的界线，除了生与死。而在生与死之间，我们大家都紧密相连，就像织物中的线。要知道，你，格里申，还有那些受你支配的人，现在出于私欲，从这片草原上带走的不仅是大麻，你们还给别人带去不幸和痛苦。你们用刹那的迷醉，把人拉进你们一伙——绝望和堕落的一伙。”

“你怎么成了我们的审判官？该你来评判我们该怎么生活、该怎么行动吗？”

“我根本不是什么审判官。我是你们中的一员，只不过……”

“‘只不过’什么？”

“只不过我意识到，在我们之上有上帝存在，他是良心和仁慈的最高尺度。”

“又是上帝？你这么着还想对我们说什么？”

“想说，上帝的恩惠反映在我们的意志中。上帝在我们心中，他通过我们的意识影响我们。”

“听着，何必这么复杂？由此会得出什么结论？会给我们什么好处？”

“你怎么能说‘什么’！要知道，多亏理智的力量，人才能像上帝那样控制自己。你知道真诚地认罪是怎么回事吗？依我看，这就是谴责自身的罪恶以符合上帝的要求。人给自己确立了自身本质的新观点。”

“那么你的观点同群众的意识有什么差别呢？而我们避开这种群众意识，以免成为群众的俘虏。我们同你们不般配，我们是独立自主的。”

“错了。只有当自由不怕法律的时候，才是真正的自由，否则便是假象。而你的自由永远伴随着恐惧和法律的制裁……”

“好吧，那又怎么样呢？这与你有何相干？要知道这是我们的选择，不是你的。”

“对，是你的选择，但这里牵涉到的不光是你一个人。你要明白，死胡同有出口。忏悔吧，你们就在这里，在草原上，在明朗的天空下忏悔吧，保证以后永远不干这种事，永远不牟取非法的暴利，永远不再作恶，你们寻找心灵的宁静吧，并且永远跟那位用理智把我们连在一起的上帝同在……”

“那又怎么样呢？”

“那样的话，你们重又获得了真正的人的本质。”

“说得漂亮，真见鬼！而且那么简单！”格里申皱起眉头，玩弄着那根多疖的棍子，等着隐没在缓坡后面的另一列货车通过。当火车的隆隆声止息了，在随之而来的寂静中，格里申用那冷酷的嘲讽目光死死盯着坦率直言的阿夫季，开始说，“是这样，值得尊敬的阿夫季，我耐着性子听完了你的这番所谓的高见，尽管是出于好奇。但我还是要使你大失所望：你错了。如果你沾沾自喜，以为只有你才配在思想上同上帝交谈，而我同上帝就没有接触；如果你认为只有你这个遵守教规的人才有这种特权，而我就没有的话，那你就大错特错了。瞧你现在这副模样，吃惊得都快断气了，怎么，像我这种人也能同上帝接触——这话你听了刺耳吧？”

“完全不。只不过对‘接触’这个词有点儿不习惯。相反，我很高兴从你嘴里听到这些话。可能你心里起了某些变化？”

“一点儿也没有！多么天真！那么你听明白了，卡利斯特拉托夫，只不过小心别吓成了结巴——我有自己的路通向上帝，我同他常来常往，不过方式不同，走的是后门。你的上帝并不那么明辨是非，高不可攀，不像你以为的那样……”

“既然你从后门找到了上帝，那么你得到什么了呢？”

“可不比你少。我帮助人们感受幸福，在麻醉品中结识了上帝。我给他们的东西，是你们的说教、你们的祈祷无法给他们的……我让自己的人接近上帝，比谁的做法都来得有效。”

“你接近的是花钱收买的上帝吧？靠毒品？靠麻醉品？你居然把这个也叫作结识上帝的幸福？”

“那怎么样？你想必认为这是亵渎神圣、咒骂神灵！得了吧！我玷污了你的视听。我是你的竞争者，懂吗？在这条路上，我超过了你。是的，真见鬼，是的，靠钱，是的，靠麻醉品！那是因为钱，——如果你想知道的话——这就是一切。你不认为钱有它特殊的上帝吗？在教堂里，在别的机关里，你们没有钱能行吗？”

“不过，这完全是另一回事！”

“你住口，别瞒天过海了。这世界什么都能出卖，什么都能买来，包括你的上帝。但是我，至少让人们过过瘾，让他们体会到你们只是在口头上许诺，而且还得后世享用的快乐。只有麻醉品才能给人以幸福、安宁、摆脱时间空间的自由。就算这种乐趣转瞬即逝，就算它虚无缥缈，就算它只存在于幻觉中，但这是幸福，而且这种幸福只能在恍惚中才能获得。而你们这些信教的正人君子，连这点自我安慰的权力也被剥夺掉了。”

“有一点你说对了：这一切无非是自我安慰。”

“那么你要怎么样？花五个戈比买个真理吗？这不可能，神父！由于没有另一种幸福，麻醉品便成了它苦涩的代用品。”

“不过，谁请你来给莫须有的东西找代用品啦?！要知道，这是一条毒计——就这么回事！”

“别那么尖刻，别那么尖刻，卡利斯特拉托夫！不是吗，如果细加分析，我还是你的帮手哩！”

“怎么会呢？”

“没什么，这毫不奇怪！打从创世纪以来，对人的许诺太多了。对那些被凌辱被损害的人什么样的奇迹没有被许诺过呢：什么天国就要降临，什么民主呀，平等呀，人人都是兄弟呀，什么幸福在于集体呀。你想吗？——那就生活在公社里吧，除此之外，只要你工作勤奋，还可以升入天堂。可实际上呢？无非是空话连篇！而我，如果你想知道，能让那些欲望得不到满足的人、生活没有着落的人忘掉痛苦。我是避雷针，我领着人们通过后门到达幻想中的上帝。”

“你可是比我预料的更危险！你能惹出什么样的人间骚乱——想一想都觉得可怕！也许你身上附着那个渺小的拿破仑的阴魂。”

“抬高点儿！为什么不是伟大的拿破仑呢？给我权力，我就能扭转乾坤！假定我们突然到了西方，我掌管的才不是这样一些事务呢。到那时候，你就不敢同我争辩了。至于什么是善，什么是恶，你的观点就得随我转移了……”

“我不怀疑。但我不认为你的话有什么可怕。你说的一切不是新东西。你，格里申，过着寄生生活，依据的是人们失去了信心。要推行这一套那是最方便不过了。什么都坏，什么都是假的，都是谎言，既然这样，那就到麻醉品中去寻找乐趣吧。既然你抨击了现存的一切，你不妨试试给人以一种新的世界观。信仰，这不是你的麻醉品；信仰，这是无数代的人痛苦的产物，千百年来，人们应当天天去研究这种信仰才对。可是你干着这种可耻的勾当，想把白天和黑夜，想把自古以来的秩序都颠倒过来。还有，你作乐在先，受苦在后。因为随着麻醉品而来的——看你把它吹得天花乱坠！——将是疯狂的情绪，将是灵魂的彻底堕落。为什么你不把话说完？可见你的麻醉品是骗局：当你走向假上帝时，你立即就投入了撒旦[1]的怀抱。那该怎么办呢？”

“绝不会。世上什么都有报应。这也一样。正如有生，就有死的报应……难道你从未想过这一点？怎么不吭声了？你，虔诚的伪君子，当然啦，不会喜欢我的一套观念！”

“反基督者[2]的观念吗？永远不！”

“哈哈！没有这反基督的人，没有他们的挑战，你的那个基督教义值几个钱？谁需要这种教义？它有什么必要存在？由此可见，我是你们需要的人。否则你们跟谁斗争去？怎么显示你们思想的战斗性呢？”

“啊，你可真能狡辩！”阿夫季不由得笑起来，“准备利用矛盾。不过别夸夸其谈了。咱俩找不到共同语言。你我是完全相反的人，水火不相容——这就是你要把我从这里赶跑的原因。你怕我。但我反正要坚持：忏悔吧，让那些人从你的罗网中脱身吧。我可以向你提供帮助。”

格里申出乎意外地避不作答。他皱眉蹙额，开始拄着棍子默默地来回走动。后来他站住了。

“如果你以为，卡利斯特拉托夫同志，我怕你，那就大错特错了。你留下吧，我不赶你。很快我们就要拦截货车。安排一次，这么说吧，有组织的袭击交通工具的行动。”

“不如说土匪行动。”阿夫季加以订正。

“土匪不土匪，由你说。但目的不是抢劫，而是强行搭车。这可是两码事。那是因为你的国家剥夺了我们行动的自由……”

“请别提什么国家了。那么，你对我的建议是……”

“没什么特别的。在阁下所说的进行土匪行动时，”格里申朝铁路线方向点点头，“大家都集合在一起，都会露面的。你就试试说服他们，说服小小年纪的列昂卡和那些机灵鬼彼得鲁哈们，拯救他们的灵魂吧，

① 基督教用语，指魔鬼。
② 反基督者，亦称基督的敌人，照基督教说法，应在世界末日前出现。

救世主！我决不妨碍你，保证一句话不说，保持沉默。就认为没我这个人存在。如果你能让这群人跟随你去，拜见你的上帝，那我立即滚蛋，就像吃了败仗的人应当做的那样。你明白我的意思了吗？接受我的挑战吗？”

“接受！”阿夫季简短地回答。

“那就行动吧！关于我们在这里的谈话，谁都不应知道。就说，聊的是天南海北的事。”

“谢谢！不过我没什么可隐瞒的。”阿夫季回答。

格里申耸耸肩膀。

“喂，小心点儿，像《圣经》里写的，‘你敢说！’”

五月末。尽管已是傍晚六点多钟，但平展展的草原上空亮晃晃的太阳依然火辣辣地照耀着。一整天都像钉在天边似的银灰色云絮，令人可疑地凝滞不动，先是微微泛白，黄昏时分开始密集，黑压压一片悬在地平线上，引起了阿夫季心中一阵莫名的惶恐。显然，一场雷雨快要来临了。

列车依然来来往往，从北到南，由南向北；土地在车轮的重压下不断震颤。“多么广袤的土地！多么开阔的空间和充足的阳光！可是人总还觉得缺少点儿什么，首先是——自由，”阿夫季面对一望无际的草原想道，“人离了人不能生活，可是人与人又很难相处。就说现在，该怎么办呢？为了让每一个落入格里申圈套的人能按自己的理智去行动，而不是出于恐惧、出于乌合之众的感情需要而屈从于他的同伙的强迫命令去蛮干，他该怎么办呢？首先是因为这些人由于贩毒吸毒，已经无法摆脱这个伪善者的影响。不，这人老奸巨猾！这是个可怕的、最危险的骗子。我如何是好？能有什么办法？”

时候到了。在拦截货车之前，藏在草丛或灌木丛里的走私犯，三三两两一组，分散在铁路沿线。约定的信号是口哨声。当远方刚冒出的列车像条蛇似的在蠕动时，从远处的铁道拐弯处传来一声隐约可闻的口哨声，人们便开始准备冲击。装着大麻的背包和手提箱都在手头。阿夫季、彼得鲁哈和列昂卡三人一起，躺在一堆碎石块后面——那是抢修铁路时留下的。离他们不远的地方是格里申和另两名走私犯：其中那个红头发的叫科利亚，另一个高鼻子的机灵鬼、说话时带着高加索口音的叫马哈奇——多半他是马哈奇卡拉人。其余的人阿夫季就一无所知了，但他知道，还有两组人也找到了合适的隐蔽处，也在等着决定性的冲击。至于格里申派去在路轨上放置化学药品、在桥上制造失火假象、迫使火车司机停车的另两个小伙子，他们现在正处在火车运行的前方，在“330千米”路标附近。铁路在这里要穿过一座横跨峡谷的小桥，这峡谷由于每年春天洪水泛滥，已经被冲刷得很深了。就在那处容易出问题的地方，两名被称作“爆破手”的人，正在安放化学药品。

火车急驶而来。阿夫季明白，这一刻大家都神经紧张，不知情况怎么样，能否很快扒上火车，来的是什么车。如果是一节节油罐车怎么办？——到时候往哪儿安身呀？如果事不凑巧，来了一趟严加防卫的军用列车，那就彻底完蛋了。

列昂卡用激动得发抖的手点着烟抽起来。彼得鲁哈立即凶狠地大声呵斥：

“喂，扔了！我打死你这个畜生！”

但是对方脸色青一块白一块的，继续贪婪地、上气不接下气地吞着烟。这时彼得鲁哈像头野兽似的扑过来，甩手朝他头上打去，打落了他的便帽。可是列昂卡也不示弱，他以拳头回报，而且乘机踹了彼得鲁哈一脚。彼得鲁哈怒不可遏，于是两人展开了一场恶斗。

阿夫季不得不欠起身来：

“住手！立即住手！彼得鲁哈，别碰列昂卡，你怎么不知道害臊！”

但是彼得鲁哈气势汹汹地扑向阿夫季：

"要你插进来！什么神父，不就是木头脑瓜吗?！干什么站起来，呆子，一俄里外都能看见你！"说罢使劲拽他的裤腿。他们吵得脸红脖子粗，一边骂，一边喘着粗气，又滚回原来的地方。

这时火车已经开近了。走私犯的激动不安不由得也传染给了阿夫季。这种时刻，那还用说，是极其紧张、万分危险的。

阿夫季从小就喜欢观看火车的运行：可不是，他还碰上过战后年代的蒸汽机车哩，那些富有幻想色彩的机车吐出黑色的烟柱和团团白汽，汽笛声响彻四方——但他从来没有设想过，将来有那么一天，会这样忐忑不安地等着列车开来，因为他要非法地强行扒上火车。

一列重载的货车，在联成一串的两辆机车的牵引下急速驶来，它的临近几乎可以明显地感觉出来：让人不由得一阵战栗，起了一身鸡皮疙瘩。从前的蒸汽机车远不如今天的内燃机车。后者的力量隐藏在内部，它们身后牵引着一长串车厢，使人觉得，这火车似乎没有尽头。无数车轮滚滚向前，车厢底下送出一阵一阵的风、轰隆声和连续的撞击声。阿夫季瞧着这急速而准确地运动着的庞然大物，他甚至不敢相信，这一巨怪似的重载的长长列车是可以截住的。

许多车厢——平板车、油罐车、木料车、带篷的集装箱货车，一节节通过。眼看着火车过了一半，阿夫季心想不会有什么结果了，这一切无非是空想：不可能截住风驰电掣般的庞然大物。但是突然间，火车开始减速，轮子越转越慢，制动器发出吱咯声，运行的列车剧烈地颤动起来，仿佛磕磕绊绊似的，渐渐放慢了速度。阿夫季简直不敢相信自己的眼睛：列车几乎停住了。就在这时响起一声刺耳的口哨声，作为回应，又响起了另一声口哨。

"上！"彼得鲁哈命令，"冲啊！"

拽起背包和手提包，他们冲向缓缓运行的车厢。这一切发生得迅雷不及掩耳，真像从埋伏地点突然出击一样。只要抓住什么东西不放，扒上随便哪节车厢，踩上踏板，然后纵身一跃，上了车，就可以越过一节节车厢顶，找处合适的地方安顿下来。随后的情景阿夫季觉得恍若做了一场噩梦：他挨着几乎耸入云天的无门无窗的车厢壁奔跑，下意识地感到吃惊：车厢壁怎么那么高，车轮上的重油气味怎么那么刺鼻，而车轮似乎每秒钟都准备启动。但是阿夫季不顾这一切，还是狂热地奋力攀登，帮别人一把，别人也帮他一把。火车有两次吓人地猛地开动起来，车厢发出咯吱声、金属相碰的哐当声——眼看着就有掉到车轮下的危险。然而事情进行得再好不过了。当火车再次开动起来，重新加速运行以弥补失去的时间时，阿夫季四下里一看，发现自己已经在一节装货的空车厢里，而且跟他形影不离的老搭档彼得鲁哈和列昂卡也在一起。格里申也在这节车厢里。只有上帝知道，伤了一条腿的他是怎么巧妙地扒上火车的。在他身边还有那两个人——马哈奇和科利亚。一个个脸色发白，气喘吁吁，但神情是兴奋的，得意的。阿夫季都不敢相信，事情竟这么顺利，最困难的时刻已经过去了。现在搞大麻的人朝扎尔帕克－萨兹方向前进，到了那里，铁路就通向大地方，大城市，进入人口稠密的地区了……

还有五小时左右的行程。他们很走运，在他们占领的那节空车厢里，堆着许多可能是卸货后剩余的空木头箱，他们就拿来当凳子用。格里申吩咐大家分开坐下，以免有人从外面发现他们。如果打开设在一侧的车门，车厢里就相当亮，另外车厢顶上的几扇气窗一直是开着的。

在某个会让站第一次停车时，他们轻轻关上车门，一声不响地坐在闷热的车厢里等着停车时间过去。不过列车附近没人出现。彼得鲁哈小心翼翼地朝外观望，报告说，一切正常——周围不见有人。等迎面来的一列客车刚刚隆隆驶过，货车又开动了。在下一个小站上，马哈奇还弄来了一桶冷水，于是车厢中的生活恢复正常——大家活跃起来，吃起面包干和罐头，盼着火车开到扎尔帕克－萨兹站，他们要在车站食堂里美美地吃一顿热饭菜。

火车朝山的方向，行进在丘亚草原的铁路线上……

五月的傍晚很长，这时天色还亮。他们东拉西扯地闲聊，谈得最多的无非是美食和钱财。彼得鲁哈想起了他那花枝招展的相好，她正在摩尔曼斯克等他。对此马哈奇以一种地道的高加索人的表达方式说道：

“听着，彼得鲁哈，亲爱的，除了摩尔曼斯克，你在白（别）①的地方就搞不着女人啦？怎么啦，在莫斯科就不能搞她几个？哈哈哈！怎么啦，莫斯科就莫（没）娘们儿了吗？”

“你还是个拖鼻涕的娃娃，马哈奇卡，哪能懂得这种事？”彼得鲁哈生气地说，“你今年多大啦？”

“管他多大呢！活了几年，就有多大！在我们高加索，像我这般岁数的人，早已经造出娃娃来了！哈哈哈！”

这段对话把大家逗乐了，连阿夫季也情不自禁地微笑起来。他时不时看看坐在一旁的格里申，见他也露出了宽容得意的笑脸。他照旧将就地坐在那张小马扎上，手里拿着那根多疖的木棍。他同别的人唯一相似之处是，他也抽着廉价的香烟。

就这样，他们这一伙人快快活活地结伴而行，把那节运货的空车厢变成了一节客车厢。列昂卡蜷曲着躺在车厢一角，其他人也打算睡一会儿，虽说天边的太阳余晖未尽，照得四周还很亮。抽了一会儿烟，聊了一阵无关紧要的琐事，这些人突然都不言语了。后来他们看看格里申，开始小声嘟哝起来。

“听着，格里申，”马哈奇转身对他说，“我们干吗干坐着，你直（知）道吗，刚才我们一致通过了，稍稍过过瘾，行不行？有的是时间，过过瘾，可以吧？亲爱的当家人，我这儿有好货哩，嗬，美滋滋的，只有巴格达的贼才抽这玩意儿！”

① 表示马哈奇带有浓重的地方口音，下同。

格里申飞快瞥了阿夫季一眼，仿佛说：喂，怎么样？他沉吟片刻，看准时机，不经心地说：

“行啊！”

大家兴奋起来，都挤到马哈奇身边。他从夹克衫里掏出大麻——这就是那种只有巴格达的贼才能抽的玩意儿。他卷成一支粗大的纸烟，自己先抽一口，然后让自卷的纸烟挨着个传下去。每人恭恭敬敬地抽一口大麻烟，把卷烟递给下一个。当纸烟传到彼得鲁哈手里时，他贪婪地猛抽一口，眯起眼睛，随后把卷烟递给阿夫季：

“喂，阿夫佳，你也来那么一小口！你怎么啦，秃子？接着，抽吧！迟疑什么，真是的，成了大姑娘啦？”

“不，彼得，我不抽，别费心了！”阿夫季断然拒绝彼得鲁哈的建议。

对方立即感到受了侮辱。

“从前当神父，现在还那副德行！你考虑考虑，臭神父，别人好心待你，你却朝人脸上吐唾沫——侮辱人！”

“我没有侮辱你，彼得，你说得不对！”

“谁倒是说得过你呀！”彼得鲁哈一挥手，又猛抽一口，把卷烟传给马哈奇，而那位则以高加索人特有的乖巧把烟递给格里申。

“现在，亲爱的当家人，该轮到你啦！请干杯！”格里申默默推开他的手。

“嘿，瞧呀，咱们的主子是——大老爷！”马哈奇遗憾地摇摇头，于是卷烟重又挨个传下去。列昂卡使劲猛吸一口，之后是红头发的科利亚，接着是彼得鲁哈，最后又轮到马哈奇。不一会儿，抽烟人的情绪起了变化。他们的眼睛时而模糊，时而闪光，嘴巴咧着，无缘无故露出幸福的笑容。只有彼得鲁哈总也忘不了受的委屈，时不时斜着眼睛不满地瞪阿夫季几眼，嘴里还嘀嘀咕咕，说什么凡是神父个个都坏这一类的气话。

格里申坐在他的小马扎上，默默地、不动声色地从他的角落里观察着这“过过瘾”的一幕。他俨若超人，面带嘲讽、挑衅、故作大度地冷笑。他不时瞧瞧站在开着的车门旁的阿夫季，那机灵、轻蔑的目光表明，他对眼前发生的事感到非常满意，而且毫无疑问，正在推测，信守教义的阿夫季为此要付出什么样的代价。

阿夫季明白，格里申允许这些人在路上“过过瘾”，是为他安排的一次示范性表演。喂，他仿佛说，怎么样？你瞧，我多么强大，而你口口声声要同恶行斗争，但你的那些崇高的激情是多么软弱无力！

虽说阿夫季故作镇静，似乎对他们的行为漠不关心，但是在内心深处，他感到气愤，感到痛苦，因为他无能为力，无法对抗格里申，无法采取切实的措施，好让那些人摆脱格里申的影响。想到这里，阿夫季失去了自制力。他按捺不住心头越来越强烈的愤怒。而最后的导火线便是彼得鲁哈让他抽大麻烟屁股的建议。那自卷的纸烟，每被吸一口，便沾上更多的唾沫，最后变成了令人作呕的黄绿色。

“给，阿夫佳，别扭过嘴脸，哎，我们的神父！我可是一片好心。这烟屁股里头的东西最来劲不过了，抽了它，脑袋里就迷迷糊糊，像灌进了迷魂汤，叫人神魂颠倒。”彼得鲁哈放肆地纠缠不休。

“别讨厌！”阿夫季恼怒地打断他的话。

“什么‘别讨厌’！我对你一片好心，可你摆臭架子，做什么鬼脸！”

“好吧，拿过来，给呀！”阿夫季一气之下，伸手抓过点着的烟屁股，把它举到头上，仿佛对彼得鲁哈示威似的，把它从开着的车门扔了出去。这事来得那么快，以致大家，包括格里申在内，一时间被这突如其来的举动弄得目瞪口呆了。在持续的寂静中，飞轮同铁轨的撞击声显得更响、更清晰、也更尖厉了。“看见了吗？”阿夫季挑衅地转向彼得鲁哈，“大家都看见我做什么了吗？”他用愤怒的目光环视着大麻贩子，

"往后我永远这么干！"

先是彼得鲁哈，随后所有其他的人，都困惑不解地、探询地转向格里申，仿佛问：这该怎么解释，当家的，这个好出风头的家伙怎么来这一套？

格里申示威地默不作声，只是用那嘲讽的目光时而看看阿夫季，时而看看那些人受了侮辱的脸。

"听我说，当家的，你干吗不吭声？你阿（哑）巴啦?！"

"不，我没有阿（哑）巴！"格里申滑稽地学着他的口音，粗鲁地补充说，毫不掩饰自己的幸灾乐祸，"我向这家伙保证过，一句话也不说，要保持沉默。其余的，你们自己看着办吧！我再也不说什么了……"

"这是正（真）的？"马哈奇不解地问阿夫季。

"真的，但这不是全部！"阿夫季喊叫起来，"我保证要揭露他，"他朝格里申扬扬头，"揭露这个魔鬼，是他用这种害人的毒品诱惑你们！可我不会沉默，因为真理在我一边！"接着他自己也不明白他是怎么了，在干什么，喊什么，他从一堆装着大麻的背包里拽过自己的包。除了格里申，所有的人都因为这突如其来的举动跳了起来，感到莫名其妙，不知这个老实巴交的臭神父阿夫季又想出了什么鬼主意。

"瞧这儿，小伙子们！"阿夫季把背包举到头上摇晃着，"我们给人们送去的是祸害，是瘟疫，是毒品。这都是你们这些毒贩子干的！你们财迷心窍，你，彼得，你，马哈奇，你，列昂卡，还有你，科利亚！至于这个格里申，就别提他了。你们自己知道，他是什么人！"

"你等一等，等一等，阿夫佳！哎呀，亲爱的，快把背包拿到这边来！"彼得鲁哈赶紧走到他的身边。

"滚开！"阿夫季推开他，"别讨厌了！我知道应该怎样消灭人间的毒品。"

没等这些人清醒过来，阿夫季已经扯开背包的口子，开始从车门里往外抖搂大麻。于是烟草，也就是收来的那么多的黄绿色大麻花梗和花瓣，便顺着铁路路基飞扬起来，像秋天的落叶那样，旋转着，翻飞着。随风而去的是钱——成百上千的卢布！有那么几秒钟，这些人一个个呆若木鸡，像中了邪似的瞧着阿夫季。

“都看见了吧！”阿夫季喊着，随手把背包也扔出车外。“现在你们都照我的样子做！让我们一道忏悔，上帝会爱护我们、宽恕我们的！来吧，列昂卡，彼得！扔了吧，把这该死的大麻扔到风里去！”

“他疯了！他这个暗探到站会告发我们的！抓住他，揍他妈的神父！”彼得鲁哈气急败坏地大吼。

“你们等一等，等一等！听我说完！”阿夫季大叫着想对他们解释什么。他看到，这些抽足了大麻的人一个个都暴跳如雷，怒不可遏。但已经晚了。他们像疯狗般朝他扑来。彼得鲁哈、马哈奇和科利亚争先恐后地挥拳揍他。只有列昂卡一人徒劳无益地竭力想把打架的人拉开。

“你们住手！”列昂卡无能为力地在一旁跑来跑去。但他无法制止他们：他一人怎能同时对付他们三个。一场残酷的搏斗开始了。

“揍！拖！把他扔出车厢！”气疯了的彼得鲁哈狂喊。

“掐死神父！把他扔下去！”马哈奇响应着。

“别这样！别打了！别把他打死！”面色煞白、浑身打战的列昂卡苦苦哀求。

“别缠人，恶鬼，我宰了你！”愤怒若狂的科利亚甩开列昂卡的拉扯。

阿夫季拼命挣扎，竭力想离敞着的车门远点儿，挪到晃来晃去的车厢中央：此刻他亲眼看见从而确信了吸毒者的凶狠、残忍和暴虐狂——可不是，他们刚才还乐呵呵地傻笑着呢。阿夫季明白，这场搏斗生死攸关，也明白自己寡不敌众。他们有三人，个个身强力壮，穷凶极恶，——他哪儿是他们的对手？要知道只有一个列昂卡护着他，但他不管用。格里申在这段时间里一直坐在原地，像在观看一场马戏或者话剧，而且毫不掩饰自己幸灾乐祸的心情。

“嘿嘿！真是好样的！”他在一旁冷嘲热讽。这场殴打是他一手挑起的，而且他事先就料到会发生冲突，现在他坐享胜利果实——观赏着在他眼前如何把人打死。

阿夫季意识到，只有格里申出面干涉，才能改变自己的命运。只消他喊一声“救救我，格里申！”那些人就会立即撒手。但乞求格里申的帮助，阿夫季是无论如何不会干的。剩下只有一个办法：挤到车厢深处，躲到角落里，让他们在那里揍吧，毒打吧，让他们爱怎么治就怎么治吧，只是千万不能让他们把他扔出去，——火车在运行，那就必死无疑了……

但要躲到角落里并不那么容易。他们拳打脚踢，把他向洞开的车门口推去。如果他在那里滞留哪怕一秒钟，这些人就会毫不犹豫把他推出车厢。阿夫季一次又一次站起来，顽强地奋力朝远处的角落冲去，指望那些抽了大麻的人打得没了劲，或者清醒过来。在这场激烈的斗殴中，列昂卡头上挨了一拳，首先倒了下去。是科利亚狠狠揍了他一拳，教训他不要妨碍他们惩处这个神父，这个正人君子，因而也就是他们的敌人——阿夫季。这几个人发疯似的挥拳痛打——因为这里牵涉到横财问题。

“揍，揍！往死里揍，往死里揍！”彼得鲁哈来了狂劲，从后面抱住阿夫季，把他的双手扳到身后，由着马哈奇挥拳痛打。而那个家伙像头撒野的公牛，暴怒之下朝阿夫季的腹部给了致命一击——只见他抱成一团，口吐鲜血，扑通一声栽倒在飞驰着的车厢的地板上。这时候三人一道把他往车门口拖，但阿夫季继续反抗，哆哆嗦嗦地用手扒住地板缝，用指甲抠，企图抵挡一阵，挣脱出来。而恶煞神似的格里申却若无其事地照旧坐在车厢一角的马扎上，跷着二郎腿，脸上露出泰然自若、扬扬得意的神气，嘴里吹着口哨，玩弄着那根多疖的木棍。只消叫一声“救救我，格里申！”那么还有可能使他手下留情——不排除那人会产生同情心，表现出宽宏大量的气度，出面制止这场凶杀。但阿夫季就是不张嘴。这时他们已经把他拖到车门口，他的头便在地板上触出一道血痕。在这里，在车门口，进行了又一次也是最后一次较量。这几个人害怕在行车时扔下阿夫季，因为弄不好可能会跟他一起摔出去。阿夫季乘机挂在车门里，或者说得确切些，挂在车门外，双手紧紧抓住铁门的把手。迎面一股风猛地袭来，把他直往车门上压，但阿夫季及时用右脚够到了一根凸出的铁条，总算保持住平衡没有跌下去。他这一辈子大概从来没有像这一刻那样充满如此旺盛的精力和求生的渴望：真想避开这场灾祸。如果他们不再碰他，他也许能费力爬上来，再爬进车厢。但是这几个人像踢足球那样，不断用脚踢他的头，骂尽了不堪入耳的脏话，打得他浑身是血，而阿夫季一直死死抓住把手不放。最后几分钟显得特别恐怖。彼得鲁哈、马哈奇和科利亚完全成了狂人。这时连格里申也坐不住了，他跳到车门口：此刻已经不必装腔作势了，可以欣赏一番，瞧瞧阿夫季怎样摔得粉身碎骨。于是格里申站定，等着那不可避免的时刻：等着他的手下人把阿夫季打死。没什么说的——格里申精于此道。他借他人之手毒打了阿夫季。到了明天，一旦有人发现他的尸体，即使不信这人是在最坏的情况下从火车里掉下去的或者跳出去的，那么格里申也是清白无辜的——他本人没动一下手。他会说，孩子们抬杠了，斗殴了，结果出了不幸事故——这人在打架时失足踩空了。

阿夫季记得的最后情况是：脸上不断挨踢，这几人的鞋子都染上了血，呼呼的风在耳边吼叫，犹如熊熊的火焰。阿夫季的身子重得像灌了铅，越来越往下沉，坠向令人恐怖的、不可违逆的虚无缥缈之中。而火车继续飞速行驶，克服着风的阻力，依然奔驰在那片草原上。此时此刻，这偌大的世界上谁也不会注意到他——处于千钧一发之际、必死无疑的阿夫季。那漫长的一天的落日，照花了他那双因痛苦和恐惧而鼓出的眼睛，同他一起坠入空虚而黑暗的深渊。但是不管别人怎么踢他，阿夫季就是不松手。这时彼得鲁哈夺过格里申手中的棍子，给了他最后的也是致命的一击，——格里申像是无意中拿着那根棍子，仿佛说：请吧，拿过去打吧，打他的手，他就没法不松开了……

阿夫季痛得抱成一团朝下栽去，已经感觉不到自己在铁道斜坡上滚了一阵，扯破了衣裳，摔得遍体鳞伤；紧接着列车的尾部在他跌落的地方一扫而过；随后火车消失了，带走了他以前的同伴；最后连车轮的隆隆声也止息了。

很快太阳熄灭了，夜幕降落了，在西边灰沉沉的天际，乌云翻滚，预示着暴雨即将来临……

之后，一列列火车不断驶过出事地点，而那个不祈求宽容以延长自己生命的人，摔倒在铁道边的排水沟里。在他热烈地寻求真理的过程中了解到的一切、肯定的一切，如今全被抛到一边，毁灭了。不怜惜自己，放弃保存自己的机会——这样做值得吗？要知道这里涉及的恰恰是个人生命问题，而充其量只消说出一句话：“救救我，格里申！”但他就是不说这几个字……

尘世间的怪事真是多得数不清……其实，历史上也有过类似的事件——有那么一个伯利恒[①]的怪人，自命不凡得也不肯说出一两句话，结果丧了命。这么一来，不消说，他的末日到了。可是人们，尽管从那以后已经过去了一千九百五十年，还是弄不明白——大家议论纷纷，争论不休，深感痛惜：想当初怎么会这样的！怎么能发生这种事！而且每一回他们都觉得，这事真像发生在昨天一样——心灵的震动依然那么清晰。并且世世代代的人——从那时起人类究竟繁衍了多少代人，已

① 据基督教传说，耶稣生于伯利恒。

经难以计算——重新醒悟过来，并且宣称，如果他们在那一天，在那一刻，也在髑髅地，他们无论如何不会允许对伯利恒人的惩处。这就是他们现在的想法。不过当时谁又能料到，结局竟是这样：一切全被岁月遗忘，唯独这一天是例外……

那一天，顺便插一句，也是星期五，而那个本可以免于一死的人，同样没有悟出，为了获救，只消说出一两句有利于自己的话……

二

耶路撒冷的那天早晨并不凉快，预示着白天会更热。在希律王宫的拱顶凉台上，总督本丢·彼拉多[①]吩咐侍卫给他在大理石廊柱下摆了一张圈椅。贴着地面，似乎有股微风透过他的平底鞋，两只脚感到凉飕飕的。大花园里，一棵棵白杨如金字塔般高大，树梢摇曳，瑟瑟作响，这一年的杨树叶过早地发黄了。

希律王宫修建在一座石山上，从这里的拱顶凉台上望去，耶路撒冷的景色一览无遗。空气变得越来越热，雾霭弥漫，眼前的市景变得模糊不清。就连向来清晰可见的耶路撒冷郊区，也只是在白茫茫的尽头露出个隐隐约约的轮廓。

这天早晨，在一片丘陵上空，有只孤独的大鸟舒展开双翼，像被一根无形的线给拴在天上，悄无声息地缓缓盘旋着，每隔一段时间，便飞过大花园的上空。不知它是鹰，还是鸢，因为除了这两种鸟，别的飞禽都没有这份耐性在大热天里翱翔这么长的时间。拿撒勒人耶稣站在总督面前，不时倒换着脚。总督截住了对方无意中投向鸟儿的目光，感到气愤，甚至像受了侮辱。他恼怒地厉声说：

“你往哪儿瞧，犹太人的王？那是你的死神在盘旋！”

---

① 本丢·彼拉多，罗马帝国驻犹太的总督（约 26—36 年）。

“它在我们大家头上盘旋。”耶稣小声回答，仿佛在自言自语，同时下意识地用手掌轻轻按了按那只又青又肿的眼睛：当他被押送到长老会议受审、途经市场时，一伙人受了祭司和长老的教唆，纷纷扑上来打他。有人狠狠揍他，有人啐他的脸。这时他明白了，大祭司该亚法的那帮人对他怀着多么刻骨的仇恨，他也明白了，他不该指望耶路撒冷的法庭会轻饶他。然而他对群众的凶残和不忠诚还是痛切地感到吃惊和震动，仿佛在此以前他们中谁也没有认出，他就是那个四出传道的流浪汉；仿佛在此以前不是他们那么全神贯注地聆听他在圣殿和广场上的传道；仿佛不是他们一路欢呼，簇拥着骑在灰母驴上的他（母驴后还跟着一头小驴）进了耶路撒冷城门；仿佛不是他们把野花扔到母驴脚下，满怀希望地呼喊：“和散那[①]，大卫[②]的子孙！和散那，天国诸神！”

此刻他衣衫破烂、脸色阴沉地站在本丢·彼拉多面前，等待着事态的发展。

总督心里很不痛快，说来也怪，首先他生自己的气：那么迟疑不决，优柔寡断，真是莫名其妙。这种情况，无论在他统帅罗马军队还是担任总督期间，都不曾有过。他没有立即批准长老会议的裁决，没有让自己摆脱这种无谓的操劳，而是拖长审问时间，为此费去了不少时间和精力——说实在的，这样做岂不可笑？其实事情似乎很简单：只要把等着他决定的耶路撒冷大祭司和他的随从们叫来，对他们说：拿下去，把你们要告发的人拿下去，照你们的决定处置他。然而有什么东西妨碍本丢·彼拉多这么简单从事。不过话又说回来：这么一个丑角值得别人为他劳神吗？……

真难以设想，这人有多么古怪！居然自称是犹太人的王，上帝的爱子，说是上帝把他恩赐给犹太人，要他把他们领到正义的王国。据说

① 古犹太教徒颂扬上帝或祈福之词。
② 古以色列王国的国王（前 11 世纪至前 10 世纪）。

在这个王国里，无论是大小帝王，还是他们的总督，或者为之效劳的犹太教会，统统没有存在的余地；据说在这个王国里，人人平等，万民幸福，千秋万代，永远如此。普天之下，谁人不追求权势，但像他这样聪明、狡诈、阴险的人可是少见。一旦他本人抓到了权柄，想必也会照样统治百姓，因为这世上没有别的发展进程，现在没有，将来也没有。这个蓄意谋反的人对此十分清楚，但他却玩弄把戏！用那一套人死后能进天国的邪说收买轻信的人们。据说人们总是以己之心度他人之腹，倘若果真如此，那么此刻正是这种情况：总督把他本人梦寐以求、秘而不宣，甚至不敢幻想能够实现的意愿强加在耶稣身上了。正是这一点使本丢·彼拉多大为恼火，因此犯人既激起了他的好奇心，又引起他的憎恶。总督认为，他能识破拿撒勒人耶稣的阴谋：这个自称先知的流浪汉无非是想在人间制造混乱，向人们许诺新的王国，摧毁一切权力，日后他好据为己有。不，办不到！谁又能想到，这个卑微的犹太人竟敢梦想他——罗马帝国驻小亚细亚几个行省的总督本丢·彼拉多所不能想，或者确切地说，所不敢想的事。老谋深算的总督就是这样确信不疑，就是这样定下调子，得出这样的结论。他对流浪汉耶稣的审讯方式是相当独特的：他总是以己之心度他人之腹。一想到这个闻所未闻的僭位者的预谋，他就感到愤怒。因此本丢·彼拉多越来越激奋，因疑虑而苦恼不堪。他既想在昨天耶路撒冷长老会议上做出的处决耶稣的死刑书上签名了事，又想拖延时刻，欣赏一番，彻底查明，这个耶稣的思想和行动何以构成了对罗马帝国政权的威胁……

对总督关于空中飞鸟的话，这个在劫难逃的流浪汉回答得那么坦率和无礼，这使总督感到厌恶。本可以默不作声，或者说几句阿谀奉承的话，但不，他为了自我安慰，竟说什么“死神在我们大家头上盘旋！”“小心点儿，别给自己招灾惹祸，仿佛真不怕死刑似的。”本丢·彼拉多气恼地想。

“好了，现在回到我们的谈话上。可怜的人，你知道什么在等着你吗？”总督用嘶哑的声音说，又一次用手帕擦擦褐中透亮的脸膛上、秃顶上和粗脖子上的汗珠。趁耶稣正在考虑怎么回答，总督把汗湿的手指一个个拽得咯咯响——他有这么个坏习惯。“我问你呢，你知道什么在等着你？”

耶稣深深叹了口气，一想到自己面临的遭遇，他的脸色都变白了：

“是的，罗马总督，我知道今天要处决我。”他费力地说出。

“‘我知道！’”总督挖苦地重复说。他面带既鄙薄又惋惜地冷笑，从头到脚打量着站在他面前的倒霉先知。

对方垂头丧气地站在他面前，模样笨拙，长脖子，长头发，鬈发披散，衣衫破烂，光着脚——鞋可能在挨打时失落了。在他身后，透过王宫凉台的栏杆可以看到坐落在远处丘岗上的市民住宅。耶路撒冷城正等着这个站在总督前受审的人。令人憎恶的城市正等着祭品。全城人要求在今天的暑热中完成这流血的一幕，他们那阴暗如黑夜的本能渴求着精神上的刺激——一到那时，那些市井居民就会声嘶力竭地吼叫、恸哭，犹如一群胡狼看到一头怒狮撕扯着利比亚荒原上的斑马时会厉声哀嚎一样。本丢·彼拉多不止一次见过这种场面，既有禽兽间的，也有人世间的。他蓦地想象出在十字架上行刑的情景，不由得胆战心惊。于是他用一种不无同情的责备口吻重复说：

“你说，我知道！‘我知道’——这话说得过早了。等你到了那边，才能明白全部含义……”

“是的，罗马总督，我知道，而且一想到这个我就浑身打战。”

“你别打岔，也别急着去那个世界，来得及的。”总督嘟哝说，埋怨对方打断了他的思路。

“请你原谅，长官，如若我无意中打断了你的话，那不是我的本意。”耶稣表示歉意，“我根本不着急。啊，真想多活些时候！”

“那么你不想抛弃你那些僭越的话吗？”总督直截了当地问。

耶稣双手一摊，他的眼神流露出孩子般的无能为力。

“我没有什么好抛弃的，长官，那些经言是我的天父早就说过的，我必须把它们传给人们，遵行他的旨意。”

“又来你这一套！”本丢·彼拉多气得抬高了嗓门，他长着一个鹰钩鼻子，粗线条的嘴边刻着几道深深的皱纹，此刻脸上的表情变得轻蔑而冷淡，“不管你怎么装疯卖傻，我可是看透了你。”他用一种不容反驳的语气说，“什么把你天父的经言传给人们！实际上无非是妖言惑众，收买人心！怂恿贱民去犯上作乱！也许，你也该把他的经言传给我吧？——我也是人呀！”

“至于你，罗马总督，暂且不需要这个，因为你没有受难，你无须追求另一种生活方式。对你来说，权势——这就是上帝，这就是良心。而你现在大权在握。这才是你至高无上的东西。”

“对。罗马政权是至高无上的。我希望，你是想这么说的。”

“是你这么认为，长官。”

“不，聪明人都这么认为，”总督不无宽容地加以纠正，“所以人们常说，”他教训起来，“帝王不是上帝，倒是上帝像帝王。如若你认为不是这样，那你可以提出相反的观点来说服我。请吧！”他用嘲讽的目光盯着耶稣，“我依仗罗马王朱理亚[1]的英名——我就是他委任的总督，能够左右一时一地的情势。你却妄图用某种上天的力量，用你散布的另一种‘真理’来与之对抗。这很有趣，极其有趣。否则我就不会在这里同你浪费时间了。现在市民正焦急地等着长老会议什么时候执行判决。所以，你回答呀！”

“我该回答什么呢？”

“你相信恺撒不如上帝吗？”

① 即朱理亚·克劳狄王朝（前27—68年），罗马帝国第一个王朝。

“他是凡人。”

“没问题，他是凡人。不过当他健在的时候——对人们来说，有没有比恺撒更高的另一个上帝呢？”

“有，罗马总督，如果选择另一种尺度来衡量生活的话。”

“我不说你这话令人可笑。”本丢·彼拉多皱起额头，扬起浓眉，装成受委屈的样子，漫不经心地说，“但你按照那个简单的道理连这一点都不能说服我，这其实是不可笑的。真不知道，真不明白，有谁相信你，又为什么相信。”

“是压迫，是对正义的不倦渴求，迫使那些人相信我——这时候，我的教义的种子便落入用痛苦施肥、用泪水浇灌的土壤里。”耶稣解释说。

“够了！”总督无望地一挥手，“白白浪费时间！”

两人都不言语，各想各的心事。耶稣那苍白的额头冒出许多汗珠。但他既不用手，也不用长袍的破袖子去擦。他无心顾及，他感到恐怖，喉头堵得要吐，汗珠顺着面颊往下淌，一滴滴掉到他瘦筋筋的脚边的大理石方砖上。

“这之后你是否想，”本丢·彼拉多突然用嘶哑的声音说，“让我这个罗马总督赐你自由？”

“是的，好心的总督，你放了我吧！”

“那么你将要做什么？”

“在人间漫游，传上帝的道。”

“没有这样的傻瓜！”总督大声喊道，他怒不可遏地一跃而起，“现在我完全确信，只有十字架才是你的归宿，只有死才能制服你！”

“你错了，高贵的总督，在精神面前，死神是无能为力的。”耶稣坚定而清晰地说。

“什么？你说什么？”本丢·彼拉多大为震惊。他不敢相信自己的耳朵，朝耶稣逼近。由于愤怒和惊讶，他的脸扭歪了，露出块块深褐色的斑点。

“我说的，你已经听到了，长官。”

本丢·彼拉多猛吸一口气，猛地把双臂举向天空，正打算说什么，但这时传来了骑兵钉掌的马靴发出的嚓嚓声。

“你来干什么？”总督厉声问那全副武装的军团士兵，这人拿着一张羊皮纸正朝他走来。

“奉命呈上。”来人说完便退下了。

那是本丢·彼拉多的夫人写的一纸信笺：

总督，我的夫君，我恳求你不要加害于那个据说名叫基督的流浪汉，否则将无法补救。听人说，他是个无辜的传教士，能治好各种疾病。至于说他是上帝的儿子，救世主，或者几乎就是犹太人的王，那么也许这是别人强加于他的。不该由我来评判，这是否属实。你自己知道，这些犹太人总爱惹是生非，容易着魔。若是那样，该怎么办？要知道那些贱民嘴上说的，后来往往得到了证实。如若这一回也是如此，那你日后就要遭人诅咒。人们还说，本地犹太教会的教士和城里的长老，害怕并仇恨那个耶稣基督，因为百姓似乎都归顺了他，教士们忌妒他、诽谤他，唆使一群无知的人迫害他。昨天还求神保佑他的人，今天就用石头打他。我以为，本丢，你若同意处死这个疯修士，那么日后的一切恶名将落在你的身上，我的夫君。要知道我们不会永远待在犹太国。我希望你回罗马时能获得当之无愧的崇高荣耀。别做这种事，本丢。刚才当卫队押他来时，我看见了他，他多么俊美，啊，简直是一位年轻的天神。顺便说一句，昨夜我做了一个梦。以后再告诉你。事关重大。

不要招来诅咒，玷污你自己和子孙后代的名声！

“诸神[①]呀，诸神！我怎么触怒了你们？”本丢·彼拉多一声哀叹，他已经无数次后悔自己不该说多余的话，拖延时光，没有让卫队立即把这个不能自持、疯疯癫癫的假先知押解到刽子手那里——耶路撒冷的法庭要求在市郊的一座小山上行刑。瞧，现在夫人插手他的总督事务，在他看来，即使这件事并不说明有一种维护耶稣基督的势力在悄悄地活动的话，那么至少说明天意反对如此行事。然而天上诸神很少关心人间的事，而夫人凭她妇道之见，懂什么政事，何必为了这个痛骂帝王、形迹可疑的流浪汉耶稣，要他去激起大祭司该亚法以及一向效忠于罗马的耶路撒冷上层人物的敌对情绪？她怎么知道这怪人俊美得像位年轻的天神？噢，说他年轻那倒是真的。仅此而已。要说俊美，却丝毫谈不上。瞧他站在那里，像条咬架时被咬得遍体鳞伤的狗。她发现他的什么了？总督若有所思地踱了几步，考虑着便笺的内容，重又叹了口气，坐进圈椅里。这时他心里又闪过一个已经出现了无数次的念头：看来人们多么微不足道——他们拉屎、撒尿、交欢、生育、死去，重又生生死死，以至无穷；他们怀着多么卑鄙的心思，干着多么罪恶的勾当，可是突然间，在这个肮脏丑恶的世界里，不知从哪儿冒出了个上帝，先知，神灵的显圣。就拿眼前这人说吧——他如此确信自己的使命，以致他似乎生活在梦幻里，而不是现实中。不过够了，该让他清醒清醒了！该收场了！

“我还是想知道，”总督对一直默默站在原地的耶稣说，“就算你是个笃信教规的人，而不是蓄意在轻信的人们中制造混乱的凶犯，就算你在谈到正义的王国时，无非想对帝王统治天下的权力提出异议，就算是这样吧，我相信你，那么你现在告诉我：究竟是什么迫使你走向死亡？

① 当时罗马人信多神教。

老实对我说：你出于什么动机？你若妄图通过这种方式来统治以色列百姓，我尽管不赞同，但我能理解你。可是你为什么一开始就砍你自己坐着的树枝——自作自受呢？既然你否定帝王的权力，你又怎能成为帝王？你自己明白，此刻我有权决定，让你活着还是送你去死。怎么你老不说话？吓呆了吧？”

“是的，罗马总督，我害怕那残酷的极刑。我根本不想当什么帝王。”

“那就到市内的各个广场去忏悔，去谴责自己。承认你是假先知，冒牌预言家。别再胡说你是犹太人的王，要让那些贱民离开你，你不能再用那种虚无缥缈的罪恶的期待去蛊惑人心。不可能有正义的王国。现存的一切向来是正义的。世界上有位朱理亚王，他才是世界秩序的坚固堡垒。而你蛊惑人心的正义王国则是无稽之谈！想想吧，别自欺欺人了。不过，你是什么人，竟让罗马皇帝都防你三分？一个无名的流浪汉，可疑的先知，大嗓门的小贩，——这种人在犹太国比比皆是。但你妖言惑众，搅得你们的大祭司惶惶不安，为此我要揭穿你的骗局。之后你可以去叙利亚或者别的国家，我，作为罗马总督，将尽力帮助你。同意吧，现在为时不晚。你怎么还不吭声？”

“我在想，罗马总督，我们两人完全不同，因此未必能相互理解。我何必昧着良心，弃绝天主的教义，好让你和你的帝王得利，让真理受难？”

“别胡搅了！凡是对罗马有利的事，都高于一切！”

“高于一切的是真理，而真理只有一个，不存在两个真理。”

“又狡辩了，流浪汉？”

“无论过去还是现在，我都没有狡辩。我的回答是：首先，我无须否认有关真理的经言，因为你本人也愿意这样。其次，为了击退流言蜚语，我无须代人受过，自己打自己的胸脯。既然流言蜚语是无中生有，它就会自行消亡。”

“但首先死去的是你，犹太人的王！这么说来，你已决心去死，不管是否还有什么获救的路了？”

“对我来说，现在只有一条拯救的路。”

“拯救什么？”总督不解地问。

“拯救世界。”

“又口出狂言！”本丢·彼拉多失去了耐性，“这么说，你是自愿去死了？”

“也许是这样，因为我别无出路。”

“诸神啊，诸神！”总督颓然嘟哝着，用手摸摸刻在他额头上的深深的皱纹，“真热啊，是否要变天了？”他喃喃自语。他下了最后的决心：“我何苦这样？既然他不认为这么做有好处，我何必去袒护他？我也成了怪人了！”于是他说：“在这种情况下，我洗手不干了。”

“请便，总督。”耶稣说完垂下了头。

他们又不作声了。可能两人都感觉到，在宫墙外面，在郁郁葱葱的花园外面，在位于耶路撒冷低地和丘陵上的市区街道上，已经暑气腾腾，热不可耐，仿佛那预示着凶险的沉寂已经膨胀到一触即发的地步。此刻从那边传来的，只是一片模糊不清的声音——闹市上的喧嚣声：在那里，人们，货物，拉车的和驮载的牲口，从早到晚，混杂在一起。但在两个世界之间隔着一条界线，保护着上层不受下层的侵扰：宫墙外有军团士兵在巡逻，在稍下处的小树林里，驻扎着一支骑兵封锁部队。从这儿都能看到那边的马甩着尾巴在驱赶苍蝇。

总督在宣布洗手不干之后，心情稍稍轻松些。因为现在他可以对自己说：“我已经尽力而为了。诸神见证，他坚持己见，为了教义宁愿舍弃自己，这可不是我逼迫他的。既然不知悔改，那就只能这样了。对我们来说，这甚至更好。是他在自己的死刑判决书上签了字……”本丢·彼拉多这么思量着，也准备这么回答夫人。他又侧目瞧了一眼拿撒勒人耶稣，只见他面带浅浅的微笑，默默等待着自己早已经确定的命运，不禁又想："这人的脑子里在想什么？也许他此刻已后悔不已，意识到，为了那个他不敢违背的明哲的教义，他将付出什么样的代价。他落入了自己的圈套。现在试试挣脱出来吧：芸芸众生只有一个上帝——普天之下，整个人类，千秋万代，永远如此。只有一种信仰。只有一个人人平等的正义王国。他想要干什么？不用说，人人想望这样的王国，因此他就决定利用这种情绪！然而生活就是这么教训我们的，就是这么惩罚那些狂妄之徒的。那些命中无缘、却图谋篡夺王位的人就该落得这个下场！他想干什么？想煽动贱民闹事，犯上作乱？想一传十，十传百，让这种邪说像瘟疫那样传遍全世界？想把自古以来的整个世界秩序颠倒过来？亡命徒！无话可说！不，这种人绝不能留在世上。瞧他那副样子，挨了打，很温顺，可内心不知藏着什么——恐怕只有才智超群的伟人才能想出这种计谋。谁能设想他是这种人呢?!"

罗马总督这么想着，渐渐心安理得起来。他感到满意的是，往后他无须再跟大祭司该亚法做不愉快的谈话了，后者以长老会议的名义，公然要求他批准法庭对拿撒勒人耶稣的判决书。

"不必疑虑，英明的总督，你已经心安理得了，你在一切方面都是正确的。"耶稣漫不经心地说，仿佛猜透了总督的心思。

本丢·彼拉多被激怒了。

"你不必为我操心，"他粗暴地训斥耶稣，"对我来说，罗马的事业高于一切，你考虑考虑自己吧，可怜虫！"

"请原谅，高贵的总督，我不该把这话大声说出来。"

"这才对。为了让你不至于后悔——那时就晚了，我暂时出去一会儿，你再考虑一下。在我回来以前，你若还不改变主意，我就要说出最后的话。别以为你是犹太人的王，世界的支柱，别以为离了你，天下就大乱了。正相反，一切现行的秩序都是对你不利的。你的好时候早已过去。你只有弃绝你的邪念才能拯救自己。明白吗？”

“明白，总督。”

本丢·彼拉多站起身，朝内室走去，边走边整理着肩头宽大的托加[1]。他身材魁伟，肥头大耳，秃顶，一副威严的气派，显得对自己的尊严和权力深信不疑。当他顺着拱顶凉台离去时，他再次看到那只在高空翱翔的鸟类之王。他不能断定，这是鹰，还是别的什么飞禽。但使他激动的不是这个，而是他觉得那鸟儿可望而不可即，完全不听命于他：你吓不着它，同样也唤不来，轰不走。总督使劲扬起浓眉，朝上投去不悦的一瞥：咦，去你的，转呀转呀，关你什么事！但他不由得想起，那鸟儿俨若主宰天宇的帝王。看来，帝王权力的象征是鹰，不是没有道理的。喙弯曲有力，目光锐利，翅膀如钢铁般强硬。帝王就应当如此！高高在上——人人可以看到，但无人可以企及……居高临下统治世界——无论对何人何事，都无平等可言，甚至帝王心目中的神也与众不同，是漠视臣民、蔑视百姓的。这才是力量之所在，这才能迫使庶民害怕权力，这才是世界秩序的基础。而这个拿撒勒人，坚持他的教义，妄图让帝王同奴隶平起平坐，因为，据他说，上帝只有一个，而在上帝面前人人都是平等的。他还一再断言，说什么为大众的正义王国就要到来了。他扰乱人心，煽动下层闹事，妄图按自己的方式重新安排世界。这会有什么结果？正是那伙百姓后来打了他，用唾沫啐他的脸，啐他这个冒牌预言家，假先知，骗子，滑头……不过，他究竟是什么人？尽管陷入绝境，可是看他的举止，仿佛失败的不是他，倒是那些给他定罪的人……

本丢·彼拉多就这么思量着，这位罗马皇帝委派的总督，可以说，在地中海这一带也算得上半个皇帝了。此刻他中断了审问，为的是让

① 古罗马的男外衣，以一块布从左肩搭过缠在身上。

拿撒勒人耶稣能独处片刻——让他体验一下他面临的无底深渊。应当摧毁他的精神，迫使他屈膝求饶，否认那个为大众的唯一的上帝，抛弃人人平等的邪说，然后再把他像条断了脊梁骨的恶狗那样逐出以色列国土——让他流落四方，默默死去，但愿他活不长，但愿他的门徒不再信任他，狠狠揍他……

老谋深算的统治者本丢·彼拉多排除种种疑虑，这么思量着，想找出一种最稳妥、最有利、最行之有效的办法，来制止这场新出现的“谋反”。总督离开凉台时设想，受审者一人独处时会深深体验到他面临的威胁，等他回来时就会扑倒在他的脚下。总督怎能知道，在这短暂的时刻，这个怪人想的根本不是这件事，或者确切地说，根本没有想什么，而是沉湎于往事之中，因为回忆——这也是一切生灵的造化，是他们与生命诀别时的最后享受。

总督刚离开，从旁边的壁龛里慢慢走出四名卫士，站到凉台四角。仿佛受审者会从这儿逃跑似的。这时耶稣转向最近的一名士兵：

“我能坐下吗，好心的卫士？”

“坐吧。”对方回答，同时把长矛朝石头地上敲了敲。

耶稣在墙下的一块大理石台阶上坐下。他曲背弓腰，那张瘦削的脸显得十分苍白，长长的黑色鬈发披散着。他用手掌蒙住眼睛，陷入沉思，似乎出神入化了。“真渴呀，”他想，“能在哪条河里洗个澡就好了。”他清晰地想象出两岸间一股活水——水流动着，亲吻着土地和岸边的青草，他似乎听到了哗哗的水声，仿佛有人划动双桨，把小船划到他坐着的地方，仿佛有人想把他弄到船里把他带走，同他一起从这里游开。那是他的母亲，是她在这恐慌可怕的时刻朝他划来了。“母亲！”他无声地呼唤，“母亲，你若知道，我此刻的心情多么沉重！还在昨天夜里，在橄榄山上的客西马尼，我就惊恐起来，极其难过，那忧伤如黑夜般袭来，叫我坐立不安。我同门徒们彻夜未眠，久久不能平静，那可怕的预感把我折磨得筋疲力尽，汗珠如大血点，滴在地上。于是我向主，向我天上的父祷告。‘父啊，’我说，‘求你将这苦杯撤去，消除我此刻的痛苦！我无能为力，但你的神力无边！’你瞧这满满的苦杯，深重的灾难，躲不过，避不及。它的到来是不可避免的，那可怕结局定会出现，这一点恐怕你也预见到了。若是这样，那么你知道，我会出什么事。主啊，到那时，你将如何度过自己的岁月，亲爱的母亲，给我以生命的母亲，你怀着怎样的思想和希望把我抚养大，而我，遵照天意，注定只能活到那伟大而恐怖的一天，我一生中最不幸的一天，因为对一个人来说，没有比自己的死更大的不幸，而对母亲来说，亲眼看到她的产儿，她的亲骨肉死去——这是双倍的不幸。原谅我吧，母亲，决定你命运的不是我，而是我们在天上的父，那么让我们不要抱怨，向圣主祈求吧，愿上帝的旨意永驻！”

当他回想起母亲马利亚时，他记起了五岁时的一桩奇遇。当时他们全家住在埃及，他们是为了躲避希律王对新生婴儿，即未来的耶稣基督的迫害而逃到这里的，因为有几名东方来的博士预言，犹太人的王出世了。后来孩子已经长大，在他们住处不远的地方，有条大河，可能就是尼罗河。河又宽又长。马利亚领着孩子，像当地的许多妇女那样，来到河边洗衣服。那一天，当他们来到河边时，有位老人把小船系到岸边，朝他们走来，向马利亚和她的孩子亲切问好。“大爷！”马利亚叫他，“你能让我的孩子坐你的小船玩一玩吗？他想划船，想得都哭了，这傻孩子。”“好的，马利亚，”老人答道，“我正是为了这个才把船划过来的，好让你带上小耶稣上船划一划。”马利亚也不觉奇怪，他怎么知道他们的名字，她以为他是附近的居民。但当她刚想请老人为他们划桨时，那人突然不见了，仿佛融进了空气里。但马利亚也没有吃惊，因为孩子急着想划船，他高兴得很，兴奋得围着她蹦蹦跳跳，一个劲儿地催促母亲。于是马利亚把衣服扔在岸边的石头上，先把儿子抱进舱里，再去解船，把船从沙滩上使劲一推，自己跳进船里，让孩子坐在膝上。于是小船顺流而下。真是美妙极啦：小船几乎挨着河岸，在波光粼粼的水面上轻轻荡漾。岸上浅滩上芦苇瑟瑟作响，间杂着各色鲜花，美丽的小鸟在矮树丛里忙乱地飞来飞去，啾啾喳喳，轻轻啼鸣，在暖融融、雾漫漫的空气里，各种昆虫在嚯嚯地鸣叫。他们感到多么惬意！马利亚轻轻唱起歌来，感到多么幸福，看到孩子玩得那么开心，她更加高兴。他们刚划出不久，离岸边还不算太远，这时浅水里的一大截多节的木头突然动起来，还掀起层层水浪，吓人地急速朝他们游来。那是一条硕大无比的鳄鱼，那对鼓出的眼睛贪婪地盯着母子二人。孩子吓得哇哇大叫，马利亚惊呆了，不知如何是好。鳄鱼一甩尾巴，差点儿把小船弄翻。马利亚扔了桨，把孩子紧紧搂在怀里。"主啊！"她开始祈祷，"这是他！你的儿子耶稣！是你赐给他生命！不要抛弃他！救救他！"

女人吓得非同小可，只好闭上眼睛，一再呼唤着那宇宙的主宰，她孩子的在天上的父。"不要抛下我们，你将来用得着他！"她大声喊叫。那小船尽管失去了人的操纵，却依然在漂动：原来那鳄鱼在船底下推着它。最后，当马利亚壮了壮胆睁开眼睛时，一股欢乐的呼声从她胸中迸发出来——小船已经靠岸，像是有人把它牵引到这里一般，而那条鳄鱼，掉转身去，朝远处游去了。马利亚喜不自胜地从船里跳出来，沿着河岸奔跑，又哭又笑，流着幸福的泪水。她抱着孩子奔跑，嘴里说个没完，吻着儿子，流着眼泪："耶稣！耶稣！我心爱的儿子！你天上的父认得你！他救了你！是他救了你！他爱你，你是他的爱子，耶稣！你会长大，才智过人，耶稣！你会成为先知，你会擦亮人们的眼睛，耶稣！他们会跟随着你，耶稣！你永远不要离弃百姓，永远，永远！"就这样，蒙主恩泽的女人一边欢呼，一边诉说着。

就这样，马利亚高兴得一边欢呼，一边诉说着：出了奇迹，上帝的儿子得救了。她怎能想到，那是上帝行的神迹，好让人们知道，这个正在长大的木匠约瑟的儿子耶稣是谁，而他的父亲为了救孩子、躲过希律王的迫害才逃到埃及来藏身。因为，当马利亚抱起孩子从船里跳上岸奔跑时，小船在河上漂了一会儿不见了，而那些在河边洗衣、听到马利亚的呼喊跑来的女人，过后一再断言，当马利亚抱着孩子奔跑的时候，孩子头上显出一圈金光。人人为此感到高兴，大家感动得流下眼泪，看到小小的耶稣伏在母亲怀里，紧紧搂着她的脖子，吸进母亲的气味，说："妈妈，等我长大了，我要揪住这条鳄鱼的尾巴，不许它再吓唬我们！"大家被孩子的话逗笑了。过后他们又开始回忆那条船的主人是谁。这时才发现，当地人谁也不认识他，以后谁也没有再见到他。木匠约瑟一连几天想找到那个神秘的船夫，对他表示歉意，要赔偿他的损失，但始终没有找到……

这就是耶稣小时候在埃及的一次奇遇。此刻当他在拱顶凉台上请求母亲宽恕他给她带来的不幸和悲痛时，他再次回想起这桩事来。"我要同你告别了，母亲，"他对她说，"别难过，如若我受刑时来不及或者无法见你一面，请别感到委屈。我感到死亡的恐怖，我的双腿发冷，虽说今天热得叫人难以忍受。原谅我，母亲，在我艰难的时刻，请别抱怨自己的命运。你要坚强些。我没有别的办法唤起人们，唤起作为创世主最沉重的负担的人们去追求真理，除了用自己的死来加以证实。没有别的道路通向人们的心灵。于是我朝他们走去。原谅我，母亲，永别了！可惜的是，我还没来得及抓住那条鳄鱼的尾巴，据说，鳄鱼能活得很久，比人的寿命长两三倍。不过如若真能抓到它，我也会把它放生的……由它去吧……母亲，我还想，如若那个船夫是化作老人的天使，那么我们注定要跟他在另一个世界里重逢……他还会记得那件事吗？噢，我听到脚步声，那是我的身不由己的刽子手本丢·彼拉多来了。再见吧，母亲，让我先说一声永别了。"

本丢·彼拉多回到凉台上，来时的脚步同离去时一样坚定。卫士立即退去，两人又面对面留在凉台上。耶稣见他回来，马上站了起来，总督意味深长地瞧了他一眼，立即明白，情况不出他所料——蒙难者本人正一步步接近最后一道防线。不过这一次他不准备鲁莽行事——不这样，事态也已朝需要的方向发展了。

“嗯，怎么样，照我看，谈话已告结束，”本丢·彼拉多边走边说，“你没改变主意？”

“没有。”

“不行！你再考虑考虑！”

“不必了。”对方摇了摇头，“该怎么办，就怎么办吧。”

“不行！”本丢·彼拉多又重复一遍，虽说语气已不那么自信。他内心一颤：拿撒勒人耶稣的坚定使他动摇了。与此同时，他又希望对方不要自暴自弃，最好他能寻求获救的办法，请求宽恕。这些耶稣全料到了。

“别伤心，”耶稣温和地笑了笑，“我相信你的话出于至诚。我理解你。我也很想活着。人只有在临近死亡时，才懂得生命的可贵。我很可怜我的母亲，我非常爱她，向来爱她，从小就这样，虽然从来没有说出这句话。但不管怎么样，罗马总督，请你记住：你能够，比如说吧，拯救一个人的生命，为此应该深深感谢你，可我有义务拯救众多的人，甚至拯救在我们死后才出生的人。”

“拯救？甚至当你不再活在人世的时候？”

“是的，甚至当我不在人世的时候。”

“怨你自己吧，以后我们不会再回到这个话题，”本丢·彼拉多断然宣告，他已不想再冒险了，“但现在你要回答我的最后一个问题……”他说着，在自己的圈椅旁站住。他停顿了一下，皱起浓眉，思索起来，“告诉我，你能否现在做一次谈话？”他蓦地以信任的语气补充说，“你若无暇顾及，那也不必为难，我不再耽搁你。那边山上正等着你呢。”

“请便，总督，我听从你的吩咐。”耶稣回答，抬起那双清澈的蓝眼睛看了看总督，那眼里流露出来的思想力量和专注神情使他大为震惊，仿佛山上等着耶稣的，并非那注定的灾难。

“谢谢。”本丢·彼拉多突然道起谢来，这同样是出乎意料的。“在这种情况下，请回答我的最后一个问题——现在已是出于好奇了——让我们自由自在，随便聊聊——我丝毫不受你的影响，而你现在，你自己也明白，有着充分的自由，所以让我们开诚布公谈一谈，”他建议说，又坐进圈椅里，“告诉我，你是否对你的门徒，你的信徒们讲过——不过你也知道，你的那套教义我是不信的——那么，你是否对你的信徒们讲过，是否要他们相信：如若你上了十字架，三天后就要复活，复活之后，有那么一天会回到人间，进行末日审判[①]，不仅审判现在活着的人，还要审判没有出世的人，审判所有人的灵魂，审判自古以来世世代代的人。据说，这就是你的再次降临人世。是这样吗？”

耶稣奇怪地淡淡一笑，仿佛对自己说：瞧这是什么话。他光着脚在大理石上走了几步，沉吟片刻，似乎在考虑，是否有必要回答这个问题。

“这全是加略人犹大说的吧？”他嘲讽地问，“这是否让你，罗马总督，感到非常不安？”

“我不知道犹大是谁，不过那些德高望重的长老都是这样对我讲的。那么，看来这些全是不值一信的流言喽？”

“随你怎么想，”耶稣冷冷答道，“谁也不会把与你格格不入的东西强加于你。”

“我是认真说的，不开玩笑。”总督急忙声明，“我只是想，你我之间已经不会再有这种交谈的机会。等来人把你从这里带走，你就没有回头路了。但我个人还是想探明，怎么死后没有出生又能重新返回人间，

① 又称最后审判。基督教的一种教义，称上帝将于世界末日审判一切人。

而且能审判所有人的灵魂？这个法庭将设在哪里——在天上，还是别的什么地方？为了获得永世的安宁，你的信徒们要等多久才能等到那一天？让我先说说我对这一问题的看法。你的用心十分简单，你估计到人人都向往后世的安适生活。唉，虽说世人难免一死，可他永远有所希望，永远有所追求。所以就不难用种种许诺去诱惑他——人哪怕到了阴间，也会像条狗似的追随你。但我们不妨假设，有那么一天，你这位先知的预言都实现了，然而眼下你的生命已危在旦夕，仅仅是因为我们的谈话你才苟延时日……”

“我根本就不想苟延时日。”

“不过，你若不回答我的问题，你就去不了那山。照我看来，这种出路比死更糟。”

“请继续说下去。”

“好吧，我们不妨假设你的教义是正确的，那么请告诉我：你再次降临人世的那一天什么时候到来？如若这种等待是长时间的，无限期的，那么人又何必去等待呢？要知道，生命流程中无法实现的东西，对人就没有多大意义。至于往后，老实说，都很难想象能等到这种不可思议的事情。或者说，哪怕盲目迷信，也必须等待？那会有什么结果？有什么好处？”

“你的怀疑是可以理解的，罗马总督，你的思维方式很粗鲁，很世俗，像你们的先师希腊人一样。我这么说请别见怪。只要我这垂死之人还站在你的面前，你就有权争论。何况我们是完全不同的人——如水火不相容。我们的见解各异，我们对待一切事物的态度也不相同。那么就谈谈使你感到激动不安的那桩事吧，长官……不错，再次降临人世是需要无限期地等下去，这方面你是对的。这一天什么时候到来，谁也无法预言，因为这是由创世主确定的。对我们来说长达几千年的时间，对他来说可能只是一瞬间。但这不是主要之点。造物主赋予我们世间最高的幸福——理性。给我们按理性生活的自由。我们如何享用上帝的恩赐，这将是人类历史的历史。想必你不会否定，罗马总督，人存在的意义，在于使自己的精神得到自我完善——人世间没有比这更高的目的。这就是理性生活的魅力——天天顺着没有尽头的阶梯，攀登精神完美的光辉顶峰。人最艰难的，就是日复一日做一个人。因此需要多久才能等到你并不相信的那一天，长官，这将取决于人们自己。”

“原来是这样！”本丢·彼拉多激动得一跃而起，一把抓住圈椅的靠背，“等一等，等一等，你说这将取决于人们——这可是闻所未闻！我不信你的教义，也无法理解这一点。人们若能任意加速或推迟这类现象的出现，那他们不就是神了吗？”

“你部分说对了，罗马总督，但我首先想把流言与真理分开。有关真理的流言，这是最大的祸害。流言，犹如水中的淤泥，它能渐渐把深水变成浅滩。生活中常常是这样；流言一传十，十传百，会把任何伟大的、造福于民的、经过苦苦思索、历尽种种磨难才获得的思想，歪曲成于己、于真理都无益的邪说……哦，这正是我要说的，总督，你信以为真的那些无稽之谈无非是流言，而真理却是另一样的。”

“你不想揭示那个真理吗？”

“好的，我尽力而为。我不反对做这次谈话。何况这也是最后一次机会了。那么你知道，罗马总督，神意不在于有朝一日，如同晴天霹雳那样，人子复活之后从天而降，主持对万民的审判，而是一切相反，虽说目的始终是一个。不是我复活了，来了，——因为我充其量只能在由城到秃山这段距离内活着——而是你们，也就是信奉基督、信奉崇高的教规的人们，是你们朝我走来，今后世世代代的人永远朝我走来。这就是我的再次降临人世。换句话说，我在人间通过自己的受难回归到自己，在人间我又回归到人们。这就是我要说的。我将是你们的未来，在时间上可以在今后千万年内长存，这是神意，以便通过这种方式使人升华到他的使命——向善向美的使命的神座。这就是我布道的含义，这就是真理。而那些不胫而走的流言，以及那些把崇高思想庸俗化的无稽之谈绝非真理。但这条道路对所有的世人来说将是最艰苦的，而且遥遥无期，所以你，罗马总督，为此而担心不是没有根据的。让这条道路从那劫运难逃的一天、从上帝之子受害之时开始吧，让今后世世代代的人永远忏悔去吧，让他们一想起今天我为了救赎人们的罪孽，为了启示并唤起他们心中的神意所付出的代价，再一次引起心灵的震动吧。为此我才降临人世，给人们树立不可磨灭的典范。为了让人们永远寄希望于我的名，通过受难，通过每天同自身邪念的斗争，通过对恶习、暴力、嗜血的否定来到我身边，因为所有这一切罪行毒害了人们的心灵，这些人对上帝，对同类，对人们毫无敬爱之情！”

“等一等，拿撒勒人耶稣，你是把人与神相提并论了？”

“在某种意义上说，是这样。不仅如此，所有的人，从总体上讲，类似地上的神。甚至有类似神的名字，如‘明天神[①]’，自创世以来就赐予世界的‘无限神[②]’。你作为罗马总督，想必也不止一次注意到：自己的全部愿望总倾向于明天。今天你接受现世的生活，但你一定希望明天会变成另一种样子；哪怕你今天的生活也很好，但你总希望明天过得更好。可见我们心中存在着希望，如同上帝的光那样永不熄灭的希望。明天神也是一种无限的精神，从总体上看，它就是人们的行为和意愿的整个实质和全部总和。因此，明天神将会变得怎么样——变得美还是丑，向善还是行恶，这一切取决于人们自己。可以这么认为，也必须这么认为，这也是造物主自己对一切会思想的有生之物的愿望。因此，让人们自己去为尘世明天的生活操劳吧，要知道他们中的每个人都是明天神的一分子。人自己就是审判官，是我们每一天的创造者……”

① 原文为 Бог-Завтра。

② 原文为 Бог бесконечности。

“等一等，你大肆宣扬的‘末日审判’又是怎么回事？”

“末日审判，……那么你不认为，罗马总督，它早已在我们头上进行着吗？”

“你此刻是否想说，人们的全部生活就是末日审判？”

“你离真理不远了，罗马总督，如若你经受了自亚当受诅咒之时起在痛苦和磨难中开始的历程的话，如若你感受到一些人永远给另一些人造成的暴行，而后者又会以恶对恶，以不义对不义的话——这一点，想必对那些来到过尘世，或者正在尘世生活的人不无作用。自从人类的始祖被逐出伊甸园，邪恶如深渊般张着大口，人们遭受了数不尽的战争，暴行，杀戮，驱逐，不义，屈辱！自从创世以来，尘世间反对善，反对本性的全部可怕罪孽，——难道这一切不是比末日审判更可怕的惩罚吗？历史的永恒使命何在？难道不是让富于理性的人达到爱和怜悯这一完美的高度吗？可是在人类历史上，有过多少次令人恐怖的考验，而未来的暴行，犹如大洋上的汹涌波涛，是无边无际的。在这种地狱里生活，难道不比末日审判更糟吗？”

“那么你，拿撒勒人耶稣，是想阻挡这邪恶中的历史？”

“历史？不，历史是谁也阻挡不了的，我只是想根除人们行为中和头脑里的邪恶——这也是我的悲哀。”

“那样的话，也就不存在历史了。”

“什么样的历史？是你作为罗马总督操心的那种历史吗？遗憾的是，那种历史是无法从记忆中抹去的；但如若不存在那种历史，那我们离上帝就会近得多。我理解你，总督。但真正的历史，人性发扬光大的历史，在人间尚未开始呢。”

“等一等，拿撒勒人耶稣，暂时可以把我撇开。但是你，耶稣，怎样才能把普天下各个民族的百姓引导到这样的目标呢？”

“宣布建立一个没有帝王统治的正义天国，就这样！”

“这就够了吗？”

“是的，如若大家都希望这样的话……”

“很有意思。好了，拿撒勒人耶稣，我仔细听了你的说教。你大彻大悟，但你是否过于自信，是否过分寄希望于人们的信仰，而忘了刑场的卑劣本性？等你被拉出城墙外，你很快就会明白的。然而你无论如何不能扭转历史，这条大河谁也扭转不了。有一件事使我感到惊讶：你何必要放火，因为这场火首先会把你烧死。没有帝王，就不可能有世界，就不可能有一些人的强大，另一些人的服从，所以你想把你虚构的另一种世界秩序当作新的历史强加于人，这是徒劳无益的。帝王有自己的神灵，他们不敬仰你那个抽象的‘明天神’，因为这种‘明天神’在无限的‘明天’中失去了明确的界线，它如空气一般，有同样的理由属于众人，因为能够给人平分的，无非是虚无之物，无非是毫无价值的东西，无非是空话，正因为这样，帝王才被授予统治每一个人，统治众百姓的权力。而在所有统治世界的帝王中，堪称光荣的朱理亚王受到诸神的特别宠幸——他那强大的罗马帝国疆域空前辽阔，几乎占了半个世界。所以在朱理亚的庇护下，我治理着犹太国，我把这看作自己生命的意义，我的良心是平静的。没有比效忠不可征服的罗马帝国更荣耀的了！”

“你并非例外，罗马总督，几乎每个人都贪求哪怕对自己同类的统治。这是不幸。你会说，世界就是这么安排的。邪恶常常容易受到人们的庇护。但很少有人考虑到，这是对人类的诅咒，这种从清道夫领班到威严一世的帝王几乎人人都传染上的贪权恶习，是一切恶行中最大的恶行。为此，总有一天人类要付出全部代价。各个民族将在争夺权力、争夺土地的争斗中毁灭，彻底地、一个不剩地彼此消灭干净。”

本丟·彼拉多急不可耐地挥手打断他的话。

“住嘴吧，我可不是你的门徒，不会虔诚地聆听你的教训！住嘴吧！空口白话可以任意摧毁一切。但不论你怎么预言，拿撒勒人耶稣，你的努力是徒劳的。靠权力统治的世界不可能是别种样子。世界过去怎么样，今后还将怎么样：谁更强大，谁就有权力，今后的世界永远由强者来统治。这种秩序如同天上的星辰，是亘古不变的。星星谁也挪动不了。你白白为人类担忧，白白为拯救人类舍弃生命。不论是神殿里的说教，或是来自天上的'福音'，都不能教会人们任何东西！他们如羊群永远跟随牧人那样，永远追随帝王，他们拜倒在权力与财富面前，将尊崇那些最残酷无情、最有权势的人，将颂扬驰骋疆场的统帅和他们的征战——在那里，为了一些人的统治，为了征服并凌辱另一些人，总是血流成河。这就是世代传诵的尚武精神。为了发扬这种精神，人们将高举战旗，鸣金擂鼓，人们将热血沸腾，发出誓言：对敌人寸土不让！国家将以全民的名义宣布军事行动为必需，将培养对祖国敌人的仇恨：祝愿本国的皇帝万寿无疆，至于别国的君王，则让我们镇压他，迫使他屈膝投降，奴役他和他的国民，掠夺他的土地——这才是生活的全部乐趣，历来生存的全部意义。而你，拿撒勒人耶稣，倒要谴责这一切，诅咒这一切，你颂扬丑陋的人，软弱的人，你到处宣扬你的仁慈，却忘了：人是禽兽，人不能没有战争，一如我们的肉体不能没有盐。你好好想想你的错误和迷惑，虽说再过片刻卫队就要把你押解到秃山。临别时，我要对你说：你认为万恶之源在于伟人的贪权，在于用暴力对别国土地和人民的征服，但这么一来，你只是加深了你的罪过，因为谁反对暴力，谁就是反对强者。你宣扬的正义王国，无非是影射我们罗马帝国，妄图削弱罗马日益增长的国威，以及它对全世界的绝对统治。光凭你的这种计谋，就该处你三次极刑！"

"何必这么慷慨，好心的总督，我想有一次就足够了。不过还是让我们继续谈下去，虽然我明白，那些行刑手此刻在酷日下已劳累不堪，正在秃山上等着我。那么让我们继续谈下去，但现在得听从我最后的也是临死前的意愿。那么，罗马总督，你相信，你认为的那种强权才是力量，但还有另一种力量——善的力量，而要理解这种力量，也许更为困难和复杂，而要获得这种美德，需要一种不亚于发动战争的勇气。总督，请听我说，结果你成了我去秃山前最后一个听我谈话的人。所以我要对你直言不讳，但你不要以为我在请求你的赦免……”

“这简直令人可笑。”

“所以我事先声明，罗马总督，好让你在这方面安心。现在，下面的话只有你一人知道了。昨天夜里，我的灵魂备受折磨，正如我开头所想，那是毫无缘由的。不，客西马尼当时不算闷热，——郊外的山冈上清风习习。但我却坐立不安：疲惫、恐惧、忧愁，使我惶惶不可终日。沉痛的呼声仿佛从我心中冲向天空。我的信徒们和门徒们竭力想鼓起我的情绪；然而我始终不感到轻松。我知道，那注定的时刻正在到来，而死是不可避免的。我恐怖至极……要知道对每个人来说，死意味着世界的终结。”

“怎么是这样？”本丢·彼拉多带点儿幸灾乐祸的神色瞧了瞧受审者，“拿撒勒人，应当如何看待死后的思想呢？你可是一再断言，生命不会随着死亡而终结。”

“总督，你的这种看法又是由流言而来！在另一个世界，灵魂飘忽不定，无声无息，一如水中的影子——那是不可捉摸的思想的影子在茫茫无际、肉体无法到达的空间掠过。要知道那里完全是另一种气氛，另一种无法认知的存在。在那里，时间的流动也和人间的计量不同。而我们现在说的，是可以触摸的生活，人间的生活。一种奇怪的预感，在世上彻底被遗弃的预感折磨着我，那天夜里，我像幽灵似的在客西马尼游荡，心里惶惶不安，仿佛在整个天宇，只有我才是唯一能思想的生灵，仿佛我独自在大地上空飞翔，无论白天还是黑夜，都见不到一个活人——周围一片死寂，到处覆盖着厚厚一层大火后的黑色灰烬；大地布满了废墟——没有树木，没有草场，海上没有船只，只有一种奇怪的、没有止息的声音，隐隐约约从远方传来：像有人迎风哀吟，像埋在地底的铁制甲胄在哭泣，像丧钟。而我，像一片孤独的羽毛，在太空中翻飞，恐惧、不祥的预感使我颓唐不堪。我想，这就是世界末日，于是一种难以抑制的忧愁撕裂着我的心：人们朝何处去，我该在哪里垂下我的头颅？我默默诉说：瞧，主啊，这就是人们等待的那个不幸结局，这就是上帝的启示，这就是富于理性的人类的历史的终了。为什么会发生这种情况，人类怎么能灭绝自己的后代，毁于一旦，彻底被消灭？一个可怕的推测使我胆战心惊，那就是：你爱人们，你为他们舍弃了自己，现在这就是对你的惩罚！如蝎子用自身的毒汁毒死自己，难道人类出于自己的暴虐会毁掉这暴虐的世界？难道导致这一野蛮结局的，是人与人之间的势不两立，诸王之间的领土纠纷，思想的对立，傲慢与权欲的排外性，以及时刻企图独霸天下的大国君王同追随其后、盲目顺从、假意颂扬、从头到脚武装起来、在频繁的内讧争战中狂呼胜利的各个民族之间的对抗？这就是人来到尘世的结局：带着神赐的意念，又回归到虚无世界。主啊，我喃喃诉说，为什么你要赐予那些互相残杀、把大地变成大众耻辱的坟墓的人，以智慧、语言以及能创作的自由的双手？在这无声无息的世界上，我独自一人哭泣呻吟，诅咒自己的命运，对上帝说，你并未指点的事，人自己都罪恶地做出来了……所以，你要知道，罗马总督，世界末日不是由我而来，不是由自然灾祸而来，而是由人们的仇视而来，由那种你刚才怀着统治者的狂喜心情竭力颂扬的仇视和战争而来……”

耶稣喘口气，继续说：

“这就是我昨天夜里的幻觉，我久久地思考着，毫无睡意，彻夜不眠地祈祷着。我振作起精神，想把我天上的父给我的启示告诉我的门徒们。但这时一大群人来到客西马尼，他们中有犹大。犹大匆匆拥抱我，用冰冷的嘴亲我。‘给拉比[1]请安，’他对我说，但在此以前他对来人说：‘我与谁亲嘴，谁就是他，你们可以拿住他。’于是他们把我捉了。所以你瞧，现在我站在你面前，罗马总督。我知道，我马上该去秃山了。但你体恤我，总督，我感到满意的是，能在临死前讲出了昨夜我在客西马尼的感受。”

“你确信，我听你讲话，会信你的一切吗？”

“信与不信，总督，那是你的事了。多半你不信，要知道我和你好比两种不同的元素。但尽管如此，你还是听完了我的话。你不能对自己说，你什么也没听见，也不能强迫自己这么想。而我可以对自己说，我没有把在客西马尼领悟的东西带进坟墓。我的良心是平静的。”

“顺便问一下，拿撒勒人，告诉我：你是否常在集市上预言什么？”

“没有，长官，为什么你问这个？”

“我不明白，你是玩弄把戏，还是真的毫无恐惧之心，不怕那痛苦的极刑。难道你去世之后，对什么来得及讲，什么来不及讲，谁听说了，谁没听，——难道这种事真那么重要？这难道不也是无谓的操心、尘世的浮华吗？谁还需要这一切？”

“不能这么说，长官，这绝不是无谓的操心！要知道，人临死前的思想直接升向上帝，对上帝来说，人临死前想些什么至关重要：上帝正是根据这些思想来评判人们，评判他所创造的一切有生之物中最高的生灵，因为这最后一刻的思想总是纯洁的，极其真诚的，里面只有真情，没有虚假。不，长官，请原谅，但你想错了，说我在玩把戏。小时候我玩过玩具，以后再也没玩过。至于说，我是否怕痛苦的极刑，那用不着隐瞒，这一点我已经对你说过了。我怕，非常怕！我向主，向仁慈的天父祈祷，求他赐我力量，让我能尊严地忍受为我安排的厄运，求主不要贬谪我，让我像禽兽般号叫起来，求主不让我蒙受别的耻

① 《圣经·新约》中对有学识的人的尊称。

辱……我已经准备好了，罗马总督，你不要再耽搁我，没有必要。我该去了……”

“是的，现在你该去秃山了。拿撒勒人耶稣，你今年多大岁数了？”

“三十三岁，长官。”

“真年轻！比我小二十岁，”本丢·彼拉多摇着头不无惋惜地指出，寻思片刻之后又说，“据我所知，你尚未婚娶，因此没有孩子，死后不会留下孤儿——我们会这样记录在案的。”他停住了，本想再说点儿什么，但改变了主意，默不作声了。幸好没有作声，否则就尴尬了。“那么你还没同女人亲近过？”——他本想问问这个。但他自己都发窘了。一个堂堂总督，怎能问起这种事来，简直像村妇一样好奇。

这时总督又瞧了瞧拿撒勒人耶稣。从对方的眼神中他意识到，耶稣已猜出总督想问的事，而且肯定是不会回答这种问题的。耶稣的那双清澈的蓝眼睛变暗淡了，他缄默起来。“看上去那么温和，内心却多么坚强！”本丢·披拉多吃惊地想，同时用一只脚去够掉下的鞋子。

“好吧，”他换了一个话题，仿佛想补偿一下刚才没有谈成的有关女人的闲话，“听人说，你好像是个弃儿，是这样吗？”

耶稣坦然地、温和地微微一笑，露出一排整齐洁白的牙齿。

“可能是这样，有几分像。”

“说确切点儿，是不是？”

“是的，是的，好心的长官，”耶稣肯定说，他感到本丢·彼拉多又要生气了，因为这个问题同样有失总督的身份，“我是弃儿，是我天上的父通过圣灵下到尘世的。”

“好极了！往后你再也不能蒙骗人了，”总督倦怠地从牙缝里挤出话来，“不过谁是你的亲生母亲？”

“她在加利利，叫马利亚。我感觉到，今天她会赶到的。整夜都在路上。这我知道。”

"我不认为，她儿子的死会让她高兴。"本丢·彼拉多阴沉地说，他打算最终结束这次同拿撒勒疯修士的长时间谈话。

于是总督在拱顶凉台的廊柱下站起身来。他显得十分威严，头很大，脸盘也大，目光坚定，身穿雪白的托加。

"那么为了履行公事，让我们弄准确点儿，"他提出，并开始列举，"父亲——他叫什么？——约瑟，母亲马利亚。本人拿撒勒人。现年三十三岁。未婚。无遗孤。煽动百姓谋反。扬言要拆毁耶路撒冷圣殿，并于三日内重造新殿。冒充先知，犹太人的王。——这便是你简短的、也是全部的历史。"

"不必谈我的历史了。我想告诉你，本丢·彼拉多，你将名留史册。"拿撒勒人耶稣小声说着，严肃地径自看了看总督的脸，"永远名留史册。"

"说什么呀！"本丢·彼拉多不以为然地挥挥手。这番话还是使他的虚荣心得到很大满足。但突然间，他换了一种语气，郑重其事地宣布，"光荣的朱理亚王将名垂青史。愿他的英名永垂不朽！而我们无非是他忠实的臣仆。如此而已。"

"反正你会名留史册的，本丢·彼拉多。"那位即将被押出耶路撒冷城门解往秃山的人固执地又重复了一遍……

那只不知是鸢还是鹰的鸟儿，从大清早起就在希律王宫上空盘旋，仿佛在等待什么人，这时终于离开了原来的地方，缓缓朝一边飞去——那正是一队骑兵卫队押解着一名被捆绑的最危险的罪人，亦即刚才罗马总督本丢·彼拉多亲自审问的那个人行进的方向。

罗马总督依然站在拱顶凉台上，怀着惊恐的心情注意着那只奇怪的鸟儿——它正追随着被押解的人，朝秃山方向飞去……

"这是什么意思？"总督疑惑不解、惶惶不安地喃喃自语……

三

一场草原上的夏雨，酝酿已久。从傍晚起，地平线上就电光闪耀，乌云翻滚。天边越来越黑，到了深夜，终于下了一场暴雨。沉沉的雨滴噼噼啪啪，有力地敲打着干燥的土地，随后汇成无数的水流。阿夫季感觉到脸上的雨水，苏醒过来。这场暴雨是上天给他生命的第一份赠礼。

阿夫季依旧躺在老地方——他被推下火车后，从路坡滚下，一直滚到铁道旁的排水沟里。他的第一个念头是："我在哪儿？好像下雨了。"他呻吟起来，想挪动一下身子，可是由于剧烈的腰痛，由于脑袋沉重得像灌满了铅，他又失去了知觉。还好，过了片刻，他又清醒过来。这场救命雨使他复活了。雨很大，哗哗直下，水从路坡上泻下，使得阿夫季躺着的沟底很快就积了水。水朝人进逼，冒着水泡，越升越高，眼看快要淹到他的喉咙，这才迫使阿夫季克制自己，行动起来，以便爬出这危险的地方。最初几分钟，为了控制自己，使身体习惯于运动，他感到特别痛苦。阿夫季很难相信，他还活着。要知道他在车厢里遭了毒打，要知道他被推下火车时，车速快得吓人，不过这一切相对而言不值一提，因为他还活着，奇迹般地活着！活着，能活动——尽管是爬行，能听，能看，能感受。他为这场救命雨感到欣喜万分，因为瓢泼的大雨冲洗了他全身的创伤，冷却了他的手、脚和嗡嗡作响、热得发烫的头。只要一息尚存，他就要爬。噢，天快亮了，黎明就要到来，生活重又开始了……于是他考虑该怎么办，首先无论如何得站起来……

与此同时，夜间列车穿过暴雨和黑暗，一辆接一辆轰隆隆地飞驰而过……这也让他高兴，一切与生活相连的东西都让他感到无比的喜悦……

即使能做到，阿夫季也不想躲开雨，他明白，他需要这给人以生机的雨水。只要手脚都在，至于外伤以及右侧腰间的灼痛，他准备默默忍受……他终于爬动起来，爬到一处安全的地方——一个小土岗上。现在他躺在雨下，振作起精神，想活下去……

就这样，他再一次从虚无世界中复活，既然复活，他就回忆起构成他生命本质的一切，他感到惊异的是，此刻他的思想突然变得出奇的清晰，出奇的充实……

于是他对那位被本丢·彼拉多送往秃山的人说："先知，我在这里！为了救出你，我该怎么办，主啊，我该怎么办？我该如何搭救你？唉，现在当我再一次苏醒过来，我是多么为你担忧啊！"

每个人，只要他不失去想象力，就或多或少在本质上具有一种历史同步感，即就思维来说，人能同时生活在几个不同的时代，哪怕其间相隔数百年、数千年。然而，凡是把历史事件看得如同当前的现实一样近的人，凡是把往事当作切身的经历，当作自己命运而感同身受的人，他就是受难者，他就是悲剧式的人物，因为他能洞察未来，了解某一事件的前因后果，既然预见到一切，他就只有痛苦，由于无法影响事件的进程，他只能把自己奉献给永远不能实现的正义的胜利。这种渴望肯定往日的真理的心情是神圣的。由此才产生思想，由此才使新的一代跟老的一代，跟以往各个年代的人在精神上联系起来。这就是世界的根基，由此人类的生活经验才不断增长，互相融合——在人类无限的记忆中，在无限的时空中，善与恶也一代代传下去……

难怪有人说：昨天的人无法知道今天发生的事，但今天的人能知道昨天发生的事，而到了明天，今天的人就成了昨天的人……

难怪人们又说：今天的人生活在昨天的往事中，但明天的人倘若忘记了今天的事，那就是大家的不幸……

阿夫季非常不安，他感到绝望，因为逾越节的前一天到来了。在这节日前夕闷热的傍晚，他竭力想在下城找到那所房子，在那里耶稣同他的十二门徒昨天举行了最后一次晚餐，他把面饼分开，说这是我的身体，又倒葡萄酒，说这是我立约的血。本来当时就可以警告他面临的危险和加略人犹大的出卖，告诉他必须毫不迟疑地立即离开这个可怕的城市，尽快启程。为了找到这所房子，他在苍茫的暮色中走遍了所有的陋街僻巷，不知为什么还仔细察看过往行人的面孔，仿佛他能在这地方找到熟人似的。但是，无论在这些匆匆赶回家去进餐的市民中，或是在店铺打烊前还在朝里张望的顾客中，他没有发现任何一个值得信赖的人。而且许多行人根本不知道耶稣基督是何许人。城里的流浪者还少吗？有位好心的市民请他到家里过逾越节。但阿夫季谢绝了。他希望事先能见着这位先知。各家窗里的灯光，厨房里飘出来的浓烈的饭菜香味，为了凉快而泼在路面和院子里的大量的水蒸发后出现的闷热，再加上心情激动——这一切使阿夫季头痛欲裂。他感到恶心。于是他急忙出城，赶到客西马尼，希望能在这里的园子里碰到正在祈祷或交谈的耶稣和门徒们。但是徒劳无益！时间已晚，他在这里谁也没有找着。园子里杳无人声，在耶稣被卫队抓走的那棵大榕树下，同样也不见人影。门徒却离开他逃走了，正如耶稣亲口预言的那样……

一轮明月在远海和陆地上空缓缓移动，时间已过午夜——那在劫难逃的一天临近了，这一天的后果将永远难以消除，将长时期地、多方面地影响着人类的历史。但在客西马尼以及遍布在四周丘陵上的园子和葡萄园里，此刻却十分宁静。只有夜里的鸟儿在树林里歌唱，青蛙的鸣叫声此起彼伏，还有那来自雪松山的雪松河昼夜不息地潺潺作响，顺着古老的石沟奔流，在月色下泛滥着，先是分成无数小溪，最后又汇集成一条急流。万物都在它们原来的地方，像自古以来那样生存着。这一夜，大地上是那么宁静，那么令人欢愉，唯独他，阿夫季，却心神不定，惶惶不安，因为一切像应当发生的那样发生了，而他既不能制止，也不能防范，虽说他事前知道，这一切将如何结束。他的哭号，他在绝望中对明天神的呼吁都是徒劳无益的。他同样不能容忍那件事后又过了一千九百五十年所发生的一切。为了寻找自我，在回溯往昔生活的同时，他在冥冥中又回到了创世纪初期，——有一条线，贯串不断流逝的时间，把这个起点同他的命运联在一起。为了寻找答案，阿夫季时而倒退几千年，时而又回到当前的现实，回到草原上那场浇得他浑身湿透的暴雨下。他时而回避、时而冷静地估量种种事实。

阿夫季敢于在美好的激情中容纳对待历史的唯意志论，即对世界进行末日审判的思想（作为观念，它的形成要晚得多，但在此之前人们早就谈到了），因此他急不可耐地要把这一思想告诉本丢·彼拉多本人，因为作为罗马帝国掌握无限权力的总督，彼拉多至今阴魂不散。（要知道，目前就有许许多多潜藏的彼拉多！）由于超越了许多事件，阿夫季得出结论，世界上自古以来就存在的一些规律，尽管它们的发现要晚得多，但始终在起作用。关于末日审判的结论也是如此——人世间的一切不义将要受到惩罚的思想早已折磨着人类的良知。

然而在精神的悲剧性的自我意识中耶稣究竟是什么人？为什么总以他作为纪元的开始？这一切有什么必要？难道只是为了让我们有理由去永无休止地忏悔？为什么自从他走上十字架后，社会意识久久不能平静？要知道从那以后，许多自以为不朽的事物，早已被人们遗忘，成了过眼烟云。与此同时，人们是否常常记住，人们的生活在逐日改善：今天认为是新的东西，到了明天早上就变得陈旧；今天认为是好的东西，到了明天就会在更美好的事物前黯然失色。既然这样，为什么耶稣说过的一切永远不会过时，永远不会失去它的力量？从耶稣出生到被钉上十字架期间所发生的一切，以及以后世世代代各个时期内他所产生的影响，难道对人类就如此不可或缺、不可避免？在人类历史上，这一道路的意义究竟何在？人们领悟了什么？得出了什么结论？如果说，其隐秘的宗旨是博爱的思想，或者如一些学者一再断言的那样，是人道主义思想，即人，作为富于理智的生灵，通向自我的道路，通向不断完善自身精神的道路，那么这条道路怎么一开始就构想得如此复杂、痛苦、残酷？谁构想的？为什么？人们能否撇开这个，而按照各自理解的人道主义生活——从基督教的人道主义到全人类的人道主义，从社会利己主义的人道主义，阶级的人道主义，到本质上抽象的人道主义？在我们这个世纪，在这条道路上早已陈旧的宗教还有什么用处？

真的，有什么用处？因为这一切大家早已认识清楚，包括孩子在内。难道唯物主义科学没有一劳永逸地杜绝了基督教义的后患（而且不只是对基督教一家），难道它没有从进步和文明这唯一正确的道路上坚决地、有权威地扫清一切障碍？现在的人似乎没有必要去信仰宗教，根据一般的历史知识，他完全可以认识到这些教义已经过时。要知道这一切已经毫无用处，早被研究清楚，成了历史的陈迹。但是为什么我们认为，我们可以取代那种早被抛到路边、遭到现实主义世界观冷嘲热讽的、仁爱和舍己的思想呢？我们这种更正确的、更具有优越性的类似观念又是什么呢？要知道新事物无疑应当胜过旧事物。这种新事物是有的！有的！但取而代之的是新的强大的宗教——迷信军事实力优势的宗教。有哪一个时代，人的存在，他由生到死的一辈子生活，不是完全取决于这些力量是发动战争还是制止战争？现在拥有这种武器的人，不也是神吗？难道现在就没有这样一些神殿，在那里人们向祭坛上的核弹模型喃喃祈祷，向将军们顶礼膜拜……这哪一点不像宗教呢？

有时阿夫季完全陷入对生活的这种沉思，而这一次，在无限的思维空间中，他如同把握现实那样，得以洞察历史的底蕴，看清在他之前发生的种种事件的本质——新的水就是这样流过旧的河床的——于是他又回到那些日子的源头，回到星期五那个逾越节的夜晚，为的是寻找耶稣，对他诉说自己的忧虑，诉说千百年后人类的忧虑，告诉他，在历史舞台上出现了新的上帝——歌利亚[①]上帝，它用自己的宗教，依仗军事实力优势这一腐化的、万能的宗教，像瘟疫般毒害了我们星球上全体居民的意识。对此先知做何反应？也许他会感到震惊：在这场争取军事优势的疯狂竞争中，人类朝何处去？如若他准备再次救赎我们的罪孽，再次走上十字架，那么他也未必能触动那些迷信军事实力优势这一侵略性宗教的人们的心灵……

但是，令人痛心的是，他没能遇到先知。犹大已经出卖了他，他被抓起来，带走了。阿夫季在空无一人的客西马尼失声痛哭，为过去的一切痛哭，为将来的一切痛哭，在整个林园，在整个世界，只有他一人在哭。就这样，阿夫季急急忙忙地往回赶，他越过了自己的始祖，突然出现在客西马尼——他的始祖当时还居住在北方茂密的森林里，崇拜用木头削成的一个个偶像，他们甚至连他的名字阿夫季都不知道：这个名字只是在后来才被借用，而阿夫季本人还得在遥远的二十世纪才能出生……

① 据《圣经》传说，歌利亚是非利士人中的勇士、巨人，头戴铜盔，身穿重甲，作战时所向无敌，后被大卫所杀。

阿夫季在耶稣被认出、抓走的那棵榕树下坐了很久，哭了很久。他悲痛欲绝，仿佛世界的命运会因此有所改善……

后来他站起来，忧心忡忡地往城里走去。在这逾越节前夜，耶路撒冷的居民正在安睡，他们做着平静的梦，根本不会料到什么不幸。只有他一人惶惶不安地在城里徘徊，寻思：先知在哪里？他现在怎么样？后来他突然想到，要救出先知还为时不晚。于是他开始敲打窗子，敲打他沿路经过的所有窗子，呼喊着："快起来，人们，灾祸临头了！现在还有时间，让我们救出先知。我要把他带到俄罗斯，在我们的奥卡河上，有个隐秘的小岛……"

照阿夫季的设想，只要到了河中心的那个隐秘的小岛上，先知就能得到绝对的安全。在那里，他可以冥思苦索，考虑变化无常的世事。在那里，也许他能迸发出新的思想闪光，他发现一条人类通向未来的新的道路，赐给人们一个天国。既然通向救世主宗旨的道路，不是经过流血而来，而他又把这一宗旨当作自己义不容辞的天职，为此他只好付出受难、受辱的代价。他，狂人，为了人们，为了真理，准备忍受一切磨难和屈辱，而真理，因为危及压迫者的利益，所以遭到了残酷的迫害。要知道正是为了未来世世代代人们的幸福，他才承担起这一招致毁灭的职责。这也是不可避免的，因为他为自己选择了一条拯救人类的道路——使人们永远摆脱由于亲自参与了历来的不义之举而造成的重压，因为在自然界的事物中不存在不义，不义只存在于人们之间，不义之举来自人们。然而靠这种反历史主义的方式能否达到目的？是否有人确信：先知的这一教导永远不会被人遗忘，哪怕到了人为了追逐私利，想把先知忘掉的时候？这些人会昧着良心，为自己找到种种借口，会说，他无非是迫不得已才以恶对恶。如何使创世的最高成就——人，杜绝种种有害的私欲，而人无论是飞黄腾达还是处于逆境，无论是享尽荣华富贵还是一贫如洗，无论是大权在握还是无权无势，这种私欲都时时刻刻伴随着他，如何使创世的最高成就——人，不再贪求对别人的统治；如何使他不再堕落，为所欲为：要知道人一旦有了权势，自满和傲慢就常常使他采取命令方式和强制手段；而一旦失去权势，他就会用阿谀奉承、伪善和阴谋来达到同一目的。既然这样，生活的真正目标是什么？生命的意义何在？最后，又是谁能回答这一问题，而且回答得使任何人都不怀疑他的答案的正确性、纯洁性？

你，先知，正走向最残酷的死刑，为的是让人能接受善与怜悯这一在本原上能分清理性与非理性的美德，因为人活在世上很艰难，因为人的内心深处隐藏着恶的根源。不过，难道通过这样的途径，我们当真能达到绝对的理想——成为有智慧的、受自由思想鼓舞的人吗？当真能像根除瘟疫一样，永远根除自身恶的意识而形成完美的个性吗？哦，但愿这一切都能实现！主啊，为什么你背起这样的重负——要拯救不可拯救的世界？救世主，你停一下，要知道尽管你为了人们走上十字架，舍身殉难，可是这些人日后会嘲笑你。是的，是的，千百年后，一些人会哈哈大笑，另一些人会嘲讽你枉费心机，到那时，唯物主义科学会无情地批判信奉上帝的宗教，宣布与你有关的一切都是无稽之谈：“怪人！糊涂虫！谁求他了？干吗演出这幕钉上十字架的闹剧？什么用意？想让谁大吃一惊？有什么结果？人因此就变了哪怕一丝一毫吗？”——那些把你的功绩看得近乎荒唐的人会这么想。到那时，人们会了解物质的结构，直至它的原始本质，克服地球引力，进入太空，带着令人憎恶的贪婪，互相争夺宇宙空间，妄图取得银河系的统治权。虽说太空茫茫，但他们还嫌宇宙太小，因为一旦他们在地球上失利，为了报复，为了满足自己的野心，他们准备把地球，也就是把你竭力倡导仁爱的地球化为灰烬。所以你想一想，当这些人把自己看得高于上帝的时候，对他们来说，上帝算得了什么；当这些人转瞬间消灭了所有的生灵，因而从地球上消灭了对你的记忆的时候，对他们来说，钉在十字架上的怪人又算得了什么。哦，我可怜的、天真的先知，跟我一起逃到伏尔加，逃到奥卡河，逃到那个河中的孤岛上去吧，在那里你将像生活在天上的星星上，谁都可以看到星星，但谁也不能到达那里。你考虑一下：现在为时不晚，我们还有一夜和一个清晨的时间，也许你还能躲过这次残酷的命运？你回心转意吧，难道你选择的道路才是唯一可行的道路？

阿夫季思潮起伏，激动万分，眼睛里流露出深深的痛苦。他独自在耶路撒冷夜间闷热的街头和广场上徘徊，竭力想劝说那位先知，而他受圣父派遣来到尘世，以便改善人类可怕而悲惨的命运，作为不朽的典范，作为对世人的责难……但人的本性难改：谁也不把这种责难当成一回事，而且人人都能找到辩解的理由，会说：这事与他无关，没有他，世界的命运照样有人主宰，那就由别人主宰去吧……先知的这种意图，由于对人的本性估计不足，其间包含着多少难以消除的嘲讽啊……

阿夫季在城门口来回踱步，遇到了一只三条腿的狗——第四条腿受伤了，缩在肚皮底下。那狗用聪明的、忧郁的眼睛看着他。

"喂，你怎么啦，瘸子，"他打量着公狗，说，"你和我一样，也无家可归吧？来，跟我走吧。"

天亮之前，这条狗就同阿夫季一道四处游荡。真是条聪明懂事的狗。清晨，城市又苏醒过来，到处熙熙攘攘、忙忙碌碌。各处的货场和集市挤满了由贝都因人[①]从沙漠赶来的重载的骆驼，驮着什物的毛驴和骡子，装着货物的马车，打着包的脚夫——这一切全都行动起来了。热情的货主，各色各样的货物，讨价还价，吵吵嚷嚷，这买卖的总轮子在飞速运转。然而许多耶路撒冷人纷纷涌向市内白宫墙的神殿，又从那里成群结队地、惶惶不安地涌向罗马总督本丢·彼拉多的官邸。阿夫季加入了他们的行列：他明白，这关系到先知的命运。于是他同他们一

① 指阿拉伯半岛和北非地区游牧的阿拉伯人。

道来到希律王宫前，但武装的卫队不放他们去见总督。他们只好站在王宫前等待。人越聚越多，虽说从清晨起天气就很热。各种各样的人怀着各种各样的心思来到这里。在这不安的人群里，什么样的议论没有啊：一些人说，总督使用罗马赋予他的权力会赦免拿撒勒的先知耶稣，会把他放掉，让他离开耶路撒冷，永远不许他回来；另一些人说，为了纪念逾越节，一向都要赦免一名死刑犯，这一次获准特赦的将是耶稣；还有一些人干脆就相信：圣父耶和华会当着众人的面亲自救出他。但不论哪一种人，他们全在等待，等待，不知那边的院墙里、王宫内发生了什么事。人群中也有不少人，他们挖苦这个流浪汉，说他是用自己的头颅换取王位，他们嘲笑这个难逃一死的怪人，埋怨说，总督干吗拖拖拉拉，要砍就使劲砍，讲什么客气，瞧，太阳烤得这么厉害，到了中午，秃山上就得晒死人。据说这个拿撒勒人耶稣布起道来滔滔不绝，能把随便什么人的脑袋搞糊涂。毫无问题，他又在那里摇唇鼓舌，使得总督举棋不定，只怕罗马总督发了善心，真把他放了，那样的话，我们何苦在这里站着……拿撒勒人耶稣可好，许诺了几箩筐，只不过他的天国在哪儿呀？马上就会把他像狗那样吊起来……就这么回事……

听着他们的议论，阿夫季愤慨起来。“不准这么说！忘恩负义的卑鄙小人！怎么能这样玷污人的精神同他自身所做的伟大斗争，并把它庸俗化呢！你们应当以他为骄傲，啊，人们，你们要用他的尺度来衡量自己！”阿夫季在耶路撒冷居民中泪流满面地、绝望地呼喊。但谁也不听他的，谁也没有注意到他的存在。可不是，他要到遥远的二十世纪才出生哩……

夜间那场暴雨渐渐变小。雨来得突然，去得也突然，现在雨区移到别处去了。最后，雨完全停了，只偶尔从天上掉下几颗赶不上趟的大水滴。这时已近黎明——碧空如洗，缀满繁星的黎明。深邃的天空，暗得如同黑玛瑙，但雨后的天际已渐渐透出亮色。潮湿的泥土和一夜之间挺拔起来的草秆，散发出阵阵凉意。

然而居住在草原上的任何生灵，也许都不会像阿夫季那样，在此刻如此强烈、如此感激地领受到生之欢乐，虽说他的自我感觉有待进一步好转。

与此同时，阿夫季很走运：白天晒得很热的空气夜间并未完全变冷，所以他没有冻着。尽管他从头到脚淋得透湿，内伤外伤时时作痛，但他对此毫不理会，只是出神地在想象的世界里遨游——这使他有可能既在往昔年代，又在当前的现实中同时意识到自己。他对生命有了新的领悟，发现它是命运的恩赐，因而更加珍惜能活着、能思想的机遇。雨停了，阿夫季正坐在一座铁路桥的桥洞里——那是他在漆黑的夜里，使尽了最后一点儿力气，一瘸一拐艰难地移过来的……

桥底下相当干燥，他像个流浪汉似的躲到这里，内心感到非常满意：总算找到一处地方，他既可以避雨，又可以完全沉湎于他的思索。桥下的回音，响亮而清晰，犹如置身于中世纪教堂的高大穹窿下。当火车从头顶上驶过时，那声音恰如炮火的轰鸣，由远及近，又渐渐远去。很好，这一夜阿夫季海阔天空地想了许多：一个念头既经产生，就自然而然发展下去，毫无止境地、毫无阻挡地吸引了他的整个心思。有时阿夫季想到基督和本丢·彼拉多，冥冥中仿佛回到了那个年代，头上轰隆而过的火车并不妨碍他神游古代的犹太，置身于各处吵吵嚷嚷的人群中，而且仿佛亲眼看见了当时的一切。有时他又记起了不久前去过的莫斯科，记起了造访过的普希金博物馆和保加利亚无伴奏合唱团的演出，记起了“第二个我”——即那个同自己长得一模一样的保加利亚歌手——这时阿夫季的眼前就浮现出他那张着嘴的脸。从这些保加利亚人的歌喉中迸发出如此激昂的音律，这歌声又如何使他的心灵和思想得到了升华！他的父亲，助祭卡利斯特拉托夫，十分喜爱赞美诗，听着听着，常常感动得热泪盈眶。有一回，不知谁把一份绝妙的祈祷词交给了父亲。这篇文字的作者是一名修女，当时她还很年轻。她在保育院长大，后来又当了该院的保育员，她的爱人（他们共同生活才一个半月）在卫国战争中牺牲了：他所在的军舰被德国的潜水艇击沉，此后她便进了修道院。卡利斯特拉托夫读着这份把哭诉与祈祷融为一体的“心灵的文献”，每一次都要落下泪来。他特别喜欢小小的阿夫季站在圣像下老式钢琴旁，用纯净的童音对他高声朗读这段有关沉没的军舰的祈祷。于是阿夫季又背起这篇祷文。过去的保育院的女孩、现在的修女是这样祈祷的：

天刚蒙蒙亮，太阳尚未升起，世界还在安睡，我迫不及待地向你，慈悲、全能的主，祷告。宽恕我吧，主啊，我向来任性，以前常常把你淡忘，现在又用私事相扰，但只要我还活在人世，我就要向你诉说这篇祷文。

你，怜恤世人、慈悲公道的主，原谅我用这无休止的祈求增添你的烦恼。在我的祈祷里，没有私心——我不求尘世的功名富贵，也不求长生不老。我只是不停地呼吁要拯救世人的灵魂。你，宽宏大量的主，不要把我们抛进无知的苦海，不要让我们在这善恶争斗的世间寻找开脱的借口。请赐给人类以洞察一切的远见。我不敢启齿为个人祈求。我不怕承受任何应分的结局——是该在火狱里焚毁，还是进入永恒的天国。你是我们命运的主宰，无形的、无所不在的创世主！

我只求一件事，我，你的奴仆，唯你的仁爱之言是听、离群索居的修女，没有更高的要求，虽说我已经陷入鄙薄人间苦难、弃绝尘世浮华的绝境，主啊，但愿在我内心深处能接近你的精神！

我只求一件事。请显示神迹：让那艘海船始终在它原来的航线上行驶，日以继夜，夜以继日，只要由你确定的日夜轮回还在地球上和宇宙间运转不息。让这条船永远在它的岗位上，让它继续航行吧，让它的桅杆上永远张着满帆从海洋驶向海洋，让波浪拍击船尾，让它那强劲的轰鸣声永不止息。让海上飞溅的水沫像闪光的雨向它袭来，让它呼吸着那苦涩的、轻快如风的雾气。让它听见甲板的嘎吱声、轮舱里机器的轰隆声，还有在船后顺风而飞的海鸥的鸣叫声。让这条船驶向遥远的彼岸那光辉的城市，虽说千百年来还无人靠近过它……

这就是我日日夜夜的祈祷，此外再无别的要求。慈悲、万能的主，求你宽恕我用这奇怪的请求相扰：为一艘沉没的海船向你祈祷。但你是一切尘世的非尘世的崇高希望的支柱，你永远无所不在，无所不能，怜恤世人，你永远是万物的主宰！所以人们，无论在过去、现在还是将来，永远向你祈祷。所以，一旦我离开尘世，已无人可以求告，那么求主让那条船永远在海上航行。阿门！

阿夫季自己都不明白，为什么那天夜里他又记起了修女的祈祷。他突然闪过一个念头，如果那个骑摩托车上乌奇库杜克来的姑娘此刻遇见了他，他一定会把这篇祷文念给她听。想到这里，他自己都觉得可笑。阿夫季情不自禁地笑出声来，骂自己是糊涂虫，呆子，又想象着，当她看到他哭丧着脸，蜷缩在桥墩底下，像个到处流浪的小偷或者不走运的强盗，不知她做何感想。但不管她怎么想，而他，你瞧，还想把这篇关于海船的祷文念给她听。她会把他当成疯子，当然，她是对的。即使现在，他可能在她眼里有失体面，但他还是想见到她……

天亮前，阿夫季一直坐在桥洞里，在他头上，穿越草原的列车轰隆作响。然而他想得更多的是，不知那些“特使”，他过去的同伴，现在到了哪儿，他们的情况怎么样。想必火车已经过了扎尔帕克－萨兹，也许跑得更远了。现在彼得鲁哈、列昂卡和其他人在哪儿，那个像变形人、叫人抓不住的格里申此刻在哪儿？阿夫季深感懊丧的是他失败了，犯了大错。而格里申得胜了，他的罪恶勾当得胜了，这一切的结局是那么糟糕。不过阿夫季还是认为，这些天他经受的考验，对他来说是必要的。虽说他未能把大麻贩子改造过来，但他为报刊文章收集到的素材是很有意义的，是付出了劳动来之不易的。

这样一想，阿夫季又稍稍平静些。但他还是感到痛心，首先是为列昂卡。他本来可以把他引上正道，但没有成功。

此刻，阿夫季又回想起在莫云库梅边区草原上那段经历和见闻——他遇到几只小狼，一只灰狼从他头上跳过，却没有用牙咬伤他。这事真怪，非常怪，那对蓝眼睛，那凶狠而又聪明的目光，令他永远难忘。

这时铁路上空重又升起了太阳，新的一天的生活开始了，经过夜间的一场大雨，草原上变得美妙异常。天还不算热，极目望去，辽阔的大草原到处生机勃勃，显得那么清新洁净。云雀在黎明中歌唱，小鸟在天地间鸣叫、飞舞。火车在草原上来回奔驰，从地平线的这一端跑到那一端，使人想起远方的沸腾生活。

这天清晨，草原上一片和谐、宁静：夜里那场自天而降的喜雨滋润了整个大地。

阳光变得暖和起来，阿夫季决定脱下衣服晾一晾。但他大吃一惊：衣服扯得稀烂。这身打扮简直无脸见人，身上到处是伤痕、淤血、紫斑。亏得随身没带镜子，否则他看到那副可怕的模样会吓坏的。不过即使没有镜子，他也明白自己出了什么事：现在想要摸摸脸都不行了。

但他还很清醒。他安慰自己：情况可能会更糟；他总算活着，光凭这一点就是不幸中的大幸了。

他在桥下脱衣时，又发现了一件不愉快的事——公民证和口袋里的钱都不管用了，摔下火车时公民证扯破了，后来又泡了汤，现在变成一团湿纸，一沓纸币中只有两张还多多少少像张钞票，一张二十五卢布，一张十卢布，这几个钱怎么够他坐火车去莫斯科，再转普里奥克斯克呢？

阿夫季感到很不痛快。自从他被逐出神学校，他的日子过得相当艰苦，他征得姐姐瓦尔瓦拉的同意，只好把她小时候常弹的那架旧钢琴卖了。委托商店只肯出半价收购，推说现在乐器滞销，货有的是，连旧的磁带录音机都没地方放，钢琴就别提了。只好同意这个价，因为没有别的办法。瞧，眼下又身无分文了。真是糟糕透了。

新的一天开始了，这意味着要生活下去，于是生存必需的物质，再一次掐住了理想主义者卡利斯特拉托夫的脖子。

桥下的一夜他是在思索中度过的。现在他该设法离开这里，此外，也该考虑一下糊口问题。

这时幸运女神在向阿夫季微笑。天亮后才弄清，原来有一条乡间土道穿过他藏身的那个桥洞。说真的，从各方面判断，很少有车通过这里。由于不知道还要等多久才能等到顺路汽车，阿夫季决定自己走到最近的会让站。到了那里再好歹想办法去扎尔帕克－萨兹。阿夫季决定动身上路，开始朝四下里张望：能不能找根棍子，好拄着它走。右腿的膝盖因为摔下火车时碰伤了，肿大了，现在疼得厉害。阿夫季四面环顾，不禁笑了起来：“要是格里申突然扔下那根彼得鲁哈用来打我的棍子呢？现在他要它有什么用！”棍子嘛，不用说，他没能找到，但他发现草原上有辆车正朝桥这边开来。

这是一辆卡车，车身装上自制的胶合板顶篷。在驾驶室里，司机身旁坐着一个怀抱小孩的妇女。卡车立即刹住了。司机是一个强壮的、黑脸膛的哈萨克人，他不无惊奇地从驾驶室半开的玻璃窗里打量着阿夫季。

“小伙子，怎么啦，你挨茨冈人打了吧？”不知为什么他这样问道。

“没有，不是茨冈人。是我自己从火车上摔下来的。”

“喝醉啦？”

“我向来不喝酒。”

司机和抱孩子的妇女同情地叹息着，又用哈萨克话交谈起来，他们的话里经常出现“比恰拉[①]”这个字眼。

“听着，你上车吧，我们去扎尔帕克－萨兹。要不然，你一个人会死在草原上的，比恰拉。这地方很少有车经过。”

阿夫季强忍着突然涌到喉头的眼泪，高兴得像孩子一般：

“谢谢啦，兄弟，”他说着把手按到胸口，“我正想求你们把我带上，如果顺路的话。我走起来很费劲，一条腿摔伤了。谢谢你们。”

司机跳下来，帮阿夫季上车。

“上这儿来。我把你托起来，比恰拉。爬呀，别怕！那是羊毛。是国营畜牧场的，运去上缴。软乎乎的，对你正合适。不过得小心，别抽烟。”

“我向来不抽烟，别担心。”阿夫季一本正经地向他保证，“我在桥下待了一夜，全身湿透了，这儿可以暖和暖和，会缓过来的……”

“行，行！我也这么说。歇会儿吧，比恰拉。”

女人从驾驶室里探出头来，对司机说了些什么。

“我老婆问你，想不想吃点儿东西？”司机笑着说明。

“想吃极了！”阿夫季老实承认，“谢谢啦，要是你们有什么吃的，请给一点儿，我将非常感激！”

① 哈萨克语：可怜的人。

阿夫季觉得，一瓶酸羊奶和一张又香又白的新鲜贴饼子简直是主赐给他补偿这一夜的磨难的。

吃完后，阿夫季顾不得那股羊脂油和羊汗味，躺在羊毛包上沉沉睡了一觉。卡车在奔驰，经过夜里一场暴雨，草原上的空气十分清新。这段路程对阿夫季来说大有好处——就像病后得到康复一样。

卡车停下时，他才醒来。

“到了。你去哪儿？”司机已经走出驾驶室，站在后车帮旁打量着车身，“喂，小伙子，你还活着吗？”

“活着，活着！谢谢，”阿夫季回应，“我们已经到了扎尔帕克－萨兹啦？”

“没错，到站了，我们现在要去畜产品原料仓库，你去哪儿？”

“我去火车站。再一次谢谢你们搭救了我。特别要谢谢你的妻子。真不知说什么才能表达对你们的感激。”

司机帮他下了车，阿夫季疼得直哼哼。

“你的身体很糟，比恰拉，你得去医院，”司机劝他说，“你弄根棍子，走起来就方便些。”

阿夫季花了整整半个钟头，一瘸一拐地走到了火车站大楼。亏得在路上捡了段木板，把它当拐棍撑在腋下——这样他就方便多了。

在众多的铁路线上空，在无数引桥、聚光灯和起重机等物件上空，在来来往往的列车上空，在车站广场上空，确切地说，在车站近旁的整个草原小镇上空，响彻着调度电话里的命令声、蒸汽发动机的轰隆声。不时有播音员播出过往旅客列车的进站和发车时间。由于阿夫季在荒凉的草原上过了一夜，他立即感受到一股沸腾的生活气息。周围的行人来去匆匆，面带急着办事的神色——难怪扎尔帕克－萨兹是突厥斯坦最大的枢纽站之一。

现在阿夫季该决定怎么离开这儿：乘哪趟车，靠这身边仅有的三十五卢布怎么能走得更远一些。可是到莫斯科的对号车票——如果票房还有余票的话——一张就要三十卢布。靠什么过活？一条伤腿，那么多外伤，怎么办？是去地方医院还是尽快离开这里？阿夫季全神贯注地想着心事，跛着腿穿过车站上那些闷热而拥挤的场所。这一身破烂衣服，满脸青伤，再加上那段代替拐棍的不像样的木板，这一切自然而然引起了众人的注目——许多人都在仔细打量他。阿夫季已经走到月台上，正想去看火车时刻表，这时他发现身后跟着一名警察。

"喂，站住，小伙子！"民警走到跟前叫住他。他那生气、严厉的目光表明不会有什么好事。"你在这里干什么？你是什么人？"

"我？"

"没错，你。"

"我想离开这儿，看看火车时刻表。"

"有证件吗？"

"什么证件？"

"普通的：公民证，身份证，工作单位介绍信。"

"有。只不过我，这么回事……"

"快，出示证件！"

阿夫季结巴起来：

"您可知道，我，这么回事，同志，同志……"

"中尉同志。"爱生气的警官提醒他。

"是这样，中尉同志，我应当对您说……"

"你应当说什么，过后我们会知道，把证件拿出来！"

阿夫季掏了半天，从口袋里掏出那团曾经是公民证的湿纸。

"瞧，"他递给警官，"这是我的公民证。"

"公民证？"警官轻蔑地瞪了他一眼，"你胡搅什么？这也算公民证！收回去，跟我到局里去一趟。到那里会弄清你是什么人的。”

“可我，中尉同志……”自己的这副样子，那段当拐棍的木板，以及迅速围过来看热闹的人，使得阿夫季狼狈不堪，他吞吞吐吐地说，“我，您可知道，是报社记者。”

“什么记者?！”警官生气了：瞧这人，给扣留了，还真能厚着脸皮当众扯谎，“好，请走吧，记者同志！”

来看热闹的围观者幸灾乐祸地哈哈大笑。

“亏他想得出来，什么记者！”

“恐怕还是外交部部长吧？”

没办法，阿夫季只好跟着爱生气的中尉一瘸一拐地穿过候车室。现在一路上遇到的人都回过头来瞧他，还窃窃私语，取笑他。当他们走过带着行李的一家人占着的一条长凳时，一段对话飘进阿夫季的耳中：

小女孩：“妈妈，妈妈，你瞧，这是什么人？”

妇女：“哎呀呀，小乖乖，这是强盗。你瞧，叫警察叔叔给逮住了。”

男人：“这哪儿是强盗？顶多是个骗子，小偷。”

妇女：“噢，别说了，米沙。瞧他那副可怜相。可是你若在黑胡同里撞上他，他准会把你捅死！……”

但是最令人吃惊、最意想不到的事还在后面等着阿夫季。他跟着中尉进了车站附近无数房子中的一间，来到了相当宽大的警厅办公室，房间的一扇窗子正对着广场。有个下级警官坐在桌子后守着电话，一见中尉进来，便站了起来。

“一切正常，中尉同志。”他报告。

“坐下吧，别克布拉特。这不是，又飞来了一个。”中尉冲着阿夫季扬扬头说，“瞧见没有。真是个美男子！还说是记者哩。”

阿夫季跨进门槛，朝四周看了看，差点儿没惊呼起来——呈现在眼前的景象使他目瞪口呆。在入口的左侧角落里，一道用钢筋粗糙地焊接起来的铁栏杆，从地板一直升到天花板，把房间隔开。在铁栅栏后面，恰如牢笼中的困兽，坐着那些“特使”：彼得鲁哈，列昂卡，马哈奇，科利亚，两名爆破手，还有几个不认识的小伙子，一共十到十二人，除了格里申以外，几乎全都在场。老板不在他们中间。

“小伙子们，你们怎么啦？怎么出这种事？”阿夫季不由自主地脱口说道。

“特使”中没人回应。他们连动都没动一下。大麻贩子一个挨一个坐在铁笼子里的地板上。他们完全变了模样，表情冷漠而阴沉。

“这是你的同伙？”爱生气的中尉古怪地冷冷一笑。

“那当然！”阿夫季声称，“我们是一伙的。”

“原来是这样！”中尉留神看了看阿夫季吃惊地说，“他是你们的同伙，对吗？”他问大麻贩子。

谁也没有搭腔。大家一言不发，垂下眼皮。

“喂，我问你们呢！”中尉发脾气了，“怎么不吭声？好吧，咱们等着瞧。你们像平锅上的鲫鱼，还得在我这里跳一阵。你们会记住我的，根据刑法第三百一十七条，把你们每个人押走的时候，你们还得唱唱那遥远的地方。别以为你们年轻，没有前科。这不算数。是的，是的，这不算数。你们是当场落网的，物证俱在！”他朝地上四散的背包和手提箱扬扬头，这些东西阿夫季很熟悉，里面全是大麻。有的背包和箱子打开了，有些扯破了，有的地方散着大麻，房间里有一股草原大麻的浓烈味道。在桌上电话机旁边，堆了一些装着大麻花粉的火柴盒和玻璃小罐。“好啊！你们跟我打哑谜！怎么着，受委屈啦！你们是叫我当场捉获的！”中尉重复说，他神态严肃，气得声音发颤，“这就是罪证！这就是物证！这就是你们的毒品！”他用脚踢了踢装着大麻的背包，“这次搜捕，你们这一伙人里只有一个恶棍逃跑了。不过他日后也得坐到这个铁笼子里来，你们这些恶棍。起立！我跟谁说话呢？——起立！咦，都坐着不动！给我站着，往这儿瞧，不准看别处！喂，我命令你们不准看别处！你们这些败类，还从车厢里朝我开枪，别指望我轻饶你们！无赖，没出息的人，居然搞起武装来！今后会怎么样？我永远是你们的死对头，我知道怎么跟你们做斗争。我会在每一趟车上、每一条线路上把你们这些疯狗统统抓起来，你们哪儿也别想躲过我！”他气愤得大声喊叫，“现在我来问你们：这个穿得破破烂烂的人是谁？他还冒充记者哩。这家伙是什么人？”他拽住阿夫季的手，把他拖到铁栅栏跟前。“趁我现在好心问你们，快回答：他是你们的同伙吗？”

一时间大家默不作声。看着大麻贩子一张张愁眉不展的脸，阿夫季怎么也不能习惯：就是这些无法无天的小伙子，昨天还在草原上拦截火车，抽大麻，把他从飞奔的车厢里扔出去，现在却坐在铁笼子里——没了束腰的皮带，没了鞋，光着脚（这么做想必是防备他们在被押出去大小便时逃跑），显得那么可怜巴巴，微不足道。

“最后一次问你们，”中尉激动得喘不上气来，又问了一遍，“我扣留的这家伙是不是你们的同伙？”

“不，不是我们一伙的，”彼得鲁哈代大家恶狠狠地回答，还不乐意地抬起眼来瞪了阿夫季一下。

“怎么不是你们一伙的，彼得？”阿夫季吃惊地问，拄着自制的拐棍朝铁栅栏迈了一步，“你们怎么啦？把我忘了？”他责备铁栅栏后面的人，“我真可怜你们，”他补充说，“怎么出了这种事？”

“这种地方无须你的同情，”中尉打断他说，“我立即单独来审问你们，”他威胁大麻贩子，“谁要是撒谎，就罪加一等，——反正迟早会弄清楚的。好吧，你说！”他转向马哈奇。

“布（不）是我们一伙的。”他撇了撇湿漉漉的嘴唇，回答说。

“现在你说！”中尉命令列昂卡。

"不是。"列昂卡回答后深深叹了口气。

"不是。"红头发的科利亚嘟哝说。

他们中无一例外都不认阿夫季。

不论有多么奇怪，大麻贩子们的举动还是伤了阿夫季的自尊心。他们一致否认他，说得那么简单、干脆，简直是对他的侮辱和贬损。阿夫季感到浑身燥热，头痛欲裂。

"怎么能这样，你们怎么都说不认得我？"他惘然若失地、困惑不解地说，"我可是……"

"好了，好了，《纽约时报》记者，"中尉挖苦地打断他的话，"够了，少来这套'我可是''你可是'的。你别蒙哄我。没有你，事情就够多的了。你从这儿走开，别碍手碍脚的。也别多管闲事。对付他们这种人有法律，而法律是铁面无情的——凡是制造、贩运、出售毒品的人必须立即制裁。同他们没什么好说的。而你，记者老弟，赶快离开这儿。走远点儿，别再撞在我眼皮子底下。"

沉默。阿夫季倒换着脚，犹豫片刻，但并不走开。

"你听见了中尉同志对你说的话吗？"那位一直坐在桌后填写什么表格的民警说，"走吧，现在还不晚。说声谢谢，走吧。"

"你们有没有这门的钥匙？"阿夫季指着铁门上挂着的锁问。

"关你什么事？当然有。"中尉回答，不明白阿夫季的意图。

"那么请打开吧，"阿夫季说。

"说什么呀！你到底是什么人？"中尉气愤地说，"瞧我收拾你！"

"我正想让你们立即把我关进铁笼子里。那里才是我的去处！"阿夫季面红耳赤，一股狂劲又朝他袭来，正如那次在火车里，他把宝贵的大麻往风里扔那样。"我要求你们逮捕我，审判我，"阿夫季喊道，"就像逮捕、审判这些不幸的人一样，他们在这罪孽深重、充满矛盾的世界上迷路了！我应该跟他们一样承担责任。要知道，我跟他们一样都干了这种事。打开门，让我跟他们一道去坐牢！开庭时他们会证实，我同他们一样有罪！我们要一道忏悔自己的罪孽，这样才能使我们的心灵得到净化……”

这时那位民警把卷宗放到一边，霍地站了起来。

“他是个疯子，中尉同志。您瞧他一眼，就能看出他神经不正常。”

“我很正常，”阿夫季反驳道，“我应当受到同他们一样的惩罚！我哪点疯啦？”

“等一等，等一等，”中尉踌躇起来。显然，在他从事的颇不轻松的路警工作中，他还从来没有碰到过这种怪事：说给谁听，谁都不会相信。

沉默。这当儿，有人抽泣了一声，随后又强忍着眼泪号啕大哭起来。这是列昂卡转过身去对着墙在哭。彼得鲁哈捂住他的嘴，威胁地冲着他耳朵小声说了些什么。

“这样吧，同志，”中尉突然变温和了，对阿夫季说，“咱们去谈谈，我一定认真听你的话，只不过得换个地方。出去谈吧。走吧，走吧，现在你听我的。”

他们又来到了挤得水泄不通的候车大厅。中尉把阿夫季领到一张空条凳上，让他坐下，自己也坐在一旁。

“我请求你，同志，”他用一种意料不到的信任语气说，“请你别妨碍我们工作。如果有什么不对的地方，请别生气。我们的工作很棘手。你自己也看到了。我请你离开这里，回到你该去的地方。你自由了。千万别再来找我们。懂了吗？”

阿夫季集中精力，正在考虑怎样向中尉讲明自己的行动，并说出自己对被捕的大麻贩子命运的设想，这时中尉站起身来，分开人群走了。

一些闲来无事的旅客又开始斜着眼睛看他：即使在这五光十色的

人群中，他的外表也太显眼了。遍体鳞伤，脸上青一块、紫一块，衣服破烂，腋下支着木板代替拐棍——这一切立即引起人们的好奇和轻蔑。再说他刚才还是由一名警官带来的。

阿夫季越来越觉得不舒服……发烧，头痛难忍。过去一天的经历，夜间的一场暴雨，一条浮肿的、不听使唤的腿，最后是同大麻贩子的不期而遇，由于犯罪，现在他们面临着可怕的惩罚——这一切对他来说都不可能消失得无影无踪。阿夫季开始发冷，先是浑身打战，后来又发起烧来。他缩着脖子，蜷成一团坐在那里，再也站不起来了。倒霉的拐棍横在脚旁。

这时，在阿夫季失神的目光前，一切如在迷雾中飘浮。人们的脸和身子失去了清晰的轮廓，变得模糊起来，有的拉长了，有的缩短了，有的重叠在一起。阿夫季感到恶心，精神恍惚，呼吸困难。他不能自持地坐在这个潮湿闷热、拥挤不堪的候车室里，坐在偶然相遇的人们中间。“哎呀，我难受极了，”他想，“人们的关系真是莫名其妙。谁也不需要谁。周围多么空虚，人们互不往来。”阿夫季希望这种状况会很快过去，他又复原过来，到时候再设法去帮助那些可能被监禁的人。至于这些人在昨天把他从飞驰的火车上推下去，想把他摔死，这事现在已无关紧要。这些罪犯，歹徒，麻木不仁的杀人凶手，本来应当引起他的憎恶和复仇的愿望，而不是怜悯。但是理想主义者阿夫季不想记取生活的教训，在这里任何逻辑都无济于事。他下意识地感到，大麻贩子的失败，也是他的失败，是一心向善、利他主义思想的失败。他突然发现自己无力去影响这些大麻贩子，无力使他们摆脱可怕的命运。与此同时，他不能不意识到，由于这种宽容一切的态度，他多么容易受到伤害，而这种宽容又会导致多么不幸的后果………

然而世界上并非没有好人，即使在这车站上偶然相遇的人群中也不例外。有个中年妇女，灰头发，系着头巾，带着行李坐在阿夫季对面的长凳上。显然她看出这人生病了，需要帮助。

“公民，”她本想这么开头，但随即用一种完全是母亲的口吻问：“孩子，你不舒服啦？是不是病了？”

“好像病了，不过您不用担心。”阿夫季想笑一下。

“怎么能不担心？哎呀呀，天哪，这是怎么回事？你是不是从哪儿摔下来了？你发高烧，”她摸摸他的额头说，“看眼睛就知道有病。这样吧，孩子，你哪儿也别去，我去打听一下，也许这里有大夫，也许会把你送进什么医院。总不能丢下你不管呀……”

“请别操心了，用不着。”阿夫季有气无力地对她说。

“不行，不行。你在这儿坐着，我一会儿就回来……”

这位灰头发的妇女请身旁的一名带着几个孩子的女人看东西，过后不知跑到哪儿去了。

阿夫季不记得她去了多久。他感到很难受。现在他明白是怎么回事了：他的嗓子痛得厉害。甚至不能咽下口水。“恐怕是咽峡炎”，阿夫季这么想。他感到浑身没劲，只想躺下，哪怕直挺挺地躺在地板上，哪怕别人踩他，他只想昏昏睡去，睡去，睡去……

阿夫季刚要迷糊入睡，突然候车室里的人群骚动起来，响起一片嘈杂的人声。他睁开眼，看到大麻贩子正从民警值班室被带出来。一班值勤的民警从四面围着他们，爱生气的中尉走在最前面——人们为他让路，跟在他后面的是戴着手铐的大麻贩子。他们在押解人员的监视下，一个跟着一个——彼得鲁哈，马哈奇，列昂卡，科利亚，两名爆破手和其他几人，一共十来人。他们被带出了火车站。

阿夫季强忍着疼痛，费劲地捡起拐棍，急忙赶过去追大麻贩子。他自以为走得很快，但不知为什么他怎么也赶不上被押送的人。聚成一堆看热闹的人也妨碍他挤到大麻贩子那里，这些人刚被带走，阿夫季看到车站门口不远处停着一辆三面封闭、后面开着一扇有格栅的小门的警车——两名民警托住大麻贩子的腋窝，把他们往里推。

最后，押解人员也上了车，把车门关上了。中尉坐在驾驶室里司机身旁。车子开动了，离开了车站前的广场，人群里议论纷纷。

“抓了强盗。嚯，整整一伙。”

“准是那帮抢民宅、谋财害命的家伙。”

“哎呀，吓死人了！”

“这哪儿是强盗？一帮毛孩子。”

“你说是毛孩子？可如今这帮毛孩子想杀谁就杀谁，连眼都不眨一下。”

“都不对，好心的人们，这是些大麻贩子。是啊，也就是贩运大麻的人。嘿，货车里抓了无数……”

“不论你怎么抓，他们还是不断地冒出来……”

“真不知是怎么回事……”

大麻贩子的那段沉痛的故事就这样结束了。阿夫季的内心有一种说不出的空虚感……

阿夫季很难记起他原先坐在什么地方，便慢慢朝候车室挤去。他吃力地拖着两条腿，瞎碰瞎撞地朝前走。这时那位灰头发的妇女正迎他而来。

“喏，这就是他。”她对一名穿白大褂的护士说，“你走哪儿去啦，孩子，我们可把你找遍了。你看，护士来了。你在发烧，所以他们怕你得了传染病。”

“不会的。”阿夫季有气无力地说。

护士摸摸阿夫季的额头。

“烧很高，”她说，“腹泻吗？粪便有没有腐臭味？”她进一步问。

“不。”

“反正得去医疗站。到那里大夫会检查的。”

“好吧，我准备好了。”

“您的东西呢？”

“我没有东西！”

四

阿夫季被送进扎尔帕克－萨兹铁道医院。女医师阿利娅·伊斯马伊洛夫娜，一个有点儿忧郁的哈萨克女人，检查完了病人，厉声说：

“您的病情相当复杂。腿部创伤应当由专家来处理。暂时我们用抗生素治疗，以免感染进一步扩大。但您作为病人，应当把您的全部情况告诉我。我这么问不是出于好奇，而是作为医生……”

人生在世，会有各种各样的相逢和离别，但有时的相逢，哪怕一生只有一次，除了上帝安排，很难有别的解释。十分遗憾的是，这类相遇往往没有什么结果。只是到了后来，人才有所领悟，——那时他突然会感到沉痛：原来那次相逢是徒劳无益的……因为相遇的结局已经不再取决于上帝，而是取决于人们自己了。

阿夫季就碰到了类似的情况。他住院后的第三天傍晚，他念念不忘的她来找他了。由于阿夫季不知道她是谁，她始终只能生活在他的幻想中，而幻想的天地是任人驰骋的……

白天经过打针服药，体温稍稍下降，傍晚时已经不超过三十七度三。但腿部的创伤暂时没有消肿，另外，右侧的一条肋骨像折断了，透视时发现有裂纹。总的说来，病情正在好转。阿夫季的自我感觉无可抱怨。医生阿利娅·伊斯马伊洛夫娜真是一位名副其实的医生，不仅用她的知识，而且以她美好的人品为患者治病。她开的处方，她本人的谈吐，都使病人感到镇静和自信，有助于患者同疾病做斗争。她的心理疗法是审慎的、杰出的，阿夫季在经历了种种挫折和震动后，特别强烈地感觉到，有时人多么需要别人的关怀和照顾。老实说，他甚至因为生了病，落到一名好大夫手中而感到由衷的高兴。他躺在这所设在公园内的幽静而简朴的铁道医院里，感到很安适，心情很好。

挂着白窗帘的窗子，正对着林荫道半开着。暑热没有消退。两名同房病友到院里呼吸新鲜空气抽烟去了。阿夫季一人躺着，不时量量体温。他老担心温度会再高上去。窗外响起了笃笃笃的高跟皮鞋声。有个女人向值班护士打听他。这会是谁呢？他觉得声音有点儿耳熟。很快护士打开病房的门。

“瞧，他躺在这里。”

“您好！”来访者说，“你是卡利斯特拉托夫？”

“我是。”阿夫季回答说，他简直不敢相信自己的眼睛。

这就是那位骑着摩托车到过乌奇库杜克，此后一直生活在他想象中的姑娘。一时间阿夫季慌了神，几乎听不清她的话，他之所以猜到她说话的意思，是因为很久以来只要她一张嘴，他就能理解她。原来姑娘叫英加·费奥多罗夫娜，她的来访同阿利娅·伊斯马伊洛夫娜有关（自从英加来此地从事科研工作，她同女医生已有三年交往），女医生对她讲起有关他的情况，她对此很感兴趣，因为他俩，也就是他，阿夫季，与她，英加·费奥多罗夫娜研究的课题十分相近，都与大麻有关，因为她现在所做的工作是研究莫云库梅草原上的大麻种群问题——接着她说了一个很复杂的拉丁名词，所以她前来找他，想了解一下，他是否需要某些资料……据她推想，新闻记者也是需要科学情报的。

上帝啊，哪里还谈得上科学情报！她的突然出现使他如痴如醉，几乎丧失了听觉，他只凭一种奇妙的方式猜出她的话语，他看到的只是她的一双眼睛。这一刹那间他似乎觉得，世上再没有第二双这样的眼睛——天文学家就是这样在几百万颗相似的星星中发现了新星，而对于门外汉来说，所有的星星都是绝对相同的。单是那美妙的目光，似乎就要让他飞起来……

这一切，阿夫季是在事后一人独处、心情稍稍平静时才回想起来的。而在相遇的最初时刻他完全像个白痴，诚然，英加·费奥多罗夫娜可以认为这是发高烧的缘故。可不，只有白痴才会突然冒出一句："您怎么知道，我时时想念您？"她没有回答，只是吃惊地扬扬眉毛，这么一来，她变得更加妩媚了，还神秘地微微一笑。如果她把这句粗俗的混账话当成平庸或者下流，那么事后阿夫季就会悔恨万分，就会咒骂自己。但上帝是仁慈的，她很有礼貌，不认为他的话有特别的含义。于是他们愉快地回忆起，她到乌奇库杜克后他俩第一次见面的情景，还对那次短暂的、但双方都难以忘怀的相遇取笑了一阵。阿夫季还谈到，后来有一天他和另两名大麻贩子彼得鲁哈和列昂卡，看到草原上出现了直升机，吓得躲进了草丛里。这事更把英加逗乐了。原来坐在那架飞机上的正是她，英加·费奥多罗夫娜，和几名来自塔什干的科学考察组成员。因为有个塔什干科学研究所专门研究如何用生物化学方式在大麻产地扼制大麻的生长。现在阿夫季开始了解到，同这种罪行的斗争从两个方面进行：根除吸毒现象和根除含有麻醉物质的各种植物。根据历来的情况判断，要解决这一课题很不简单。特别是当他从英加·费奥多罗夫娜的讲解中得知，完全可以找到一些化学物质，它们不仅能杀伤生长阶段的大麻，损害其繁殖体系，甚至能消灭这一物种。但这种方法同时带来更大的祸害——这些化学物质能破坏土壤：至少两百年内土地不能使用。为了同吸毒现象做斗争而去毁坏大自然，那就得不偿失了。英加·费奥多罗夫娜的研究课题正是寻找一种最佳方案来解决这一复杂的生态学问题。上帝啊，阿夫季想，如若大自然具有思维能力，它想必会知道，野生植物群和人的精神蜕化之间的这种荒唐关系，是以多么沉重的负担落在她身上了啊。

阿夫季把他同英加·费奥多罗夫娜之间发生的关系，称之为“自己命运中的新纪元”，而且不认为这是浪漫主义的夸张。他回到普里奥克斯克的第二天，立即给她写了一封长信，而在此以前，在回来的路上几乎每到一站，只要火车停留五分钟，他必定给她发一张明信片。自从阿夫季在自己生活的道路上遇见英加·费奥多罗夫娜以来，他发现，在他体验到的那份强烈而炽热的激情中有一种无法排遣的、超乎寻常的眷恋之情。

他在信中写道：

我发生了什么事，真是不可思议！我向来认为，我这人相当沉着，理智与感情绝对平衡，可现在我无法分析自己了。而且令我吃惊的是，我根本就不想做任何分析。一种前所未有的幸福，犹如落到我身上的雪崩那样把我完全压倒了。我看过一部纪录片，知道白雪的洪流如何席卷了沿途的一切。我感到幸福，这种雪崩似的感情狂澜突然倾泻到我的身上。世界上没有人能像我这般幸福、这般幸运，我像个手舞足蹈、全身铃铛直响的狂热的野蛮人，感谢命运之神在今年这个夏天让我经受的种种考验：是它让我活在人间，让我了解到只有在生活急剧变化时才能了解的东西。我想说，在纯属个人的范围内，爱情，这是一场真正的精神革命！既然如此，那么让我们欢呼：精神革命万岁！既能涤荡一切、又能更新一切的精神革命万岁！

英加，请原谅这些胡言乱语。但我爱你，我没有力量、没有语言能表达出你在我生活中的意义……

现在允许我松一口气。我已经去过编辑部。简单谈了谈情况。催我快点儿完稿，他们等着我的报道。就这个迫切而重大的题材，甚至可能写成一组特写。如果我的期待不落空，我有希望在这家报纸获得固定的工作。但目前这样说还嫌太早，主要的是，从明天起我将伏案写作。由于我以前有意不做任何笔记，现在不得不把全部往事从头至尾细细回忆一遍。

无论如何，大麻贩子的命运一直使我深感到不安，虽说由于贩运毒品，他们理所当然地要受到公正而严厉的制裁。因为对我来说，他们都是一个个活生生的人，有着各自辛酸的经历和坎坷的遭遇。我特别可怜列昂卡。小家伙要毁了。这里产生一个你我多次谈到过的道德问题，英加，你完全正确，英加，你认为地球上任何地方发生的任何人间的暴行和罪恶，都与我们大家有关，尽管我们远离出事地点，没有料到这种事，也不想了解任何情况。没有必要隐瞒，有时我们甚至会嘲笑说：瞧，那些我们习惯于称之为敌人的人已经堕落到了什么地步。但是报刊经常报道国外发生的暴行，这样做是正确的，而且有着深刻的意义。因为在世界范围内存在着人类负荷的某种总体的平衡，而人是宇宙间唯一能思维的动物，人类的这一特性，不论我们愿意与否，它高于一切使人类互相隔离的因素。因此，我们得出结论，尽管我们存在种种矛盾，这才是拯救人类理智的通途。

我多么高兴，英加，我能在信里向你倾诉最使我激动的一切，因为我会在你的心里找到必要的反响——这一点我深信不疑。我又怕我那些没完没了的信让你感到厌烦，你知道，我老是想给你写信，一封接一封，不停地写，否则我就无法忍受。我应当时时刻刻跟你在一起，哪怕在思想里。我多么想再回到莫云库梅草原，再见着你，就像我们初次在乌奇库杜克相遇时那样，你还骑着那辆摩托车。你不知道当时你就征服了我，征服了我这个热情捍卫宗教革新思想的人。我都不好意思承认，但我确实为你的出现而感到振奋，至今我也无法摆脱这种羞怯与狂喜的感情。你从天而降，像个女神，只不过有着现代人的外貌……

此刻，当我回想起这一切时，我不能原谅自己，不能原谅在我接触到这些大麻贩子的过程中，我的行为未能使人类的磨难哪怕稍稍减去一份恶，增添一份善。我本指望他们会畏惧上帝，但看来他们把金钱看得高于一切。现在我感到痛苦的是，如何才能帮助那些命运使我们相聚的大麻贩子，要知道我在同他们的交往中已经取得了一点儿经验。我指的首先是忏悔。这就是我想给他们指明的出路。忏悔，这一人类精神发展史上的伟大成就，尽管在我们的时代，它已被贬得一文不值。忏悔，可以说已经从当代人类的精神世界中完全消失了。可是人不做忏悔怎么能成为人？因为忏悔是心灵的震动和领悟，它是通过意识到自身的言行思想中的过错，通过自我谴责、自我审判的激情才完成的……而追求真理的过程，也就是每天不断地追求完美的过程……

啊，上帝，我宣扬自己的这一套了！原谅我，英加。这全是因为我无比激动，因为我无时无刻不想念你。我常常觉得，我还没有说出想对你倾诉的千分之一……

我多么想尽快再见到你，要知道我们已经分别了整整一个星期……

这种与时俱增的烦恼主宰着我，弄得我现在心神不宁……至于其他那些日常生活问题，不知怎么以奇妙的方式突然失去了意义，在我看来似乎都无关紧要，不值一提……

已是七月末。终于有一天，我垂头丧气地离开了报纸编辑部。我很伤心，因为主编对我的这组草原特写突然改变了态度。另外我的那些编辑部同事，原先鼓励我出差取得第一手资料，现在的举止也变得古怪起来，好像他们做错了事，对不起我似的。

这一情况令我十分难堪。当我觉察到有人对我抱着负疚的心情时，我很苦恼。所以想尽快离开他们！使他们摆脱这种良心的谴责，以便他们见着我时不会感到不安。否则我会觉得对不起他们……

离开编辑部时，我发誓不再回到这里：免得惹人生厌——最好由他们来邀我，如果需要的话。但如果不需要，那就一筹莫展了。我预料到会毫无结果，已经不抱任何希望。

我沿着林荫道走去，尽管俄罗斯夏季是最美好的时节，但我一点儿也不觉得高兴。为了写好这组草原特写，为了通过它们传达出我作为一个公民的沉痛心情，我付出了多少精力！我把这组报道写成一种启示，一种忏悔。可这时突然出现一种论调：似乎它有损国家的声誉（请想一想，我们为什么要对自己人保密?）。这一论调的直接后果便是断送了我这组呕心沥血写成的特写。我无法表达我的愤慨。最令人吃惊的是，主编居然说：

“然而，也许应当考虑一下，有必要把这些材料写成一份报告，呈送上级机关，以便采取相应的措施。”

是的，我就是这么说的。

我忍不住反驳他：

“到什么时候我们才不再宣扬，连我们的灾难也是最美好的？”

“这与灾难有什么相干？”主编皱起了眉头。

"有关系。因为毒品是社会的灾难。"

说完我就跑了。唯一能改善我的境况的，就是英加的来信。每当我想起她，内心充满愁闷的时候，我就拿出她的信来重读一遍。世上无疑存在一种心灵感应，否则如何解释她的信总能预料到我在想什么，担心什么，我最激动、最不安的又是什么。这些信鼓起我的希望和信心：不，命运没有欺骗我，更没有嘲弄我，因为当代的年轻妇女绝不会喜欢像我这样的失败者，一名对待精神财富持古老的宗教观念的神学校学生。与那些超群脱俗、英姿勃勃的年轻人相比，我真是相形见绌。但在英加的信中，我发现的是信任，甚至可以说是尊敬，而最主要的，不是模棱两可的回报式的感情。这就鼓舞了我，提高了我的自信心。多么幸福啊，我终于遇见了她，我的英加！这是否就是爱情的力量，一种相互之间的吸引力……

暂时我们还没有谈及任何生活问题。使我高兴的是这些问题存在着，而且有待解决。我必须找到一个固定的工作，能有固定的收入。目前我靠变卖父亲的旧书生活，这使我非常沉痛。我不止一次考虑过，不如去亚洲找英加，在那里定居，找个工作，永远待在她的身旁。我打算在她的考察队里当名辅助工作人员，全力以赴，以便使她顺利地开展自己的研究。要知道目前我对这种研究也不是无动于衷的。这维系着我们的共同兴趣；我是通过道德的力量来根除吸毒现象，而她是从另一个方面，即通过科学途径来解决这一课题。她的工作热情使我深受感动。因为不能说她的研究工作属于那种时兴的、举足轻重的学科，或者明显地预示着很快能功成名就。严格说来，把根除野生大麻当作科研课题而且认真进行工作的人，恐怕只有英加一个。她之所以选择这一科研方向，照我看来，有一个并非不重要的原因：她是本地人，出生在江布尔，在塔什干上学，所有这一切，当然啦，不能不影响她的兴趣和爱好。

英加的生活也不顺遂。她同丈夫，一名飞行人员，已经分居三年。

他们刚生下儿子就分手了。现在那个飞行员好像打算重新结婚。因此他们两人必须见最后一面，以便结束这种关系。首先是处理一下他们的儿子问题——小伊戈尔现在住在江布尔的外公外婆家。这是个医生家庭。但英加想要让孩子跟自己一起生活。她在给我的信中谈到，她希望秋天能把孩子接回扎尔帕克－萨兹，铁道系统的幼儿园已经答应收他入园。我非常为她高兴，而且回信说，她在各方面都可以完全信赖我。

这时她又给我写信，说她十分愿意在秋天休假期间同我一道去江布尔看望孩子和她的父母。不用说，她的共同旅行的计划深深感动了我。我回信说，我准备随时飞到她身边，听从她的安排。总而言之，在我这一生中，我愿意从我们共同的利益，首先是她的利益出发，告诉她：成为对她有用和需要的人，将是我的幸福。

结果是，到了秋天我们将决定自己的命运。我对此寄以全部希望。想到我们两人将一道去江布尔看望小伊戈尔和英加的父母，我非常非常激动，因为这次旅行关系重大。但是此需要一笔钱。光是路费就不少。在这方面，我原先指望那组莫云库梅特写，不过，唉，一切全落空了，但这不是我的过错。于是我临时找了一个工作：在州印刷厂做夜间校对，得到一些报酬……

有一天，我终于收到了英加的信，她问我能不能在十月末去扎尔帕克－萨兹一趟，那样的话，十月革命节前后我们就能一道去江布尔了……

我像疯子一样跑到市电报局，给她发了电报……得赶紧把书卖掉，用这笔钱买飞机票启程……

五

头头坎达洛夫到火车站物色几名能去莫云库梅参加围猎的帮手，在那里发现了阿夫季。

那位把这事委托给坎达洛夫的人，一定很有眼力。坎达洛夫很有经验：他当过铁道消防队队长，任职期间敢作敢为；过去是军人，而且来自感化营（这一点可是关系重大！），现在让他组织一次草原上的紧急行动可以说最合适不过了。顺便说说，坎达洛夫在这方面也有他微妙的考虑。他指望，这次为州管委会卖点儿劲，完成肉类上缴计划，日后他向州里有关部门提出申诉要求恢复党籍时，就可以有个好名声。其实他之所以被开除出党，完全不是因为贪污盗窃或者粗暴地滥用职权，而是由于干了一桩极为罕见的、但绝不会危及国家的事——在感化营里，他利用职权强行鸡奸犯人。是啊，有过这种倒霉事；是啊，他作为一名超期服役的准尉，是强迫了那些思想上的可疑分子，特别是形形色色的教派信徒和吸毒者，——对这些人有什么好怜惜的？为这种事能那么来回整人吗？已经够了。外加老婆离他而去，因为他开始狂饮无度，虽说在此以前他也贪杯。如果知人善任，他其实是个十分能干的人。瞧，这回给他派了正经事，他三下两下就组织起一帮人马。深夜到了火车站，在人群中察言观色，凭他那双老练的眼睛一下子就能发现，哪些人手头拮据，会同意跟他去莫云库梅，捞上一笔外快。就这样他看中了阿夫季。

阿夫季被迫接受坎达洛夫的建议不只是出于需要：发生了一桩他始料不及的、令人担心的事——他在扎尔帕克－萨兹没能碰上英加·费奥多罗夫娜，虽说他是接受了她信中的邀请前来的。他垂头丧气起来，尽管也说不清楚，有无必要这么烦恼。他是乘飞机来的，为此他先到了莫斯科，在那里他奔波了一整天才弄到一张机票，然后从阿拉木图坐火车到了这里。可以说，两天时间就赶到了，可是最后当他到了医院附近实验室所在的院落，走近那幢小屋时，发现门锁着，在锁眼里塞着英加·费奥多罗夫娜的留的一张便条。便条上写着请他到车站邮局去取待领的信。不用说，阿夫季急忙赶到邮局。他很快就取到了信，怀着一颗几乎停止跳动的心走到街心公园，坐在长凳上读起来：

阿夫季，我的亲爱的，请原谅。如果我早知道会出这种差错，我一定会通知你，让你暂时不要动身。我担心你没收到我的电报就上路了。事情是这样的，我的前夫突然到了江布尔，想让法院审理小伊戈尔的归属问题，我必须立即赶到江布尔。也许是我使他采取了这次行动：我写信坦白地告诉他，打算跟一个我很感兴趣的人开始新的生活。我必须让他了解情况，因为我们有个儿子。

再一次请你原谅了，我的亲爱的，出了这桩事。也许这样更好：这个问题反正迟早要解决。倒不如早点儿了结更好。

你来以后，会见到门锁着。我把钥匙留在我们的实验室化验员绍拉·阿利姆巴耶娃那里。她是个极好的人。你知道我们的实验室在什么地方。请到她那里取钥匙。你就住在我屋里，像在自己家里一样，并等着我。可惜阿利娅·伊斯马伊洛夫娜目前正在度假，否则你跟她会处得更有意思些。要知道她对你非常敬重。我想一周后就能回来。我尽可能把事情办妥以免日后再有任何麻烦。真希望你能见到小伊戈尔，我想你们会和睦相处的，非常希望我们能生活在一起。在此以前，我们再去看望一下我的父母费奥多尔·库兹米奇和韦罗妮卡·安德烈耶夫娜，让你跟他们熟悉起来。别难过，阿夫季。亲爱的，别发愁。我会尽可能把事情办妥的。

你的英加

又及：如果你来时不是上班时间，请到阿利姆巴耶娃家里取钥匙。她的地址是：阿拜街41号，她丈夫叫道尔别克·伊克萨诺维奇。

阿夫季一口气读完了信，开始陷入沉思。他大为震惊：情况突然起了变化，这是他始料不及的。他没去取钥匙，而是留在候车室里，决定先好好考虑一下。后来，为了不碍事，他把手提箱放到行李寄存处。阿夫季来到了街心公园，在那里坐了片刻，又到熟悉的医院附近徘徊一阵，最后找到一条车站与小镇之间的僻静小道，开始来来回回踱起步来……

草原上正是晚秋季节。已经有点儿凉意。被风吹散的云絮，犹如远方海上的滔滔白浪，在经过一夏已经褪色的十月的天空里飘浮。半数的树木枯叶已经凋落，脚下是一层失去光泽的绛褐色树叶。菜园也已收净，变得光秃秃的了。扎尔帕克－萨兹的街道上空寂而凄凉。在空中微微飘荡的蜘蛛网，会突然缠到行人的脸上。所有这一切勾引起他无限的感伤。火车站以其强大的工业优势，凌驾于广大的草原地区之上，这里是一片繁忙、轰响，生活如跳动的脉搏，一刻不停地在行进。列车在无数条线路上调动，人们来去匆匆，调度员操着嘶哑的嗓子通过无线电广播向整个周围地区喊话。

阿夫季又想起夏天的那段日子，想起大麻贩子冒险事件的结局。由此阿夫季无数次地回到有关忏悔的默想。他越是深入思考，便越发相信：忏悔是一种随着生活经历的增长而不断扩大内涵的概念，它是衡量良心的尺度，是由人的理智培育、养成、后天获得的因素。除了人，没有别的动物能忏悔。忏悔，这是人的精神对自我永无休止的、难以摆脱的关注。由此得出结论：任何惩处，不论是针对过失还是罪行，都应当在被惩处者的心里引起悔恨，否则这无异于对野兽的惩罚。

阿夫季这么想着，回到了车站。这时他突然记起了那位爱生气的中尉，想知道对方是否还记得他，并顺便了解一下大麻贩子彼得鲁哈、列昂卡等人的命运。此外还有一个原因促使他这么行事：他想方设法要摆脱那种如天边密集的阴云般使他烦恼不安的思绪，即不再想念英加·费奥多罗夫娜。现在他通过这面三棱镜去观察自己的一生、自己的未来，那就是他的生命取决于在遥远的江布尔的事态发展。不，既然他无能为力，一筹莫展，那就不要再去想它，要逃跑，要躲开这些念头。但遗憾的是，阿夫季没能找到那位爱生气的中尉。当他敲开民警办公室的门时，有位警察朝他走来。

“您有什么事？”

“我，您知道，想见见那位中尉。”阿夫季开始解释，预感到事情不会有什么结果。

“他姓什么？我们这里中尉很多。”

“很抱歉，我不知道他的姓。不过如果我见到他，立即会认出来的。”

“您找他有什么事？”

“怎么跟您说呢，想跟他谈一谈，聊一聊……”

那位警察很有兴趣地打量他：

“好吧，你自己瞧瞧，也许能找到你的中尉。”

但是这一次是个陌生人坐在电话机旁的桌子后面，他正跟一个人在谈话。阿夫季说声对不起，便走出房间。离开时他匆匆瞥了一眼铁笼子——想当初里面坐着被抓获的犯罪分子，但现在里面空无一人。

不论阿夫季怎么排遣，他总是一再回到那个永无休止地使他苦恼的念头：英加怎么样了？他还是没去取她留下的钥匙：他知道，一旦进了英加的空屋，独自承受那些折磨人的思念，他会更加感到孤独。如果他知道英加的情况，知道她什么时候回来，他可以在火车站等候。阿夫季竭力想象着江布尔此刻发生的情况，他心爱的女人会多么艰难，可他却爱莫能助。如果她的父母为了让孩子不失去父亲，坚持让她改善同丈夫的关系，那怎么办？是的，事情完全可能出现这种转折，那么他除了及早回去就别无办法。阿夫季生动地想象出一位神采奕奕的飞行员，风度翩翩，军装笔挺，佩着肩章，至少是位少校。他明白，与他相比，阿夫季就大为逊色了。阿夫季相信，对英加来说，什么军衔，什么外表，都不起作用，但谁知道，也许英加的父母看重这些呢？他们会看中哪个女婿——是小伊戈尔的父亲空军飞行员，还是连个固定职业都没有的怪人呢？

已近黄昏，天越来越黑，阿夫季的心情也越来越抑郁。挤满了人的火车站上一片昏暗，空气闷热，烟雾缭绕，阿夫季沮丧到了极点。他似乎觉得犹如置身于一片漆黑阴森的树林中，孑然一身。秋风在树梢上打着呼哨，很快就要下雪了。大雪纷飞，将把树林，把他，阿夫季，从头到脚埋在雪里，把一切都埋在雪里，一切都将被遗忘……阿夫季想死，如果此刻他得知英加不再回来，或者不光是一人回来，而是回来取了行李和书，同她的空军飞行员一道离去，那么他会毫不犹豫地跑到铁轨旁，躺到第一辆驶来的火车下……

正是在这令人难堪的时刻，在深夜，阿夫季在扎尔帕克－萨兹车站上被头头坎达洛夫发现了，后者正在挑选合适的人选，以便组成去莫云库梅的“委员会”。看来坎达洛夫倒有敏锐的观察力，不管怎么样，他准确无误地判断出，阿夫季此刻精神恍惚，心神不定。果然如此，当坎达洛夫建议阿夫季去莫云库梅荒原干上两天挣一份为数不小的外快时，对方立即同意了。他干什么都行，只要不独自待着，只要不这样毫无把握地等下去。另外他也考虑到了，当他挣了钱从莫云库梅回来时，可能英加·费奥多罗夫娜也回来了，情况就会明朗：或者他永远同心爱的人儿在一起（啊，那将多么幸福！），或者他必须离开这里，找到生活下去的力量……不过这种结局他是害怕的……

这天晚上，头头坎达洛夫把阿夫季带到消防队驻地。阿夫季就在那里的空铺上过了一夜……

第二天一早，这伙人就随同车队一道去莫云库梅荒原围猎羚羊。他们去干一件令人开心的事……

现在他们开始制裁阿夫季。五名瘾头十足的酒鬼——头头坎达洛夫，米沙什，克帕，哈姆雷特－加尔金和本地人乌久克拜。如果说得确切些，那么哈姆雷特－加尔金和本地人乌久克拜只是在场而已，他们一直试图多少能缓冲一下其余三名审判者的残暴，虽然很胆怯，也很可怜。

事情是这样的：傍晚时分阿夫季的那股狂劲又发作了（跟上次在货车里一样），这就成了别人惩处他的借口。莫云库梅荒原上对羚羊的大围猎，给了他极其恐怖的印象，以致他要他们立即停止这场屠杀，要这些野性发作的人向上帝忏悔，还鼓动哈姆雷特－加尔金和乌久克拜同他联合起来。那样的话，他们三人一道将抛弃头头坎达洛夫和他的喽啰们，将一道敲起警钟，他们每一个人都将时刻想着上帝，想着至高无上的创世主，期待着主的无限仁慈，将祈求主宽恕他们这些人对生机勃勃的大自然造成的灾难，因为只有虔诚的忏悔，才能减轻他们的罪过。

阿夫季高高举起双手，大声喊叫，号召他们立即站到他一边，以便向上帝忏悔，洗清罪孽。

他那副疯疯癫癫的样子，显得既荒唐又可笑，他大声呼号，跑来跑去，仿佛预见到世界末日来临，——他似乎觉得，一切正掉进火狱，一切正落入火的深渊。

他想让那些到这里来发横财的人去寻求上帝……想制止这部在莫云库梅荒原上肆意奔驰的庞大的屠杀机器——这股能摧毁一切的机械化力量……

他想战胜不可战胜的势力……

按照米沙什的主意，这几个人用绳子把他捆绑起来，扔进了卡车里的死羊堆上。

“呸！你躺在那里吧，喘口气。闻闻羊膻味！”米沙什冲着他喊叫，由于使的劲太大，嗓子都嘶哑了，“现在去喊你的上帝吧！呸！说不定，他会听见你的声音，会从天上下来救你的……”

入夜，升起的月亮挂在莫云库梅荒原上空，一场血腥的大围猎刚刚波及这片土地，在这里所有的有生之物，连狼在内，都亲眼看到了世界的覆灭……

全体破坏者都在庆祝胜利，除了这一天不幸来到莫云库梅的阿夫季……

为此他们准备制裁他……

米沙什和克帕把阿夫季从车上拖下来，把他拽到头头跟前，并且强迫他跪下来。头头坎达洛夫坐在一个空木箱上，那件皱巴巴的风衣敞着前襟，穿着高筒靴的两腿叉开着。在车灯的光照下，他高大得不大自然，双眉紧锁，一副穷凶极恶的样子。在他一侧，在那堆散发着新鲜烤羊肉的焦煳味的篝火旁边，站着缩头缩脑的哈姆雷特－加尔金和乌久克拜。他俩早已喝得醉醺醺的，因此在等着头头审判阿夫季时常常莫名其妙地傻笑着，还叽叽咕咕说些什么，你推推我，我推推你，彼此还挤眉弄眼的。

“喂，怎么样？”头头轻蔑地瞥了一眼跪在他跟前的阿夫季，终于发话了，“你想好了吗？”

“你们松了我的手。”阿夫季说。

“松手？他们为什么要捆你，你想过这点吗？要知道，只有暴徒、阴谋家、叛逆者、破坏秩序和纪律的人，才叫人捆起手来！破坏秩序的人，听见了吗？破坏秩序的人！”

阿夫季默不作声。

“也罢，我们就松了你的手，瞧瞧你会怎么样，”头头开恩了，“喂，把他的手松开，”他吩咐，“眼下他倒是用得着手。”

“见鬼，松什么手，呸，”米沙什不满地嘟哝着，一边解开阿夫季背上的绳子，“这号人只配像小狗崽子那样，立即淹死！这号人得叫他受尽折磨，快点儿入土！”

直到阿夫季被松了绑时，他才感到自己的肩膀和手都流血了。

“好啦，你的请求我们答应了，”头头坎达洛夫说，“你还有一次机会。不过你先得把它喝了！”他递给阿夫季一杯伏特加。

“不，我不喝！”阿夫季断然拒绝。

“叫你噎死，贱胚！”头头猛一使劲把那杯酒泼到阿夫季脸上。对方猝不及防，呛得跳了起来。但米沙什和克帕立即扑上去，把阿夫季按在地上。

“你扯淡，呸，得喝！”米沙什吼叫，“我早说了，这号人只配淹死！

哎，头头，再倒点伏特加。我给他往喉咙里灌！再不喝，我打死你这条恶狗！”

米沙什手里的杯子磕得咯吱响，杯子边划破了阿夫季的脸。他吞了一大口伏特加和自己的血，想挣脱出来，开始手脚并用抵挡米沙什和克帕。

“哥们儿，别了，由他去吧，不喝就不喝，咱们自个儿喝！”哈姆雷特－加尔金围着扭打的人跑来跑去，小声哀求。本地人乌久克拜躲到卡车后面，惊恐地从拐角探头张望，不知怎么办才好：是留在这里呢——可不，伏特加还没灌够呢——还是跑得远远的，躲过这场灾难……只有头头坎达洛夫高高坐在他宝座似的木箱上，那神气就像在观看马戏团的表演。

哈姆雷特－加尔金跳到头头跟前说：

“叫他们住手吧，头头，亲爱的，要是打死了人，我们要吃官司的！”

“吃官司！”头头神气活现地冷笑一声，“在莫云库梅还能吃什么官司？在这里我就是法官！事后你再去做证吧。说不定，他是叫狼咬死的呢。谁见着了？谁能做证？”

阿夫季失去了知觉，倒在他们脚下，他们又用靴子踢他。他的最后思念属于英加：日后她会怎么样，要知道这世上恐怕没有人能像他这样爱她。

他已经听不到任何声音，眼前一片模糊，不知为什么他看到一只灰狼——正是炎热的夏天在大麻草原上从他头上跳过的那只母狼……

“救救我，母狼。”阿夫季突然脱口而出。

他似乎凭直觉感到，那两只狼，阿克巴拉和塔什柴纳尔，此刻正朝着狼窝这边跑来——尽管这天夜里这地方被人占领了。动物一般都习惯在老地方歇宿，所以它们又返回来，希望那些人已经离开了它们的洼地，转移到远处去了……

但是庞大的卡车照旧在老地方，那黑黑魆魆的怪影令人恐怖——从那里传来喊叫声，吵闹声，沉沉地打击声……

狼不得不转向草原。它们浑身乏力，不知所措，昏头昏脑地在草原上乱闯……由于这些人，它们日日夜夜不得安宁。它们步履艰难，月亮照出了它们夹着尾巴的黑影……

而审判，说得确切些是私刑，还在继续……喝得烂醉的围猎者却没发现，被告阿夫季在他们轮番拳打脚踢之下，几乎都站不起来了。

“喂，站起来，秃驴！”时而米沙什，时而克帕，又是踢，又是骂，催他起来，但阿夫季只是小声呻吟着。杀气腾腾的头头坎达洛夫一把揪住衣领把绵软软的阿夫季像条口袋似的提了起来，开始训斥他，而且越说火气越大：

“叫你这个混蛋拿上帝来吓唬我们，让我们感到恐怖，想拿上帝来责难我们，你这个恶棍！上帝吓不着我们——你找错了对象，狗杂种！我们在这里完成国家任务，可你反对计划，狗杂种，反对地区政府，这么说来，你这个败类就是人民的死对头，人民和国家的敌人！像这种敌人，危险分子，破坏分子，就不配活在世上！‘谁不跟我们在一起，谁就是反对我们。’应当把人民的敌人彻底消灭干净！绝对不能姑息！如果敌人不投降，就消灭他，叫他妈的见鬼去！要在部队上，谁敢这么鼓动，就崩了他，叫他一下子完蛋！好叫我们的国土上干干净净，不闹鬼。扫清一切妖魔鬼怪。可你，教堂里的耗子，你干什么啦？搞怠工！破坏国家任务！想把我们都送进修道院。要是我掐死你这个人民的敌人，孬种，大家只会谢谢我，因为你是帝国主义的走狗，败类！你以为斯大林不在了就没法治你啦？你这个秃驴，立即给我跪下！现在你得听命于我——扔掉你的上帝，否则你就完蛋，你这个恶棍！”

阿夫季跪不住，摔倒了。他们又把他提拉起来。

“回答，败类，”头头坎达洛夫吼叫，“扔掉你的上帝，说：没有上帝！”

“有上帝。”阿夫季无力地呻吟着说。

“原来是这样！”米沙什也吼起来，像被开水烫着了，“我早说过，呸，你跟他说东，他偏跟你道西！”

头头坎达洛夫发起狠来，气喘吁吁地又拽起阿夫季的领子使劲摇他。

“你放明白些，上帝迷，我们马上为你举办一次音乐会，叫你一辈子忘不掉！把他拖到那棵树上，把他吊起，吊死这个恶鬼！”头头坎达洛夫大叫，“再在脚下生堆火，让他烤烤！”

这些人齐心协力地把阿夫季拖到洼地边上一棵弯曲多节的老盐木前。

“拿绳来！”头头坎达洛夫命令克帕。

那人急忙朝驾驶室跑去。

“哎，你们站在那儿干吗？乌久克拜，什么国家的主人，你他妈的怎么变卦了？还有你，真讨厌，臭狗屎不如的演员，你们干吗袖手旁观，啊？快跑，扑上去！要是不干，你们甭想闻着酒味！”头头坎达洛夫吓唬可怜的酒鬼，于是这两人没命地冲上前去把可怜的阿夫季吊起来。

一伙无赖的胡闹突然带上不祥的预兆。愚蠢的恶作剧有变成私设刑堂的危险。

“呸，有件事不好办——在这该死的草原上可找不着十字架和钉子！真叫倒霉，呸，”米沙什伤心地说，一边噼噼啪啪折着盐木的枝子，“要有才好哩！咱们把他钉上十字架！”

“不要紧，我们用绳子把他捆起来！不比用钉子差！”头头坎达洛夫想出办法，“拽住他的手脚，像青蛙那样，捆得他动弹不得！把他吊到明天早上，叫他好好想想到底有没有上帝。我对他用的这种教育手段，叫他这个臭神父到死都会记住。我要给他点儿厉害瞧瞧！我在部队上调教的可不是这号人。喂，扑上去！伙计们，捉住他！吊到这根树枝上，再高点儿！把手捆在这儿，脚捆在那儿！”

事情办得十分利索，因为阿夫季再也不能反抗了。他被捆在弯曲多节的盐木上，手脚被绳子缠得死死的。他吊在那里，像一张挂起晾晒的新鲜兽皮。阿夫季还能听到谩骂声，说话声，但声音似乎来自远方。痛苦耗尽了他的全部精力。在肚子里，在肝区部位，灼疼得叫人无法忍受，腰疼得像绷裂了，折断了。阿夫季越来越衰弱。那些烂醉如泥的折磨者枉费心机地想在他脚下点火，连这也吓不着他了。他对一切都已无动于衷。不过火堆没有烧起来：由于昨天下雪，潮湿的草和树枝点不着……谁也没有想起泼点汽油。对他们来说，阿夫季像菜园子里的稻草人那样挂在那里，已经够他们乐的了。他那副模样，说不上像吊着的呢，还是像十字形的，逗得大家很兴奋，很激动。特别是头头坎达洛夫更是来劲。他仿佛看到一幅幅图景，别提多生动、多有趣了——草原里怎么有个吊死鬼！

“谁敢说个不字，谁就是这个下场，这一点你们要牢记在心！”他威胁说，一边打量着捆在盐木上的阿夫季，“谁不跟我们在一起，我就把他们统统绞死，叫他马上吐出舌头！谁敢反对我们，我把他们统统吊死，统统的！挨着个儿，我让他们连成一串，像木柄箍那样，去拥抱整个地球！到时候就没人敢说一个不字，所有的人就得战战兢兢……好了，咱们走吧，各位委员，再去喝一杯，豁出去啦……”

头头说罢，其余的人连声称是。这一伙人便热热闹闹地朝卡车走去，头头还哼起一支显然只有他知道的小调：

我们穿上马裤，

腰间别进手枪，

一二，一二……

热血沸腾的"委员同志们"随声附和："一二，一二，"之后他们又开了两瓶酒，挨个抓着瓶颈，喝得不亦乐乎。

过了片刻，车灯突然亮了，卡车发动起来，拐了个弯朝草原方向慢慢开动。黑暗重又合上。周围一片沉寂。只有阿夫季被捆在树上，孤零零一人面对整个世界。心里烧得慌，颠散了的五脏六腑感到一种难以忍受的、令人昏迷的疼痛……意识在消逝，恰如春汛来时小岛渐渐沉入水里。

"我的小岛在奥卡河上……谁又能来救你呢，先知？"——他的最后念头像火花那样闪烁一下，便熄灭了……

那是生命最后的水涌了上来……

他那渐渐失神的目光仿佛看到一片大水，一片无边无际的汪洋大海。水无声地汹涌着，水面卷起无声的白浪，像旷野中的风搅雪，不知从哪儿来，不知往哪儿去。但在无声的海洋那朦胧的尽头，水面上显露出一个模模糊糊的人影，阿夫季认出了这个人——那是他的父亲，助祭卡利斯特拉托夫。蓦地阿夫季听到自己童年时的声音——那声音正为他的父亲朗读一段他心爱的关于沉没的海轮的祷词，跟小时候在家里站在旧钢琴旁朗读一样。不过现在他们之间的距离很远，那银铃般的童音令人感奋地在世界上空飘荡：

天刚蒙蒙亮，太阳尚未升起，世界还在安睡……

你，怜恤世人、仁慈公道的主，原谅我用这无休止的祈求增添你的烦恼。在我的祈祷里，没有私心——我不求尘世的功名富贵，也不求长生不老。我只是不停地呼吁要拯救世人的灵魂。你，宽宏大量的主，不要把我们抛进无知的苦海，不要让我们在这善恶争斗的世间寻找开脱的借口。请赐给人类以洞察一切的远见。我不敢启齿为个人祈求。我不怕承受任何应分的结局——是该在火狱里焚毁，还是进入永恒的天国。你是我们命运的主宰，无形的、无所不在的创世主！……

我只求你一件事，我没有更高的要求……

我只求一件事，请显示神迹：让那艘海船始终在它原来的航线上行驶，日以继夜，夜以继日，只要由你确定的日夜轮回还在地球上和宇宙间运转不息。让这条船永远在它的岗位上，让它继续航行吧，让它的桅杆上永远张着满帆从海洋驶向海洋：让波浪拍击船尾，让它那强劲的轰鸣声永不止息。让海上飞溅的水沫像闪光的雨向它袭来，让它呼吸着那苦涩的、轻快如风的雾气。让它听见甲板的嘎吱声，轮舱里机器的轰隆声，还有船后顺风而飞的海鸥的鸣叫声。让这条船驶向遥远的彼岸那光辉的城市，虽说千百年来还无人靠近过它。阿门！

他的声音越来越弱，越来越远……阿夫季听到自己在海洋上的哭号……

这一夜，在沉寂的莫云库梅大漠上空，一轮满月高照，泻下一片明亮得令人目眩的清辉，映出了老盐木上一具十字形的僵直人体。不知为什么人体有点儿像一只展翅欲飞的大鹏，但它被击落了，现在掉在树枝上。

离这儿一千米半的草原上，停着那辆带帆布顶篷的军用卡车。车子里，那些干完了肮脏勾当的坎达洛夫们胡乱地躺在死羊堆上，身边尽是睡梦中呕吐出来的令人恶心的秽物。空气里一片沉重而吃力的鼾声。为了把阿夫季丢下一个人过夜，他们把车开得远远的。他们想教训他：

由他去体会体会离开他们后的滋味，说不定到时候他会抛弃上帝拜倒在实力面前……

对阿夫季的这种惩处是加尔金想出来的，这位演过哈姆雷特的演员一次次抓起酒瓶，像饮水似的猛灌伏特加，为了讨好头头坎达洛夫，便出了这么个主意。他说，让这个爱上帝的人受受惊吓，让他好好考虑考虑。又说把他吊起来、捆起来，然后我们跑得远远的。这么一来，他就得急着来追我们，可是哪能追得上！

第二天清早，天刚蒙蒙亮，两只狼小心翼翼地朝老窝这边接近。阿克巴拉走在前头，一夜之间，它消瘦了，两肋陷了进去。大脑袋的塔什柴纳尔沉着脸、跛着腿，跟在母狼后面。熟悉的地方空荡荡的，夜里人们不知跑到哪儿去了。不过这对野兽举足投步，如果可以这么比喻的话，就像走在布雷区，特别小心谨慎。它们每走一步，都会碰上带有敌意的陌生东西：熄灭的火堆，空罐头，碎玻璃，卡车留在车辙里的刺鼻的汽油味和铁锈味，以及到处都是的空酒瓶，里面还散发着不纯净的白酒味。两只狼走在洼地边上，准备永远离开这块乌七八糟的地方，突然间阿克巴拉猛地跳到一旁，呆呆地站定了——人！在离它两步外的老盐木上，吊着一个伸着双手、歪着头的人。阿克巴拉蹿进灌木丛，塔什柴纳尔紧随它而去。树上的人一动不动。徐风吹得树枝呼呼作响，也吹动他前额上的白头发。阿克巴拉趴在地上，身子弓得像团弹簧，正准备跳跃。它前面是人——一种最可怕的动物，给狼带来灾难的罪魁，不共戴天的死敌。阿克巴拉满腔愤恨，怒气冲冲地稍稍后蹲一下，想一跃而起，扑到人身上，咬断他的喉咙。在这决定性的瞬间，母狼突然认出了这个人。不过，在哪儿见过的？噢，这就是它夏天碰上的那个怪人，当时母狼一家来到一片香气扑鼻的草地。阿克巴拉立即回想起那个夏日，回想起它的小狼崽曾同这个人玩耍过，回想起他吓得蹲在地上，双手抱住了头，而它宽容了他，从他头上跳了过去。它还记起他那双吓直的眼睛，惊慌失措的表情，以及他无力自卫、光着身子急忙跑开的模样……

现在这个人奇怪地挂在不算高的盐木上，像只卡在树枝间的大鸟。母狼弄不明白，他是活着还是死了。那人一动不动，不出声，头歪在一边，嘴角淌着鲜血。塔什柴纳尔正要扑到挂着的人身上，但阿克巴拉猛地把它推开。母狼走到跟前，仔细打量着受难者的面容，小声哀嚎起来：它去年生的几只小狼崽都丧生了。莫云库梅的整个生活已化为灰烬。它无处可以诉说自己的悲哀，这个人也丝毫不能帮助它，他的死已经近了，但身上还有一丝热气。那人费劲地睁开眼睛，对着哀嚎的母狼轻轻嘟哝着：

“你来了……”说完，他的头不由自主地垂下了。

这是他的最后一句话。

就在这一刻，响起了马达的轰鸣——草原上出现了一辆军用卡车。车子行进着，变得越来越大，驾驶室的窗玻璃发出暗淡的闪光。这是坎达洛夫又回到造孽的现场来了……

两只狼毫不迟疑又朝远处奔去。它们跑呀跑呀，越跑越快。头也不回地离去了——莫云库梅的草原狼离开了莫云库梅，离开了这片广漠的荒原，一去不返了……

整整一年的时间，阿克巴拉和塔什柴纳尔是在阿尔达什湖滨的芦苇丛里度过的。在这里，它们又生下一窝幼崽——五只小狼，数量真不少！小狼渐渐长大，这时又遇到一场灾难——芦苇着火了。这地方正在修筑通往露天矿区的专用线，因此必须把芦苇烧光。阿尔达什湖滨成百上千公顷的古老芦苇毁于一旦。战后这一带发现了大片稀有金属矿藏。于是草原上又立起了一个无名大信箱。在这种情况下，芦苇算得了什么，既然连这个独一无二的湖的毁灭都不能使任何人止步，既然事情跟稀缺原料有关。为此可以把地球像西瓜那样开膛剖肚。

开头飞机在芦苇荡上做超低空飞行，从空中施放一种混合燃料，以便一旦需要时，芦苇能一下子同时起火。

夜间，一声令下，四处点火。浇上了引火剂的芦苇立即像火药似的冒出熊熊烈焰，那火势比起森林火灾要厉害好几倍。火光冲天，滚滚浓烟遮住了草原，犹如冬季的大雾笼罩了大地。

当火光四起、刚刚闻到一股焦煳味时，这两只狼就在芦苇丛里急得团团转，竭力想救出所有的小狼。它们叼着小狼，不断换地方。阿尔达什湖滨的芦苇丛里一片混乱。鸟儿黑压压一片在湖上飞来飞去，那惶惶不安的惊叫声响彻四方，连草原上几俄里远的地方都能听到。世世代代生活在芦苇丛里的动物，从野猪一直到蛇，全都丧魂落胆了——在密密的芦苇中所有的有生之物都在东奔西窜。同样的命运落到狼头上：火从四面八方把它们围住了，要想得救只有泅水。无奈，只好扔下三只小狼，阿克巴拉和塔什柴纳尔叼起另两只小狼，泅水过了河湾。当大狼终于爬上河湾对岸时，发现两只小狼已经呛水死了，尽管大狼竭力把它们往高里举，但这也无济于事。

于是阿克巴拉和塔什柴纳尔不得不再次流落他乡。这一回它们进了深山区。狼的本能提醒它们：现在只有山区才是它们得以在地球上生存下去的唯一去处。

两只狼走了很长时间，由人一手制造的那场浓烟滚滚、遮天蔽日的大火落在后面了。穿过了库尔台高原，有几次它们不得不在夜里横穿几条公路。公路上汽车飞驰，车灯雪亮，在它们的征途中，再没有比这些急速飞跑的火球更可怕的了。过了库尔台，这一对狼来到了阿克－丘兹山脉。不过它们觉得这里还不够安全，于是它们继续前行。穿过阿克－丘兹山口，这对狼来到了伊塞克湖滨地区的盆地。再往下走就没路了。前面是海……

在这里，阿克巴拉和塔什柴纳尔开始了新的生活……

它们又生下一窝幼崽——这次有四头小狼来到了世上。

为了传宗接代，狼做了最后一次绝望的努力。

在那里，在伊塞克湖滨山区，这对狼的故事以骇人听闻的悲剧而告终……

第三部

一

人找运气，运气找人……生活就这么来回兜圈子……如果命运之神当真总能击中自己的目标，那么这一回也是如此。一切都来得极其简单，简直是在劫难逃……

这一天，巴扎尔拜·诺伊古托夫合该当上地质队员的向导。巴扎尔拜根本不知道那些地质队员要找一名向导，是他们自己找上门来提出要求的。

地质队员们顺着给羊群运料的拖拉机的车辙，来到了这里，来到了塔曼。

“为什么这地方叫塔曼？”其中的一个问道。

“那怎么啦？”

“没什么，很有趣……”

“塔曼的意思是鞋底。你瞧，这不是靴子底吗？这地方是山窝窝，所以就叫塔曼。”

“原来是这样！这么说来，塔曼和赫赫有名的塔曼军团都是由此得名的喽？”

“说不好，老兄。这种事将军们知道。我们这一行，你自己明白，是放牲口的。”

就这样，地质队员们来到了塔曼。据他们说，下面的路只能看地图找了，所以最好有个本地人能把他们带进山去。为什么不行呢？再说又不是没有报酬。事情不多：无非是领四名男子汉和带驮子的牲口去阿奇－塔什峡谷。到了那里，这些地质队员好像要取点儿样品，谁不知道呢，要取点儿金子——他们只找金矿。如若找到了，那就可以领到一大笔奖金。不过可以设想，这该由他们去操心，至于巴扎尔拜，他只需在傍晚时赶回塔曼的羊圈就行——他领着羊群在这地方过冬。瞧，就这么点儿事儿。

别看这几个男子汉是城里人，对于钱的事却很不开窍。巴扎尔拜便耍起牛脾气来，说什么：没工夫，我哪能去当向导，万一畜牧场领导来了，你们倒没事，会拿我是问，会责问组长巴扎尔拜·诺伊古托夫在什么地方？为什么擅离职守？眼瞅着接羔期就要到了，到时候谁负责？——这么一来，几位老兄立即加码，答应给二十五个卢布。瞧这些傻小子！甭跟他们客气——钱由公家出，国库不会因此变空。这些人想必也一心想捞钱——只要有空子可钻。所以让他们出钱吧。对巴扎尔拜来说，送几个地质队员到目的地不费吹灰之力——骑上马，走吧。即使没有这档子事，他也几乎三天两头不管有事没事总骑着马四处浪荡，特别是什么地方有红白喜事，有酒可喝，更是少不了他。每当他去国营畜牧场办事处领工资的时候，放牧组的人：一名牧人，两名帮手，特别是他老婆（她也算一名工作人员），接羔大忙时节再加几名妇女——人人都为他担心。巴扎尔拜总要到深夜里才回来，喝得烂醉如泥，身子在马上东歪西倒——他这是给大家领钱呀。后来，看样子是他的“恶婆娘”向畜牧场场长告的状：已经有三个月了，出纳员博龙拜月月把工资亲自送到羊圈来。说什么照章办事，他得让每个人在工资表上亲笔签名。哼，既然乐意，那就由他送吧。

眼下这二十五卢布，你瞧，几乎是自己钻进了腰包。不错，去阿奇－塔什的小道尽是乱石，有的地方陡得叫人喘不过气来，稍不留神，还可能摔断脖子。也没什么，山嘛，就是山，这可不是在运动场上兜圈子，还可以在脖子上挂块奖牌。这有什么好奇怪的——世上从来没有过公道，现在也没有。你这里冬天夏天蹲在山窝窝里，什么柏油马路、自来水、电灯、电话，全没你的份，随你怎么打发日子，一年到头踩着臭烘烘的羊粪，照料羊群。可城里，有那么个机灵小伙子穿着雪白的运动鞋，在运动场上飞跑，或者一脚射中球门——自己扬扬得意，也叫场上的观众高兴得发了狂。荣誉属于那个机灵鬼，各报纷纷刊登他的新闻。相比之下，你在这里从早干到黑，没有休息日，没有节假日，忙断了腰，也就是刚刚能养家糊口。有时心烦就只得灌烧酒，过后老婆会把你吞了，自个儿也讨没趣儿。上头就知道要增产，要你保证每一头母羊都下羔，就知道要你增加羊的体重，要细羊毛，还老吓唬人，说是要拿合成纤维来代替羊毛。只不过这合成纤维在哪儿呢？到了剪毛时节，成百个检验员，像群白兀鹫那样飞来，把地上扫得一干二净，连最后一根羊毛也叫他们搜刮了去。说什么要用细羊毛换取外汇……看来，他们急需外汇……于是这一切像掉进了无底洞。母羊，人，连这讨厌的生活，统统见他的鬼去吧……

一路上，巴扎尔拜尽想着这些不痛快的事，所以很少说话，只偶尔转身提醒一下随行的地质队员什么地方有危险……心烦意乱，都怪那个恶婆娘……真是个捣乱鬼！非得插一杠子，非得闹腾一番。这一回也是，吵吵嚷嚷，而且当着外人的面。她不喊就憋气！瞧，把生活搅得一团糟！难怪有句老话：夜里老婆亲热得像只猫，到了白天就成了蛇！可不是！没完没了地吼起来！“你呀，”她说，“就知道到处浪荡，这些地质队员找你干什么？这时刻，活儿多得没法说，母羊要下羔，小娃娃挂在脖子上，几个大点儿的在寄宿学校里都成了小流氓。放假一回来，恨不得把什么东西都吃光。累死累活也得供他们，可甭指望他们帮点儿忙。抽起烟来像个鸦片鬼！他们还灌伏特加，学校里没人管他们，校长本人就是个酒鬼，回家来谁又能当他们的榜样？你就知道瞎逛荡，就知道到处灌黄汤。亏得马儿还能把你驮回来，要不呀，你醉醺醺的早不知在哪条路上挺尸了……”

那才叫下贱呢！不知打过多少回，训过多少次，一辈子脸上青一块紫一块的，所以大家叫她科克·图尔松——意思是脸上发青的图尔松，可她就是笨得管不住那条可恶的舌头。

这一回也是，这恶婆娘当着地质队员的面大吵大闹，真不是时候。要知道，以前治过她多少回，掐得她眼睛瞪出来！随即保证不再顶嘴，可哪行呀！不过他有办法叫她住口。就说有事商量，把她叫进里屋，等她一进来，二话不说就把她顶在墙上，脸冲着脸，憋得她只剩一口气。这当儿，他看清了老婆那张满是皱纹的憔悴的青脸，看清了她那双吓得发蒙的眼睛。从她失神的目光中，他看出了她已往岁月的全部辛酸、愁苦、失意和对生活的怨恨。这时候他甚至厌恶起自己来，于是压低嗓门厉声斥道：“哼，母狗，你再敢给我嚼舌头，我把你像虱子那样捻死！”说完，把她推到一边。

他老婆默默提起水桶，砰的一声关上门，来到院里。巴扎尔拜喘口气，也走出来，骑上马，同地质队员一道上路了……

幸亏有匹好马——这是他唯一的乐趣。一匹出色的马，养马场弄来的。不知哪个怪物说它毛色不正，给剔下来了，肯定他不识货，搞不清这是枣红马，还是黄鬃马。不过问题难道在这里？这马跑得快，山里坳里全认得路，主要是它像狼一样有耐力，从早到晚鞍不离身，还不掉膘。没说的，他有匹好马。这四邻的牧人中恐怕谁也没有这样的马，只有鲍斯顿这位国营畜牧场的先进工作者除外。哼，这号人世上少见，应当说是个吝啬鬼。这一辈子不知为什么两人就是不对劲。刚才说到鲍斯顿的那匹马，真是棒极了，毛色也漂亮，金灿灿的，是匹顿河种马，所以取名叫顿库留克。鲍斯顿真走运。他精心饲养那匹马，也只能这样，他得骑上马才显得精神，现在他又娶了个年轻媳妇，也就是埃尔纳扎尔的寡妻。那位埃尔纳扎尔三年前在阿拉－蒙丘山口掉进了冰裂缝，至今尸骨未收，还留在那里……

进山时，他们大部分时间默默地鱼贯而行，再说巴扎尔拜同老婆吵了一架之后情绪低落，无心聊天。他们就这样行进着。冬天快要过去。在向阳的山坡上，积雪已化，土地裸露，已经透出春天的气息。这时刻山间宁静而爽朗。在低处，有个很大的山间湖泊泛着祖母般的蓝色，正午的太阳已经高高挂在湖对面的群山之上。

没多久，巴扎尔拜就把地质队员带到峡谷口。这时，清澈如镜的伊塞克湖最后一次从眼前掠过，后面的景色已被群山挡住。连绵不断的悬崖陡壁阴森森地挂在头上。四周尽是山岩，荒凉得没有人迹。“这种地方能找出什么宝贝？”——巴扎尔拜举目四望，感到纳闷。他决定把地质队员一送到目的地，立即回家。阿奇－塔什峡谷不算很长，旁边那个平行走向的峡谷才长呢：出口处快到湖滨了。他暗暗拿定主意，回去时翻山走巴沙特峡谷，可以抄近路回家。后来他同地质队员一一告别，准备离去。临走时，他把那张梦寐以求的二十五卢布钞票揣进衣兜，接着插话说：

“朋友们，你们个个是好汉，”他嘿嘿一笑，同时傲慢地摸摸胡子，“我也不是小毛孩子，难道就让我干着喉咙离开你们？”

巴扎尔拜本指望能喝上一小杯，谁知他们慷慨得很，送了一瓶酒——瓶子有点儿发绿，内装半公升酒，是本地食品公司的产品。“给，”他们说，“拿家去喝！”巴扎尔拜喜出望外，一下子变得快活起来。他开始手忙脚乱地指点着：在哪儿支帐篷好，在哪儿可以砍到烧火用的荆条。他挨着个跟每一位地质队员告别，长时间地摇着对方的手，甚至忘了给马喂点儿褡裢里的燕麦。让马硬撑着，他也不是头一回了。

他急忙翻身上马，动身往回走。正如事先考虑的那样，他很快找到一条小路，翻过一道半积雪的山岗，就下到了巴沙特峡谷。在这边的峡谷里，两边山坡上长着稀稀疏疏的树木，而且也敞亮些，不像阿奇－塔什那么阴暗。主要是，这里有许多奔流的小溪和泉水，所以叫作巴沙特峡谷，意思是清泉谷。

放在短皮袄外面的雨衣口袋里的酒瓶，使巴扎尔拜不得安宁。他时不时摸摸酒瓶，四下里打量，最好在小溪旁找个地方歇一会儿。他知道自己的酒量——可以喝上半瓶，再喝点儿水，然后继续赶路。碰到这种场合，巴扎尔拜的头一件事就是坐上马鞍，马很可靠，会把他送到家的。还是苦命的科克·图尔松说得对，有鬼撑着巴扎尔拜的胳肢窝——他一次也没从马上摔下来过。

最后，他看中了路边的一条小溪。那小溪微微上了冻，岸边的冰很脆，边缘晶莹透亮，水遇到冰下的石头，便欢快地汩汩作响。这地方巴扎尔拜觉得很合适。周围长着柳丛和伏牛花，雪不算厚，还可以饮饮马，喂点儿料。他给马去掉嚼子，从马背上扯下装燕麦的褡裢，解了绳子，把开口的一端送到马嘴下。马呼啦呼啦地吃起燕麦来，咀嚼着，还轻快地舒着气，闭上眼睛，似乎在驱赶全身的倦意。这时巴扎尔拜在水边找了一截粗树桩，舒舒服服地安顿下来，掏出酒瓶，欣赏一番，还对着亮光瞧了一阵，但什么异样的地方也没看出来，只是发现，白天快要过去，山间的影子变斜了，离太阳落山最多也只有一个来钟头了。但是巴扎尔拜不急着赶路。他预先感受到了伏特加那种让人晕乎的熟悉的效力，不慌不忙地用厚指甲抠出瓶塞，闻了一阵，晃着脑袋，把嘴贴到瓶口，哆哆嗦嗦地喝了几大口火辣辣的烧酒。随后从溪里捧点水，连碎冰碴一起吸进去，把冰碴嚼得咯吱响——嗬，简直连脑袋瓜里也发出咯吱声。巴扎尔拜挤眉咧嘴，那张脸变得奇丑无比。他哼了一声，清清嗓子，闭上眼，等候酒劲往上冲。他等着那一瞬间，到时候周围的一切：

山呀、岩呀，就会变得模模糊糊，在迷雾里飘浮、翻飞。他等着那热昏了的头会听到乱哄哄的声音和响动。于是他屏住气息，眯缝起眼，准备领受一番飘飘然的醉意。就在这浑身疲软的时刻，他听到附近什么地方发出几声轻轻地吠叫，像有个孩子在抽泣——这会是什么呢？在那边，在一片伏牛花丛和一堆乱石后面，不知什么东西又像小狗那样尖声吠叫起来……巴扎尔拜警觉起来，又一次下意识地呷了一口酒，随后把酒瓶挨着一块石头放下，使劲擦擦嘴，站了起来。他再一次留神谛听，明白了：对，他没弄错。是小动物发出的声音。

那是狼窝，是阿克巴拉和塔什柴纳尔的几只小狼崽，想念老不回来的大狼，冷清得尖声吠叫起来。这对草原狼在经过长途跋涉逃离莫云库梅荒原之后，有一年多的时间被迫过着孤独的生活。随后，经过阿尔达什湖滨芦苇荡的那场大火，阿克巴拉过早地生下一窝四只小狼——眼下正是冬去春来的大寒时节。

巴扎尔拜仔细察看了几条兽径，已经朝狼窝走去。如果他这时脑子清醒，想必会事先考虑一番，是不是犯得着往里面钻。他没有立即在山缝里找洞，经验帮了忙，他仔细观察雪层，发现有一串清晰的兽迹——事情很清楚，大狼生性谨慎，每一回总是踩着原先的脚印走。接着巴扎尔拜在乱石中间灌木丛里发现一大堆骨头，有的肉被啃光了，有的已被咬碎。这么看来，大狼不止一次把部分猎物拖到这里，然后不慌不忙地吃完。从剩下的髋骨和骨架的数量来判断，这狼已经在这里生活了很久。现在要找到狼窝通道就不难了。很难说，为什么巴扎尔拜不怕钻进可能藏着大狼的洞穴。但是饿昏了头的小东西一个劲儿地尖声吠叫着，还探出头来，像在招呼人过去。

小狼崽怎能知道，它们的父母外出捕猎是出于无奈。对狼来说，早春的日子最难熬：这时刻所有动物都变消瘦了，周围地区最软弱可欺的野羊和盘羊绝迹了——母羊即将下羔，都躲到很难接近的山崖顶上，而家畜出于同样的原因，此刻被关进封闭的羊圈里。在这种情况下，要用奶水喂养一窝幼仔是不易的。阿克巴拉消瘦了，简直变了模样：头显得很大，腿很细，奶子耷拉着。一般说来，狼是极有耐力的动物，能一连几天不吃东西，但喂奶的母狼就不能老不进食。生活逼得阿克巴拉去冒险——远出捕猎。要是母狼命中注定不得生还，那么它的幼崽也就没命了。

塔什柴纳尔像往常一样，跟随在母狼之后。它们必须赶紧回来，赶紧跑出去，赶紧逮住猎物，赶紧把肉撕成几大块，囫囵吞下去，赶紧返回窝里消化食物，因为对母狼来说，最要紧的是给小狼崽喂奶。

这一天路不好走，太阳暴晒的地方很滑，背阴的地方冻土很硬。但是两只大狼没有放慢速度，在山间飞快奔跑。一年中的这个时期，小动物都藏在地下过冬，野生动物和家畜又逮不着，日子就不好过。情况变得复杂起来，还因为捕猎马、牛、骆驼这样的大牲口不能没有搭档。不论塔什柴纳尔多么强壮，也无法把捕获的大牲口拖到洞里。最后一次，也就是两三天前吧，公狼咬死了一头无意中闯到山前地带的毛驴。夜里阿克巴拉也暂时离开了窝，饱餐了一顿驴肉。但不是天天有毛驴在山前地带无忧无虑地游荡。在它们附近常常有人。这就是阿克巴拉亲自出猎的原因——可以在捕获猎物的地点吃个饱。

开头阿克巴拉感到有点儿迟疑，心里非常不安，有一两次甚至想返回窝里。它为小狼崽担心：可不是，它们时刻需要温暖和奶水。但母狼还是镇定下来，强使自己暂时忘掉它们。直到两只狼在湖滨地带发现了兽迹，它那捕猎的本能就压倒了一切。

这一回，阿克巴拉和塔什柴纳尔很走运：它们沿着一串新鲜兽迹，来到了一片开阔的谷地，这地方有三头显然是失散的牦牛孤单单地在觅食。一年前，狼就跟它们打过交道，同样出于迫不得已——当时它们新来乍到，除了袭击偶尔撞上的动物，没有别的办法。眼下时间很紧迫。附近没有人，于是两只狼四下里望望，就公然进行袭击。牦牛看到狼冲过来，撒开四蹄就跑，一边还笨拙地尥蹶子，哞哞直叫。但狼紧追不舍，于是牦牛站定了，两肋剧烈地颤抖起来，用角朝狼顶去。牦牛没有别的出路。有那么一瞬间，统治世界的是一种亘古长存的均势：天上的太阳，荒凉的群山，绝对的宁静，无人的境地——这一切同样属于反刍动物牦牛，也属于凶猛的狼。牦牛想躲开冲突，但狼不能空着肚子转身回去，不能忘掉折磨它们的饥饿。狼不可避免地要搏斗，哪怕只咬死其中的一头，为的是自己能活下去，为的是让后代活下去。牦牛不算大，也不算小，中等膘肥，冬末长了一身乱蓬蓬的毛。这种牛身马尾的动物也知道一场搏斗在所难免。它们既恐惧，又恼怒，把头弯向地面，发出低沉的吼声，用蹄子刨着泥土。天上的太阳依然很明亮，一座座已经开始融雪的山峰默默地环绕着这片开阔的黄色谷地。在这里，食草类动物同食肉类动物正在进行一场面对面的交战。狼围着牦牛兜圈子，不时跳起来换个位置，等待有利的时机。阿克巴拉的时间很紧——小狼在等它回去。于是它冒着生命危险，头一个冲上去，扑向一头它认为最弱小的牦牛。那头牛的眼里布满了血丝，但阿克巴拉还是从它的目光里看出了迟疑，虽说母狼也可能弄错。但要改变主意已经晚了。阿克巴拉扑上去咬住牦牛的脖子。这事几秒钟就解决了。这时发狂的牦牛摇晃着头，竭力想把母狼甩掉，然后用角把它抵在地上。这时塔什柴纳尔就该从另一侧跳到牦牛跟前，用利齿咬住喉咙，而且要立时咬断牛的颈动脉，给它放血，让它的脑子不起作用。

情况就是这样。但在此以前牦牛还是成功地甩下阿克巴拉，把它压在地上。这时牦牛吼起来，用角挑母狼——再有一会儿，牦牛就会把它压死，踩扁。但阿克巴拉像蛇一样灵巧，从牛角下溜了出来，而且再一次扑到牦牛头上，咬住牦牛那壮实的、硬毛像莎草一样扎嘴的脖子。这一袭击，表明狼的残酷本性，说明狼的残酷使命——杀害别的动物以求生。但是这一回成为狼的牺牲品的，却不是那些无害的动物，如绝对屈从于暴力的羚羊和兔子。凶暴的牦牛尽管鲜血直流，还能反抗一阵，有时竟能反败为胜。然而福星高照，阿克巴拉的救护神到了。几乎就在这一刻，塔什柴纳尔从旁扑上来，死死咬住专心一意同母狼交锋的牦牛的喉咙。塔什柴纳尔的一扑、一咬，具有致命的杀伤力。这一扑公狼使出了全身的劲。牦牛乱了阵脚，大吼起来，气喘吁吁地吐着鲜血，带着被咬断的喉咙，轰隆一声倒在地上，一边哞哞惨叫，浑身不断抽搐。牛的眼睛变呆滞了。正当厮杀方酣的时候，另两头牦牛撒腿便跑，等跑出了相当一段距离，它们换成大步，又不慌不忙、若无其事地沿着谷地慢慢走去。

这时两只狼扑上去撕裂半死不活的牦牛。它们没工夫等到猎物完全断气，也没工夫考虑从哪一头开始吃它。阿克巴拉撕开牛的腹股沟，用蹄子和爪子帮忙，立即囫囵吞下一块块冒着热气的新鲜牛肉。它必须多多吞食，尽快回到洞穴，因为小狼崽在那里等着它。塔什柴纳尔也不落后。它凶猛地发出咕噜声，用强有力的上下颌摧毁连接四肢的关节，像野蛮的屠夫那样，把腔体撕成许多不成形状的块块。

一切进行得如往常一样。这对狼先要饱餐一顿牛肉，然后急急忙忙往回跑，以便迅速回到洞穴，到夜里再回来吃一顿，然后把剩下的肉拖到什么地方藏起来。但这是以后的事。目前这两只狼正囫囵吞咽着一块块牦牛肉……

在一块凸出的岩石下的狼窝里，饿坏了的小狼崽不由自主地尖声吠叫着，为了取暖，它们挤成一团，有时又四散爬开，再爬回挤在一起。听到外面的响动声——那是巴扎尔拜爬进了洞穴——小狼叫得更欢，划动着还没长结实的小腿急忙朝洞口冲去，这一来，人就轻而易举地完成了他的任务。巴扎尔拜紧张得浑身冒汗。他把皮袄扔下，只穿上衣，摸索着钻进狭小的洞口。他捉住小狼，接二连三把它们塞进怀里，又伸开五指，揪住第四只也就是最后一只小狼的脖子，随即爬到亮处。他一出来，就眯起眼睛——高高的雪山闪着强烈的亮光。他深深吸了一口气。四周静得惊人。他只听到自己的呼吸声。小狼开始在他怀里拱动，被他揪着脖子的那一只还想挣脱开去。巴扎尔拜加快了步子。他喘着粗气，拽过皮袄，急忙朝水边跑去。下面的事就有条不紊了。他偷来想卖掉的四只小狼正好放在褡裢里。小狼能卖个好价钱，这一点他深信不疑，因为去年有个牧民给野生动物饲养基地送去一窝小狼，每只狼能换五十卢布。

巴扎尔拜从咯吱响的马嘴下面抓过装燕麦的褡裢，很快把燕麦倒在地上，把小狼一边塞两只进去，又把褡裢搭在马鞍上，还用细皮条捆紧，以免它晃动，再给马套上嚼子，毫不迟疑地把一只脚踩进马镫。应该马上离开这里，现在还不晚。瞧，有多么顺当！要在大狼回来以前赶紧逃走——这一点，巴扎尔拜心里十分清楚。等他记起那瓶靠在石头旁还没喝完的酒时，他已经上马了。他冲着酒瓶啐了一口。去它的，他若卖了小狼，弄来的钱何止买十瓶这样的酒。他这么想着，赶忙扬鞭催马，要快，最好趁太阳没有落山，就能离开这峡谷。

过后巴扎尔拜难免会感到吃惊，他怎么能这样粗心大意，不动脑子——他身上没带枪，竟敢往狼窝里钻。要是母狼或公狼就在近处，那怎么办……要知道，虽说母狼生性温顺，可为了保护自己的小崽，连它也会扑向敌人的……

不过，这一切都是他后来才想到的。如果他能想象到，他为此要付出什么样的代价，他一定会感到后悔的。但此时此刻，他正催赶那匹红棕色的快马，要它在巴沙特峡谷尽是石头的沟底跑得更快些。巴扎尔拜不时回头看看落山的太阳，只见早早降落的暮色仿佛你追我赶似的朝那边涌去。对，要赶紧走，尽快离开这里，跑到山前地带，跑到广大的湖滨地区——那边地形开阔，四面八方由你跑，不像这里的峡谷窄得很。

巴扎尔拜越是接近湖滨地区，接近人烟稠密的平原，就越来越有把握，甚至越来越放肆。他已经想吹嘘一番自己的成功，而且来回考虑着，要不要顺路拐到哪个酒肉朋友家里，好显示显示弄来的小狼，再为此庆祝一番，哪怕为每只小狼干上一百克呢——要知道，等这些活物一成交，他就无债一身轻了。他开始懊恼，匆忙中竟忘了溪边的那瓶酒，酒没喝完，至少还剩三分之二：唉，要是带来了，就可以边走边喝啦……真想过过瘾！但理智还是不断提醒他：这种事以后来得及，当前先得把小狼完好地带出去，再喂点儿什么，虽说小狼生命力强，不过它们还要吃奶，刚刚睁开眼，瞧那小眼睛，懵懵懂懂的……这些小东西在褡裢里怎么样啦，可千万别闷死了。巴扎尔拜没有料到，此刻狼正在他后面拼命追赶，只有主知道，这事将如何了结……

吃饱了死牛肉后，这对狼顺着小道回到了洞穴。阿克巴拉打头，塔什柴纳尔随后。现在它们一心想回到岩石下的窝里，同小崽们躺在一起，平静下来，好好歇一歇，过后再回到留在谷地里的吃剩的牛胴旁。

生活就是这样，这儿那儿，奔个不停。难怪俗话说：狼靠四条腿生活……何止靠腿呢……要知道还有别的狼瞧着死牛肉流口水呢——有些狼动不动就侵犯人家的猎物，到时候就免不了一场争斗，一场你死我活的血战。但是权利就是权利，有权就有力量……

还在远处，在接近洞穴的通道上，阿克巴拉就觉得有点儿异样。仿佛有只飞鸟像影子般伴随着它，在这黄昏的夕照中它感到一阵恐怖。雪山顶上那引起不安的血红色反光渐渐暗淡了，阴森了。接近洞穴时，阿克巴拉加快了步子，都顾不上回头瞧瞧塔什柴纳尔。最后，一种说不清的预感完全控制了它，它简直就是飞奔而去。当它嗅出一股异味时，母狼更是惶恐不安，空气中有一股浓烈的马汗味，还有一种闻了便叫你恶心、晕乎的气味。那是什么？怎么搞的？母狼冲过溪水，穿过灌木丛中的兽径，朝一块凸出的岩石下的洞穴奔去。它一头钻进窝里，先是屏住气息，随后喷喷鼻子，像猎犬那样，嗅遍了变得空荡荡的狼窝四角，随即窜了出去，在洞口撞上了塔什柴纳尔，顺势凶狠地咬了它一口，仿佛它是罪魁祸首，仿佛它是仇敌，而不是小狼的父亲，自己的丈夫。接着，毫无过错的塔什柴纳尔奔进了洞穴……后来它在溪边才赶上母狼。阿克巴拉嗅着脚印，疯了似的跑前跑后，想根据它们弄明发生的事。有人来过这儿，新鲜的脚印向它表明，不久前来过人。瞧，这儿是一堆倒掉的燕麦，还带点儿马的唾沫。瞧，这是一堆马粪。瞧，这是一个瓶子，里面的东西气味难闻，母狼吸了一口这酒精的气味，立时浑身打战，感到晕乎起来。瞧，这是人走在雪地上的脚印，是高筒靴的印子。牧人常穿这种靴子。这可怕的敌人是骑马来的，带一瓶讨厌的东西，掏了窝，偷走了小狼！哎呀，要是他伤了它们怎么办！于是阿克巴拉重又扑向毫无过失的塔什柴纳尔，疯了似的咬它，随后一边发出低沉的嗥叫，一边朝脚印指引的方向急急奔去。塔什柴纳尔忙去追它。

这对狼准确无误地跟踪前往。跑呀，跑呀，跑出了峡谷口，跑呀，跑呀，跑到了有人居住的地方，因为脚印一直引向湖滨地区……

巴扎尔拜出了峡谷，到了开阔地段，便让马顺着本是夏季牧场的缓坡行进。瞧，远处已经可以看到幽暗的湖区，再有一个钟头，他就到家了。这时，太阳落到大地尽头，跌进群峰之中，放出昏黄的余晖，最后完全熄灭了。从伊塞克湖那边吹来阵阵寒风。“小畜生可别冻死了。”巴扎尔拜这么想，但也没东西可以盖一盖，于是他决定看看，这几只小狼在褡裢里是不是还活着。要不然送去几只死狼，谁要呀！他翻身落马，想解开鞍上的皮带，取下褡裢，看看里面怎么样，可是马叉开后腿撒尿了，撒得到处都是。刹那间大股的尿骤然止住，马疯狂地打着响鼻，猛地往旁边一蹿，差点儿把巴扎尔拜手中的缰绳给拽落下来。

“站住！”巴扎尔拜冲着马大吼，“别撒野！”

但马像避火那样，惊得跳到一边。这当儿巴扎尔拜不用看，也猜到了是怎么回事。他那瞬间变凉的后背已经感觉到了追来的狼。巴扎尔拜冲到马跟前，刚抓住颈鬃，这时马打着响鼻，尥着蹶子，发狂般飞奔而去。巴扎尔拜弯下腰，以减少风的阻力，还不时回头张望。一对狼在不远处奔跑。原来，方才马所以受惊，就是因看见狼跃上了小山包。现在两只狼老想截住马的去路。巴扎尔拜喃喃求告起来，这才记起了神灵——若在平时，他会朝圣像啐上几口。他骂了一阵地质队员，恨他们像雪崩一样落到头上："叫那些黄金把你们卡死！"他后悔不迭，请求老婆宽恕："我向你保证！我要能活着，往后不碰你一个手指头！"真后悔，不该贪心偷了小狼："干吗去碰它们？干吗爬进那洞里？当时把小狼一只只摔死也就没事了。现在怎么办，把它们往哪儿藏？"褡裢死死地用皮带捆在鞍上，——飞奔中想甩也甩不掉。再说很快就天黑了，暮色越来越浓，谁管得着他那可怕的命运！只有忠诚的马，虽说吓昏了头，仍拼命飞奔。

巴扎尔拜感到后悔莫及，他随身没带枪，否则会给它们两梭子：他可是弹无虚发。枪有什么稀罕的，每个牧民家里都有，可是谁老带着它呀！唉，早知道就好了！巴扎尔拜只好拼命吼叫，想吓唬住狼。他把全部希望寄托在马上——幸好这马是从养马场弄来的……

这场追逐，生死攸关……

就这样，人和狼在暮色苍茫的山丘上狂奔疾驰——骑者策马扬鞭，褡裢里藏着偷来的狼，在他之后阿克巴拉和塔什柴纳尔紧追不舍。大狼甚至闻到了小狼的气息，也在默默祈祷，暗暗伤心。但愿马会绊倒，哪怕只有一次，哪怕只有一刹那也好！如果不是在此之前这两只狼吃饱了牛肉，难道它们能跑得像现在这样慢？难道它们竟追不上那偷狼的贼？难道它们不能把他撕成碎片，以便在这场求生的残酷斗争中，用血的复仇来伸张正义？想当初在莫云库梅捕猎羚羊时，那就好多啦。

当时为了让逃窜的羚羊拐到需要的方向，狼也拼命飞奔，进逼得更凶。但狼是空着肚子去捕猎的，事先就准备做闪电般的袭击。

此刻阿克巴拉跑起来感到特别费劲：它为了给小狼喂奶，吃得太饱了。但它还是坚持住，使出全力拼命飞跑。要是它能赶上那匹坐骑，它会毫不迟疑地扑上去撕咬，而不顾自己会落个什么下场。不消说，它身旁还有塔什柴纳尔，那不可摧毁的力量和支柱，但要知道，每一种动物都是为自己而死的……而它，母狼阿克巴拉，准备接受任何一种死，只要能追上那个骑着快马的人……只要……

虽说巴扎尔拜身下的马跑得飞快，但他还是惊恐地发现，那一对狼正慢慢地、准确地从右侧追上，想截住他去湖滨区的路。狡猾的野兽想让骑手转过身去，把他赶回山里——那样的话，他就或迟或早不可避免地要同狼面对面相遇。结果真是这样：那马吓昏了头，一个劲儿想躲开从右边袭来的狼，便朝山的方向跑去。但马是由人这个会思想的动物驾驭的，所以人能猜透狼的用心，这一点狼却失算了。

还有一个情况救了巴扎尔拜。简直像命运的恩赐，他看到前面有个最近的羊圈亮着灯光——瞧，交上好运了！——原来那是鲍斯顿·乌尔昆奇耶夫的过冬羊圈。对，对，就是那个鲍斯顿，什么先进工作者？富农分子？他从来不喜欢这人。不过眼下巴扎尔拜顾不上喜欢不喜欢，——无所谓，随便哪个活人他都会觉得像自己的生命一样宝贵。主要是路上有了人家——这才叫人高兴呢，这就有救啦！于是他大声欢呼，双脚踢马，于是马加速朝有人和羊群的地方奔去。不过对巴扎尔拜来说，这段时间还是过得太久，这之后他才敢对自己说，可以指望平安无事了。听，鲍斯顿的电动机像机枪似的砰砰作响，牧羊犬已被惊动，正不安地吠叫着迎面朝他跑来。然而，狼也没有止步——它们跑得越来越近。而这时马已筋疲力尽，以至巴扎尔拜都能听到狼的喘气声。“哦，巴乌别金大神，千万救救我！”巴扎尔拜求告起来，“我要用七头牲口给你献祭！”

“得救了，总算得救了！”巴扎尔拜欢呼道。

不消说，过不了一小时，他就会忘了自己的许诺。

这当儿，牧人纷纷朝他跑来，他简直就是跌落在他们的手上，嘴里一个劲儿重复着：“狼，狼在后面追我。水，给水！”

那两只狼看到这一切，便在近处转来转去。它们并不离去，而是守候着，坚持着。鲍斯顿的过冬住处一片骚乱：羊倌跑来跑去，关上畜栏的门，在苍茫的暮色中互相呼唤，其中一人爬到房顶，放了几次空枪。所有的狗都不停地汪汪大叫起来。但狗都不出院，尽往亮处靠。牧羊犬的胆怯惹得主人生气了。

“逮去！抓去！这哪儿是捕狼的大猎犬，一群只会拉臭狗屎的畜生！”有个哑嗓子怂恿狗出去咬狼。“冲上去，阿克塔什，若尔巴斯，扎伊桑，巴尔帕兰！冲上去啊！逮它去，逮它去！唉，你们是什么东西，夹着尾巴，都害怕跟狼咬架！”

“狗就是狗，”另一个声音表示反对，“干吗大声嚷嚷？这些狗咬住骑马人的靴子能把他拽下马来！可是它们对付不了狼！你想怎么着！没一条狗会去跟狼斗。算了吧，别管这些狗了，由它们叫去！”

巴扎尔拜并没有立即想过为什么狼在后面追他。一个为他遛马的小伙子突然问道：“巴扎尔拜大叔，你的褡裢里装了什么？好像有东西在动呢。”这时他才猛地醒悟过来。

“褡裢里？这是小狼！见它们的鬼去，四只吃奶的小狼崽！是我直接从巴沙特的狼窝里掏来的。所以大狼才追我呢。”

“原来是这样！这可太好了。瞧你真能搂呀！当真是从狼窝里掏的？幸好你逃出来了……不过，小狼会不会死在褡裢里了？没憋死？跑的时候没给压伤了？”

“瞧你说的！这又不是杏！伙计，这些狼可皮实啦，像狗一样。”

"快拿出来瞧瞧，小狼崽什么样？"

他们总算把装小狼的褡裢从鞍上卸下来，带进了鲍斯顿家。这么重大的事也只能发生在鲍斯顿家里，因为他是这一带的要人，羊圈的主人，虽说这天晚上鲍斯顿本人不在家：区里举行例会，因此先进工作者鲍斯顿·乌尔昆奇耶夫照例应坐在主席台上。

人们把巴扎尔拜差点儿当成英雄领进了鲍斯顿的家，他除了顺从也别无办法。他终于进了屋，虽说是无意中来到这里，不过总是客人嘛。

不能说，在此之前巴扎尔拜从没跨过这家的门槛。他同鲍斯顿都是牧人，近邻，相距才七千米，这几年来，巴扎尔拜也来过这里两三回。头一回是参加牧羊人埃尔纳扎尔的丧后宴，他因为在阿拉－蒙丘山口不慎掉进了冰裂缝；第二回还是葬礼——埃尔纳扎尔死后一年，鲍斯顿死了前妻，都说已故的阿尔孜古丽是个好妻子，所以，当时巴扎尔拜像四邻的牧人和居民那样，也来参加了葬礼。那一次，人头黑压压一片，马、拖拉机、卡车多得数不清。第三回他来这里，老实说，是出于无奈。当时州领导决定举办一次生产现场会，让鲍斯顿·乌尔昆奇耶夫给牧人传授经验。他根本不想来，但有什么办法，被迫来了，不得不听了半天报告。说什么为了让小羊羔不致大批倒毙，为了多出羊毛和羊肉，该怎么办，做些什么，等等。总而言之，一句话，如何完成任务。你以为有什么高招，其实不听这一套，他也全知道：冬天喂料要按时，夏天进了山要早起晚睡，总之，好好干，时时刻刻盯着羊群。要当羊群的保护人。像鲍斯顿一样，不过也不止他一人。可是一些人情况好些，另一些人糟些。那是因为一些人走运，另一些人不走运。瞧，比如说吧，鲍斯顿的基地上有一台小型发电机——整夜灯火通明，屋里、棚里、院里都有电灯。什么原因呢？无非是他有办法搞来两套设备——一套坏了，或者需要定期检修，另一套就发动起来。可是别的牧人——也包括巴扎尔拜——一年到头用一台发电机。用一台机器麻烦事就多啦：走走停停不说，有时上头送来汽油，有时不送，有时某个零件坏了，可那个懂行的小伙子管都不管，就知道往城里跑，说什么那里的年轻人生活和工作强上一百倍。结果是，说起来每个放牧组都通了电，可实际上根本不是那么回事……

当然啦，谁好呢？鲍斯顿好，另外他从来滴酒不沾。谁坏呢？当然是巴扎尔拜这一伙人，再说他们全是酒鬼。既然你坏，那就撵出去算啦——才不哩。你胆敢打个报告申请离职，会把你扭送警察局，没收你的身份证，什么证明都不给，干活儿去，亲爱的，你走不了，眼下谁也不愿放羊，这样的傻瓜不多，大家都想进城过好日子。在城里，你干完八小时，只管玩儿去，不去呢，在家里休息休息，一套住宅，设备齐全，不用生炉子，白天夜里都有电，自来水就在鼻子底下，厕所就在近旁，在夹道里……成天放羊，这算什么生活？在产羔的大羊圈里，将近有一千五百多头牲畜要你照看，日日夜夜不得安宁，这一千五百头羊咩咩直叫，搅得人心里发烦，这种时刻，你不在粪水里爬，不发狠，不打老婆，不打帮手，不喝酒，那才怪哩……可过后，谁坏？还是巴扎尔拜这一伙人……

要是出了点儿事，有人就会指着你的鼻子叨叨：瞧人家鲍斯顿·乌尔昆奇耶夫，那才是先进工作者，那才是榜样……什么先进分子，真想扇这个富农分子的嘴巴子！鲍斯顿真走运，能干的人都去找他，不想离开他，大家干得像一家人。巴扎尔拜和别的许多牧人一样，早就不理会哑了的发电机，照老样子过活，用起煤油灯或手电筒。可鲍斯顿的住处，羊圈外的米－1157型发电机像挂钟一样准确无误地响着，所以老远就能听到轰隆声，看到它发出的幽光。正因为这样，狼给吓住了——刚才还拼命奔跑，眼瞅就要追上，可是一见到亮光，听到机器声，立即就止步了。

狗还在汪汪叫。想必这两只狼还在什么地方转悠，就是不敢走到近处来……

没错，鲍斯顿真走运，确实走运。瞧他的宅院里井井有条，屋里亮堂堂的，收拾得干干净净，虽说这是在种羊临时过冬的宿营地上过日子。只好脱靴，把靴子和包脚布扔在过道里，穿着线袜从羊毛毡上进了里屋。

人要是走运，就事事走运。巴扎尔拜以前没发现，死在山口的埃尔纳扎尔留下的寡妇长得很俊俏，年纪还轻。现在她，古柳姆坎，成了鲍斯顿的老婆，虽说经历过伤心事，可是从外表看，她是幸福的。她四十来岁，可能还不到，和前夫埃尔纳扎尔生的两个女儿在寄宿学校学习，而她前不久还给鲍斯顿生了个胖小子。瞧，这人又走运了：添了个儿子。鲍斯顿同前妻生的两个女儿都已出嫁，早就飞走了。这个古柳姆坎，待人和气，人也不傻，可不，一点儿也不傻。她知道巴扎尔拜和鲍斯顿谁也受不了谁，可表面上不露声色，客客气气接待他，表现出对他的关心和同情。“请进来吧，”她说，“我们的近邻，请进来，在毡子上坐，哎呀，多险哪，谁听说过狼跟着脚印追呀，感谢主，感谢祖先的英灵，保佑你消了灾，脱了险！你瞧，主人不在家，又到区里开会去了，兴许很快就回来，说是用场长的吉普车送回家，请坐，请坐，经历了这种事后该喝杯茶，请稍等，我马上让你喝上热茶。”

巴扎尔拜呢，虽说碰了个软钉子，决定还要试探试探女主人，看她对不速之客有几分真心。再说经历了这番风险他已经平静下来，此刻真想喝上几盅，于是他放肆地纠缠起来：

“茶嘛，这是女人家喝的，”他不客气地说，“对不起了，难道富翁鲍斯顿家里竟找不出烈性酒来？他的名声可是远近闻名呀！”

巴扎尔拜生性可恶：即使他喝不上酒，只要瞧见鲍斯顿的老婆脸色陡变，他也会觉得舒心。巴扎尔拜的粗鲁叫她讨厌。不过这有什么好客气的——既不是侯爵，也不是王爷，不就是国营畜牧场放牲口的嘛。

“对不起，”她皱起眉头说，“你知道，鲍斯顿本人不怎么喜欢这种事……”

“知道，知道，你的鲍斯顿滴酒不沾！”巴扎尔拜随随便便地打岔说，“我只是顺便说说。谢谢你的茶。我原以为哪怕主人自己不喝，总也会想到有客人……”

“不，不，不，为什么呢？”古柳姆坎尴尬起来，瞧了一眼坐在巴扎尔拜旁边的雷斯库尔——他的膝头放着那个装小狼的褡裢。

雷斯库尔欠了欠身子，他想去取伏特加，但这时门口出现了鲍斯顿的另一名帮手——师范学院没毕业的大学生玛拉特，一个吊儿郎当的小伙子，在区里胡闹过一阵，现在变稳重了，便来鲍斯顿这里落户。

“听着，玛拉特，”雷斯库尔对他说，“我知道你还藏着一瓶酒。别怕，要有事，我对鲍斯顿负责。快去把你的酒拿来，庆祝一下巴扎尔拜弄来的小狼。”

“庆祝！好，我立即回来！”玛拉特满意地发出嘿嘿的笑声。

半杯酒下肚，赶走了惊吓和烦恼，巴扎尔拜恢复了他向来的自信和粗鲁。他伸开四肢躺在毡子上，就像在自己家里一样，并且开始叙述事情的经过，还把小狼拿出来给大家看。他解开褡裢的口子，掏出小狼，这是他头一次把小狼仔细看个够。起先小狼崽无精打采，不论怎么逗它们，也没什么反应，一个劲儿想躲起来，仿佛在寻找保护。后来小东西活过来了，身子也暖和起来，就在毡子上乱爬，尖声吠叫，睁着一双懵懵懂懂的小眼睛，还用小嘴巴拱人——它们在寻找狼妈妈，寻找它的奶头哩。女主人深表同情地摇着头说：

“这些小可怜虫，饿啦！小动物，虽说是狼，可还是小动物。你这不是让它们饿死吗？干吗这样？”

“凭什么说它们会死？”巴扎尔拜生气了，“这种小畜生经活着呢。

这一两天内，我好歹喂点儿什么，以后拿到区里卖了。野生动物基地的人知道怎么侍弄小狼。领头的只要高兴，什么都会——连狼也能驯养。强迫要杂技，看马戏人得付钱。说不定这几只小狼会进马戏团的。”

听到这里，大家都笑起来，尽管刚才受了女主人的感染，还挺可怜这几只小东西。但是跑来看小狼的女人都交头接耳起来。

“巴扎尔拜，”古柳姆坎说，“我们这儿有几只小羊羔，母羊死了，我们用奶瓶喂它们。要不要把奶瓶拿来给小狼喂点儿羊奶？”

“那有什么！”巴扎尔拜忍不住笑了，“拿羊奶喂小狼，这才妙哩！拿来试试！”

于是他们给小狼喂起羊奶来——日后每当他们回忆起这一时刻，难免会心惊肉跳。现在人们满意的是，小东西吃了羊奶，而且它们不怕人，很滑稽，其中有只雌性小狼长着一双蓝眼睛，谁也没听说过，狼的眼睛是蓝色的，恐怕童话里也没见过。另外，鲍斯顿的小儿子，小家伙肯杰什玩得开心极了。难怪他这么高兴哩——一下子家里添了四只小动物。大人们很受感动，瞧，这个一岁半的小胖墩牙牙学语，说的话谁也听不明白，瞧他那双小眼睛闪亮着，同小狼崽玩得入了迷。不知为什么四只小狼崽紧紧挨着小胖墩，好像猜到了，他是它们最亲近的人。大人们反复说：瞧，还是孩子同孩子亲——都想问问古柳姆坎，小家伙对狼崽说了些什么。古柳姆坎露出幸福的笑容，紧紧搂着小儿子，柔声说：

“小宝贝，我的小宝贝！瞧见了吗，小狼崽跑来找你了？瞧，它们多么温和，毛皮灰灰的。你跟它们做朋友，好吗？”

这时，巴扎尔拜说了几句话——这些话日后也常常被人们记起：

“原先家里有一只小狼，现在变成了五只。你想当小狼吗？要不，我来把你这个鲍斯顿家的小儿子悄悄放进狼窝里，让你去跟小狼一起长大……”

大伙儿喝着茶，听着笑话，乐得哈哈大笑。巴扎尔拜和玛拉特喝得满脸通红，把一瓶酒快喝光了，还吃着腌透的肥膘肉和煮羊肉。他们越喝越兴奋。外面已经静下来——狗不再吠叫。最大的那条公狗扎伊桑，一条毛蓬蓬的大黄狗，突然来到没关严的大门口。公狗停在门旁，摇着尾巴，不敢跨进门槛。有人扔给它一点儿吃的，它接过飞来的东西，嚼得牙齿咔嚓响。这时喝得醉醺醺的玛拉特为了取乐，抓起一只小狼崽，送到公狗跟前。

“哎，扎伊桑，抓它！抓呀，我说！”他把浑身打战的虚弱的小狼崽放到公狗面前。

让大家吃惊的是，扎伊桑凶狠地咕噜了几声，夹紧尾巴，缩起脖子，逃跑了。到了院里它才在窗下胆怯地、可怜地吠叫起来。大伙儿哈哈大笑，笑得最起劲的是巴扎尔拜：

“你白费劲，玛拉特！没有一条狗闻见狼的气味能不逃跑的！你是想叫你的扎伊桑变成狮子？没这种事！”

大伙儿不再笑了，因为这时小肯杰什大哭起来——他很可怜小狼崽，替它担心，于是跌跌撞撞地朝门口走去，想保护它不受大人们莫名其妙的捉弄。

过后巴扎尔拜把四只偷来的小狼放进褡裢里，很快就离去了。这时他的马也歇够了，重新给备上鞍，精神抖擞地小跑着离开了鲍斯顿的过冬住处。在巴扎尔拜一旁，玛拉特和雷斯库尔背着枪也骑在马上同行。两人都有几分醉意，但玛拉特更厉害些，因此话也就特别多。这两名壮实的小伙子奉命送巴扎尔拜一程，以便稍稍缓和一下这位不速之客临行前发生的那桩不愉快事。

事情是这样的。因为在鲍斯顿家成了大家注意的中心，巴扎尔拜感到非常得意。他正准备走出门去，忽然把装着小狼的褡裢交给玛拉特，说：“你去搭在马鞍上。”自己却从墙上取下一支挂在狼皮旁的枪。

他仔细察看着枪，真叫人喜欢：很结实，烧蓝钢枪筒闪闪发亮，外形美观，是一支能装多发子弹、可以打大型野禽的来复枪。那张作为纪念品挂在墙上的老大的狼皮，就是鲍斯顿用它一枪射中的。这件事很多人都知道。

“听着，古柳姆坎，”巴扎尔拜不慌不忙地说，那醉醺醺的目光从枪上移到女主人身上。突然，他的脑子里闪过一个念头：好个古柳姆坎，叫我在野地里撞上她……他习惯于蛮横地纠缠女人，动不动就在庄稼地里、在大路上干起来。有时得手，有时落空，不过，无论怎么样，他不知悔改。此刻，他又拿古柳姆坎同自己那个古板的婆娘科克·图尔松比较起来。他一想起老婆，就恨不能马上揍她一顿，因为落到他手里的是她，而不是古柳姆坎，因为她叫人讨厌死了。但他还是克制自己，说：“你们家挺好，你是个好主妇，对了，我想说什么来着？哦，你明白，古柳姆坎，我怕狼还会在后面追我。我要是把这枪带走怎么样？明天我让手下人送回来……”

“看在主的面上，挂回去！”古柳姆坎厉声说，“鲍斯顿不让任何人碰这杆枪。他不喜欢别人动他的枪。”

“这么说，他不在你也动不了这枪？”巴扎尔拜板着脸冷笑一声，又鲜明地想象出，他若碰上机会，非把这婆娘压扁不可。

“你要干什么？鲍斯顿回来会发现没有了枪，我才不干呢……再说我也不知道子弹放在哪儿。鲍斯顿亲自藏起来了。他一颗子弹也不给旁人。”

巴扎尔拜在心里把鲍斯顿臭骂了一顿，也骂自己：他怎么忘了，这个鲍斯顿是个可恶的吝啬鬼，看来他的老婆也好不了多少。他本想对她说，叫这枪把你卡死，但这时雷斯库尔给他解了围，缓和了气氛。

“你瞎操心，巴扎尔拜，我和玛拉特骑马送你，如果需要，背上枪一直送你到家。”他笑嘻嘻地保证，“我们有的是时间，整整一夜呢。这支枪你真的最好别动，挂到原来的地方。你不知道：‘鲍斯顿就是鲍斯顿’，他喜欢规矩！”

他们刚要离去，雷斯库尔又被迫耽搁了一两分钟。他去安慰鲍斯顿的小家伙，因为这时肯杰什大哭大闹起来。他说，干吗叔叔把小狼崽扔进口袋里，要把它们送哪儿去？小家伙急得团团转，挣脱母亲的怀抱，要求把他心爱的小狼崽还回来……

他们刚走出院子，不学无术的大学生玛拉特就讲起笑话来，照他设想，这故事准能把同伴们逗乐：

“前些日子，咱们区里闹出一桩轰动世界的奇闻——叫人笑破肚皮！巴扎尔拜，没听说吗？”

“没有，没听说。”巴扎尔拜承认。

“真的，我敢说，这奇闻轰动全世界！”

“快说，快说，大学生！”雷斯库尔怂恿他，一边用脚跟催马快行。

“是这样，州里有位首长，给咱们的区报主编来电话。责问说：你们办的报纸《社会主义曙光》怎么吹捧起资本主义美国来了？于是主编——他是我的老同学，胆小鬼，马屁精，这种人少见——听他这么一说，甚至结巴起来了：‘关……关于美国，我……我们，什……什么，也……也没……没写过！请……请您原谅，吹……吹……吹捧什……什么啦？’对方回答他：‘怎么没写？《波士顿率领我们前进！》这标题白纸黑字写着呢，怎么回事？’——‘那是我们区的先进牧民鲍斯顿·乌尔昆奇耶夫，没错，写过他，写过他的事迹。’——‘这清楚了，是写他的。不过许多人只读报纸的标题呀！’哈哈哈！瞧这招儿！绝不绝？‘那该怎么办呢？’主编问，首长指示‘叫那先进工作者改个名字！’”

“你等一等，”巴扎尔拜打岔，“怎么啦，美国也有个鲍斯顿？”

“哪有呀！”玛拉特乐了，“波士顿，这是美国的一个大城市，比纽约稍稍小一点儿。咱们的‘鲍斯顿’，原意是灰皮袄。‘鲍斯’——灰的，‘顿’——‘皮袄’。现在明白了吧？”

“呸，见你的鬼去！说的也是！”巴扎尔拜同意了，他只可惜这件事不值一个空蛋壳，所以无损于鲍斯顿一根毫毛。“原来是这样。鲍斯顿是件灰皮袄……”

这时候，夜张起缀着繁星的天幕，遮住了一切：群山、天空、远处的湖都消隐了，只有那湖面如拱起的强劲脊背，在黑暗中还依稀可见。三名骑者说说笑笑，朝塔曼赶去。他们中谁也没有想到，正是在这天夜里，几个人的悲惨命运搅成了一团解不开的死结……眼下，他们的说话声和嘚嘚的马蹄声越来越轻微，越来越听不清了……鲍斯顿住处那熟悉的机器声已落在后面，那灯光在笼罩着山侧的黑暗中照出了一小圈牧人的宿营地和山前地带。

而在不远处，藏匿着狼……

二

古柳姆坎又是劝说，又是爱抚，好不容易让小家伙睡下了。她自己却没有睡，等着丈夫，他很快该回来了。当院里的狗齐声叫起来，她立即披上暖和的披巾，来到窗前。两道灯光穿过黑暗，场长的“嘎斯”牌吉普车拐了一个弯，停在圈着母羊的大羊舍前。古柳姆坎看到鲍斯顿从驾驶室里跳出来，同司机告别后砰的一声关上车门。于是车子又来个急转弯，开回去了。古柳姆坎知道丈夫不会立即进屋。在这种情况下，他总要先到羊圈和披屋走一走，瞧瞧干草棚，问问守夜人库杜尔马特：情况怎么样，白天没事吧，有没有羊倒毙，有没有死了母羊的羊羔，是不是下了许多羔子……

古柳姆坎用事先备下的木柴把炉灶升上火，她想用刚出锅的热乎乎的饭菜和好茶款待丈夫——如果缺了这些，鲍斯顿就觉得不称其为生活了。古柳姆坎细心听着，什么时候门洞里响起男人的脚步声。她想象出，小肯杰什一触到父亲冷冰冰的胡子，就在暖和的被子里扭动着身子，吧嗒着嘴，她心里就乐滋滋的。平常总是鲍斯顿侍候孩子睡下，睡前同他玩一阵，有时先把屋子烧得暖暖的，把门窗都关上，还在木盆里给他洗个澡。邻居们都说，鲍斯顿到了晚年太溺爱孩子了——从前可不是这样，早先他把工作看得比孩子重要。如今他的几个大孩子都成了父母，已经独立生活，他们只偶尔来家一趟。可是小儿子总是最甜的，因此也就备受宠爱，一般都这样，但别人不知道，只有古柳姆坎清楚，鲍斯顿喜欢肯杰什的真正的、也是令人伤心的原因。因为不论是他，还是她，二人从没想到过日后他们竟成了夫妻，还生了个儿子，如果古柳姆坎的前夫埃尔纳扎尔不死在山口，如果鲍斯顿的前妻阿尔孜古丽不随后去世，这事是绝不可能的。他们竭力不回忆往事，虽说也知道：每个人独处时都想着过去的事……可是孩子……这是连接他们的纽带，为此他们付出了昂贵的代价，要知道去山口的路是鲍斯顿开的，而他的助手埃尔纳扎尔却死在他的眼前，至今还躺在深不可测的冰裂缝里……只有孩子能愈合她心灵的创伤，因为历来都这么说，只有生才是死的补偿。

终于响起了脚步声，古柳姆坎轻快地迎上前去，帮丈夫脱靴子，送来了水、肥皂和毛巾，她默默地用水冲丈夫的手，暂时两人都不说话，要等到喝完茶他们才交谈，这时鲍斯顿总要先来句心爱的开场白："好啦，现在听我说说这世上的新鲜事儿。"于是就详细地叙述他的所见所闻，了解到的新情况。在这个时候，特别是只有两人的时候，他们感到十分融洽，你一言，我一语，这种亲人间的谈话好比靠近了熟悉的码头，你能知道哪儿水浅，哪儿水深。记得在阿尔孜古丽去世一周年之际，在操办了追荐亡灵的筵席之后，他们才决定结合的，当时鲍斯顿骑马下了山，来到湖滨小镇上她的家，把马系在拴马桩上后，两人坐上当地的公共汽车，因为是头一回双双露面，还怪不好意思的。他们来到区户籍登记处，尽快办好必要的手续，赶紧离开了那里。后来他们不想再坐公共汽车，也不想在街上遇到熟人，就朝湖边走去，然后沿着湖岸回到她那冷清的家。在这干燥无风的秋日，蓝湛湛的伊塞克湖，像往常一样，清澈而平静。当他俩踏上岸边松林间的小道时，鲍斯顿看到码头上有两条小船。小船轻轻摇荡，下面的沙底清晰可见。

"你瞧，周围是水，山，土地——这就是生活。那两条小船，就像你和我。水浪会把我们冲到什么地方，将来会知道的。但我们经历过的事，感受的痛苦，只要我们活着，总不会离开我们，让我俩永远在一起。可以说我老了，到冬天就四十九岁了。可是你的孩子还小，要让他们上学，为他们谋生……走吧，咱们收拾一下。你虽说是渔夫的女儿，还得回山里去，不过这一回是跟我去……我一人生活也不容易……"

古柳姆坎不知为什么竟哭了。于是他不断安慰她……后来，每当他们待在一起，谈到生活的时候，古柳姆坎常常记起湖边的一对小船。正因为这样她才觉得同亲人谈话，就像靠近了熟悉的码头。但这一次，丈夫心事重重，不比往常，这是逃不过她的眼睛的。前室的小灯一闪一闪，身材魁梧，比她高出一头的鲍斯顿拿着毛巾，故意慢慢擦着那双粗糙的大手。有点儿发青的眼睛眯缝着，目光是忧郁的。长着一个大下巴的脸，久经风吹日晒，肤色黑里透红，近乎暗铜色。今天这是怎么啦？洗完手，鲍斯顿别的事不干，先走到孩子跟前，跪在他亲手做的小木床旁，用发干的嘴亲亲儿子，小声说些亲切的话语。他看到肯杰什感受到了他的亲吻，在梦中动了动，不由得微微笑了。

"听库杜尔马特讲，我不在的时候巴扎尔拜来过。"鲍斯顿坐下吃饭时漫不经心地说，"这事不好……"

古柳姆坎照自己的想法理解了这话，涨红了脸，委屈得差点儿生气了。

"我还能做什么？一伙人闯了进来。说是要把小狼崽拿出来给大家看看。肯杰什听说就跑过来——他觉得好玩……就这样，我给他们煮了茶……"

"哎，我不是说这个。由他去，来也罢，去也罢。只是我老觉得，这事不好……"

"有什么不好？"古柳姆坎不明白他的意思，又说，"你自己不也打过狼吗？瞧，去年那张狼皮还挂着，把它当成了宝贝。”她朝墙上的狼皮扬扬头。

“狼皮是挂在那里，”鲍斯顿回答说，把喝干了的茶碗递给妻子，“你说得对，有一回我也打死了一只狼，既然世界就是这么安排的：有狼也有人。但狼窝我可从来没有毁过。可是巴扎尔拜，他真歹毒，偷了小狼，却让大狼这种凶残的动物自由自在地活着。他这是嫁祸我们。大狼在这一带生活，它们没地方可去，你要明白，这两只狼现在怀恨在心……”

他的话把古柳姆坎吓着了。她像老太婆似的长吁短叹起来，理了理落到肩头的辫子。

“那就倒霉了！什么鬼风把他这个二流子吹到我们这儿来了？干吗要去动狼窝？小狼崽也真叫人可怜——可不是，每一种动物都喜欢自己的小崽，谁不知道这个！哎呀，怎么我当时没考虑到。”

“我也这么想，”鲍斯顿担忧地继续说，“这两只狼什么样？会不会是那两只狼？”鲍斯顿沉默一会儿，补充说：“据库杜尔马特说，追巴扎尔拜的狼是从巴沙特峡谷那边来的。”

“那怎么啦？”

“恐怕就是那对外来的狼——塔什柴纳尔和阿克巴拉。有这么一对。”

“哎呀，你别开玩笑了！”古柳姆坎笑起来，“难道狼像人那样还有名字？瞧你说的！”

“怎么是玩笑！我可没心思开玩笑！我们都熟悉这两只狼。它们不像本地狼。有人见过它们。很凶，有股子猛劲，从不掉进陷阱，很难打伤它们。也真叫怪，怎么让这个无赖、酒鬼巴扎尔拜撞上狼窝，把它们的小狼全掏了。你还大惊小怪的，说它们怎么有名字！公狼叫塔什柴纳尔，劲大得能把马弄倒。母狼阿克巴拉是头领，挺聪明，嗬，聪明极了！所以也就特别危险。”

“得了吧，孩子他爸，别开玩笑了！怎么，你把我当成娃娃？”古柳姆坎不信地笑了，“瞧你说起这两只狼来，好像你从小就跟它们一块儿长大似的……得了吧，哪有这种事？”

鲍斯顿宽厚地笑了。他寻思了一阵，决定安慰一下妻子。

“行了，”他沉吟片刻说，“别再想这些了，我不过是想逗逗你。铺被子吧，已经很晚了，明天还得早起。你知道，离接羔大忙时节只剩两天了，有的母羊可能在夜里或清早就下羔，特别是怀着双胞胎、三胞胎的！”

熄了灯，他们躺下了，这时鲍斯顿才迷迷糊糊地（他很快就能入睡）讲了几句区里开会的事，说会上再次讨论了为什么现在的年轻人不想搞畜牧业，今后怎么办，等等。正在这当儿从院里传来了马蹄声。古柳姆坎从被窝里爬起来，穿着贴身衣服，披上披巾，跑到窗子跟前。她看到在大羊圈前有两个背枪的人翻身下了马。

“我们的人回来了，是雷斯库尔和玛拉特，”她说，“刚才送巴扎尔拜去了。”

“真犯傻！”鲍斯顿嘟哝一句，很快就睡着了。

古柳姆坎却不能立即入睡。她给小床上的儿子掖好被子——这孩子老在睡梦中踢被子，露出身子来。糟透了，已经不是奶娃娃，可就是磨人，特别是当你困倦的时候。但今天她毫无睡意。这一天过得很忙乱，叫人不痛快。全怪那个巴扎尔拜。像雪崩落到头上。对鲍斯顿这好比一把尖刀。他是这么一种人：不喜欢吵吵嚷嚷，不喜欢无谓的奔忙，不喜欢像巴扎尔拜这号无赖，尽管对方没对他做过什么坏事。当然啦，巴扎尔拜不是他的朋友，这人忌妒鲍斯顿火红的事业……可是为此得付出多少辛苦，这一点巴扎尔拜却不知道。明天天不亮就得起来，像驾辕的牲口那样一直忙到深夜。哪儿都有他，哪儿都需要主人的照料……

古柳姆坎走到窗前，凝视着外面银灰色的夜空，一轮皎洁的明月照着起伏的山冈，满天的星星闪烁不停。到了清晨，月亮会落山，星星会消失，但在此刻，夜似乎是永恒的，是难以排遣的。山前地带一片沉寂，只有位于宿营地边上的发电机发出熟悉的马达声。

很难说，古柳姆坎是不是睡了很长时间，也许她只是打了个盹。这时她迷迷糊糊地听到一阵骤起的狗叫声，中间夹杂着一声长长的嗥叫。古柳姆坎在梦里挣扎着，不由得醒了。现在她已经清清楚楚听到一阵阵冲天而起的惨厉而紧张的狼嚎声。那声音令人恐怖。古柳姆坎感到很不自在，她朝丈夫身边挤去，紧紧挨着他。但这时狼的嗥叫变成了伤心的呜咽，从中透露出遭难的动物那种不可平息的痛苦、呻吟和哀嚎。

“就是它，阿克巴拉！”鲍斯顿猛地从枕头上抬起头，用嘶哑的嗓子说。

“什么阿克巴拉？”古柳姆坎甚至不明白他说的是什么。

“母狼呀！”鲍斯顿说，他也侧身细听狼的嗥叫，又补充说：“还有塔什柴纳尔，跟母狼应和着叫。你听，吼声像屠宰场上的公牛。”

他俩屏住气息，一动不动。

“噢呜呜……”又是一阵疯狂凄惶的嗥叫划破了沉寂的夜空。

“狼怎么啦，吼什么呀？”古柳姆坎吓得小声问。

“吼什么？畜生伤心呢！”

他们不作声了。

“真倒霉！”鲍斯顿懊恼得骂道，“你躺着，留心孩子别醒了。你不用怕，又不是小姑娘！这是母狼在近处嗷嗷叫，哭它的小狼崽，现在有什么办法？我出去看看羊圈怎么样。”

说完他仓促间穿好衣服，没熄灯，到外面穿好靴子，又回到屋里，关了灯，走出去，把前室的门关上了。她听到他大步走过窗下，嘴里骂骂咧咧的，后来吆喝那狗："扎伊桑！扎伊桑！跟我来！"最后他的脚步声渐渐听不见了。这时又传来母狼拖长的嗥叫，公狼应着母狼发出沉闷的咕噜声。在这嚎声中，有的是沸腾般的狂怒和威胁。这嚎声时而变为哭泣，时而重又积聚起极度的绝望和悲愤，时而又变为苦苦的哀求……

狼嚎声叫人无法忍受。古柳姆坎掩住耳朵，走去把门锁上，仿佛狼能冲进屋里。她止不住地发抖，用毛围巾缠着头，回到床边，不知怎么办才好，真担心狼又会嚎起来，把孩子吵醒。她最怕的是肯杰什醒来后会给吓着。

狼不断地嗥叫，它们似乎就在近处兜圈子，来回奔走，在附近徘徊。应着狼嚎，所有的狗都恶狠狠地尖声吠叫着，但却不敢迈出院子。突然响起震耳的枪声，接着，又是一声。古柳姆坎明白，这是鲍斯顿和库杜尔马特在开枪吓唬狼。

在这之后，外面又静下来。狗不叫了。狼也不叫了。"感谢主，要不然，可遭罪了！"古柳姆坎舒了一口气想，但心里还是惶惶不安。她抱起睡着的肯杰什，把他挪到大床中间，好让他躺在父母身边。这时鲍斯顿也回来了。

"把梦给搅了，叫它们统统见鬼去！"他气得直叨叨，可能指的是狼和狗，以及与此有关的一切。"巴扎尔拜这个畜生，真是个畜生！"他愤愤地骂着，重又上了铺。

古柳姆坎不再提问，以免打搅丈夫，这两只狼吵得他没法睡一会儿。要知道一清早他就得去牲口圈——他可不是那种睡懒觉的牧人。

古柳姆坎看到丈夫已经平静下来，也就放心了。她高高兴兴把孩子挪到身边，对他轻轻说些爱抚的话。鲍斯顿喜欢肯杰什，所以给他取名叫肯杰什别克，也就是小"别克"，意思是族里的小王爷。牧羊人世世代代梦想当王爷。这真是对命运的嘲弄——世世代代的牧羊人始终是牧羊人。从这个意义上讲鲍斯顿也不例外。

他们重又入睡了，这一次把孩子放在中间，但很快凄厉的狼嚎声又把他们吵醒了。院里的狗又都不安地叫起来。

“这到底怎么回事？这算什么生活？”古柳姆坎生气地抱怨起来。说完自己又后悔了，因为鲍斯顿一声不响坐起来，开始摸黑穿衣服。“别去，”她央求，“由它们叫去吧。我怕。不用去，别去了！”

鲍斯顿不想违拗妻子的心意。就这样，在这山间黑漆漆的深夜，他们躺在黑漆漆的屋里，无可奈何地听着狼嚎声。午夜早已过去，天快亮了，可那狼还是撕心裂肺般呜呜叫，用那悲伤而愤怒的嚎声搅得人不得安宁。

“折磨死人了，它们要干什么？”古柳姆坎忍不住说。

“干什么？还不清楚，要小狼崽呗。”鲍斯顿回答。

“可是小狼崽不在这里。早给带走了。”

“大狼怎么知道？”鲍斯顿回答，“它们是畜生，只知道有人把小狼崽弄到这里，所以在大狼看来这地方就是终点，就是世界的尽头。你试试去跟它们解释吧。可惜我当时不在家。我要在，非得拧下巴扎尔拜这畜生的脑袋。自己捞了好处，却让我们遭罪……”

像是证实他说的话，羊圈上空又响起一阵阵狼嚎声，那声音时而凄凉、沉痛，时而充满了愤怒和狂暴——这是伤透了心的大狼在黑暗的夜色中兜着圈子，来回奔跑。特别是阿克巴拉更是悲痛欲绝。它那嚎声像墓地上女人的哭丧。古柳姆坎不由得想起，当得知埃尔纳扎尔死在山口时，她也号啕大哭过，用头撞过墙。现在，一股令人难堪的烦恼控制了她，她得做出很大的努力，才能克制自己，不向鲍斯顿透露出她此刻的心思和感受。

就这样他俩睁着眼躺着，只有肯杰什，这个无忧无虑的孩子做着香甜的梦。听着阿克巴拉那经久不息的思念小崽的哀嚎，做母亲的更加为自己的孩子担忧，虽说他并未受到什么威胁。

群山上空透出最初的曙光，天空中夜色在消融、隐去，星星亮了一夜，此刻变暗淡了，远峰近山显得更加清晰，大地又裸露出自己的胸膛……

这时候，阿克巴拉和塔什柴纳尔正朝山里，朝巴沙特峡谷方向奔去。它们的身影时而显露在山丘上，时而隐没在雾霭中。两只狼垂头丧气地碎步小跑：丢失了小崽，叫了一个通宵，它们不会轻松的。从这里本可以顺道去那片谷地，那里还留着昨天被咬死、已经吃了一小半的牦牛。往常，它们不会放过再饱餐一顿新鲜肉的机会，但这一次阿克巴拉根本不想回到合法占有的猎物旁，而离了阿克巴拉这个头领，塔什柴纳尔是不敢这么做的。

太阳正在升起。快靠近洞穴时阿克巴拉奔跑起来，似乎小狼崽在等着它。这种自欺自慰也传给了塔什柴纳尔。于是两只狼一道在峡谷里飞奔——希望尽快见到小狼崽的心愿，驱使它们奋力前进。

于是一切又重复了一遍——阿克巴拉一下子窜进灌木丛中的兽径，钻进悬岩下的洞穴，又嗅遍了空空的四角和冰冷的铺垫物，又确信，它们的小崽没有了。阿克巴拉并不甘心，又跳出洞穴，痛苦得昏头昏脑，又咬了一下在洞口不小心撞着它的塔什柴纳尔。又在溪边跑来跑去，嗅着昨天巴扎尔拜留下的脚印。这里的一切都使它感到讨厌，充满了敌意，特别是靠在石头旁的那只打开了的酒瓶。那股强烈刺鼻的气味熏得母狼再也控制不住自己，它发狠地吼叫几声，咬自己，啃泥土，随后拖长声音哀嚎起来。它又仰起嘴脸，像受了委屈似的呜呜抽泣，于是从它那罕见的蓝眼睛里像雨点般落下浑浊的泪水。

谁也无法平息它的悲哀，谁也不会洒下同情的眼泪。巍峨的群山无动于衷……

三

第二天上午，约莫十点钟光景，巴扎尔拜·诺伊古托夫正准备给马上鞍，想去区中心一趟，这时他看到有一名骑者冲他这边来了。真有意思，这人上塔曼来有什么事？骑者身穿黄色熟皮袄，敞着怀，戴一顶狐皮帽，正从西边不紧不慢地沿着稍稍有点儿倾斜的山脚行进。还好，他坐得很稳当。巴扎尔拜立即认出了骑者，而且仔细察看了那匹金灿灿的顿河种马后，便确信自己没有认错——这是鲍斯顿·乌尔昆奇耶夫骑着顿库留克来了。鲍斯顿的突然出现使巴扎尔拜感到诧异而且很不痛快，他把马鞍扔到一边，决定等着自己的邻人和仇人。为了让鲍斯顿不产生误会，以为他正在迎接他，巴扎尔拜便抓起一把干草给马擦起身子来。做出一副样子：正忙着呢。巴扎尔拜有种奇怪的感觉：似乎鲍斯顿要给他来个措手不及。他正打量着院落、羊舍和清早就忙着干活儿的几个羊倌，想看看这一切是不是正常。当然啦，鲍斯顿的过冬营地安排得井井有条，鲍斯顿干起活儿来有股子牛劲，所以他才是先进工作者哩（有些好搬弄是非的人说：如若碰上那个光辉的年代，会把他当作富农分子发配西伯利亚），巴扎尔拜算什么——无非是个平平常常、普普通通的亚洲牧民。像他这种人，多得像山头、草场那样数不清。他们放养着几百万头牲口，这几百万头牲口的蹄子不等草长高，就会连根把牧草刨光。鲍斯顿是一回事，他是另一回事。当鲍斯顿走过来时，他的脑子里出现了许多乱糟糟的念头："我们这位富农怎么一清早就突然驾到呢？真稀罕！"巴扎尔拜疑惑起来，"这是为什么？什么目的？"既然来了，本想请鲍斯顿进屋坐坐，但一想到自己的住处，空荡荡的放牧组用房，特别是那个倒霉的恶婆娘科克·图尔松（她怎能同古柳姆坎相比呢），他就赶走了这个念头。

鲍斯顿来到了塔曼过冬营地，在院落外勒住了马，朝四下里张望一下，发现主人正在草棚跟前，便朝他这边走来。两人冷淡地打过招呼——鲍斯顿甚至没有下马，巴扎尔拜继续干他的活儿。不过双方都不认为这是怠慢了自己。

"好了，总算碰上你了。"鲍斯顿用手捋了捋胡子说。

"你看到了，我在干活儿呢。有什么事？如果不是秘密的话？"

"这有什么秘密，有正经事。"

"是啊，像你这样的大忙人，无事不登门啊！"他还傲慢地说出："我说的没错吧？"

"没错。"

"既然有事，那就下马吧。"

鲍斯顿默默翻身落马，把顿库留克系在拴马桩上。像往常一样，这一次他也没忘松一松紧束着胸部的马肚带，让马歇一歇，活动能自如些。随后，他朝四周看看，仿佛在估量着，这里的情况怎么样。

"站着干什么？看什么呢？"巴扎尔拜带着掩饰不住的恼怒对他喊道，"坐吧，这儿有木墩子。"他建议说，自己却在脚旁的一个拖拉机外胎上坐了下来。

两人都怀着暗暗的敌意注视着对方。鲍斯顿的一切都让巴扎尔拜感到不舒服：瞧他那件皮袄多考究，四周还镶了一道黑色的羊羔皮；瞧他敞着怀，那胸脯多宽厚；瞧他长得多壮实，目光精明，脸膛是暗铜色的——可是鲍斯顿比他，比巴扎尔拜，还大五岁呢。还有一件事也让他不高兴，那就是昨天夜里鲍斯顿准跟古柳姆坎睡觉了——尽管这种事似乎跟他毫不相干。

“那么挑明了吧，我听你说。”巴扎尔拜点点头。

“你知道我为什么事来，”鲍斯顿开始说，“你瞧，我把褡裢也带来了，系在马鞍旁边。你把那几只小狼崽给我吧，巴扎尔拜。得把它们放回原处。”

“放哪儿？”

“狼窝里。”

“原来是这样！”巴扎尔拜挖苦地做了个鬼脸，“我还以为咱们这位先进工作者有什么要事一清早就驾到哩。你扔下自己的事，骑着马赶来了。你想必忘了，鲍斯顿，我可不是你手下的羊倌。我跟你一样是牧民。你没有权利对我发号施令！”

“这儿扯不上发号施令！你怎么呢，不能平心静气听我说完？要是你认为，大狼会忘了昨天的事，那你就大错特错了，巴扎尔拜。”

“关我什么事！就算有人忘不了狼，这事跟我有什么相干，再说，关你什么事？”

“怎么没事，昨夜一宿我们都没合眼，两只狼嗥个没完。如果不把小狼崽还回去，这两只大狼就不得安宁。我可知道狼的脾性。”

这一次，鲍斯顿是来求他的。正因为这样，巴扎尔拜就老想拿拿架子，显显身手，嘲弄一下对方。鲍斯顿居然亲自登门苦苦向他哀求——这可是做梦都没想到的。于是，巴扎尔拜拿定主意，既然碰到了这种机会，就绝不放过。加上这时他突然冒出了一个幸灾乐祸的念头，好得很：搅得他们夜里睡不成觉，好得很，这下鲍斯顿就顾不上同古柳姆坎亲热一番了，永远这样才好！于是他斜睨了鲍斯顿一眼，说：

“鲍斯顿，别蒙哄人了！没这样的傻瓜！我掏了一窝小狼，可不是为了低三下四地再把它们送回去。你真是太聪明了！何况你有你的需要，我有我的需要。至于你同你婆娘夜里睡得着还是睡不着，我才不管呢，这事跟我毫不相干。”

“你考虑一下，巴扎尔拜，别一下子就把话说绝了。”

“这有什么好考虑的？”

“你这样毫无道理，”鲍斯顿强忍着说。他明白自己犯了一个大错。现在他只能采取最后一着儿。“既然这样，”他竭力保持镇静，“那就让我们做一次公平买卖：你卖我买！你既然要卖掉这些小狼，那就卖给我。说个价——一手交钱，一手交货！”

“不卖！”巴扎尔拜几乎跳了起来，“你出什么价我都不卖！你以为有办法——买下来！你有钱，我没有！可我瞧不起你的臭钱！我要把小狼崽换酒喝，就是不卖给你，听见了吗？我管不着你是什么人，什么东西！听着，你趁早上马，走你的！”

“别说蠢话，巴扎尔拜。让咱们像男子汉对男子汉那样谈一谈。你把小狼卖给谁，不都一样吗？”

“不一样！用不着你来教训我。没有你我也在行。要是你愿意，我来给你出个主意：叫你在党的会议上——在会上，你不是老吹嘘自己比所有先进分子还先进吗？在会上你不是老训人吗？——那么我来给你出个主意，叫你记不清太阳从什么地方出来，从什么地方下去。叫你一辈子都忘不掉！”

“哎呀呀！”鲍斯顿真的感到吃惊，不由得用一只手挡住了巴扎尔拜，“别吓唬人了，你倒说说，你干吗火冒三丈、骂骂咧咧的？”

“干吗骂骂咧咧？就该骂！你这是反对政府。明摆着的！就你一人聪明！现在上级要求消灭所有的猛兽，可你想对狼发善心，想让它们传宗接代，——是这样吧？你动动富农的脑瓜子去考虑一下吧！我掏了一窝狼，因此，我对国家做了件大好事，可你想把它们送回窝里。让它们长大，让它们再生小狼——是这样吧？居然还想收买我！”

“我不想收买你——都懒得瞧你一眼，我是想买下小狼。不过，你差点儿搬出法庭来吓唬我，那是白费劲。你先动动脑子考虑一下，你干的什么事，然后再想想你是个什么人！既然你是了不起的英雄，那就该先把大狼收拾了！既然你无意中撞上了狼窝，那就该先把母狼干掉！你要是没这能耐，那就如此这般地跟别人说一声，让有能耐的人去干。”

“让谁去干——不是你吧？”

“就算是我，又怎么样?！现在你试试去找这两只狼——已经无影无踪。既然你毁了狼窝，现在就探不出公狼和母狼的行踪，打不死它们了。往后它们会袭击这一带所有的家禽和家畜，随时都会对人进行报复——到时候你去对付它们吧！你想过这些没有？”

“说下去，说下去，瞧，居然来了个狼的辩护士！你去跟大伙儿说说——谁信你的？你把狼说成人一样，真会蒙哄人！我可看透了你！我要对你说的是另一件事。要是你向我施加压力……”巴扎尔拜话没说完，猛地从秃头上摘下帽子，一步跳到鲍斯顿跟前，活像一头前额凸起的公牛。——两人面对面紧挨着，鼻子里呼哧作响，恨得都喘不过气来。

“哎，你还想对我说什么？”鲍斯顿说，嗓子紧张得都发哑了，“我可没工夫！”

“我早知道，你是个守财奴，精明鬼，就会往自己家里搂，所以成了开会迷——离了你这个放羊的，别人就不行啦！可惜谁也不知道，一旦别人得了点儿好处，你就眼睛红得像条狗，都快憋死了！你瞧，你没有捞着什么，没有赚到一窝小狼，哪怕别人稍稍交了点儿好运，你就坐不住了，夜里也睡不着觉！”

“呸，去你的！”鲍斯顿终于按捺不住，“我怎么找这种恶棍说话来了！我真傻！早知这样就不该来！别说了！完了！现在你就是给我小狼也不要了。走，干你自己的事去吧！”

鲍斯顿气得非同小可。他走到拴马桩旁，猛地扯下缰绳，猛地勒紧马肚带，弄得马晃动起来，倒换起蹄子，然后他猛地跳上马鞍。他气得甚至没有听见巴扎尔拜的老婆在叫他。可怜的女人稍稍迟了一会儿。她走出家门，发现她的男人挥着胳膊正冲着谁在大声嚷嚷。“跟谁呢？”她想，“看样子是鲍斯顿来了，不过，他干吗上我们这儿？”但她立即明白，男人们在吵架，就赶紧朝他们跑去。但没等赶到，鲍斯顿已经骑上那匹金灿灿的顿河种马走了，一副怒气冲冲的样子。他把狐皮帽低低压在额头，抽了马一鞭，跑开了，皮袄的前襟像翅膀那样飘了起来。

“鲍斯顿！鲍斯顿！鲍斯顿！听我说！”科克·图尔松喊道，但鲍斯顿没有回头，谁知道是没有听见呢，还是不想搭理。

“你干吗欺侮人？你们吵什么？”科克·图尔松走到巴扎尔拜跟前问道。

“不关你的事！别吼，你干吗要叫他？他是你什么人？”

“他是百年才找上门一次，可你?！谁生下你这孬种？你是恶鬼，不是人！”

老婆的话只是激怒了巴扎尔拜，他又火冒三丈，腾地跳上木墩子，冲着鲍斯顿大吼：

“操你妈！放明白点儿，我可不是好惹的！你总想叫别人低你一头，甭来这一套！我操你妈！……”

“吼什么！别吼了！”科克·图尔松毫不畏惧地冲到丈夫跟前，把他从木墩子上拖下来，“你不如把我打死，干吗糟蹋人？干吗呢？”

“滚开，捣乱鬼！”巴扎尔拜把她推开，“关你什么事？你没瞧见，他想要我巴扎尔拜拍他的马屁！想让我说：‘喏，看在主的面上，请收下小狼吧，一切照你的办！’呸！我可不是好惹的！”

“这么说，他是为了小狼啦？”科克·图尔松感到吃惊，“原来是为这个！末日到了！全完了！真是丢人现眼……”

四

这一天，大狼离开了原来的地方。不只是离开了，而是扔下窝，夜里不再回来，开始在外面游荡。有时随便找处地方没精打采地躺下歇歇，有时重又四处寻找，特别是它们不知躲藏，变得肆无忌惮，似乎不再防备人了。在那些日子里，附近的牧民常常在最意想不到的地方发现它们：通常是，母狼垂着头走在前面，似乎有点失常，公狼则紧紧跟着它。给人的印象是，仿佛这一对狼在找死——它们显然已不顾任何危险。有几次，它们在住家和羊圈附近出没，引起了一片惊慌。所有的狗汪汪吠叫，简直发了狂，怒气冲冲地摆出一副准备冲击的架势，但狼根本不理睬它们。甚至当有人朝它们开枪的时候，它们也不加快步子，照样走自己的路，就像没听见枪声一样。这两只狼的反常和古怪，成了街谈巷议的话题。特别是当阿克巴拉和塔什柴纳尔不顾狼的禁忌开始袭击人的时候，人们更是议论纷纷。有一次，那是个大白天，它们公然在大路上逼走了一名拖拉机手。当时他正开着挂车运干草。方向盘给卡住了，年轻的拖拉机手跳下来察看是怎么回事。又是扳手，又是钳子，他在车下面忙了好一阵，突然发现不远处有两只狼在开始融化的雪地上行走——狼是冲他来的。最使他吃惊的是狼的眼睛。据他事后对别人说，两只狼逼近他，那目光虽然凶狠，但显得呆滞。母狼比公狼矮一头，而且眼睛是蓝色的。它眼里水汪汪的，目光专注。幸好小伙子没慌神，立即跳进驾驶室，关上了车门。幸好启动器牵动了马达，否则就得靠人力用手把摇。真是太走运了。拖拉机轰响起来，狼跳开了，但还是不走开，老想从这一侧或那一侧靠过来。

另一次，一个放羊的孩子奇迹般地幸免于难。事情也出在白天。他骑上一头小毛驴外出找点儿柴草，那地方离家不远——他要去弄点儿树枝回来生火。正当他在一片灌木林里挥镰砍枯枝时，突然不知从哪儿跳出两只狼。小毛驴甚至来不及叫出声来。袭击来得迅猛异常，没出一点儿声音，毛驴已鲜血如注。那孩子握着镰刀撒腿就跑，跑到羊圈前，倒在地上，开始喊叫，连声音都变了。当人们持枪从羊圈赶到灌木林时，两只狼已不慌不忙地碎步小跑，消失在小山包后头了。甚至连枪声都没使它们加快步子……

不久以后，这两只狼又袭击了一群在羊圈附近觅食的大肚子母羊，制造了一次真正的大屠杀。谁也没看见这是怎么发生的。直到幸存的母羊惊恐万状地跑回羊圈时，人们才明白过来。十五头种羊横七竖八地躺在牧场上。这些羊死得很惨，全被咬断了喉咙，狼的行为毫无意义：完全不是为了充饥，而是为了虐杀。

人们开始清算阿克巴拉和塔什柴纳尔的暴行。有关这对狼的传说骇人听闻。但是人们只看到事情的表面，不了解这种报复的真正内情和真正原因——他们怎能知道，母狼无限思念从窝里被夺走的小狼……

巴扎尔拜到处游荡，放肆得很：他用小狼换来的钱下酒馆足吃足喝，胡闹一气。虽说这些日子正当旅游淡季，湖滨疗养区的餐馆都空荡荡、冷冷清清的，不过伏特加到处都有。每到一处，巴扎尔拜必定喝个痛快，喝得连秃头都发红了，话题只有一个，无非是：他如何如何了不起，居然撵走了鲍斯顿这个狂妄自大、不可一世的家伙，这个吝啬鬼，毒蛇，这个没被揭发出来的暗藏的富农分子，要在从前，这人早该当作阶级敌人吃了枪子儿，这就完了。可惜的是，那样的岁月已经过去。把这号人毙了，才是大好事！那有什么！在二十世纪二三十年代，随便哪个民警都能在当院枪毙富农和财主。这种事书里写着呢。当时的广播里还讲到，有个富农欺压、盘剥雇农，为此当着众人的面，在光天化日之下，把他“报销”了，好叫富农往后不敢再欺负贫农。不过，巴扎尔拜最喜欢讲的是（而且越讲越兴奋）：有一次鲍斯顿上塔曼来找他，他巴扎尔拜如何让鲍斯顿吃了个闭门羹，还把他狠狠臭骂一顿。巴扎尔拜的那些酒肉朋友大部分是疗养院的临时工，冬季闲来无事，正好跟他鬼混。他们常常纵声大笑——笑声都能把那些憋闷的、乌烟瘴气的公共餐馆的玻璃窗震得嗡嗡响。这些人又是吹捧，又是挑逗，于是醉醺醺的巴扎尔拜更是信口开河，大吹其牛。这些话也传到了鲍斯顿耳里。所以后来在国营畜牧场场长召开的一次会议上就发生了一场激烈的争吵。

头天夜里，鲍斯顿翻来覆去睡不着，许多痛苦的思绪突然涌上心头。这一切的起因是，那两只狼又在住处附近绕行，又发出一阵阵叫人无法忍受的、撕心裂肺般的嗥叫。古柳姆坎吓得发抖，又往丈夫身边挤，后来她再也受不了，又把睡熟的肯杰什抱到铺上，抚摩他，用自己的身子护着他，仿佛他受到了什么威胁。鲍斯顿因此感到很不痛快，虽说他也明白，女人怕黑、怕不习惯的声音是情有可原的。

有几次鲍斯顿真想冲出去放他几枪，但古柳姆坎一分钟也不想独自留下，说什么也不放他走。后来她虽然入睡了，但睡得很不踏实，常常惊醒过来。鲍斯顿却度过了一个不眠之夜，纷繁的思绪不断钻进脑子。结果是，他在这人世间活得越久，生活就变得越发艰难和复杂。主要的困难倒不是生活，而是如何理解生活的意义。以前没有想过的，或者想不清楚、埋在心底的许多问题，现在都在脑子里冒出来，强烈要求他做出回答。

要知道，他从小就靠自己的劳动为生。他的命运不济：父亲在战争中阵亡时，他才上小学二年级，不久母亲又去世了，几个哥哥姐姐都独立生活，有的已不在人世，所以他什么都得靠自己，靠自己的劳动。正如他现在理解的那样，他顽强地、坚持不懈地朝自己既定的目标前进，夜以继日地辛勤劳动，认为这才是生活的意义。他同样迫使在他手下干活儿的人勤勤恳恳地劳动。其中许多受过他训练的人，后来都成长起来，学会了劳动，而且通过它学会了在劳动中珍惜生活。而对那些不追求这一目标的人，鲍斯顿公然表示不喜欢、不理解，认为这种人毫无用处，对他们很冷淡，很不客气。他知道因此有不少人在背后骂他，叫他吝啬鬼、富农分子，只可惜鲍斯顿出生晚了几年，否则他的尸骨早就烂在西伯利亚雪原上了。对这种恶意诽谤，鲍斯顿照例不予理睬，因为他从来不曾怀疑真理在他这边，否则就不堪设想，否则世界上的事就颠倒了。诚如太阳从东边出来一样，他对此深信不疑。只有一次，一桩偶然事故使他屈服了，使他痛苦得后悔莫及，从那以后，他才领略到怀疑的沉重和苦涩……

五

埃尔纳扎尔，古柳姆坎已故的前夫，在那桩悲惨事故发生之前，曾在鲍斯顿手下工作了三年。不用说，他很能干，而且为人可靠——鲍斯顿的放牧组正需要这种人。是埃尔纳扎尔亲自来找他的，从此以后，他们就在一块儿干活儿了。记得一年秋天，他上别什孔格来找鲍斯顿，当时羊群入冬前都在这里放牧，说是要跟他聊聊。两人边喝茶，边聊起来。埃尔纳扎尔抱怨说，他讨厌跟随便什么人合作：不管怎么努力，如果领头的牧民不像个当家人，光干活儿却得不到多少好处。几年过去，两个女儿长大成人，你瞧，都快出嫁了，时间过得真快呀。可是不论怎么干，还是背了一身债。房子是盖成了，谁不知道，这得花多少钱。“鲍斯克，”埃尔纳扎尔用尊称叫他，“不瞒你说，在你这里既可以干活儿，还可以挣钱。无论是凭羊毛还是凭羊羔的产量，你这里都能领到奖金，而且数量不小。所以我拿定了主意，要是你不反对，请你跟场长谈一谈，让他把我调到你这里当一名主要的羊倌，当你的左右手。我不会给你添麻烦的，你也明白，否则就不会有这次谈话了……”

鲍斯顿在此之前就了解埃尔纳扎尔！不管怎么说，他们曾在同一个国营畜牧场里生活，再说古柳姆坎正好是他的妻子阿尔孜古丽的远亲。这么说来，也算自己人。不过最主要的是，鲍斯顿立即信任了埃尔纳扎尔，而且从来没有后悔过。

这无非是生活中的一桩小事，后来的一切就是从这儿开始的。他们很快就协调一致了，因为埃尔纳扎尔跟鲍斯顿一样，生来就是当家人，照另一些人看来——无非是少有的傻瓜：把集体的牲畜当成自家的，就仿佛国营畜牧场属于他个人所有。他是不是不大正常？其余的一切均由此而来：劳动起来就像为自家干活儿，关心集体经营如同关心切身利益。热爱劳动是埃尔纳扎尔的本性。他生来就是这样，在生活过程中又发展了这种天赋，发展了这一具有世界意义的品质。人人都具有爱劳动的天赋，只不过一些人把这种品质发扬光大，而另一些人则不是这样。你不妨想一想，普天下有多少好吃懒做的二流子——年长的，年轻的，男的，女的！仿佛人们不懂得，不论什么时代，这些人生活中的无数不幸和贫穷都是源出于一个“懒”字。但鲍斯顿和埃尔纳扎尔都是真正的劳动者，因此他们在心灵上是相通的。所以他们干起活儿来齐心协力、步调一致，只消半句话就能明白对方的心思。但是后来发生的事故说明，也许正是这种品格在他们的生活中起了致命的作用……

不过能不能这么说，谁知道呢……问题在于，在出现放牧承包组和家庭承包组以前的很长一段时间内，鲍斯顿·乌尔昆奇耶夫也许出于某种本能，遇到适当的场合，就一再坚持自己的主张：要保证他，或者确切地说，保证他的小组有权使用固定的土地。这么做的目的很简单，说实话，表达得也很朴实。但在某些正统分子看来，这带有挑衅性，照他们的推理，这等于说：我要有自己的放牧区，也就是自己的土地；我要有自己的羊圈，我对这些负责，而不要某个事务主任或管理员来操办（这种人就是知道别人家屋顶漏水，他也不会头疼！）；我要有山间的夏季牧场，不能随随便便把我和我的羊群爱往哪儿赶就往哪儿赶，而且还要让大家知道，那些牧场是归我鲍斯顿固定使用，别人不得侵犯：我既然是当家人，就得让我有权支配这一切，那样的话，我的产量就能提高一百倍，会超额完成计划，上缴更多的产品。可是如果在无专人负责的土地上劳动，怎么说我也有点儿像受雇的牧民，因为不知道来年秋天我会给打发到什么地方去。

不，鲍斯顿的这个主张一直通不过。开头大家都同意，没错，当然啦，这是对的，合理的，最好把场地都划给大家使用，让人人都当家做主，让他的孩子和家庭都知道这个，让他们齐心合力在自己的土地上劳动。可是一些警惕性很高的地方政治经济学家提出怀疑：这不是侵犯社会主义神圣原则吗？于是所有的人立即后退，开始说些相反的话，一再证明无须证明的道理。谁也不想让人怀疑自己离经叛道。只有鲍斯顿·乌尔昆奇耶夫这个没多少文化的羊倌，几乎在畜牧场或区里召开的每一次会议上，都固执地坚持自己的主张。别人听他的发言，夸他几句，嘲笑一阵，说：鲍斯顿这人，心里想什么，嘴上说什么；他没什么可丢的，反正不会把他撤职，不会断送他的前程。幸运儿！可是每一回总有人从理论的高度来批驳他，特别是国营畜牧场党支部书记科奇科尔巴耶夫在这方面特别卖力，这是一位典型的文化人，持有州党校的毕业证书。鲍斯顿同这个科奇科尔巴耶夫的关系说来让人难以置信。科奇科尔巴耶夫当了多年畜牧场党支部书记，但鲍斯顿却总也捉摸不透：是他假装正经，故意咬文嚼字呢（想必这也是他占有某些优势的原因），或者他真是那种书呆子。从外表看，这个红腮帮的冷酷的人，像鸡蛋那么光溜，任何时候都系着领带，任何时候都挟着公文包，任何时候都愁眉苦脸，“有事，有事。”走路急匆匆，说话快得像念报。有时鲍斯顿不由得想道：兴许他梦里说话也像念稿子吧？

“乌尔昆奇耶夫同志，”党支部书记科奇科尔巴耶夫从主席台上指责说，“您早该明白，我们的土地是全民财产。宪法上这么写着。我国的土地属于人民，只属于人民，不属于任何个人。可您要求把冬季牧场、夏季牧场、羊圈、饲料和其他生产用具，可以说几乎把一切都变成私人所有。我们不能这么干——我们没有权利歪曲社会主义原则。您自己明白，您这是什么倾向，要把我们带到什么地方去？”

“我不想把任何人带到什么地方去，”鲍斯顿并不退让，“如果说当家人不是我，而是人民，那就请人民到我的羊圈来干活儿吧！我倒要看看，结果会怎么样。如果我不能主管我的事情，那么到底该由谁来当家做主呢？”

“人民，乌尔昆奇耶夫同志，我重复一遍：苏联人民，国家。”

“人民？那照你看我是谁？我怎么弄不明白了呢。为什么我不是国家？书记，你年纪轻轻，好像挺有学问，只不过谁知道你在什么地方学了些什么，怎么我都听不懂你的话呢？”

“我嘛，乌尔昆奇耶夫同志，不会由你牵着鼻子走，因为你搞的是富农的蛊惑煽动，不过请记住：你的时代过去了，我们绝不允许任何人破坏社会主义的基础。”

“得了吧。你们瞧，还是当领导的高明，”鲍斯顿顶撞说，“只不过我还是坚持我的看法。干活儿的是我，不是别的什么人。刚说点儿什么，你就‘人民，人民’的来堵我的嘴！我说：人民是主人！行，好吧，那就让人民来评评理：牲口一年比一年多，国营畜牧场光小牲口就有四万多头——这在以前连做梦也想不到——眼下空闲地越来越少，可计划不断加码。你们自己看吧：从前每头羊我能剪毛三千七百克，可是二十年前，大家知道，才剪两千克。那就是说，二十年间，费了很大的劲才增加一千七百克。现在呢，按计划每年要增加五百克，我上哪儿弄去？难道我要学会变戏法？计划要是完不成，放牧组就没一点儿收入。可他们都有家小，既然这样，人干吗要劳动，成年累月去放羊？这么高的指标怎么能完成？因为现在每个牧民为了从别人手里抢到更好的牧场，就知道像老鹰那样打转转；反正土地是公家的，谁也不是它的主人。为了抢草场，牧民间打架斗殴的事还少吗?！而你，作为党支部书记，啥事也不干，就会捆住场长的手脚！难道你以为我没瞅见？”

“我是不是啥事也不干——这得由区委来评判。不过，我要说，就是区委也不会同意你那个有害的冒险行动，乌尔昆奇耶夫同志！”

就这样，每一次谈话都如石沉大海……

正在这时，像是受命运的差遣，埃尔纳扎尔来到了鲍斯顿的放牧小组。这下鲍斯顿就有了一个志同道合的亲密合作者。两人的妻子，阿尔孜古丽和古柳姆坎常常取笑他们：真是百里难挑的好搭档——白天黑夜不休息，就知道干活。就在那阵子，他们想出一个主意——把牲口赶到阿拉－蒙丘山口外过夏天。这是埃尔纳扎尔想出来的。他说，与其整个夏天在山前地带凑合过日子，跟邻居争夺每一根小草，倒不如越过山口，去基奇别利草地过夏天呢。据老人们讲，在从前，牧主家的雇工好像也把马群羊群赶到那边。当时就编了一支《基奇别利》的曲子。他们知道，尽管基奇别利地方不大，但据说那边的草好得出奇。牲口五天里长的膘，相当于饲养一个月增加的重量。

鲍斯顿早先也想过这件事，但基奇别利的情况不明。集体经营时，牧人还在战前就通过唯一可行的翻山道，即通过阿拉－蒙丘冰山口，每年去那里过夏天。战时山村里只留下一些老人和孩子，已经没有人敢这么长途跋涉了。后来受穷的集体畜牧场联合成一个特大的国营畜牧场，取了一个由六个词组成的什么什么周年纪念的荒唐名字，本地人把它改了名，叫“别里克”——这原是一条河的名字。人们忙于联合、改造，渐渐忘了这档子事：夏天整整有两个月甚至更多的时间可以翻过雄伟的阿拉－蒙丘，到山外去放养牲口。兴许已经没有人想越过这么高的山口，要知道在这么艰难、崎岖的山道上赶牲口，不仅要求主人满腔热情，而且要全神贯注，尽量保住所有的牲口。所以在从前，吉尔吉斯人相遇时总会互相问候：“马尔—尚—阿曼贝？”意思是说：“牲口和家小可好？”先提牲口。那有什么，生活就是这样……

热衷于这个早就藏在心底的主意，鲍斯顿和埃尔纳扎尔拿着铅笔开始规划去基奇别利的种种方案。甚至根据最起码的估算，考虑到牲畜在翻越山口时会掉膘，可能要受点儿损失。不过这件事实在有利可图，因为如果不算喂牲口的食盐的费用，除了劳动报酬之外，实际上再没有别的开销了。当然啦，目前这还只是诱人的设想。

鲍斯顿决定先找一下主管部门，然后再找国营畜牧场场长，至于党支部书记他可不想找。他不喜欢这个支部书记，曾不止一次认定：这人空话连篇，就知道警告别人这不行、那不行，只会在大会小会上滔滔不绝地重复报上的东西，再不就是换换漂亮的领带。场长嘛，是一场之长，鲍斯顿要跟他好好谈谈自己的主意。“伊布拉伊姆·乔特巴耶夫，”他这么说，“我同埃尔纳扎尔打算恢复并利用阿拉－蒙丘山口外的老牧场。开头两人先去探探路，瞧瞧基奇别利那边的地形和草情，回来后准备把牲口都赶到那里过夏天。如果情况很好，不出所料，那么基奇别利这块草场就归我们长期使用。如果别的牧人也想去口外，那就请吧，那边的地方有的是。”关键是，他，鲍斯顿要事先知道，哪些放牧地划给了他，这一年四季他都能指靠什么样的牧场。他说：“正是为了这个，我才来找您，再过两天我就同埃尔纳扎尔动身去阿拉－蒙丘山口，眼下的事暂时委托妻子和帮手去干。”

“顺便问一句，鲍斯克，女人们怎么看待你们的主意？”场长感兴趣地问，“要知道这事可开不得玩笑。”

“好像能理解。没什么可抱怨的：我的阿尔孜古丽是个有脑子的女人，就说埃尔纳扎尔的老婆古柳姆坎吧，虽说小几岁，但我觉得，一点儿也不笨。她们彼比间关系很融洽，我看得出来。这也是叫人高兴的事。要是两个女人成天咬架，那就糟透了。那样的话，日子就不好过……这种事从前常有……”

鲍斯顿又同场长谈了一些别的事。原来秋天区里要派几位先进工作者代表去莫斯科参观苏联国民经济成就展览会，好像鲍斯顿已上了名单，而且是第一名。

“伊布拉伊姆·乔特巴耶夫，能不能让我带老婆一道去？我的阿尔孜古丽早就想去瞧瞧莫斯科。”鲍斯顿坦率地说。

“我了解你，鲍斯克，”场长微微一笑，“俗话说，将来的事，走着瞧吧。为什么不能呢？只要取得书记的同意就行了。这事我去跟他说说。”

“同书记？”鲍斯顿犹豫起来。

“你不要猜疑，鲍斯克。难道他会因为你就去找你老婆的碴儿？那就不像男子汉的作风了。”

“问题不在这里。能不能一道去，你再考虑吧。真糟糕。还有件事我想跟你谈谈，场长。你说说，在经营管理方面，你当真需要这么个书记？离了他就不行啦？”

“怎么呢？”

“噢，我很想知道。好吧，打个比方，一辆车有四个轮子——个个着地，可是如果弄来第五个轮子，再装上去，它自己不转，也不让其他轮子转。那么，这个轮子有什么必要？”

“你要知道……”场长说，他是个又高又壮的男人，久经风霜的宽脸盘上长着一双吊眼。他变得严肃起来，开始挪动桌上的文件，困倦的眼皮都耷拉下来。“老是睡不够，成天忙得团团转。”鲍斯顿心里这么想。场长沉吟片刻才开口：“说实在的，是需要一位精明能干的书记。”

“那么这位呢？”

场长飞快地瞥了他一眼。

“我们何必讨论这个问题？既然他是区委派来的，那有什么办法？”

“是区委派来的。不过，你瞧，”鲍斯顿脱口而出，“有时。我老觉得，他在装腔作势，他是出于某种需要才这么行事。为什么他老吓唬人，好像我真想破坏社会主义？这是谎言！如果说我需要什么，那也是为了事业。我不会拿这些地去出卖，也不会送给什么人，土地本来是国营畜牧场的，将来也一样。只要我活着，只要我劳动，我就得有自己的主见。”

“鲍斯克，你怎么老跟我说这些？你的建议是行不通的。”

“为什么行不通？”

“因为行不通。”

“这也算回答？”

“我能回答什么？”

“我了解你，伊布拉伊姆·乔特巴耶夫。你也热火朝天地干过一阵，想改进工作，可人家揍了你一顿，给降职了——从区委下放到了国营畜牧场。”

“没错，所以现在我不想再挨揍了：有过教训了。”

“你瞧，人人都先替自己着想。我不反对，应当替自己着想。不过考虑问题得合乎情理。应当惩处的，不该是有所创新的人，而是能够做到而不去做的人，可我们这里，一切全颠倒了。”

“你说得好。”场长淡淡一笑。

“大家都这么认为。可我讨厌做客似的生活。客人会干什么活儿？这你自己清楚。开头一两天可以苦干一阵，后来就腻味了……我们这里倒好：你干呀干呀，可是科奇科尔巴耶夫老是教训人：你是客人，你不是主人。”

“这么着吧，鲍斯克，咱俩说好了：你呢，不要推说是我同意的，不过你可以照你的设想干去……”

就这样，两人分手了……

三天后，鲍斯顿和埃尔纳扎尔一清早就动身去基奇别利。他们出发时，大家还睡着。鲍斯顿的坐骑是他的顿库留克，一匹浅栗色的骟马，当时才两岁，还很年轻。其实进山最好骑慢行的马，因为山道上是无法跑马的。埃尔纳扎尔骑的也是一匹好马。这时节的马长得都不瘦，走得很快。每人都带一褡裢燕麦，准备在雪地里过夜。都带上了老羊皮袄，以备不时之需。

一般说来，旅途总让人感到愉快。特别是遇上了情投意合的伙伴，可以不慌不忙、随随便便地闲聊。这一天，天气异常晴朗。前面群山矗立，雪峰重叠，越远的雪峰越显得雄伟，积雪也越厚。后面低洼处，呈现出一览无遗的宽阔水域。那蓝色的伊塞克湖凝然不动，犹如一面发暗的镜子，使人老想回头欣赏一番。

“哎呀，真想捧点儿清清的湖水，装进褡裢里带走。”埃尔纳扎尔开玩笑地说。

“那你用什么喂马？不用燕麦，用‘清清的湖水’吗？”鲍斯顿振振有词地回答他。

两人哈哈大笑。他们很少有机会摆脱牧人日常的操劳。这一次虽说是出来探路，但面临的任务更困难、更艰巨。此刻两人感到很愉快，祖辈踩出的山路暂时还好走。埃尔纳扎尔心情极好：他的主意毕竟在落实。战后整整四十年间，没人翻过那个山口，现在他同鲍斯顿真可说是敢作敢为。

顺便说一句，埃尔纳扎尔这人好发议论，喜欢刨根问底。他相貌堂堂，在部队里服过役，是战后最后一批骑兵团的战士。尽管过了这么多年，他的军人气派仍不减当年。古柳姆坎不止一次笑眯眯地告诉别人，说他的埃尔纳扎尔有一回差点儿当上演员。曾经来过一位电影导演，劝埃尔纳扎尔去拍电影。那人说，要是你的埃尔纳扎尔生在美国，他可以演电影里的牛仔。可是古柳姆坎回答他说：“我知道你们的电影。听说有个牧人让你们拉去拍片，后来就无影无踪了——有个女演员把他拐跑了。我可不放我的埃尔纳扎尔。”——简直可笑！

鲍斯顿考虑过，最好到了秋天等他们从基奇别利回来之后，帮埃尔纳扎尔一把，让他也领导一个放牧组。早该委以重任叫他独立工作，即不该让他老当自己的帮手。他，鲍斯顿，若是场长或书记，就能知人善用，可是，俗话说得好：比里—克姆—杜尼耶，意思是：世上的事从来不那么简单。

在山间，他们已经不再遇见拖拉机和骑者，过冬营地和羊圈越来越少见，地形也起了变化：这里的自然景色是异样的，显得更加严酷、寒冷。近傍晚时，太阳还没落山，鲍斯顿和埃尔纳扎尔顺着怪石嶙峋的峡谷总算到了阿拉－蒙丘的山脚下。趁天没黑，本可以再赶一程路，但他们考虑到，如若带上牲口，即使起早贪黑整天赶路，反正在山间也走不多远。既然这样，就是说，不如在开始翻山以前，在这里，在峡谷中间停下过夜。赶牲口的人把这样的夜叫作“什卡玛”，意思是突击山口的前夜。再说地点选得很合适：一股山涧从冰川泻下，这里成了小溪的源头，可以在坡下选块挡风的地方，避开从冰川上下来的风。牧人们都清楚，来自冰川的风常常从半夜一直刮到太阳升起，冷得刺骨！很危险。夜里让不计其数的牲口躲过冰川来的风，以便清早能精力充沛地翻过山口——这就是“什卡玛”的巧妙安排。

两人翻身下马，给走乏的马卸下鞍子，开始安顿下来过夜。他们在一面不大的峭壁下选中一块地方，还收集一些柴火——埃尔纳扎尔很勤快，他下到深沟，跑到远处的一片矮山林里去了。后来在火堆边吃了从家里带来的食物，甚至还用白铁壶煮了茶。两人很满意，经过长途劳顿之后开始躺下睡觉。

山口下的高处很快黑下来，一下子就感到冷起来：仿佛冬天突然降临了。骑马只走了一天，气候就从夏天变成了冬天。从阿拉－蒙丘冰川里泻下阵阵凛冽的寒气——因为这些古老冰川离他们已经不远，可以说近在眼前。鲍斯顿读过一份报纸，说这些高山冰川已经有了几百万年历史，多亏它们，平原谷地才可能有生命——冰层渐渐融化，成了河流大川的源头，河水又流进炎热的低地和田野，你瞧，自然界的万物安排得多么巧妙。

“埃尔纳扎尔，”鲍斯顿临睡前说，“好冷啊！你没觉得寒气刺骨吗？幸好带来了老羊皮袄。”

“皮袄算什么，”埃尔纳扎尔回答说，“早先人们靠祈祷来摆脱困境。有一段翻山祷词，你记得吗？”

“不，记不得了。”

“我记得，是爷爷常念的。”

“好吧，你来念念。”

“我可能记不全了，没头没尾的。”

“总比不记得强。开始吧！”

“好吧。我说一句，你重复一句。听着，鲍斯顿，跟我说：‘冰雪世界的统治者啊，蓝色的腾格里，求你不要毁坏我们翻越冰山口的路。你若想叫我们的牲口倒在暴风雪里，不如把天上的乌鸦收了去。你若想叫我们的孩子们冻得喘不过气来，不如把天上的布谷鸟收了去。我们会勒紧马肚带，把牛背上的驮子捆牢，我们会面向你，向你祈求，腾格里，请不要挡住我们的路，让我们翻过山口来到青青的草地，来到清冽的水源，请接受我们的祈求……’好像是这样，下面我记不得了。”

“可惜……”

“有什么可惜的？现在谁都不需要这样的祷词了，现在孩子们在学校学习，据老师说，这些都是愚昧无知。瞧他们说的，人都飞进太空了。”

“这跟太空有什么关系？怎么，难道我们飞进太空，就得忘了往日的祈求？飞进太空的人，扳着指头数得过来，可是生活在大地上，靠土地为生的人有多少呢？我们祖祖辈辈靠土地养活自己，我们要太空有什么用？由他们飞去吧——他们有他们的事，我们有我们的事。”

“说来容易，鲍斯克，可是，像我们的党支部书记科奇科尔巴耶夫这号人，不论开什么会，总是痛骂过时的东西，他们说：婚礼不成体统，为什么婚礼上不亲嘴，为什么新娘不同老公公搂着跳舞？给孩子们取的名字也不伦不类，据他说，上级定了一份新名字表册，所有的老名字统统要改掉。要不然突然又找碴儿，说什么丧礼不成体统，哭丧不成体统。人该怎么哭也得由他来指导：不能照老样子哭，要照新样子哭。”

“没错，我知道，埃尔纳扎尔，你以为我不了解情况？下回去莫斯科——听说秋天要让我去那里参观展览——到时候，说真的，我要去党中央问个明白：我们当真需要像科奇科尔巴耶夫这号人，或者，这是我们的不幸？不论你对他说什么，他就会掐你的脖子，说你反党。你瞧，他就是党！谁也不敢顶他。咱们这里就这个样。场长本人老躲着他。唉，由他去吧！糟糕的是，科奇科尔巴耶夫这号人别的地方也不少……咱们睡吧，埃尔纳扎尔。明天这一天够咱们受的……”

就这样，在雄伟的阿拉－蒙丘冰山脚下的峡谷里，两个牧民说着说着就渐渐入睡了。群山上空幽暗的天幕上星光灿烂：所有的星星无一例外，都闪闪发光。鲍斯顿甚至觉得诧异：都这么大，这么沉，每颗星足有他的拳头大，怎么不跌落下来，怎么老挂在天上闪个不停。阵阵寒风在山岩间狂暴地呼啸着……风神沙玛尔总嫌地盘不够，总是愤愤不平，神秘莫测……

一阵阵同样的寒风，夹着尖细的呼啸，钻进窗缝。在这深夜时刻，鲍斯顿听着使人难堪的狼嚎，重又回想起经历过的一切。他再一次把旧日往事，逐一在脑子里过了一遍，那些不三不四的人对他的侮辱，再一次刺痛他的心，这些人不惜利用别人的不幸来达到嘲弄和诽谤的目的。唉，在这老一套的卑鄙龌龊的勾当中，他们是多么厉害啊！他们可以迫使任何人——从沙皇到牧人——备受折磨和失眠之苦。这无穷的思虑搅得鲍斯顿心情沉重。他似乎觉得，这天夜里又响起的狼嚎也是他这颗备受煎熬的心灵的哭号。他似乎觉得，这是受伤的心在羊圈外的黑暗中徘徊，这是他那颗被痛苦撕裂的心在同母狼阿克巴拉一道哭号。他无法忍受这母狼的嗥叫，恨不得去掐住它的喉咙。“真是烦死人！真是拿它没有办法。你要我怎么着？”鲍斯顿发火了，“我没法帮助你。我努力过，但没有成功，阿克巴拉，你要相信，没有结果。别再嚎了！你的小崽不在这儿，哪怕你跑上百里地也找不着。它们叫人卖了，换酒喝了。现在你找不到它们！你安静下来吧！你还得惩罚我们多久？走开吧，走开吧，阿克巴拉！彻底忘了吧。我知道，你很痛苦，但走开吧，永远离去吧，但愿你不要突然撞上我，我会开枪把你打死的，可怜的东西，我会不顾一切打死你，因为你搅得我们没法过活。不要逼迫我，没有你，已经够烦人的了。我可以打死你，可是有些人嘲弄我的不幸，我却拿他们没有办法。所以你走开吧，永远离去吧，但愿往后再也听不到你的嗥叫！我说不定还会打死什么人，以母亲的名义起誓，我的手绝不会发抖。咱们俩有个共同的仇人，阿克巴拉，他偷了你的小崽，可这个酒鬼、畜生把我臭骂了一顿。现在当我想起这些事来，就像那阵子我抠破了指甲盖，爬进冰裂缝，呼唤着埃尔纳扎尔，在那严酷的深山里孤单单一人哭天喊地一样，我不想活下去了，真不想再活下去了。如果不是这孩子，我会唾弃一切去轻生的。瞧，他就睡在我的身边，缩成一团，是他母亲让他挨着我。噢，不用说，女人怕狼嚎，可是孩子睡着了，因为他纯洁，因为他是个天真的小娃娃，因为主见我痛苦，见我历尽艰辛，把他赐给了我，他是我的亲骨血，是我最后一个孩子。但我并没有祈求这样的命运，它自己来了，就像白天的到来、夜晚的降临一样自然。俗话说得好：命中注定的事是躲不开的。那个恶棍巴扎尔拜无耻地诬陷我，我恨不得把他这条狗掐死，因为没有别的办法管教他。谁给他帮腔呢——头一个是我们的党支部书记，他好像无事可做，跟这个酒鬼一唱一和，想让我的孩子遭到不幸……我怎么不理解你的痛苦，阿克巴拉！”鲍斯顿夜不成寐，想了许多。尽管他通情达理，也很敏感，然而还是想象不出阿克巴拉那深深的痛苦。母狼悲痛欲绝，虽说它没有语言，虽说上帝也没有赋予它用语言表达感情的能力，它无法摆脱这种撕心裂肺般的悲痛。难道它能跳出自己的皮囊？难道它没有和时时处处紧随着的塔什柴纳尔一道，毫无目的地、不断地在山间、在河滩地东奔西跑，想这样来拖垮自己，累得倒在地上，蹬腿死去？难道它没有和塔什柴纳尔一道，疯狂绝望地袭击路上遇到的所有活物，想这样来减轻、来平息那一刻不停地失去幼崽的悲哀？难道它没有试图回到岩石下的窝里，以便再一次确信，窝空了，以便扑灭心中的一线希望，不再用梦幻来欺骗自己？……

唉，这有多么沉痛！这天夜里，阿克巴拉又在附近漫无目的地游荡，突然它猛地转过身，朝巴沙特峡谷方向奔去，跑得越来越快，仿佛有什么事要它立即赶回。塔什柴纳尔一如往常，寸步不离地跟在母狼后头。阿克巴拉加快了步子，疯了似的在山岩上、雪堆上、山林间奔跑……它沿着一条熟悉的小径穿过入口处，穿过伏牛花丛，钻进了洞穴，又一次确信，窝是空的，这里早已没有生气了。于是它又嗥叫起来，可怜巴巴地尖声吠叫，探寻并闻遍了所有保留着小狼崽气味的东西：“你们在哪儿，怎么样啦？你们在哪儿，我的小宝贝，四只还要吃奶的小东西？但愿你们快快长大，但愿你们的牙齿快快长牢，但愿你们早早回到我的身旁，但愿我的腰长结实，但愿我的腿不知疲劳。”

阿克巴拉在小溪旁奔来奔去，那地方的酒瓶子里依旧散发出那股讨厌的气味，鸟儿吃剩的燕麦已经冻进了泥地……

后来母狼又回到洞穴。它躺下了，把嘴脸埋在腹股沟里。塔什柴纳尔挨着躺下，用它那浓密厚实的毛皮温暖着母狼。

已经是午夜了。母狼阿克巴拉做了一个梦。它梦见小狼崽回来了，就在窝里，在它身边。它们笨拙地乱爬乱动，抢着它的奶头。真的，它早就想给它们喂奶了，把积存下的奶水全让它们喝光，让它们吸得奶头发痛，一滴不剩……小东西贪婪地吮吸着，咂着嘴，因为奶水太冲，呛着了，这时母狼周身涌动着一股令它陶醉的感觉，那是母爱的柔情。奇怪的是，不知为什么奶水总也吸不完……于是母狼不安起来：为什么竟是这样，为什么它的奶子不见松快？为什么小狼崽总吃不饱？不过四只小东西都在这儿，在它身旁，这就是它们——这一只最活泼，小尾巴尖上长着白毛；另一只吃奶吃得时间最长，常常含着奶头就睡着了；第三只又好斗又好哭，四只小狼中只有一只是雌性的——小东西长着一对蓝眼睛。这就是它——未来的新的阿克巴拉……后来母狼又梦见，仿佛它不是在跑，而是在飞，爪子都不着地，而且又回到了莫云库梅，回到了广漠的荒原。四只小狼也在身旁，它们也不是在跑而是在飞。跟它们一道的，当然还有一家之主的塔什柴纳尔，它也在飞奔。太阳照得大地生辉，凉爽的空气如生命般在流动……

可是梦醒了。阿克巴拉一动不动地躺了很久，压抑地感受着这残酷的现实。后来它悄悄地站起来，轻得连塔什柴纳尔都没有觉察，又悄悄地迈步走出了洞穴。它走到外面，首先看到一轮明月高高挂在雪山上空。在这晴朗的夜里，月亮显得那么近，在缀满星星的天幕上显得那么清晰，似乎不用费劲就可以跑到月亮上面。母狼走到潺潺不息的小溪旁，在岸边垂着头沮丧地徘徊了一阵。后来它夹起尾巴蹲下，久久地注视着圆圆的月亮。这天夜里，阿克巴拉头一回这么清楚地看到了月亮上的狼神比尤丽。月面上它那凹凸不平的剪影真像阿克巴拉。狼神比尤丽栩栩如生地蹲在那里，翘起尾巴，张着嘴。阿克巴拉似乎觉得，月亮上的母狼在看着它，听着它。于是它高高仰起嘴脸，对着狼神哭泣起来，于是一团团热气从它的嘴里吐出："你瞧瞧我，狼神比尤丽，这是我，阿克巴拉，在这里，在这寒冷的山窝里，那么不幸，那么孤单。唉，我多么悲痛！你听到我在抽泣吗？你听到我在嚎叫、痛哭吗？我痛苦难耐，心里像着了火，我的奶子胀得发疼，叫我去喂谁呢？叫我去养谁呢？我失去了我的小狼崽。唉，它们在哪儿？它们怎么啦？你下来吧，狼神比尤丽，下到我这里，让咱俩待在一起，一起嚎啕痛哭吧。下来吧，狼的神灵，让我把你带到我出生的地方，带到那片现在已经没有我立足之地的草原。下到这儿来，到这石头山里，这里也没有我们活动的余地，看来，哪儿也没有狼的地盘了……如若你不下来，狼神比尤丽，那就把我这头灰狼收了去，把母亲阿克巴拉收到你的身边。我将住在月亮上，同你一块儿生活，一块儿为大地痛哭吧。唉，狼神比尤丽，你可听到我的声音？请听我说，请听我说，狼神比尤丽，请听我的哭诉！"

这一夜，母狼阿克巴拉就这样在寒冷的山区对着月亮哀哀哭泣……

在山口下度过的"什卡玛"之夜过去了。埃尔纳扎尔起来，披上老羊皮袄，去查看绊住的马。

"冷吧？"鲍斯顿问，他从皮袄里小心探出头，问回来的埃尔纳扎尔。

"这地方向来这样，"埃尔纳扎尔回答，"现在冷，待会儿太阳一出来，马上就暖和了。"说着，他又躺到马披上。

这时，山间天色还早，周围一片朦胧。

"那边的马怎么样？"

"正常。"

"我这么想：将来赶牲口来时，不妨在这里搭个帐篷过夜，那样会暖和得多。”

“为什么不呢？”埃尔纳扎尔同意说，“三下两下就搭好了。只要开了路，其余的事全由我们说了算。”

随着太阳的升起，山间果真暖和起来，空气不再那么凛冽。天刚蒙蒙亮，他们就备好了马。

上马以前，鲍斯顿再次环视了一下四周的陡坡和峭壁。那么荒凉，那么高，站在这山前，人显得多么渺小！而他们要向这崇山峻岭发出挑战。“高山吓不倒我们，”鲍斯顿心想，“因为这关系到生活。既然是生活，人就应该无所畏惧：他面前到处是路，不论在海上、地上还是天上，我们照样通得过！”

开头他们找到一条尽是落石的古老的山道，一边用心观察，它是怎么通到山口的。原来这条隘道穿过两山之间的一个垭口：一片马鞍形的雪地。他们就朝那边走去。过了垭口，显然就是阿拉－蒙丘山脊的另一侧了。那边就是基奇别利草场所在地，那地方，据老人们讲，长着白桦林，山间有一条湍急的河。有时大自然就这样把自己奇妙的地方藏到偏远的角落，让人难以到达。不过既然牵涉到须臾不可离的糊口问题，人就应当达到自己的目的：他必须在大地上生活……

山道变得越来越陡。当脚下出现雪层时，马就越发难走了——越远的地方，雪越深。太阳照着，风息了，在这深厚的寂静中，都能听到马的急速的喘气声，清晰得就像听到自己的呼吸一样。

“喂，怎么样？”鲍斯顿回过头问埃尔纳扎尔，“要是雪没到羊肚子，我们就遭难了。你说呢？”

“当然，这难免，鲍斯克，你不想想咱们去的是什么地方?！要紧的是，不能让我们长时间地遭难。万一出事，到时候我们给羊开路，有些地段，咱们多踩踩，踏出条路来。”

“我也这么想。咱们得随身带着铁锹。你记住，埃尔纳扎尔，到时候别忘了带铁锹来。”

当雪没到马的膝盖时，两个牧民只好翻身下马，牵着马走。这时空气变稀薄了，不得不张大嘴呼吸。积雪白得耀眼，要有墨镜就好了——这种墨镜现在大街上的人差不多都戴上了。不得不脱下老羊皮袄，把它们扔在马鞍上。马喘着粗气，出汗了，两肋颤得厉害。好在离那个临界的山垭，大体不算远了……

太阳已经升到天顶，正照着重重叠叠、岿然不动的雪山顶峰。除了躺在他们路上的几团云朵，看不出有变天的预兆。人可以穿过这种云朵，或者说得确切些，人可以从这些云朵上走过，就像走在棉絮上一般，几乎令人不能相信，此刻在伊塞克湖滨的平原上天气多么炎热，疗养的人在湖滨浴场上都晒太阳呢。

还剩下五百来米，现在他们已经在想，但愿到了山口那边情况不会更糟……

山口终于被拿下了，鲍斯顿和埃尔纳扎尔停下来休息片刻。全身都湿透了。累得上气不接下气。马也累得够呛。他们喜气洋洋，得意地朝下观看着自己走过来的路。

“好啊，到顶了，鲍斯克。”埃尔纳扎尔笑呵呵地说。他的眼睛高兴得发亮，“羊群能通过这里。当然啦，得天气帮忙。”

“可不是，那还用说，天气得晴和。”

“瞧，咱俩才走了两个半钟头，”埃尔纳扎尔看看表，“好像没什么，是吧？”

“赶着羊群恐怕要走三个来钟头，”鲍斯克表示，“说不定还要更久些。不过关键是我们证实了：山口通得过。现在咱们继续走吧。瞧那边，我想，到那里就可以看到下坡路了，说不定就能看到基奇别利哩。眼下那地方该是绿油油的……”

于是他们继续赶路。周围全是洁白的雪，有的地方平平整整一大片，有的地方风把雪卷成许多陡立的、闪闪发光的雪堆。但可以推测到，一旦雪没了，前方就会出现另一个世界。他们真想快点儿赶到那里，亲眼瞧瞧这个基奇别利，这是他们的目的地。就这样，他们行进在恰如一对驼峰的两山之间的垭口里，看来，那朝思暮想的景色已经近在咫尺了。鲍斯顿踩着积雪牵着马，走在前面。突然他感到脚下震颤一下，只听到后面一声惊叫。

鲍斯顿猛地回头，立即呆住了：埃尔纳扎尔无影无踪，不知哪儿去了——既不见他，也不见他的马。只是在他刚才走过的地方升起一团团雪尘。

“埃尔纳扎尔！”鲍斯顿恐怖得大叫一声。这声音在死一般的寂静中响亮地扩散开去，把他自己都吓坏了。

鲍斯顿急忙赶到升起雪尘的地方，居然奇迹般地停住了脚步，跳到一旁——在他面前露出一个深渊。一股股黑森森的、刺骨的寒气从那塌陷的地方冒出来。于是鲍斯顿躺到雪地上，爬到紧边缘，没有想到，或者不如说不敢去想，究竟出了什么事。整个的他，连同他的感受和思想，化成了恐惧，而这恐惧又束缚住他的身子。但鲍斯顿还是爬呀爬呀，有一种力量帮助他挪动身子，迫使他呼吸，鲍斯顿靠胳膊肘爬着，不时甩去粘到脸上的雪。他明白，他身下是冰。他不由得想起那些有关断面和裂缝的传说。不由得想起了一条咒语：贾拉卡加—克特！意思是：“叫你掉进无底深渊！”不过这条咒语怎么就应在埃尔纳扎尔头上？而且不只是应在埃尔纳扎尔头上，也应在他自己头上了呢？

没有别的原因，只因为他永不知足，总觉得做得太少，对什么事都不满意……他哪能知道，会出这种不幸……

鲍斯顿爬到断面边缘——在他面前出现了一堵黑魆魆的悬崖，像堵断墙似的一直通到下面。他吓得浑身打战。

“埃尔纳扎尔，”鲍斯顿轻轻呼唤，他突然感到嗓子发干，随后用一种撕心裂肺般的声音狂叫："埃尔纳扎尔，你在哪儿？埃尔纳扎尔！埃尔纳扎尔！埃尔纳扎尔！"

喊声过后，他听到——这也许是他的幻听——底下有呻吟声和刚刚能听清的说话声："别过来。"于是鲍斯顿又大声喊叫：

"埃尔纳扎尔！我的好兄弟！我马上来，马上来！再忍一会儿！我马上把你拖出来！"

他跳起来，冒着跌下去的危险，踩着积雪，跑到马那里，开始扯下马具。原来他们怕出事，带着一捆绳子和斧子。但东西系在埃尔纳扎尔的马鞍上，现在同他一起落进了深渊。鲍斯顿从刀鞘里拔出刀，割下各种皮条——马鞍的后鞧带、联辕带、马镫带、马肚带、马勒和长短缰绳，把这些东西都系在一起，连成一根长带子。他紧张得双手发抖，手都割破了。他重又向断面跑去，重又爬到紧边沿，不管不顾地爬着，像垂死的人那样喘着粗气，仿佛害怕自己马上就会死去，那就来不及去救埃尔纳扎尔了。

"埃尔纳扎尔！埃尔纳扎尔！"他叫着，"这是绳，有绳！你听得见吗？有绳！你听得见吗？埃尔纳扎尔，我的好兄弟，你回应一声呀！"

他把由马具连成的皮条一头缠在手上，另一头扔进深渊。但没人拽皮带，也没人回答他的呼喊。他不知道扔下的皮条能到什么地方，这断口有多深。

"你说话呀，埃尔纳扎尔！说话呀！哪怕一个字，埃尔纳扎尔！我的好兄弟！"鲍斯顿一再呼唤他，但是从深渊中传来的是他自己的回声，鲍斯顿感到恐怖万分，"你在哪儿，埃尔纳扎尔！"鲍斯顿大声呼唤，"你能听见吗？埃尔纳扎尔？我该怎么办？"他再也控制不住自己，号啕大哭起来，开始大声喊出一些不相连贯的词句。他这是向在战场上牺牲的父亲、早已死去的母亲、孩子们、兄弟姐妹，特别是自己的老婆阿尔孜古丽诉说自己的痛苦。不，他怎么也不会料到会发生这样的不幸……埃尔纳扎尔死了，死了！谁也不能平息他的痛苦……从今往后这痛苦会一辈子埋在他心里……于是鲍斯顿大声斥道："难道你没听说过我们的咒语?！看你闯的祸，往后你还算什么人？"——他自己也不明白这话是对谁说的。

他站起来，身子直晃，明白已近黄昏，而且感觉到山口正在变天。乌云密集起来，刮起一阵阵贴地而来的冷风。怎么办？去哪儿？被他们抛在山道上的马，已经往回走了。看到马往下走，但就是赶不上它。不过现在马又有什么用，因为从马肚带到马镫带的全部马具都让他割掉了。他一气之下踢开了毫无用处的马鞍。就这样他站着，气鼓鼓的，脸色铁青，不戴帽子（帽子早掉进了冰裂缝）。他举目四望：在这阿拉－蒙丘山口的峭壁巉岩间，在这永恒的冰雪世界里，就他一人孤零零地站着。山口刺骨的寒风引起他无穷的愁苦，他那颗震颤的心本来就够悲凉的了，现在该去哪儿？怎么办？开头，一切都那么顺利，谁知道路上有这么可怕的冰裂缝！他注视着自己的一串脚印，明白了埃尔纳扎尔之所以掉进裂缝完全是出于偶然——他是从离断面边一米半的地方走过来的，倒霉的是，埃尔纳扎尔偏右了一点儿——所以连人带马掉进了覆盖着雪的冰裂缝。

实际上他毫无办法救出埃尔纳扎尔。但又不能就此罢休。鲍斯顿突然想到，如果埃尔纳扎尔还活着，如果他只是暂时失去了知觉，那么趁他还没有完全冻僵，必须及时把他从深渊里弄出来。兴许他还能得救。于是他甩了老羊皮袄，拔腿就朝山下跑去，虽说在那种地方是很难举步的。要设法尽快让国营畜牧场知道发生的不幸，他想，那样他们就会派人带着绳子、平头铁锹和电筒来救援，到时候他要亲自系上绳子下到冰裂缝里，找到埃尔纳扎尔，把他救出来。

他几次摔倒，惊恐地想："可别摔断了腿！"他一次次爬起来，越跑越快。

鲍斯顿跑着，希望还能赶上自己的马，虽说马身上连笼头也没有了。天气时刻在变坏。使他感到恐惧的是埃尔纳扎尔的情况。如果他还活着，他能否等到救援人员？快，他的脑子里只有这个念头。他担心天越来越黑，而摸黑是跑不快的。

他始终没能赶上自己的马。这匹浅栗色的顿河种马，感到一身轻快，加速往老家奔去。

鲍斯顿熟悉山前地带，他照直走，抄了不少近路。他在没有尽头的沟谷和耕地上跑得筋疲力尽，还一刻不停地惦记着发生的事故，这使他痛苦不堪。他的脑袋嗡嗡响，考虑着搭救埃尔纳扎尔的种种办法。有时他觉得不该离开冰山口，把埃尔纳扎尔一人扔在那里，真不如让暴风雪把自己也埋了去。有时又觉得，垂死的埃尔纳扎尔正在漆黑的冰裂缝里呻吟，而在群山顶上，狂风暴雪正在呼啸。同时他又设想着，对埃尔纳扎尔的家人，对他的孩子和妻子古柳姆坎该怎么说。想到这里他再也无法忍受，他觉得他的神经失常了。

不过暗中等着他的并不只是失利：他还算幸运的。这一天，山前地带有家牧民举办婚事。给回家度假的大学生成亲。客人散得很晚，最后一批是午夜后坐卡车走的。月色清朗。山前地带透着湖上的凉意。在远方的低洼处，可以看到波光粼粼的伊塞克湖面。人们想唱歌，于是他们一支接一支唱下去。

听到歌声，鲍斯顿就跑到大路上拼命挥手。搭上那辆卡车，他在夜里一点多钟来到了“别里克”国营畜牧场。卡车停在场长家门口。一条狗叫起来，老想咬鲍斯顿的靴子。他顾不上轰狗，用拳头捶着窗子。

“谁在那里？”传出吃惊的声音。

“是我，鲍斯顿·乌尔昆奇耶夫。”

“怎么啦，鲍斯顿？”

“出事了！”

第二天中午，救援人员鱼贯而行，朝阿拉－蒙丘山口进发。连同鲍斯顿一共六人。之前，越野汽车把他们送到车子无法再开的地方。随后他们用绳子和工具攀高。他们默默地、顽强地跟在鲍斯顿后面，尽量调整好呼吸。很快会有一架直升机从城里飞到冰山口，给他们送三名有经验的登山运动员来帮忙。

鲍斯顿不由得想到，昨天这个时候，他和埃尔纳扎尔正是沿着这条小道去山口的，当时谁也没有料到，竟有危险在暗中等着他们……

他清楚，即使埃尔纳扎尔摔下后还活着，可是躺在冰裂缝底部他未必能熬过一昼夜的时间。但不论怎么样，他还是希望出现奇迹。

在刮了一夜的暴风雪之后，山口积雪更多，四周一片沉寂。雪照得人眼睛发痛。遗憾的是，大雪完全覆盖了昨天所有的痕迹，现在连鲍斯顿也无法确定，那个冰裂缝在什么地方。不过像通常那样，生活中有祸也有福：一名救援人员在雪里发现了一件老羊皮袄，那是鲍斯顿昨天离去时扔下的。在皮袄不远处又找到了扔下的马鞍。他们根据这两样东西弄清了方位，相当准确地判定了一夜之间被雪埋住的裂缝的位置。正在这时，登山运动员也赶到了。他们下到冰裂缝里，据他们说，这处裂缝的深度相当于六层楼房……

爬上来后，登山运动员说，他们无法把埃尔纳扎尔弄上来。他的躯体陷进冰层，牢牢地跟冰冻在一起了。他的马也是一样。登山运动员解释，如果用力过猛，冰会松动，冰雪会崩塌，那样一来，援救人员自己也会受难，会被压死……登山运动员说，鲍斯顿只有下到冰裂缝里跟埃尔纳扎尔告别一下，没有别的办法……

在以后很长的岁月中，鲍斯顿常常做着那个可怕的、永远铭刻在他的记忆中的噩梦。他梦见，他系着绳子下到那个深渊，手电筒的光照出了四围的冰墙。他本来带着一个备用的电筒以防万一。但他突然发现备用电筒失落了，不知掉到哪儿去了。这么一来，他心里很不是滋味：又慌乱，又恐怖，真想喊叫起来，但他还是继续慢慢地下到这个深不可测的冰窖里。最后电筒光照出了黑暗中已经冻进冰里的埃尔纳扎尔。原来是这样：埃尔纳扎尔双膝跪着，老羊皮袄翻起后盖在头上，脸上有血迹，嘴唇紧闭，眼睛合上。“埃尔纳扎尔！”鲍斯顿叫他，“这是我！你听着，我想给你留下备用电筒——这里太黑、太可怕了——但我把它弄丢了。你明白，埃尔纳扎尔，弄丢了。不过我还是要给你。喏，接过我的电筒。拿着吧，埃尔纳扎尔，求求你！”但埃尔纳扎尔不接他的电筒，怎么也不回答。鲍斯顿号啕大哭，哭得浑身打战，泪流满面。

此后他整天都不自在——碰到这种日子鲍斯顿总是愁眉苦脸，闷闷不乐。他从不把这个梦境说给外人听，谁都不，更别说古柳姆坎了。甚至当她成了他的妻子后，也还是这样。关于他下到冰裂缝去跟埃尔纳扎尔告别的事，他同样没有对死者家属提起过。

当鲍斯顿从山口回到家时，放牧组的人都知道了发生的惨祸。对鲍斯顿来说，没有比看到悲痛欲绝、哭天喊地的古柳姆坎更难受得了。他觉得，他真不如死在那里，死在山口，真不如再千百次地下到那个深渊里，去感受全部的恐怖。古柳姆坎艰难地承受着死了丈夫的痛苦。人们担心，她也许会发疯。她常常到处乱跑，不停地说：“我不信，我不信他死了！放开我！我会找到他的！我这就去找他！”

有一天夜里，古柳姆坎真的跑丢了。鲍斯顿劳累了一天，正打算歇一会儿，可不是，他已经一连几天没有脱衣没有睡过觉——他得接待前来吊丧的人。人们从四邻赶来，许多人按照古老的习俗远远地就给埃尔纳扎尔哭起丧来：“埃尔纳扎尔，我的亲人儿，我的好人儿，我再能在哪儿见着你？”——于是他上前扶他们下马，安慰他们……刚好这天晚上稍稍清闲点儿，鲍斯顿脱去上衣，在自家院里洗洗，从水罐里往身上倒水。阿尔孜古丽在古柳姆坎家：这些天她总在邻居家。

"鲍斯顿，鲍斯顿，你在哪儿？"突然他听到阿尔孜古丽的喊叫声。

"出什么事了？"

"快跑，追古柳姆坎去！她不知跑哪儿去了。她的几个闺女大哭大喊的，我都没法拦住她。"

鲍斯顿刚穿上线衫，毛巾还搭在脖子上，他一边跑，一边擦，急着去追赶疯疯癫癫的古柳姆坎。

他好一阵也没追上她。

古柳姆坎朝着山的方向，顺着有点儿倾斜的谷地快步如飞地在前头奔跑。

"古柳姆坎，站住！你上哪儿去？"鲍斯顿大声叫她。

她头也不回只顾朝前奔去。鲍斯顿加快了步子。他心想，古柳姆坎处在这种心境，立即会冲着他责怪起来，这是他最害怕的。她会说，这是他，鲍斯顿，害死了她的埃尔纳扎尔。这个念头像沸腾的开水烫伤了他，可不是，为此他一直悔恨万分，痛苦不堪，他的心一刻也不得安宁。要真是这样，他怎么回答她？

难道他要辩解吗？再说这种辩解对她来说又有什么意思？怎么能证明，说世上常常有命中注定的劫数，对此人是无能为力的？不过恐怕连这些话也不能安慰她，真的，人间还没有这样的话语，能让她这颗心忍受住所发生的惨祸。也没有这样的话语，能向古柳姆坎解释，为什么在发生了这一切之后他还活着。

"古柳姆坎，你上哪儿？"鲍斯顿跑得气喘吁吁地问，他总算赶到了她的身旁。"站住，你听我的，咱们回去吧……"

这黄昏时刻，天还相当亮。透过渐渐变暗的暮色，群山依然清晰可见。当古柳姆坎转过头来，鲍斯顿似乎觉得，类似无形的辐射，她周身流露出深深的悲哀。她的面容变了样，那双眼睛仿佛从深水里望着他。看到她的痛苦，他很伤心，说不出的伤心，为她可怜巴巴的模样伤心——可不是，昨天她还是那么健美，那么快活；为她这样痴痴地奔跑而伤心；为她那身打扮而伤心：别人给她穿上的那件皱巴巴的绸子连衣裙胸前已被撕扯开，一双黑色的新便鞋看上去成了丧鞋，连她的发辫也因为服丧被拆散了。

“你上哪儿，古柳姆坎？你要去哪儿？”鲍斯顿说着，不由得抓住她的手。

“我去那里，到山口找他，我要去。”她冷漠地说。

他想对她说：“你是不是疯了？你什么时候能走到那里？穿得这么单薄，你在那里待上一个钟头就要冻僵的！”但他没这么说，只是请求她：

“现在别去。天快黑了，古柳姆坎。好歹下一次去。我亲自给你指点那地方。现在别去。咱们回去吧，孩子们在家里哭，阿尔孜古丽也不放心。天快黑了，走吧，我求求你，古柳姆坎。”

古柳姆坎默不作声，深深的悲痛把她压垮了。

“离了他，叫我怎么活下去？”她摇着头，伤心地喃喃说。“他怎么能孤孤单单留在那里，没有安葬，没有人哭，没有坟墓？”

鲍斯顿不知如何安慰她。他站在她跟前，神情沮丧，面带愧色，一件线衫从瘦削的肩头耷拉下来，脖上系着毛巾，脚上一双皮革布高筒靴——牧民不分冬夏都穿这种靴子。他显得那么可怜，那么惶恐，那么疲惫不堪。他明白，不论怎么着他都无法弥补这女人的损失。如果他能让她的丈夫复活，同他对调一下位置，那他会毫不犹豫地这样做的。

他俩都不作声，各人想各人的心事。

“走吧，”鲍斯顿拉住她的手，“咱们该回去了，眼下好些人来悼念埃尔纳扎尔。咱们该回家去。”

古柳姆坎扑到他肩头，像对亲生父亲那样对他倾吐自己的哀伤。她呜呜地诉说着什么，哭得上气不接下气，全身不住地抽搐。他搀着她的胳膊，就这样，两人一道伤心落泪，一道走回了家。暮色越来越浓，那静悄悄的夜空中弥漫着山间草花的苦涩味。阿尔孜古丽带着埃尔纳扎尔的小闺女，朝他们迎来。两个女人对视了一下：好像久别重逢似的抱头痛哭起来……

半年之后，阿尔孜古丽已经躺进了区医院，而古柳姆坎早就把家搬到滨湖区的渔村。鲍斯顿想起那个夜晚，他的感情如潮涌，眼神变得忧郁起来。

鲍斯顿坐在妻子的病房里，挨着她的床，心疼地看着她那张憔悴而苍白的脸。天气很暖和，正是秋天，同室的病友都到院里散步去了，所以才有这次谈话的机会。阿尔孜古丽先开头：

“我想跟你说件事，”阿尔孜古丽慢慢吐着字，费力地抬起眼睛瞧着丈夫。这当儿鲍斯顿发现，一夜之间她明显地消瘦了，脸色也变黄了。

“我听着呢，阿尔孜古丽，你想说什么？”鲍斯顿柔声问她。

“你见着大夫了？”

“见着了。他说……”

“等一等，他说什么不重要，这以后再谈。你明白，鲍斯顿，咱俩得正经谈一谈。”

听到这句话，鲍斯顿的心一沉。他从口袋里掏出手帕，擦了擦额头上的汗。

“兴许，这事不值得提！等你身体好起来，到时候再说。”

鲍斯顿竭力想岔开这次不可避免的谈话，但看妻子的眼神，他明白这是办不到的。

“万物都有自己的末日，”病人固执地翕动着那苍白的嘴唇，“这会儿我全想过了，可不是，躺在病床上除了想东想西还能做什么？我想，我跟了你过上了好日子，我对自己的命运是满意的。没什么可埋怨的：几个孩子都已拉扯大，眼下他们都能自立了。关于孩子们的事，我以后再跟你谈。鲍斯顿，我可怜你。我最最丢不下的是你。你不机灵，对人不讲态度，对谁也不知弯腰。再说，你也不年轻了。我走后你别躲着人。我的意思是我死后你别成个孤老头，鲍斯顿。办完丧事，你考虑考虑下一步怎么办？我不希望你孤单单一人过日子。至于孩子们，他们有自己的生活。”

“你怎么老提这个？”鲍斯顿闷声地说，“咱们何必谈这个？”

“要说，鲍斯顿。要说这事！要不，还该说什么？临终时都这么说的。死了就说不成了。所以这时刻我想到了你，也想到了我。古柳姆坎常来看我。你自己明白，不能算咱们的外人。事情太突然，结果扔下她们孤儿寡母的。她是个好女人。我劝你：要了她。到时候你再看着办。每个人都有权决定自己的命运。等我不在了，你把咱俩的这次谈话告诉她……但愿我的希望有一天能实现。那样的话，埃尔纳扎尔的孩子就有父亲了……”

前来伊塞克湖游览的人常常取笑本地人：住在湖边不见湖——说他们忙忙碌碌，总没闲工夫。可不是，这一回鲍斯顿也是难得脱身来到岸边。以前呢，他总是路过这里站在老远的地方欣赏一下伊塞克湖那蓝湛湛的湖水。

这天傍晚，鲍斯顿从医院出来后立即来到湖岸，他想在这蓝湛湛的山间奇迹边独自待上一会儿。他看到，风驱赶着湖面上的层层白浪，那汹涌而整齐的波浪，就像肉眼不见的犁耙翻出的一道道垄沟。他想哭，想消失在这伊塞克湖里；想活着，又不想活着……就像这些水花四溅的激浪——浪头冲上来，落下去，水变成浪，浪变成水……

狼还是把鲍斯顿激怒了：它们围着宿营地叫了老半天，叫得人忍无可忍，逼得他从铺上跳起来。狼先把肯杰什吵醒了。小家伙抽抽搭搭哭着，鲍斯顿把小儿子挪近些，搂着他，亲他，开始哄他：

“肯杰什，肯杰什！爸爸在这儿。你怎么啦，傻小子？妈妈也在这儿……喏，这是你妈妈，瞧见了吗？你想要小猫咪吗？要不要把灯开了？你别怕。这是猫在叫唤。猫就会这么呜呜叫。”

古柳姆坎也醒了，也开始哄孩子，但小家伙闹个不停。只好把电灯开了。

“古柳姆[1]，”鲍斯顿走过去开灯，在门旁对妻子说，“我还是得出去吓唬吓唬这畜生。这样下去不行。”

“这会儿什么时候？”

鲍斯顿看看表。

“三点差二十。”

“唉，你瞧，”古柳姆坎伤心地说，“六点你又得起床。这哪儿行？这该死的阿克巴拉快把我们逼疯了。这是什么报应呀?!”

“你放心吧。现在有什么办法？我一会儿就回来。你可别怕。说真的，这是报应。我从外面把门锁了。别担心。躺下睡吧。”

鲍斯顿从窗下走过，那双匆忙中套上光脚的靴子弄出很大响声来。他很想跟狼干一场，所以故意大声吆喝那些狗，用粗话骂它们。他豁出去了——这两只悲痛得发狂的狼让他讨厌死了。

他无法帮助它们。现在只盼能见着狼，把它们打死，好在他有一支半自动步枪。

但他没有碰上狼。于是他骂骂咧咧，回到屋里。想睡也睡不着。只好躺在黑暗里熬时间，脑子里纠缠着各种各样令人不安的、亟待解决的思虑。

他不由得想起许多事情。经常琢磨的是，他觉得要认真做好工作一年比一年难，如今的人，特别是青年，简直不知羞耻。现在谁都不信大道理。一事当前，先考虑自己的好处。战前可不一样，当初开凿著名

① 古柳姆坎的爱称。

的丘亚运河时，人们从全国各地拥来，劳动没有报酬，都是自愿的。现在谁也不信，说什么，你们是讲神话，哪有这种事！眼下谁也不想当牧民，你用套马索也拽不来。这种情况大家知道，但做出一副样子，似乎这是暂时困难。你要是说一说，就指责你恶意诽谤。说什么，你是鹦鹉学舌！谁都不想认真考虑考虑，这往后会怎么样。只有一件事使他安心，让他高兴，那就是古柳姆坎从不骂他，从不埋怨他一年到头在外面放羊，既没有星期天，也没有节假日。你不能把羊群撂下不管。羊群可不像机器，你可以拉下闸门，切断电流，让停就停，羊群得有人日日夜夜照看。结果是，不论你上哪儿，到处人手不够。倒不是因为没有人，而是因为人不想干活儿。为什么？不是说，生活离不开劳动吗？这真是要了命。也许问题在于，应当按另一种方式生活和劳动？最伤脑筋的是，哪儿也找不到人能来接羔当帮手，照料刚生下来的羊羔子。又是年轻人不肯去那儿。这种地方日日夜夜得有人守护。要凭自己的良心才能照料好仔畜，靠威胁不行，所以你没法强迫年轻人去那里。现代青年不喜欢干脏活儿，不愿意过孤独生活。再说收入很少，可是到了城市，在工厂或建筑工地一天干八小时，一个小伙子或姑娘挣的工资要多得多，老人们常常抱怨："我们怎么就能在需要人手的地方苦干一辈子，不像有些人，见哪儿有利可图，就上哪儿呢？现在轮到年轻人来接班，可他们不顶用——不知羞耻，没有良心。"

这一冲突渐渐导致两代人的不理解和隔阂，早就引起人们的不安。鲍斯顿又记起了那次谈话。当时他实在忍不住了。而且不加考虑。他的通篇发言是：人应当像为自己干活儿那样工作。他不认为还有别的办法，为此必须每个工作人员关心他的切身利益。鲍斯顿三番五次地说：劳动报酬应当取决于劳动成果，关键是要让牧民有自己的土地，为自己的土地操心，让他的帮手和帮手的家庭也为这块土地操心，否则就没有出路……

像往常一样，党支部书记科奇科尔巴耶夫对他严加驳斥。“报纸人”（这是国营畜牧场的人给这位书记取的雅号）坐在场长办公桌的右边，正挨着鲍斯顿。他皱起眉头——他可能有点儿不舒服——时不时整整领带以示气派，很不友好地瞪了鲍斯顿一眼。国营畜牧场场长乔特巴耶夫不难想象科奇科尔巴耶夫式的思维方式。在多年的共事中他摸透了这位蛊惑家那一套不可摧毁的、无法根除的、背得烂熟的“逻辑”：怎么，又跳出了这个鲍斯顿·乌尔昆奇耶夫，这个新式富农，反革命！活得只剩一口气了，可他总是顽固不化。最好把他赶得远远的，像从前那样……

那天的例会上，来了一位新的区指导员，看外表很朴实，很年轻，当时“别里克”畜牧场的人还都不认识他。他留心听每人的发言，仔细地做笔记。乔特巴耶夫料到科奇科尔巴耶夫不会放过机会在新的区指导员面前显示一番。他没猜错。鲍斯顿说完之后，科奇科尔巴耶夫要求发言，看来要加以反驳。于是滔滔不绝地说起来：他善于像报纸那样阐述问题，这就是他的能耐。

“到什么时候，乌尔昆奇耶夫同志，”他转身对鲍斯顿说，像往常一样，一本正经地用“您”相称，“到什么时候您不再用自己那一套值得怀疑的建议搅乱人们的思想呢？社会主义集体内部的生产关系的类型早经历史确定了。可您想让牧民像东家那样自己决定，他跟谁一道工作，不跟谁一道工作，该付谁多少工资。这是怎么回事？这不是别的，而是对历史的进攻，对我们革命成果的进攻，是妄图把经济置于政治之上。您只是从自己一群羊的狭隘利益出发。这是您的问题的关键。但要知道，在羊群之后有区，有州，有国家！您要引导我们干什么？——去歪曲经营管理中的社会主义原则吗？”

鲍斯顿勃然大怒，从座位上跳起来。

“我没有号召什么人走什么路。这事我已经懒得说了。我没有号召什么人走什么路，我一个牧民管不着州里、国家、甚而至于世界上发生的事。没有我，聪明人已经够多的了。我的事就是放羊。要是一个党支部书记不想了解我是怎么考虑自己的羊群的，那干吗让我扔下活儿来开会？夸夸其谈、空话连篇的会我赔不起。也许，对有些人来说开会很重要，我可是一无所获。场长同志，往后你别再叫我来！不该动不动就让我扔下活儿。这样的会我看没必要！”

“哎呀，怎么能这样，鲍斯顿？”乔特巴耶夫无能为力地在座位上扭动起来，“你是先进工作者，国营畜牧场最出色的牧民，有经验的羊倌，我们想了解你是怎么想的。所以我们才叫你来开会。”

“你的话让我吃惊，场长，”鲍斯顿激动得非同小可，“既然我是先进工作者，那么你这场长就该知道，我这个称号还值几个钱。你为什么不吭声？只要我一开口，科奇科尔巴耶夫就不让我把话说完，老吹毛求疵，神气得像个监察官，而你，场长，若无其事地坐着，好像全与你无关似的。”

“等一等，等一等。”乔特巴耶夫打断他的话。

场长显然慌乱起来：他陷入非常为难的境地——这一次他在鲍斯顿和科奇科尔巴耶夫之间未能保持住中立地位。在指导员面前，场长必须表明一定的立场。说什么他也不想跟科奇科尔巴耶夫这个“报纸人”联在一起，他那些蛊惑性言论能煽动起可怕的势力：要知道，科奇科尔巴耶夫远不是这死背教条的链条上的唯一环节。这一次也一样，科奇科尔巴耶夫故意使讨论激化起来，一开头就指责鲍斯顿恰恰是“对我们革命成果的进攻”，好家伙，这之后谁还敢说个“不”字？不过先得设法摆脱目前的处境。

“等一等，等一等。鲍斯顿，你别先发火，”场长说着从桌后站起来，“让我们分析一下，同志们，”乔特巴耶夫转向开会的人，一边挖空心思地考虑怎么调和双方的意见。当然，鲍斯顿是对的，不过跟科奇科尔巴耶夫可开不得玩笑。怎么办?“我们讨论什么呢?”场长议论开了,“据我所知,鲍斯顿想成为羊群和土地的主人,而不想当名雇工。他这么说不只是代表个人,也代表放牧组全体成员和他们的家属,所以我们不能不加以注意。在我看来,这有它的道理。放牧小组,这是我们最小的经济单位。应该从这里开始。据我所知,乌尔昆奇耶夫想把什么东西都抓到自己手里:羊,牧场,饲料,用房,总之一句话,生产必需的一切。他打算实行小组核算,好让每个人都知道,如果他是为自己干活儿,而不是为邻居干活儿的话,多劳可以多得,等等,等等。瞧,我是这么理解乌尔昆奇耶夫的建议的,我们该好好听听他的意见,占塔伊·伊沙诺维奇。”乔特巴耶夫对支部书记说。

“而我,作为国营畜牧场的党支部书记,我和你,乔特巴耶夫同志,都是领导者,我认为,任何人,特别是一名经济领导人,不应该去鼓励社会主义生产中的小私有者心理!”科奇科尔巴耶夫用得意的语气指责场长说。

“不过您要知道,这个建议对事业有利,”场长开始申辩,“要知道年轻人不愿去放牧小组……”

“这意味着,我们对群众的宣传工作进行得不好,应当让年轻人记住帕夫利克·莫罗佐夫和他的吉尔吉斯同行肯昌·贾肯博夫的先进事迹。”

“这就属于您的职权范围了,科奇科尔巴耶夫同志,”场长插话说,“您是行家喽。您去提醒大家,去宣传鼓动吧。没人妨碍您。”

“我们会宣传的,您这是白操心,”支部书记挑战地说,“我们制订了一整套措施。而最重要的是,要及时制止私有制倾向,不论它们伪装得多么巧妙。我们绝不允许破坏社会主义的基础!”

听着这段十分认真的辩论,鲍斯顿·乌尔昆奇耶夫沮丧起来,不由得感到一阵惊悸。他只是说,他想按照自己的设想在土地上劳动,而不愿听别人瞎指挥。

“我们对任何人都绝不让步，绝不放纵，”科奇科尔巴耶夫继续说，“社会主义的生产方式人人必须坚持。我的话首先是针对乌尔昆奇耶夫同志的。他总想为自己争得某些特殊条件。”

“不光是为自己，”鲍斯顿打断他的话，“这些条件大家都需要，如果能这样，我们的事情就好办了。”

“我就怀疑！本来嘛，请这样做，请那样做——尽提自己的条件，这算什么作风？您，乌尔昆奇耶夫同志，为了给自己的羊群寻找私人牧场，在阿拉－蒙丘山口还出了人命。这，您还嫌不够吗？”

“说下去，说下去！”鲍斯顿气得直挥手。居然这么说起埃尔纳扎尔的死，随随便便，一带而过，真让人感到委屈和痛心，真叫他无法忍受。

“‘说下去，说下去’——这算什么话？难道我造假啦？”科奇科尔巴耶夫故意刺他。

“对，造假了。”

“怎么造假？埃尔纳扎尔的尸体至今躺在山口的冰窟窿里！也许，还得在那里躺上一千年。”

鲍斯顿默不作声。他感到很不痛快，会上竟谈起这件事。但是科奇科尔巴耶夫并不罢休。

“怎么不吭声了，乌尔昆奇耶夫同志？”他火上加油地说，“难道不是您前去为自己寻找新的私人草场吗？”

“没错，我为自己去了，”鲍斯顿不客气地顶他，“但不光是为自己，也是为大家，也包括为你，科奇科尔巴耶夫。因为是我给你吃喝，养活了你，而不是你养活了我。你现在是往自己喝水的井里啐唾沫——忘了本了。”

“这算什么话？”科奇科尔巴耶夫大为恼火，气得满脸通红，“我的一切全是党给的！”

“那你认为，党是哪儿来的，拿什么养活你的？”鲍斯顿反唇相讥，“天上掉下来的，是吗？”

“这算什么话，怎么能说出这种不负责任的话？”科奇科尔巴耶夫跳了起来，哆哆嗦嗦地整了整领带。

一场争吵在所难免。科奇科尔巴耶夫和鲍斯顿都站着：一人在桌旁，一人挨着墙，——像要决斗似的，仿佛再过片刻，其中一人就要倒在地上。年轻的区指导员稍稍缓和了一下气氛。

“请安静，同志们，”从角落里突然响起指导员的声音——他一直坐在那里记笔记，“我觉得，牧民乌尔昆奇耶夫原则上是对的。劳动者，正如我们通常说的，作为一切物质财富的创造者，有权发表自己的意见。只不过是否有必要走得那么远呢？”

“您不了解他，马姆别托夫同志，”科奇科尔巴耶夫赶忙随声附和，“总的来说，乌尔昆奇耶夫这人贪得无厌。比如说吧，前不久有个牧民诺伊古托夫，对，正是巴扎尔拜·诺伊古托夫在山里发现了个狼窝。于是他排除了这窝小狼，这么说吧，没收了这窝小狼，也就是说，掏光了四只小狼，目的是彻底消灭狼群。他的行为无可指责。您以为怎么样？这位乌尔昆奇耶夫简直就是追缉巴扎尔拜，开头想收买，但他的花招行不通，因为巴扎尔拜是个有原则的人。乌尔昆奇耶夫开始威胁他，要他把小狼放回原处，目的不是别的，而是要让这些野兽以后再大量繁殖。这又是怎么回事？应该做何解释？乌尔昆奇耶夫同志，也许除了前面所说的种种要求之外，您还想饲养自己私人的狼吧？也就是说，属于个人所有的、个人专用的狼吧？也许国营畜牧场还应该供给你种狼吧？先是自己的土地，自己的羊群，后来再加上自己的狼群！是这样，对吗？否则，应该怎么理解你——让狼去大量繁殖，咬死我们的羊，为了狼的存在不惜牺牲全民所有制的利益吗？”

这当儿鲍斯顿已经镇定下来，他说得相当平静：

“关于狼的事没错，只不过糟糕的是——狼可没有想到，它们在侵犯全民所有制。”

与会者不由得哈哈大笑。鲍斯顿停了一会儿，继续说：

“这里本来不该谈论狼的事。不过既然已经提起了，我也要说说自己的看法。什么事都有个道理，所以我们生下来就长着个脑袋。可我们中间有些人不明事理，吹起牛来倒顶呱呱。举个例子，就拿小狼那件事说吧。像刚才讲的，巴扎尔拜‘排除’，说白一点儿，巴扎尔拜掏了狼窝，偷走了小狼。这下四处张扬——差点儿没把他捧成英雄。可是这位英雄没有想到，他先得探出大狼的踪迹，把这两头强壮的狼打死，之后再考虑怎么处置这几只小狼。可他急急忙忙卖了小狼，把钱喝光了。为什么我央求巴扎尔拜把小狼送给我或者卖给我？我是想用小狼把公狼和母狼引进埋伏圈，不想让这两只毁了窝、变得凶残的大狼任意活动。要知道，一头发狂的狼相当于十头普通的狼。只要没有报仇，它就要捣乱。牧人都知道，现在咱们这一带有一对狼因为小狼被抢了，闹得天翻地覆，是阿克巴拉和塔什柴纳尔——都这么叫它们。现在没法治这对狼，它们也可能袭击人——它们完全干得出来。有一种坏人叫作离间分子——这是我从报上看来的。这个巴扎尔拜，他就是人和狼的离间分子，他挑唆狼发狂。我已经对他说过，我现在还可以当着他的面说：你的作为，像个胆小的离间分子！我也可以当着你支部书记的面说：我弄不明白，你是什么人。你在我们畜牧场已经待了许多年，可至今只知道念念报纸，再吓唬吓唬像我这样的老百姓，说什么，我们在反对革命，反对苏维埃政权，可你对经营啥也不懂，一窍不通，否则就不会指责别人，说他想繁殖种狼了。这些狼，由它们去吧，你的这种指责简直让人笑破肚皮。但是对你的另一个指责，科奇科尔巴耶夫同志，我不能撂下不作回答。没错，埃尔纳扎尔死在山口了。不过我们为什么要去翻山呢？绝不是因为过上了红火的生活！我们去那里找什么？你好好想想，书记同志，是什么逼得我们走这条路，你想想，如果我们不是急需扩大牧场，我们何必去冒险呢？牧草不足，问题一天比一天严重。场长也在这儿，让他说，在他接任场长那阵子，是什么样的草情，什么样的牧场，什么样的土地！现在怎么样？到处是沙尘和干土，每根小草都得算计着，因为还是这么大的面积，可放养了十倍多的绵羊。光羊蹄子就会把地毁了。这就是我和埃尔纳扎尔去基奇别利的原因。我们想改进工作，但我们遭到了不幸。我们这次行动结果糟透了。从此我放弃了这个目标，不再吭声，灾祸逼得我沉默起来，没心思再管这事了。如果不出那桩事，那年我就去莫斯科参观展览会了，我会去找我们的最高领导人，会谈谈你的情况，科奇科尔巴耶夫。你自高自大，吹什么一心只想着党，可是党是否需要像你这号人：自己什么事也不干，就会捆住别人的手脚。”

“您这是胆大妄为！”科奇科尔巴耶夫忍不住了，“这是诽谤！您，乌尔昆奇耶夫，根据党的纪律，你应当为你刚才说的话承担重大责任。”

“我本人准备在党的会议上承担全部责任。如果我做不到这一点，或者不这么想，那你们就把我撵出去，就是说，我不该留在党内，你们不必宽容我。不过你，科奇科尔巴耶夫，也该考虑到这一点。”

“我没什么可考虑的，乌尔昆奇耶夫同志。我的良心是清白的。我永远同党在一起。”

鲍斯顿如释重负似的舒了一口气。他看了一眼区指导员，说：

“新来的指导员同志，我请你向党委汇报一下。请派人来跟我们一道在党的会议上弄清是非。这种日子我再也没法过了。”

不久鲍斯顿·乌尔昆奇耶夫就明白，围绕他同科奇科尔巴耶夫的冲突，还发生了许多事情。刚好这一天他有点儿私事去湖滨区。伊塞克湖滨一带，眼瞅着果园就要开花了。已是春末的最后几天，但鲍斯顿还来不及整治自家的园子和埃尔纳扎尔从前的园子，给苹果树喷洒农药。现在鲍斯顿和古柳姆坎有了两处住宅和两个园子，两处地方都需要照料。这是因为牧民成年在山里转悠，永远抽不出空料理家务。老是拖着，过后一瞧，时间过去了，节气错过了。但不论怎么忙，总得给果树喷药，否则害虫繁殖得很快，不结果子，影响收成。这一回，古柳姆坎忍无可忍，狠狠地数落了鲍斯顿一顿，说他老是拖拖拉拉，既然自己没工夫，不如早点去一趟，同邻居商量一下，付点报酬，请他们帮忙。

“家务事哪能靠你呀？”古柳姆坎气呼呼地说，“日日夜夜泡在羊群里，要不就开会。既然你没法把园子整治出个样子来，你不如跟肯杰什待在家里——这小淘气时时得有人照看——我去湖滨区一趟？代你做完一个正经主人要做的事。”

古柳姆坎是对的——没话可说，鲍斯顿只好一声不吭地听她的。

为此鲍斯顿一清早就动身去湖滨区，准备收拾一下园子。他骑上了顿库留克。俗话说：春天里，草见长，马见壮。再说这阵子顿库留克正当壮年：目光炯炯有神，马鬃高高扬起，浑身的劲使不完，老想挣开束缚飞奔而去。可是鲍斯顿的心情完全不同，他不想拼命奔驰。他稍稍勒住烈马，想在路上安安静静地想想事情。昨天夜里，他没睡好，老是翻来覆去，忘不掉党支部书记指责他在埃尔纳扎尔死亡事故中的责任。开完会回到了家，他简单地对妻子说了说情况，这件事却一字没提。不想让古柳姆坎再去想她的前夫，尽管他已经死了好几年。因为如果提及，就难免有一番令人难堪的谈话，这无论对她，还是对他都没有好处，要知道没有安葬的埃尔纳扎尔至今仍躺在阿拉－蒙丘冰山口那个如黑夜般恐怖的深渊里，永远同冰冻在一起了。所以最好不提这种指责。可是当鲍斯顿刚要入睡时，狼又来了。阿克巴拉又在大羊圈后面的山坡上伤心地嗥叫起来，哭着被偷走的小崽。同母狼相呼应的，是塔什柴纳尔那低沉的呜呜声。如果说在以前鲍斯顿听着狼嚎内心充满了对狼的怜悯，对它们的不幸的同情，那么现在他心里升起一股怒火，一心想打死这对可恶的野兽，只要不再听到它们嗷嗷叫。这叫声像是对他的诅咒，可他有什么过错？就在昨天夜里，他拿定主意无论如何也要除掉这两只狼，他甚至想好了行动计划。另外，就在他在会上同科奇科尔巴耶夫发生冲突的那一天，阿克巴拉和塔什柴纳尔又干掉了他的羊群里的三只种羊。放羊的说，狼偷偷接近羊群，不管他怎么叫，怎么挥动棍棒，狼一点儿也不怕，一连咬死了三只种羊就跑了。这事把鲍斯顿气疯了。如果继续这样下去，他想，我们就只能从这地方撤走，成了怕狼的可耻逃兵，阿克巴拉和塔什柴纳尔不会知道，正是它们一刻不停地嗥叫注定了它们的死亡。

现在鲍斯顿已经十分清楚，他该怎么做了，并且准备立即动手实现自己的计划。可是第二天一早，他动身去滨湖区搞家务了。他决定，先去整治园子，免得妻子责怪，之后再去收拾大狼。

一路上，鲍斯顿就想了这些事……

给苹果树喷药和春耕培土的活儿鲍斯顿一天就张罗完了。他去村里找了个手脚麻利的小伙子：那人因为有报酬很快就干完了这些活儿。鲍斯顿答应送他一头黑毛种羊下的羔子。

完事后鲍斯顿决定去给肯杰什买样新玩具，想让儿子高兴高兴。这么个可爱的小家伙满屋子转，再过一个多月就满两周岁了。那么淘气，那么机灵，小家伙的一举一动都让渐渐见老的鲍斯顿高兴。孩子每学一个新词都让做父亲的欣喜。从他身上鲍斯顿领悟到一种深远而隐秘的生活意义，它表现为对孩子、对孩子的母亲的眷恋——这是鲍斯顿命运的终点和最高点。他爱老婆孩子，除此之外，他对生活没有更高的要求，因为这正是上帝赐给我们的最高幸福。这一点他从来没有说起过，但他心里明白，情况就是这样。他相信，妻子心里也会有同样的感受。

鲍斯顿在区中心文化商店前下了马，走到里面，买了一只上发条的玩具青蛙。青蛙鼓着眼睛，逗人发笑——噢嗬，小家伙准会开心的。走到街上，他正要上马，突然感到肚子饿了，这才想起，从早上到现在他还没吃过东西。饭馆就在商店旁边，活该他倒霉，他决定进去。他刚走进半明不暗的大厅，便闻到一股便宜饭菜的味道（过往的司机常在这里用餐）。他在门旁不远处的一张桌子旁坐下，这时听到背后巴扎尔拜的声音。鲍斯顿没有回头也知道，那一位正在这里同哥们儿寻欢作乐。"大白天坐在这里，同一伙吹牛拍马的寄生虫大吃大喝，爱理不理的，这人不要脸皮，没有良心。"鲍斯顿不快地想。本想站起来就走，别惹麻烦，但过后一想：哎，说真的，有什么必要，为什么他不吃饭就该走？他要了甜菜荡和肉饼，这当儿，想必有人告诉了巴扎尔拜，角落里坐着鲍斯顿。背后嘈杂的人声像怀着敌意似的立即不响了，过后重又吵吵嚷嚷起来。不多久，巴扎尔拜的一个朋友，独眼龙萨马特奉命来到鲍斯顿跟前，这是本地一名胡作非为的浪荡子，专爱造谣生事的家伙，那只眼睛就是年轻时在一次斗殴中叫人打瞎的。

"你好，鲍斯顿，你好！"萨马特面带意味深长的冷笑同鲍斯顿伸出一只手，真没办法，只得拉了拉手。"你怎么一人在这里干坐着？"他靠近鲍斯顿，"我们跟巴扎尔拜在那边坐。好久没见了，所以聚一聚。上我们那儿去！是巴扎尔拜本人请的。"

"你去说我没空，"鲍斯顿回答得尽量克制些，"我吃完马上回山里去。"

"来得及——你的那些山跑不了！"

"不了，谢谢，忙着呢。"

"你看着办吧，故意抬杠，哼！"独眼龙萨马特扔下这句话就走了。

继他之后，显然已经喝醉了的巴扎尔拜亲自驾到。他身后拥了一帮人。

“听着，你干吗翘鼻子，不理人？人家把你当人请，可你呢？怎么，就你高人一等？”巴扎尔拜刚过来便立即纠缠起来。

“我可说了：没空。”鲍斯顿平静地回答，还示威似的开始喝汤，要是换一个场合，这汤他喝了一匙之后是绝不会再喝的。

“我找你有事！”巴扎尔拜说着便放肆地坐到鲍斯顿对面。

其余的人依旧站着，等着看好戏。

“我跟你能有什么事？”鲍斯顿回答。

“我们有必要谈谈，比如说吧，关于小狼的事，鲍斯顿。”巴扎尔拜皱眉蹙额摇着头。

“这事我已经跟你谈过了，没必要再回到这个话题！”

“照我看，有必要。”

“照我看，没必要。别碍事。我马上就要吃完离开这儿！”

“急着去哪儿？狗东西！”巴扎尔拜霍地站起，弯下身子，把那张凶相毕露的歪脸凑到鲍斯顿跟前。“急着去哪儿？畜生！我跟你有话还没说完。可不是，你当着众人的面，在场长办公室里把我叫作离间分子。说什么，都怪我，大狼才变得那么凶狠。你以为我不知道什么叫离间分子？你以为我是法西斯，我们这儿就你一个正派人？”

鲍斯顿也跳起来。此刻他们面对面站着。

“别嚼舌头！”鲍斯顿制止巴扎尔拜，“我可没有叫你法西斯——你猜错了，虽说也不妨这么叫。至于我说你挑拨离间，是个没长脑袋的恶棍，算你说对了。这话我早就对你说过，现在还可以说。不过，你最好还是回到你的座位上，别来纠缠不清！”

“你别指手画脚的，谁该去哪儿，做什么！”巴扎尔拜暴跳如雷，“你别对我发号施令。我瞧不起你。就算像你说的我是离间分子，那你算什么东西？你以为人家不知道你的底细？你以为害死了埃尔纳扎尔——这事遮得严严实实？哼，你这个畜生，埃尔纳扎尔活着的时候，你就勾搭上他的老婆。所以你的老太婆就该死去。那阵子你就拿定主意要把埃尔纳扎尔推进山口的冰裂缝里，好跟这母狗成亲。你倒证明证明：我说的哪点不对。为什么不是你掉进冰裂缝，而是埃尔纳扎尔？你们两人可是走的一条道。你以为谁都不知道内情！他死了，你倒活着。这事之后，你和你的母狗古柳姆坎还算什么东西？埃尔纳扎尔掉进山口的冰里，连个坟也没有，像条野狗。可你这个恶棍，却搂着他那不要脸的老婆，卖屁股的母狗，过起美美的小日子！居然还算党员?!早该掐着你的脖子把你从党里撵出去！咦，好个先进分子，斯达汉诺夫工作者！该把你送交法院才对！”

鲍斯顿强忍着，才没有挥拳朝巴扎尔拜扑上去，痛打那张可恶的嘴脸。对方显然在寻衅，要跟他干一架，当众出他的丑，要拼个你死我活。但他竭力控制自己，咬着牙，对气喘吁吁、凶神恶煞般的巴扎尔拜说：

“我没事要跟你说。你的话对我毫无意义。我不会朝你看齐。关于我的事你爱怎么想，爱怎么说，都由你去。现在你给我滚开！喂，小伙子，”他招呼服务员，“给，饭钱。”鲍斯顿塞给他一张五卢布钞票就默默走开了。

巴扎尔拜一把抓住他的袖子：

“哎，你等一等！别急着去找那条母狗！说不定，她趁你不在正搂着哪个牧民睡觉呢，你别去碍事！”

鲍斯顿从邻桌抓起一个空香槟酒瓶。

“你松手！”他小声地从牙缝里挤出字来，眼睛盯着刹那间白了脸的巴扎尔拜，“别逼我说第二遍，松手！听见没有？”他晃动着那个有分量的黑乎乎的长颈玻璃瓶说。

就这样，鲍斯顿走到街上，手里还紧紧捏着瓶子。直到跳上马鞍，想起来了，才把瓶子扔进路边的排水沟里。他放松缰绳，听任顿库留克全速跑去。这马好久没有这样狂奔疾驰了——这种令人惊心动魄的奔驰使他回过神来。既已清醒，他才大吃一惊：可不是，仅仅是一刹那间，命运使他避开了一场凶杀。感谢主保佑，否则只要一挥手，就会劈开这可恶的巴扎尔拜的脑壳。坐在拖拉机挂车上的人们觉得奇怪，简直不相信自己的眼睛，他们一直目送着他。鲍斯顿出什么事啦，那么个稳重的人，现在怎么风风火火的像个毛躁的半大孩子。鲍斯顿好久都没有缓过气来。直到他在小溪边喝足了冷水，才彻底平静下来。这时他抖抖身上的尘土，坐上马鞍，不再驱赶顿库留克。他让马大步走去，心里直高兴，总算没出人命案。

后来在路上，当他想起刚才发生的一切，他重又沉下脸，皱起了眉头。鲍斯顿感到很不痛快，突然想起他把那只玩具青蛙忘在饭馆的窗台上了。这是他为肯杰什买的，那么好玩，小东西鼓着眼睛，张大嘴巴，上了发条就能跳。当然玩具不值几个钱，下次还可以到区中心文化商店再买。但是不知为什么他总觉得这是个不祥之兆。不应该，无论如何不应该忘了给孩子买的东西。可他却忘了……

他为自己的迷信感到气恼，心里生出一种愿望，要设法同这些不顺心的事件进程抗争一下。一想到他将设下埋伏，把这两头可恶的狼打死，好叫这一带清静清静，他就激动得喘不过气来。

他又想，真是莫名其妙的事。今天他同巴扎尔拜在饭馆里大吵一场，差点儿没出人命，这事的起因还是那两只狼……

鲍斯顿决定第二天实现自己的计划。整整一宿，他考虑并制定了这次行动的全部细节。他向妻子隐瞒了这一重大决策，这在他们的共同生活中也许是第一次。鲍斯顿不想谈起狼的事，不想谈起他同巴扎尔拜的争吵，更不想谈起那些可能使她想起埃尔纳扎尔死在冰山口的事。所以他在家时多半少言寡语，只同孩子玩闹，对古柳姆坎的问话回答得很简短。他也知道，他的沉默会使妻子不安，引起她的猜疑，但他又不能做出另一副样子。他十分清楚，他同巴扎尔拜的冲突，那些骂他们的不堪入耳的脏话，迟早会传到她耳里。但暂时他默不作声——他不想重复那个恶魔巴扎尔拜贬损他们的话。这太下流了，太卑鄙龌龊了。

他不由得又想到，他同古柳姆坎的结合显得多么奇怪、艰难、不同寻常。自从他和她结成夫妻，他们在人们身上发现多少隐藏的不满和公开的敌意，啊，又有多少流言蜚语。然而，鲍斯顿从不后悔把自己的生活同埃尔纳扎尔的寡妻联系在一起。他很难想象，离了她，他将怎么生活，他需要经常感觉到她在他的身旁……啊，不，这是另一种完全不同的生活。而他只能同她在一起生活，即便她有时对他不满，即便她有时不很公道，但她死心塌地跟着他，这是最主要的。不过这些话他俩私下里从未交谈过，这是不言而喻的。如若有人问鲍斯顿，他觉得这孩子怎么样，这个不安生的、只会说几句话的小家伙，这个笑嘻嘻的、眼睛闪亮、小胖腿老也不停地小淘气，他这个最小的儿子怎么样，鲍斯顿会说不出话来，他不知说什么好。这种感情超乎语言之上，因为他把这孩子看成命运的恩赐，他从孩子那天真无邪的稚气中看到了自己……

鲍斯顿从内心深处了解并意识到这一切。夜里每当跟妻子儿子躺在一起时，他就安心了，恢复了常态，变得和善起来。他想忘掉饭馆里发生的事。他甚至考虑了，如果狼这天夜里不再出现，他也许会推迟这次伏击，说不定会取消自己的决定。鲍斯顿需要平静……

但是，好像故意作对似的，半夜狼又来了。阿克巴拉又在大羊圈那边的山包上呜呜地嗥叫起来。同它相呼应的，是塔什柴纳尔低沉的哀嚎。这时肯杰什又从梦中惊醒，开始哭闹，而古柳姆坎迷迷糊糊地嘟咴着，咒骂这发狂的狼吵得一家人不得安宁。于是鲍斯顿又冒起火来，他真想从屋里冲出去，追赶那狼，哪怕追到世界尽头。他不由得又想起，那个巴扎尔拜怎么臭骂了他一顿、侮辱他、贬损他，他真后悔没用酒瓶砸烂他的狗头。可不是，鲍斯顿只要朝他头上落下那个沉甸甸的瓶子，这可恶的，巴扎尔拜准完蛋了。他绝不反悔，鲍斯顿想，绝不反悔，相反他只会感到高兴，高兴他终于消灭了这头披着人皮的可憎的禽兽……可是两只狼还是嚎个不停……

不得不拿起猎枪，又出去吓唬它们。鲍斯顿对着夜空不是放一两枪，而是一连放了五枪。之后回到屋里，但已毫无睡意，不知为什么他开始擦起枪来。他在前室的角落里坐下，弯着腰，仔细擦着那支雪豹牌猎枪，仿佛他立即就要用它。他边擦边考虑，怎样收拾这两只狼，决定等天一亮立即采取行动。

这时候阿克巴拉和塔什柴纳尔听到枪声吓得朝峡谷方向跑去，到那里去度过短暂的夜。这对失魂落魄的狼，已经没有固定的住处，它们流落到哪儿，就在那儿过夜。阿克巴拉像往常一样走在前头。换毛前的阿克巴拉，披一身乱蓬蓬的长毛，在黑暗中显得十分可怕。它的眼里闪着磷光，舌头吊在外面——可以认为，这狼疯了。不，母狼的悲痛无法平息，它失去了小崽，忘不了自己的损失。变迟钝的嗅觉不时提醒它：小狼就在鲍斯顿的羊圈里——它们不可能在别的地方，因为在出事的那一天，它们跟踪追击的那个偷小狼的人就是躲在这里面的。更多的情况，阿克巴拉凭它狼的智能就弄不清了。所以在这段日子里，两只大狼变得异常凶残。它们乱冲乱撞，伤害附近的牲畜——与其说是为了觅食充饥，不如说是出于一种不可遏止的强烈需要：需要用血和肉来减轻、消除和填补那种时时刻刻折磨着它们的空虚感和对世界的仇恨。等狼吃饱了新鲜兽肉，它们又跑到失去小狼踪迹的地方。阿克巴拉显得特别痛苦——它怎么也不能平静下来。没有一天它不去那个地方，没有一天它同塔什柴纳尔不在鲍斯顿的宿营地周围游荡。决定无论如何要除掉这两只狼的鲍斯顿，早已估计到了这一情况。

第二天一早，鲍斯顿吩咐手下人不要把羊群赶出去吃草，让它们留在两个羊圈里，给它们多喂点儿料，用院里的饮水器喂水。他亲自从羊群里选了二十头带小羊羔母羊，其中多半是一胎双生的，这样一来，小羊咩咩叫，吵得更厉害。他把这一小群羊朝没路的荒凉地方赶去。

他谁也没带。独自一人，挥着长鞭，赶着羊群。肩上背着那支夜里擦得锃亮、上足了子弹的猎枪，不慌不忙地走了很长时间。要尽量离住处远一点儿。

这一天，天气暖和得像真正的春天。群山吸足了太阳的热量，这热量又转化成丘岗上、沟谷里绿油油的小草。疏疏落落的几朵白云，安详地在蓝天上消闲。云雀在歌唱，山鹑在乱石间鸣叫——总之，是一片天赐神惠的和平乐土。只有地平线上冲天而起的森严的雪山使人感到，这片和平乐土也不是永恒的，因为那里随时可能卷起雪暴，不知打哪儿来的狂风驱赶着乌云，随时可能遮住太阳。

不过暂时没有任何变天的征兆。一小群母羊和羊羔，闹哄哄地彼此呼应着，朝着人驱赶它们的方向移动。小羊羔欢蹦乱跳，常常扑到母羊身下，边走边吃奶。但鲍斯顿入夜以来情绪很糟。他想得越多，对狼、对造成这段可怕经历的罪魁祸首巴扎尔拜便越发愤恨。他不想同巴扎尔拜沾边，不忘那句俗话：你不惹他，他不放屁。可是无论如何他得把狼除掉、打死、消灭。他没有别的出路。他的用意很简单：母羊小羊的叫声一定会把狼招引来，他就设下埋伏。狼扑上来咬羊，只要走运，完全可以把它们打死。不过正如常言所说，谋事在人，成事在天……结果真是那样……

正午以前，狼一直没有露面。鲍斯顿把羊赶进一个可以一览无遗的僻静槽沟里，自己躺在沟边，拿着枪隐蔽在乱石和一片稀疏的灌木丛中。他的枪法很准，从小就学会打猎，在他手下丧生的狼可不是一只两只。所以他不怀疑只要把狼引来，他定能击中它们。乱哄哄的母羊和羊羔一直叫个不停，互相呼唤着。但时间过去了，狼还没有出现，虽说在往常，它们经常出击，找附近的畜群泄愤，而且照例在大白天就干起来。

太阳晒得人发热，鲍斯顿躺在矮树下的绒衣上，换了别的时候，他想必会打盹的，但此刻他却不敢这么做。再说他心情抑郁：一想到有人指责他害死了埃尔纳扎尔，他实在受不了。他的仇人，科奇科尔巴耶夫和巴扎尔拜联合起来，按照各自的方式对他造谣中伤，恶意诽谤，把他逼进了死胡同。他不明白，生活怎么搞成了这样？为什么这两个完全不同的人都恨他？出于什么目的？可这里还有两只狼跟他纠缠不休，把人折磨死了。闹得家里鸡犬不宁。等到他同巴扎尔拜干架的消息传到妻子耳里，那就更糟。那天，当巴扎尔拜把他和他的妻子臭骂一顿时，饭馆里的人很多，其中不怀好意的大有人在……

狼还是没有来，鲍斯顿已经有点儿不耐烦了。但他仍然聚精会神，等待时机，时刻戒备着。关键是，要及早发现狼，在它们扑向羊群时就开枪，但要抓住狼出现的时机，并不那么简单：家羊嗅觉不灵，视觉也不中用，一句话，世上数这种动物最笨最不机灵了。羊成了狼最容易捕捉的猎物，只有人才能从狼嘴里救出羊，所以狼不得不同人打交道。这一次也是这样……

无忧无虑的母羊始终没有觉察出危险。它们埋头吃草，听见小羊叫唤才分点儿神，不时温顺地把奶头塞给它们，此外就不知有什么烦恼。只有鲍斯顿发现了危险……

在近处忙忙碌碌的两只白肚皮山鹊，突然不安地鸣叫起来，开始飞来飞去，鲍斯顿警觉起来，立即扳起扳机。但他没有探头，相反，却更加小心地隐蔽起来。得有十分把握才行动。他准备牺牲几头母羊，只要能把猛兽招引到开阔处。但狼显然已经预感到危险——很可能是那对山鹊给它们报了信。这两只山鹊不再在一处地方鸣叫，它们急急窜到鲍斯顿埋伏的地方，又在这里叽叽喳喳地大声个不停，虽说鲍斯顿似乎不会引起它们的注意。他一动不动地坐在一丛灌木后。不管怎么样，狼没有立即跳出来。原来两只狼分开了：阿克巴拉在众多的大圆石中间匍匐前进；从槽沟远处的一端偷偷接近，而塔什柴纳尔取了相反的方向（事后才弄清，公狼爬行的路线离鲍斯顿带枪埋伏的地点很近）。

但这些情况没有立即被发觉。

鲍斯顿等着狼来，警惕地左右张望，但怎么也弄不清，野兽从哪个方向出现。周围一片寂静：母羊安静地吃着草，小羊羔蹦蹦跳跳撒欢儿，那对山鹊已不再鸣叫——只听见不远处山涧的潺潺流水声和灌木丛中鸟儿的啁啾声。鲍斯顿等得已经累了，但这时乱石中闪过一条灰影，母羊急急蹿到一边，迟疑不决地站定了，惊恐万状地等待着什么。鲍斯顿全身为之一震，他明白，这是狼在吓唬羊群，以便弄清人躲在什么地方：在这种情况下，任何一个牧人都会大喊大叫奔向羊群的！但鲍斯顿另有任务，所以他丝毫没有暴露自己。这时，大石头之间蹿出一条灰影，那猛兽跳了两下便扑进受惊的羊群。那是阿克巴拉。鲍斯顿举起枪，瞄准目标，正要扣动扳机，只听得身后一阵响声。他急忙转过身，来不及瞄准就对着猛扑过来的巨兽开枪。这一切转瞬即逝。子弹击中跳起的塔什柴纳尔，但它没有立即倒下，而是凶狠地龇着牙，狂暴地忽闪着眼睛，贪婪地伸出前爪，靠着惯性又朝他这边飞了一会儿，接着扑通一声倒毙在离鲍斯顿只有半米的地方。鲍斯顿马上把枪转向另一个方向，但已经错过时机——阿克巴拉扔下扑倒的一头母羊，已经蹿到乱石背后。他举着枪急忙跑去追狼，希望能射中它，但看到阿克巴拉已经跳过山涧。他放了一枪，但没射中……

鲍斯顿歇一口气，沮丧地看了看四周。他紧张得脸色发白，气喘吁吁。主要的目标没有击中：阿克巴拉已经跑掉。现在情况变得更加复杂——以后很难引来母狼，要打死它就不容易了。但鲍斯顿又想，如果他不及时回头发现塔什柴纳尔，第一枪就把它撂倒，情况会变得更糟。他琢磨着刚才发生的事，这才明白：两只狼在接近羊群时怀疑有危险就分开了。当塔什柴纳尔发现有人举枪威胁母狼的生命时（母狼没有疑心有人埋伏），它毫不迟疑地朝敌人扑去……

鲍斯顿把吓得四下乱跑的母羊拢到一处，走过去瞧瞧被打死的狼。塔什柴纳尔侧身躺着，嘴里龇出又大又黄的獠牙，眼睛已经呆滞。鲍斯顿扳动塔什柴纳尔的头，头很大——简直同马头不相上下，真不知它怎能承受这么重的玩意儿。鲍斯顿又提起狼爪掂了掂，不由得暗暗赞叹：这爪子多有劲！不知撕碎、掐死了多少猎物！

经过一番犹豫，鲍斯顿决定不剥下塔什柴纳尔的皮。由它去吧，问题不在于一张狼皮。再说，母狼未受损伤——没什么可得意的。

鲍斯顿沉思着又站了片刻，随后把那只被母狼咬死的羊搭到肩上，赶着羊群回家了。

稍后他带着铁锹和十字镐又回来了。这一天余下的时间他一直在挖坑，好把塔什柴纳尔埋起来。忙了很长时间，因为地里尽是石头。有时鲍斯顿放下活儿稍稍歇一歇，小心地朝四下里张望，看看母狼会不会再来。那支百发百中的枪放在旁边，只消一伸手就够得着……

但阿克巴拉回来时已是深夜……它挨着新堆的土冢一直躺到天明，天刚蒙蒙亮它就不知去向了……

六

眼下正是春天，甚至可以说已近初夏。牧羊人该转场去夏季牧场了。那些在山前地带过冬的牧人，已经转移到深处的谷地和峡谷，寻找新的山间草地，以便渐渐朝山口接近。那些在平川地里围起牲口栏过冬的牧人，也都来到了备用的春季牧场。正是大忙季节：要转场，运家什，最繁重的是剪羊毛。所有这些事加在一起，形成一种紧张气氛。再说每个牧民都想尽早赶到夏季牧场，抢一块好地方。一句话，事情成堆……而且每人都有他一摊子操心事……

在这一带，只有阿克巴拉始终不知所措。只有它与周围沸腾的生活无关。可以说，人们已经把它忘了：自从失去了塔什柴纳尔，阿克巴拉完全变了样，甚至到了鲍斯顿的过冬营地，夜里也不叫了。

阿克巴拉感到抑郁，感到绝望。它已经萎靡不振，对什么都不感兴趣：撞着什么样的小动物，就胡乱吃点儿，大部分时间在僻静的地方寂寞地打发日子。这时成千上万的牲畜在山间转场，趁人不注意，拖只发楞的小羊甚至成年的母羊是毫不费劲的，但它对这种大规模的转移完全无动于衷。

对阿克巴拉来说，世界似乎失去了它的价值。现在它的生活内容就是回忆往事。阿克巴拉把头搁在前爪上，整天整天地回忆在莫云库梅荒原、阿尔达什草原和在这里的伊塞克湖滨山区度过的那些或欢乐或痛苦的日子。在它眼前一再浮现出它同塔什柴纳尔共同生活的情景。每一次它都无法忍受这思念之苦，于是阿克巴拉爬起来，耷拉着脑袋，又四处游荡。后来又躺下，把苍老的头搁在前爪上，重又回想起自己的小崽们：忽而是前不久被偷走的那四只小狼，忽而是在莫云库梅大围猎里丧生的那几只，忽而是在湖滨芦苇荡里被烧死的小狼。不过它想得更多的是自己的公狼——忠诚强壮的塔什柴纳尔。偶尔它也回想起它们在大麻草丛里遇到的那个古怪的人，记得他光着身子、毫无防备地同它的小崽玩闹，而当它朝他扑去、正准备咬断他的喉咙时，那人吓得蹲下来，双手抱住头，后来他头也不回只顾跑……它还记得，那阵子已是初冬，在黎明时的莫云库梅荒原上它又一次看到那人时，他已被捆绑在老盐木上。记得它曾仔细察看这张熟悉的面孔，而他，微微睁开眼睛，对它轻轻说了句什么，之后就不作声了……

如今它觉得过去像一场梦，永远消逝了的梦。但不管怎么样，阿克巴拉心里还抱有一线希望。有时它似乎觉得，它的最后一窝小崽有一天还能找到。所以每天夜里偷偷跑到鲍斯顿的过冬住处，但已经不再像往常那样厉声哀嚎了。它只是在远处细心地听着：也许风会把长大了的小狼的吠叫声和它所熟悉的小狼的气味送过来……但愿能出现这样的奇迹！到时候它会冲到心爱的小崽身边——既不怕人，也不怕狗，救出它们，领着被俘的小崽，像长上翅膀那样同它们一道飞奔而去，离开这儿，跑到别的地方，到那里再过起那种狼应该过的自由而严峻的生活……

这些天，许多麻烦事缠得鲍斯顿不得安宁——转场得操心，外加那桩愚蠢的公案。科奇科尔巴耶夫如他扬言的那样，还是向上级机关递交了对鲍斯顿·乌尔昆奇耶夫的控告书，于是上头派来一个委员会调查谁是谁非。但委员会内部意见有分歧：一部分委员认为，应当开除鲍斯顿·乌尔昆奇耶夫出党，理由是他侮辱了党支部书记的人格，而且给党本身带来道义上的损害；另一些人认为，不应当这么干，因为鲍斯顿·乌尔昆奇耶夫是对工作发表意见，他批评的目的在于提高劳动生产率。委员会也传讯了巴扎尔拜·诺伊古托夫。让他写了一份有关小狼的书面材料，说明鲍斯顿·乌尔昆奇耶夫好像要他把小狼送回狼窝……总而言之，一切都照章办理……

最后两次传讯鲍斯顿没有出席。他让人转告：他忙着赶牲口进山，要带着小家在那里度过整个夏天，期限紧迫，所以他们可以在他缺席的情况下处理此案，他准备同意委员会认可的任何处分。这事使科奇科尔巴耶夫大为高兴，因为鲍斯顿的这一行动对他十分有利。

一个牧民也没有别的办法。转到夏季草场的工作已经开始，而鲍斯顿是绝不敢拖延时日的。近年来，一般都先一天把牲口赶进山，随后才用卡车把活动住房和全部家什运到不能行车的地方，下面的路就得靠世代相传的老办法：用牲口驮载了。就这样也大大方便了转场工作，主要是加快了速度。眼下，鲍斯顿就要先把牲口赶到夏季牧场，把帮手留下照看羊群，自己再连夜赶回来，以便第二天把家人和家什装上卡车，去山里度过夏天。

这一天终于到了……

但在头天夜里，阿克巴拉又回到了狼窝。自从塔什柴纳尔死后，它是第一次回去。孤独的母狼老是躲开岩石下的老窝——它知道，洞空了，那里没有小崽在等它。不过有一次，悲痛欲绝的阿克巴拉突然产生一个愿望：想沿着熟悉的道路跑去，穿过兽径一下子钻进洞里——说不定小狼在等着它呢。它经不起诱惑，只得欺骗自己。

阿克巴拉像疯了似的跑着，不择道路，涉过水流，跃过乱石，不顾夏季牧场上夜里升起的篝火，不理凶恶的牧羊犬，不怕身后砰砰直响的枪声……

就这样，它，孤独而失常的阿克巴拉，在山间飞跑，头上是一轮高悬在空中的明月……当它跑到洞穴时，那地方已经长满了新的草丛和伏牛花幼林。它都无法辨认，不敢迈进它那早已变空、早被遗忘的住处……但要克制自己，掉头跑开，也做不到……于是阿克巴拉再次求助于月亮上的狼神比尤丽，久久地呜咽着、哀嚎着，久久地诉说着自己不幸的命运，请求狼神把它收到没有人的月亮上去……

这一夜，鲍斯顿正在路上。把羊群赶到目的地后就往回走。当然，本可以等到天亮再走。但那样一来，他傍晚才能到家，就得耽搁一天，过后才能装上卡车，去追赶羊群，他不能浪费那么多时间。再说宿营地上几乎没什么人了，除了古柳姆坎同孩子，只有一户等着搬迁的人家，而男人就一个也不剩了。

这就是鲍斯顿那夜急于返回的原因。多亏顿库留克，这马像往常那样跑得熟练而稳当。那样轻捷，叫人满心欢喜。顿库留克健步如飞。在月光下，它的耳朵和金灿灿的马鬃闪闪发光，在那结实的臀部，一条条肌肉像夜间在水面忽闪的波纹。天气不冷也不热。草香扑鼻。鲍斯顿身背猎枪——夜里山间说不定出什么事。一回到家，再把它放回原处：上满了五发子弹的枪将挂在墙上的钉子上。

鲍斯顿估计早上五点来钟能赶回住地，结果真是那样。这天夜里，他再次确信，他太爱自己的老婆孩子了，才一天，他就想念他们，所以现在马不停蹄地往家赶。一路上他很担心，怕母狼阿克巴拉又蹿到住处附近，怕它又呜呜叫，吓着了古柳姆坎和肯杰什。使他感到安慰的是，自从公狼死后，母狼不再来了——无论如何，听不见狼嚎了。

不过，鲍斯顿的担心是多余的，就在这天夜里，阿克巴拉回到了巴沙特峡谷，在老窝旁对着狼神比尤丽诉说自己的不幸。即使阿克巴拉突然来到鲍斯顿住处，它也不会惊动任何人——自从塔什柴纳尔死后，它只是伤心地、出神地听着来自宿营地上的人声……

这一天终于到了……

那天早上，鲍斯顿醒来时太阳已经当空：他在天亮时到家，回来后约莫睡了四个钟头。他本可以再睡一会儿，但小儿子把他弄醒了。这天早上古柳姆坎说什么也不让肯杰什去找父亲，可是她忙着收拾东西，一时没有看住孩子。小家伙嘴里咿咿呀呀的，不客气地拍打起父亲的腮帮来。鲍斯顿睁开眼，笑呵呵的，一把搂住了肯杰什，于是一股对儿子的奇妙的柔情，强烈地控制了他。他高兴地意识到，肯杰什，他的亲骨肉，长得健康而活泼，还不满两周岁，他就那么机灵，知道爱自己的父母。他的长相和脾性都像自己，只有那双黑醋栗般水汪汪、亮晶晶的眼睛像他母亲。这孩子各方面都不错，瞧着他，鲍斯顿感到骄傲：他生了这么个好儿子。

“乖儿子，你要什么？让我起来？好吧，你拽我的手！拽呀，拽呀，就这样！嗅嗬，力气真大！好啦，现在搂着我的脖子！”

这当儿，古柳姆坎已经为亲爱的丈夫煮好了他爱喝的加尔梅克浓茶，里面还加了油炒面、牛奶和盐。因为这阵子不仅羊群和狗，而且别的牧人都进山了，鲍斯顿一家人可以不受打搅、安安静静品品茶，哪怕一年就这么一次。谁不知道，一个牧民家庭难得这样歇一歇。要知道牲口时时刻刻要人照料，日日夜夜、成年累月都这样，何况一群羊近一千只，下了羔子就有一千五百多，所以能这样无牵无挂地过一个早上，也是牧民家庭梦寐以求的。他们坐下，享受着收拾东西前的片刻安宁，要知道整个夏天都得在山里度过。卡车中午才到，在此以前所有的家什都得收拾好。

“哎呀，简直不敢相信，”古柳姆坎一个劲儿唠叨着，“真好，真幸福，真安静！不知你怎么样，我可不想走了。咱们哪儿也不去。肯杰什，跟你爸说，咱们哪儿也不去。”

肯杰什咿咿呀呀说着什么，一会儿挨着父亲坐下，一会儿挨着母亲坐下。鲍斯顿温和地同意说：

“说真的，为什么咱们不能在这里过夏呢？”

“瞧你说的，”古柳姆坎笑起来，“再过一天，你又会跟着羊群跑，就是骑着顿库留克也撵不上你！”

“那倒是，骑着顿库留克也撵不上！”心满意足的鲍斯顿连连称是，一边摸着硬胡茬儿——这表明他心里乐滋滋的。

就这样，他们围着低矮的小圆桌喝着茶，闲聊着，大人坐在地上，孩子在一旁乱跑。父母想喂他，但这天早上小家伙淘气得厉害，蹦蹦跳跳玩闹着，怎么也坐不住。大门敞着——这阵子关着门就嫌热了——肯杰什时不时毫无阻挡地蹿到门外，在院里跑一跑，注视着一群毛茸茸的活泼的小鸡围着母鸡穿梭似的跑来跑去。那是他们的邻居，守夜人库杜尔马特家的母鸡。他本人已经去了夏季宿营地，他的老婆阿瑟古丽打算同鲍斯顿一家坐卡车走。她刚才来他们家瞧了瞧，说，东西已经收拾好了，就是没把鸡和小鸡装进筐里，不过这事等车来了也来得及。这会儿她正准备洗几件衣服，再晾一晾。

那天早上就这样过去了。太阳已经晒得相当厉害。大家忙着自己的事。鲍斯顿和妻子捆着包袱，收拾好锅碗瓢盆。阿瑟古丽正在洗衣服——可以听到，她时不时把肥皂水泼出门外。小家伙肯杰什就没人过问了。他一会儿从屋里跑出去，一会儿又跑进来。到了院里就围着小鸡转。

操劳不息的母鸡这时正领着小鸡拐过屋角到远处地里翻寻吃食。小家伙跟着小鸡跑，不知不觉他和这群鸡来到了草棚的一面无门无窗的山墙后面。这里长了许多牛蒡和羊蹄草，像夏天那样静悄悄的。那群小鸡叽叽喳喳刨着垃圾堆。肯杰什呢，嘿嘿笑着，同小鸡说着话，老想去摸摸它们。母鸡并不怕肯杰什，但当近处悄没声息地出现了一只大灰狗时，母鸡惊慌起来，不满地咯咯直叫，想把小鸡带远点儿。那条长着一对奇妙的蓝眼睛的大灰狗一点儿也没把肯杰什吓着。它温顺地看着孩子，友好地摇着尾巴。那是阿克巴拉。母狼已在住处附近徘徊很久了。

母狼之所以敢跑到离人的住处这么近的地方，是因为从昨夜起，宿营地上就变得空荡荡的了：既听不见人声，也没有狗叫声。在母亲一刻不停地思念和始终没有泯灭的希望的支配下，阿克巴拉悄悄地走遍了所有的羊圈和马栏，哪儿也没有发现失去的小崽。走着走着就挨近人的住处了。就这样，阿克巴拉站在孩子面前。它不知怎么居然发现，这个小家伙跟它的小崽没什么两样，只不过是人的孩子。当小孩伸手去够它的头，想摸摸这条和气的狗时，阿克巴拉那颗痛苦得破碎的心竟怦怦跳动起来。它走到孩子身边，舔了舔他的小脸蛋。小家伙很高兴它的爱抚，轻轻笑起来，搂住了母狼的脖子。这时阿克巴拉完全瘫软了，它在孩子脚旁躺下，开始同他玩闹——它想让孩子吸它的奶头。但他却坐到狼背上。后来又跳下来，唤狼跟着他走。“茹尔[①]，茹尔！”——他冲着狼大声喊叫，一边开心地郎朗笑着。但阿克巴拉不敢走远，它知道，那边有人。母狼一动不动，只愁苦地用那对蓝眼睛望着孩子。于是孩子又走到它跟前，抚摩它的头，而阿克巴拉又舔起孩子来——她很喜欢这样。母狼对他倾注了全部温情，不断吸着她那孩子的气息。它觉得，如果人的小崽能住在它那岩石下的窝里，那该多么舒心啊。于是母狼小心地（怕伤着他的小脖子）叼住孩子的衣领，只一甩，把他扔到脖子上——通常狼就是这样叼走羊群中的小羊的。

孩子哇的一声叫起来，声音很尖，很短促，像兔子受了致命伤。阿瑟古丽到草棚前晾衣服，听到肯杰什的喊叫就着了急，她看看墙角，扔

① 吉尔吉斯语，走呀！

下衣服急忙朝鲍斯顿家奔去。

“有狼！狼把孩子叼走了！快，快！”

鲍斯顿昏头昏脑地拽下墙上的枪，奔出家门，古柳姆坎紧随他而去。

“那边！那边！瞧，肯杰什！母狼把他叼走了！”阿瑟古丽吓得抱住头，大声呼喊。

这时鲍斯顿自己也看到了母狼——它碎步小跑，脖子上驮着大哭大叫的肯杰什。

“站住！站住！阿克巴拉！站住，听我说！”鲍斯顿扯着嗓子喊叫，跑去追赶母狼。

阿克巴拉加快步子。鲍斯顿拿着枪在它后面飞跑，失声喊叫：

“放下，阿克巴拉，把我的儿子放下！从今往后我再也不碰你们了！放下，把孩子放下，阿克巴拉！听我的话，阿克巴拉！”

他似乎忘了，他的那些话对狼不起任何作用。喊叫声和追赶只能吓着母狼，于是它跑得更快了。

鲍斯顿一刻不停地叨叨着，跟踪追赶阿克巴拉。

“阿克巴拉！放下我的儿子！阿克巴拉！”他大声呼唤。

在稍后处，古柳姆坎和阿瑟古丽一边奔跑、一边哭天喊地地数落着。

“开枪！快开枪！”古柳姆坎大声叫道，竟忘了只要母狼驮着肯杰什，鲍斯顿是不可能开枪的。

喊叫声和追赶只能引起阿克巴拉的恐慌，刺激它狼的本能，于是它决定无论如何不放下自己的猎物。母狼死死咬住孩子的衣领，顽强地朝前跑去，它进了山窝，跑得越来越远了。甚至身后响起了枪声，子弹从它头上呼啸而过，它也不扔下驮着的东西。孩子一直在哭，喊着爹妈。鲍斯顿朝天又放了一枪，他不知道还有什么办法能吓唬住狼，但阿克巴拉毫不理会，继续朝一个乱石堆成的鹿寨跑去，一旦跑到那里，狼就很容易叫人不辨踪迹，自己就能溜之大吉了。鲍斯顿感到绝望：怎么救孩子？有什么办法？为什么这么可怕的惩罚会落到他们头上？他们造了什么孽？

“扔下孩子，阿克巴拉！扔下，我求求你，把我的儿子留给我们！”鲍斯顿跑得像匹赶坏了的马那样上气不接下气，用嘶哑的嗓子对着在逃的窃贼苦苦哀求。

鲍斯顿朝天放了第三枪，这次子弹又从狼头上呼啸而过。鹿寨越来越近了。弹仓里现在只剩两发子弹。他明白再过一会儿他就要失去最后的机会，于是下决心朝母狼开枪。他在飞跑中单膝跪下，开始瞄准；他朝狼腿打，只朝狼的腿打。但他怎么也瞄不准——胸部剧烈地抽动，双手发抖，不听使唤。他还是没法集中精力，只是盯着剧烈晃动的瞄准器的缺口，看到母狼在飞奔，那样子就像漂浮在波涛滚滚的水上。他瞄准好，扣动扳机。打偏了。子弹在目标附近掀起一团尘土，贴着地面飞了。鲍斯顿再次装枪把最后一发子弹推上膛，又瞄准，他甚至没听到自己的枪声，只见母狼蹦了一下就侧身倒下了。

鲍斯顿把枪甩到肩上，如在梦中一般朝倒下的阿克巴拉跑去。他似乎觉得，他跑得那么慢，那么久，仿佛在茫茫的空间飘浮……

最后，他浑身冰冷，像置身于天寒地冻的户外，勉强跑到母狼跟前。他弯下腰，摇晃着，在无声的呼喊中缩成了一团。阿克巴拉还活着，孩子却断了气，躺在狼身边。胸部被打穿了。

世界失去了一切音响，变得死一般沉寂。世界消失了，不复存在，在它原来的地方只是一片混沌，一片猛烈飞腾的血光。鲍斯顿不相信自己的眼睛，俯视着鲜血淋淋的儿子，慢慢地把他从地上抱起来，搂到怀里，朝后踉跄了一下，吃惊地发现，奄奄一息的母狼的眼睛怎么是蓝色的。随后他转过身，悲痛欲绝地默默走向朝他跑来的两个女人。

他仿佛觉得，妻子在他眼前不断长高，迎他而来的巨人跨着大步，那张脸变了形，显得特别大，一双变形的大手朝他伸来。

他像个瞎子，艰难地迈着步，把他亲手打死的孩子紧紧抱在怀里。在他后面，呼天喊地、号啕大哭的古柳姆坎也艰难地迈着步。邻居阿瑟古丽搀扶着她，也是一边哭，一边大声数落着。

悲痛欲绝、昏昏沉沉的鲍斯顿什么也听不见。但骤然间，如瀑布的轰鸣，现实世界的一切音响又灌进他的耳朵。他明白了发生的事，于是举目望着天空，撕心裂肺般喊叫起来：

“为什么，为什么你要这样惩罚我？”

回到家来，他把孩子的尸体放进已准备装车运走的小床。古柳姆坎扑到床头，放声大哭，那声音像夜间阿克巴拉的哀嚎……阿瑟古丽瘫坐在她身旁的地上……

鲍斯顿抓起枪走出家门。一夹子弹上了枪膛，另一夹子弹塞进衣兜，像准备去战斗一样。随后他把鞍子扔到顿库留克背上，纵身一跃上了马，对妻子、对邻居阿瑟古丽一句话也没说就离开了家……

离营地稍远一些，他放松缰绳，由着金灿灿的顿河种马沿着他去年冬末去塔曼营地的老路奔驰而去。

鲍斯顿想找的那个人，哪怕到阴曹地府也非得找到的那个人，在他应该在的地方。

在巴扎尔拜·诺伊古托夫的营地上，这一天也在装车，把家具什物运往夏季牧场。人们忙忙碌碌，谁都没有注意：羊圈外来了鲍斯顿。他翻身下马，落下枪，装上子弹，推上枪栓，又把它搭在肩上。

等他走近装车地点时，人们才发现他。巴扎尔拜从卡车上跳下来，吃惊地盯着鲍斯顿。

“你干啥？”巴扎尔拜对鲍斯顿说，一边搔着后脑勺，仔细端详他那张黑得像焦炭的脸，“你来这里干啥？干吗这么瞧人？”他惊慌起来，预感到事情不妙，“又是小狼的事，对吗？你没事可做啦？要我写的，我都写了。”

“我才不管你写什么，”鲍斯顿板着脸不客气地说，他那阴沉的目光一直注视着对方，“这我管不着。我想对你说：你不配活在这世上，所以我亲自来结果你！”

巴扎尔拜都来不及找东西挡一下，只见鲍斯顿举起枪，几乎没有瞄准，就朝他开枪。巴扎尔拜晃了一下，本想急忙跳开，躲到卡车后面，但第二发子弹赶上他，正打中他的背。巴扎尔拜转了三圈，一头撞在车帮上，扑通一声栽倒在地，两只手还哆哆嗦嗦地抓着泥土。事情来得那么突然，以致最初谁都没想动一动。直到苦命的科克·图尔松哭喊着扑到丈夫的尸体上，大家才一下子都喊叫起来，朝死者跑去。

“不许动！”鲍斯顿环顾四周，大声命令，“谁也不许动！”他把枪筒挨个向每一个人瞄准，威胁说，“我现在就去该去的地方。所以我有言在先：谁也不许动！如果有什么意外，我这里子弹有的是！”他拍拍自己的口袋。

大家像遭了雷击般呆呆站着，谁也摸不着头脑，谁也不吭声，仿佛大家都不会说话了。只有苦命的科克·图尔松趴在可恨的丈夫的尸体上继续哭号。

“我就知道，你会像条狗那样没个好下场，因为你就是条狗！把我也打死吧，凶手！”可怜巴巴的、面容难看的科克·图尔松朝鲍斯顿冲去，“把我这条狗也打死吧。我这一辈子就没过过好日子，我还有什么活头呀！”她又大声喊叫起来，说她事先警告过巴扎尔拜，他不该偷小狼，这事不会有好结果，可是这个恶鬼就是不听，甚至把野物也换了酒喝。——但立即有两个羊倌捂住她的嘴，把她拖开了。

这时鲍斯顿扫视着站在周围的人，小声地但严厉地说：

“够了。我这就去该去的地方，自首去。再说一遍：自首去！你们该干什么就干什么，听见了吗？”

谁都说不出话来。大家心有余悸，默不作声。瞧着众人的脸，鲍斯顿顿时明白，从这一刻起，他越过了某种界线，把自己同众人隔开了：要知道，在此以前，他同周围的人关系亲密，他同他们一道日复一日、年复一年地劳动谋生。他们了解他，他也了解他们，而且能用不同的方式对待他们中的每一个人。但现在他从他们脸上看到的是冷漠，他明白，从今以后他永远同他们疏远了，就仿佛他跟他们从来没什么联系，就仿佛他从坟地里爬出来，因此他们觉得他那么可怕。

鲍斯顿牵着马离去了。他头也不回朝湖滨方向走去，为的是向政府自首。他垂着头在大路上走着，在他身后！跟着腿有点儿跛、马笼头不时叮当响的他那忠实的顿库留克。

这就是他一生的结局……

“这世界完了！”鲍斯顿大声说，他领悟到一个可怕的真理：整个世界在此以前一直在他心中，现在它，这个世界，已经完了。他曾经是天，是地，是山，是母狼阿克巴拉，是一切有生之物的伟大母亲，是永远长眠在阿拉－蒙丘冰山口的埃尔纳扎尔！是他最后的骨肉——他亲手枪杀的小宝贝肯杰什。是他唾弃的被他杀死的巴扎尔拜，是他在有生之年看到和感受到的一切——所有这一切就是他的宇宙，所有这一切都曾经在他心中，都为他而存在。而现在，虽然这一切一如往常也将存在，永远存在，但没有了他，那将是另一个世界，而他的世界，他那不可再现、不可更新的世界已经失落，它不会在任何人的心中或任何事物中再生。这也是他个人的巨大悲剧，这也是他的世界的末日……

荒野。鲍斯顿走在湖滨的大道上。蓦地，他转过身，搂住马脖子，挂在上面，绝望地号啕大哭。

“唉，顿库留克，就你不知道，我闯了什么祸！”他抽泣着，哭得全身不停地抽搐，“我怎么办？儿子叫我亲手打死了，也没安葬，我就走了，留下她，心爱的女人，孤单单一人。”

随后，他把缰绳和笼头的细带子缠在顿库留克的脖子上，为了不让马镫敲打马肚皮，又把它系在马鞍上。

“走吧，回家去吧，愿上哪儿就去哪儿吧！”他同顿库留克告别，“咱们再也见不着了！”

他拍拍马的屁股，吆喝一声，轰开它。那马对自己竟会获得自由先是感到惊讶，后来便朝宿营地跑去了。

鲍斯顿继续赶路……

那高高隆起的蓝湛湛的伊塞克湖越来越近了。他真想融进这片湖水，化为乌有。想活着，又不想活着。是啊，就像这些水花四溅的激浪——浪头冲上来，落下去，水变成浪，浪变成水……

译自苏联《新世界》杂志1986年第6、8、9期

译后记

艾特玛托夫的新作《断头台》引起了苏联读者的广泛兴趣。刊出这部长篇小说的《新世界》杂志（1986年第6、8、9期）被抢购一空，人们非同寻常地、兴致勃勃地阅读这部作品。像往常一样，围绕艾特玛托夫的新作掀起一个评论的高潮。同年八月，《文学报》记者采访了作者，后者就小说的创作思想做了进一步的说明。十月，《文学报》编辑部邀请部分文学评论家和文艺理论家讨论了《断头台》并发表了座谈纪要。十月二十一日，苏联中央电视台在文学节目里播放了文艺理论家列·安宁斯基和伊·古佐洛夫关于《断头台》的对话：《关于艾特玛托夫的现实主义的思考》。

《断头台》在苏联引起了强烈反响。不少评论家认为，这是一部揭露社会邪恶的劝谕性作品，它突破时空的限制，把各种情节线索融为一体，是一种“生疏的”“需要试着去理解的”特殊形式的艺术花束。他们认为，小说触及当代社会的“痛点”，在这方面作者是无所畏惧的。小说构思不凡，寓意很深，作品“对读者心灵的影响十分强烈”。不少人赞赏莫云库梅末日的描写非常出色，认为鲍斯顿是一位可以开天辟地的牧民，是鲜明完美的艺术形象，认为小说第三部才是“现实的艾特玛托夫”，是“大作家的风格”。有的评论家说，苏联小说界“还没有写过类似的作品”，认为“就作家自己的目的性这方面看，新作远远超过了他过去的作品”。

与此同时，《断头台》也引起了激烈的争论。一些评论家在肯定小说的同时，对其中有些章节感到“吃惊”“不理解”“不喜欢”“有点儿失望”，甚至“非常反感”。总的来看，不理解主要集中于有关《圣经》的题材。他们认为，作者以一个基督徒作为主人公令人“困惑莫解”，小说对基督传说和《圣经》故事作了“世俗化的处理”，这一部分显得“有些赶时髦”。他们提出，这样的情节“同无神论的世界观是否可以相容”？作者是否在“维护基督教的传统”？还有一些人认为，艾特玛托夫创造了一批出色的动物形象，如骏马古利萨雷，长角鹿母，骆驼卡拉纳尔，这些完全可以接受，可是为什么《断头台》要写一对狼，而且把狼写成了“忠诚、善良、勇敢的象征”？有人提出，为什么《六人与第七人》中的桑德罗要开枪自尽，他的死是否意味着“个人和社会的道德标准不相一致”？为什么书名叫《断头台》？把这众多的“不理解”集中到一处，便是“是小说的怪诞，还是认识的怪诞?！”

“小说将引起不同的意见，不同的解释。”艾特玛托夫在接受《文学报》记者采访时已经预见到《断头台》将引起争论。作者表示，他期待着严肃的文学批评，同时指出，如果评论家只根据作品是否表现出对宗教的喜好，或者只根据一套熟悉的公式来审读作品，而没有注意到作家怎样把这些素材“用于完全是非宗教目的和思想”，那么可以说，“他两眼盯着书，却什么也没有看懂”。

在题为《价值在于生命》的采访记里，艾特玛托夫对小说的创作思想以及一系列可能引起读者不理解的问题做了说明。现在摘录其中几段，也许对读者理解这部作品不无裨益。

关于主人公。“基督教产生了一个非常强有力的人物耶稣基督……

耶稣基督使我有理由去向当代人叙述某种隐秘的东西。因此我，一个无神论者在自己的创作道路上与耶稣相遇。这就是我选择主人公的原因。”“是的，阿夫季是俄罗斯人，但我把他看得更广泛些，看作一个基督徒……在这种情况下，我试图通过宗教完成一条通向人的道路。不是通向上帝，而是通向人！对我来说，小说的所有线索中自然产生一条主线，那就是阿夫季和他的探索。”

关于彼拉多与基督的对话。“我想把某些新的、我们今天所认识的东西注入对话中，特别是想讲述人类世界的全球性弱点。我根本不是坚持要大家把末日审判直接理解为世界的核末日。但正是意识到这种威胁的存在，迫使我力图证明：应当害怕的并不是杜撰的、神秘的世界末日，而是我们自己可能做出的、可以成为可怕现实的事情。”

关于《六人与第七人》。“这里有连锁反应：六人进行猛烈反抗，杀人，第七人为此惩罚他们，实施报复。但是他采用了如此残酷的手段进行惩罚，以致在消灭他们之后，他发现他也消灭了作为人的自我，结果便是绝路和悲剧。”“我想用这则小故事来说明，国内战争总是同民族悲剧联系在一起的。”

关于书名。“至于书名《断头台》，我以为来自小说的内容。断头台不只是行刑的台架，即刑台。人在自己的生命历程中，不管怎样总是处在断头台面前。有时他登上这座断头台，自然肉体还活着，有时他并没有登上。在这种情况下，书名断头台被赋予某种意义，走向断头台意味着在人生的道路上去经受十字架的痛苦。”

应当说，《断头台》是一部相当复杂的作品。由于小说涉及敏感的宗教问题，由于贯穿全书的有关善与恶等的哲理性思考，由于作者惯用的象征、寓意手法，更由于评论者各自不同的文艺观，因此《断头台》的引起争论是很自然的。争论有利于读者更全面、更深入地理解作品。看来这场争论将继续下去。

翻译《断头台》对我来说是十分艰难的。贩毒团伙的暗语，有关神学的争论，教堂赞美诗的音律，阿夫季的忽发奇想，草原狼的痛苦嚎叫，都使我踌躇再三，难以下笔。我只能说尽了自己的努力，但由于水平及时间的限制，译本很难说传达了原作的丰采。我期待着读者和专家们的教正。

译　者

1987 年 5 月于北京

图书在版编目（CIP）数据

断头台 /（吉尔）艾特玛托夫著；冯加译 . -- 北京：华文出版社, 2018.11

（丝路文库）

ISBN 978-7-5075-5005-4

Ⅰ. ①断… Ⅱ. ①艾… ②冯… Ⅲ. ①长篇小说 - 吉尔吉斯 - 现代 Ⅳ. ①I364.45

中国版本图书馆CIP数据核字（2018）第242684号

断头台
DUANTOUTAI

作　　者：〔吉尔吉斯斯坦〕艾特玛托夫
译　　者：冯　加
策　　划：杨　平
责任编辑：胡慧华
特邀编辑：王　芳
出版发行：華文出版社
社　　址：北京市西城区广外大街305号8区2号楼
邮政编码：100055
网　　址：http://www.hwcbs.com.cn
电子信箱：silkroadlibrary@qq.com
电　　话：总编室 010-58336239　发行部 010-58336270
　　　　　责任编辑 010-58336197
经　　销：新华书店
印　　刷：北京画中画印刷有限公司
开　　本：710×1000　1/16
印　　张：22.25
字　　数：246 千字
版　　次：2018 年 11 月第 1 版
印　　次：2018 年 11 月第 1 次印刷
标准书号：ISBN 978-7-5075-5005-4
定　　价：58.00 元